MW01715926

À PROPOS DE L'AUTRICE

Née en 1975, Sara Strömberg a grandi dans le Västerbotten et le Jämtland en Suède. Elle travaille comme écrivaine et journaliste indépendante à Östersund, où elle vit également avec sa famille. *Mauvaise graine* est son premier roman. Paru en 2021, il a été élu « meilleur premier roman » cette année-là par l'Académie suédoise du roman policier, tandis que le deuxième tome de sa trilogie, *Terrain glissant*, a été nommé l'année suivante « meilleur roman policier » par la même académie. En Suède, sa série s'est écoulée à plus de 500 000 exemplaires.

Mauvaise graine

DE LA MÊME AUTRICE

Terrain glissant, HarperCollins Noir, 2025.

SARA STRÖMBERG

Mauvaise graine

Traduit du suédois par
ANNE KARILA

Harper
Collins
POCHE

Cette traduction a été réalisée avec le concours financier du Swedish Arts Council, que nous remercions vivement.

Titre original :
SLY

© 2021, Sara Strömberg.
© 2024, HarperCollins France pour la traduction française.
Publication originale : Modernista, Stockholm, Suède.

Ce livre est publié avec l'aimable autorisation de :
Sebes & Bisseling Literary Agency c/o Nordik Literary Agency.

Tous droits réservés, y compris le droit de reproduction de tout ou partie de l'ouvrage, sous quelque forme que ce soit.

Toute représentation ou reproduction, par quelque procédé que ce soit, constituerait une contrefaçon sanctionnée par les articles 425 et suivants du Code pénal.

Cette œuvre est une œuvre de fiction. Les noms propres, les personnages, les lieux, les intrigues sont soit le fruit de l'imagination de l'auteur, soit utilisés dans le cadre d'une œuvre de fiction. Toute ressemblance avec des personnes réelles, vivantes ou décédées, des entreprises, des événements ou des lieux serait une pure coïncidence.

HARPERCOLLINS FRANCE

83-85, boulevard Vincent-Auriol, 75646 PARIS CEDEX 13
Tél. : 01 42 16 63 63

www.harpercollins.fr

ISBN 979-10-339-2075-5

Pour Anders

La femme qui conduit a un visage cireux. Elle dit qu'elles vont dans un foyer pour les filles comme Maria.

— Une place d'urgence s'est libérée. Tu peux dormir dans la voiture.

Assise sur la banquette arrière, Maria voit son enfance disparaître. Les forêts de sapins, les tourbières et les lignes à haute tension sont de plus en plus floues. Tout ce qu'elle possède tient désormais dans une valise, rangée dans le coffre. La ceinture de sécurité a fait remonter son pull sur son ventre, mais elle n'a pas la force de le rabaisser. Telle une bulle de chewing-gum rose, la masse graisseuse déborde de la taille serrée de son pantalon.

Maria ne dit pas un mot, parce que les mots sont tous cernés de suie et que l'innocence ne reviendra jamais. Les moustiques lui ont sucé la moelle, elle est une souche déracinée, sans ancrage. Quelque part dans la terre recrachée, les souvenirs lui font encore signe, la chapka de son père ballottant sur l'eau, le drap pisseux de sa mère en deuil et la pomme d'Adam de Jörgen, tout ce qui a pris plus d'importance pendant l'été.

Oui, les souvenirs lui font encore signe, mais les rêves à la cime des arbres se sont éteints et les secrets d'Elisabeth s'écoulent maintenant par les nœuds du bois. Avec la résine, c'est l'amitié qui s'en va, et tout est la faute de Maria. Jamais elle n'aurait cru que le mal était en elle, et pourtant si. Tandis que le jour sombre dans la nuit, elle se tient elle-même par la main.

Les filles comme elle doivent toujours se tenir elles-mêmes par la main.

L'élan gisait sur le côté. Sa langue beige veinée de bleu pendait mollement au coin de sa bouche, posée sur une fleur de trientale fanée. Accroupi près du ventre incisé de l'animal, Thomas en retirait les entrailles à mains nues. Il n'avait pas pris la peine de retrousser les manches de sa polaire Helly Hansen. Le sang et les matières poisseuses s'imprégnaient dans le tissu pelucheux. L'odeur de fer se répandait au-dessus du sol marécageux. Je sautai du quad et déchargeai la remorque. Le bidon d'eau, la serviette et le casier de bières étaient presque noyés dans la brume laiteuse de l'aube, qui flottait, immobile, entre les sapins. Je sentis la sueur refroidir entre mes seins. Le dernier tronçon pour monter d'Ånn au lac Harsjön était en pente raide et, à plusieurs reprises, j'avais dû marcher à côté de ma machine ou me pencher sur le guidon pour ne pas faire un tonneau.

— On a besoin d'autre chose pour samedi ? demandai-je, les mains sur les hanches.

— Non, je pense qu'on a ce qu'il faut. Avec tout cet alcool et ces saucissons de renne, on pourrait soutenir un siège d'une semaine. On se retrouve chez moi demain, à l'aube. Je ferme ma boîte tout le week-end.

Voilà au moins une chose qui tournait rond. La plupart des membres de notre équipe de chasse se connaissaient depuis l'enfance. Nous avions marché sur les mêmes pierres que nos parents, nous nous étions abreuvés aux mêmes ruisseaux que nos grands-parents. Nous étions dans notre élément ici, et je me réjouissais à la perspective de ce week-end annuel où nous passions tous la nuit dans la cabane de chasse. Le rassemblement du matin, la soirée devant le feu, les histoires à dormir debout. J'avais besoin de cette chaleur, de ces bruits, plus que jamais. Peu importait que je ferme à peine l'œil de la nuit sur ma couchette en bois, avec les ronflements de Thomas au-dessus de ma tête.

Je grelottais. Il devait faire plusieurs degrés au-dessous de zéro. Ce début septembre était glacial, plus que d'habitude. Une corneille croassa. L'automne respirait le froid à l'état brut et la monotonie.

— Quel est le quota, cette année ? demandai-je.

— Sept adultes et sept faons, répondit Thomas sans lever les yeux de l'animal mort. On a abattu une femelle et son petit le premier jour. Et celui-là, il m'est quasiment tombé dans les bras, ce matin. Je l'ai vu de la fenêtre de la cuisine de la cabane. Un vrai coup de bol !

Je souris.

— Tu as besoin d'aide pour le hisser sur le traîneau de chasse ?

— Non, non, les autres vont bientôt revenir.

Son bras s'activait, dedans, dehors. La tripaille se répandait devant lui. Je savais que la chaleur persistait un certain temps. À peine un instant plus tôt, il battait encore. Le cœur.

— D'accord.

Je gagnai le cabanon des toilettes sèches en fouettant l'air avec mes bras pour me réchauffer et m'y installai sans fermer complètement la porte, afin de laisser entrer la chiche lumière et de faire sortir l'odeur de merde. Le loquet se balançait au vent. Assise sur la lunette en polystyrène, je voyais les trophées pendus au pignon rouge de la cabane de chasse. J'en avais moi-même abattu certains. Je comptai. Le plus grand avait dix-sept cors. Pas mal. En m'essuyant, je vis que je saignais, comme je le soupçonnais. Deux trois fichues gouttes, sans doute la ménopause. Quelques épaisseurs de papier toilette feraient office de serviette hygiénique pour cette fois. Il y eut un claquement sur le toit. Une pomme de pin s'était jetée sur la tôle.

Je ressortis et zigzaguai entre les arbres abattus par le vent et les buissons de myrtilles. La brume commençait à se dissiper, dévoilant le massif des Sylarna et le Storsnasen. On pourrait bientôt distinguer les montagnes bleutées jusqu'à l'intérieur de la Norvège.

Thomas se redressa, ôta sa veste, ouvrit le bidon et trempa les mains dans l'eau. Ça clapotait.

— Tiens, à propos, tu sais qu'il y a eu un meurtre ?

— Un meurtre ?

Je remontai la fermeture éclair de mon jean et serrai ma ceinture. J'avais un goût de métal dans la bouche.

— Cette femme qu'un propriétaire a retrouvée morte au pied d'une échelle d'affût, dans la forêt près de Kall, il y a une semaine. Elle a manifestement été assassinée.

Il secoua ses mains et les essuya sur la serviette usée jusqu'à la trame.

— Quoi ?

Thomas considéra l'élan un instant, le mikado des pattes et des sabots. Habité par une tranquillité innée, il ne ressentait jamais le besoin d'imposer un rythme à la conversation pour qu'elle ne devienne pas embarrassante. Avec les gens comme lui, on n'était d'ailleurs jamais embarrassé. Autrefois, quand notre bande était encore au complet, nous nous voyions tout le temps. Cela me manquait.

— Oui, celui qui dirige l'enquête préliminaire m'a appelé avant-hier. Avant d'informer la presse qu'ils soupçonnent un meurtre, ils veulent que nous les aidions, en tant que chasseurs assermentés, à retrouver le téléphone portable de la victime. Enfin, l'article doit être sorti, maintenant.

— Je n'ai pas encore eu le temps de lire les nouvelles.

Mensonge éhonté. Je m'étais réveillée à 3 heures du matin. Mais au lieu de surfer sur le Net, j'avais pris mon mal en patience. Écouté passer les semi-remorques. Observé dans ma chambre le glissement du noir au gris, de plus en plus clair.

— Alors, vous avez trouvé quelque chose ? poursuivis-je.

— On y est allés, moi et deux autres, mais on n'a rien vu, répondit Thomas avec un bâillement.

— Pourquoi les vairons n'y sont-ils pas allés eux-mêmes ?

— La police ? Occupée à deux cents kilomètres de là, si j'ai bien compris.

Thomas repoussa sa casquette sur l'arrière de son crâne.

Je hochai la tête. Songeai au graffiti sur la paroi rocheuse, quelques dizaines de kilomètres après Åre : *Ici finit la loi*. Nous étions en pleine zone de non-droit. En pleine zone impraticable. Il n'y avait que la forêt alentour, aucune route, aucune construction excepté quelques petites maisons grises en rondins, introuvables si l'on ne connaissait pas déjà les sentiers qui y menaient.

Thomas gardait les yeux fixés sur moi. Le soleil commençait à percer. Un rayon de lumière tomba telle une flèche sur sa barbe sombre. Je compris qu'il attendait que je lui pose d'autres questions. Qui était cette femme ? Avaient-ils arrêté quelqu'un ? Y avait-il des témoins ? Mais je répondis à son regard par le silence.

— Allez, Vera, je te connais par cœur. Est-ce que ça ne titille pas ta fibre d'ancienne journaliste locale ?

Je secouai la tête. On m'avait forcée à quitter le journal auquel j'avais consacré ma vie ; cette seule pensée m'était encore douloureuse.

— Pas du tout.

Il haussa les sourcils.

— Tu ne veux même pas savoir comment elle est morte ?

Je soupirai.

— Bon, vas-y, raconte !

— D'après la police, elle a été violemment agressée. Je n'en sais pas plus. Tu devrais peut-être aller y jeter un œil.

À mon grand étonnement, un frisson me parcourut la peau. Je tressaillis comme sous l'effet d'une petite décharge électrique : j'avais presque oublié la sensation que procure la curiosité. Ce qui avait jadis été mon gagne-pain n'était plus désormais qu'une vieille et vilaine cicatrice que j'avais enfin cessé de gratter. Je me secouai. Le fourmillement sous ma peau se dissipa.

— Thomas, tu sais bien que je travaille comme assistante pédagogique à Järpen, maintenant, dis-je en regardant ma montre.

Le premier cours débutait dans une heure et demie. Une fine couche de rosée s'était déposée sur le siège du quad. Lorsque je m'assis, l'humidité transperça mon pantalon.

— D'ailleurs, il faut que je file pour ne pas être en retard au lycée.

Ma voiture était au village, et j'avais fait le plein. Je pourrais être à l'heure si j'appuyais sur le champignon. Les distances se mesuraient en heures, toujours en heures.

— Saviez-vous que le pouillot fitis revient toujours chanter aux mêmes endroits ? demanda Kurt en balayant la classe du regard.

De ma place contre le mur, au fond de la salle, je ne le voyais pas fixer quelqu'un en particulier. Les élèves étaient devenus une masse compacte. Il en allait ainsi, apparemment, pour les professeurs qui tenaient le plus longtemps. Tous les discours sur ce métier censé reposer sur les relations humaines n'avaient fait que les éloigner des autres. Établir une relation était très exigeant. Que se passait-il si l'on n'était pas à la hauteur ? Le mieux était de s'isoler.

Il déroula l'écran et éteignit la lumière. Il n'y avait vraiment qu'un prof de sciences pour s'imaginer que quelqu'un avait envie de penser aux oiseaux là où la mort s'était invitée.

Toute la journée, j'avais essayé de me protéger, mais les bavardages allaient bon train, s'imposaient lourdement, partout. Professeurs et élèves sont un peuple blasé, et un peuple blasé est un peuple assoiffé de sang. La rumeur enflait, puis s'estompait. On disait que l'assassin avait dû attendre dans l'obscurité, guetter le passage d'une victime aux omoplates frêles. Elle avait fini par venir, aussi naïve et solitaire que l'élan. Mais qui pouvait lui jeter la pierre ? Il n'y avait jamais eu d'assassin dans nos forêts jusqu'à présent.

Thomas avait raison. Il fut un temps où je me serais ruée sur l'affaire, où j'y aurais planté mes crocs, où je me serais roulée dans la boue en refusant de lâcher prise tant que je n'aurais pas découvert la vérité.

Mais tout avait changé. De bien des façons, j'étais devenue quelqu'un d'autre.

Kurt traîna laborieusement sa carcasse dans la pénombre jusqu'à l'ordinateur. Il tira ses lunettes de la poche poitrine de sa chemise en flanelle et, après les avoir chaussées, se mit à cliquer à tort et à travers sur l'écran. Les secondes s'écoulaient. Devenaient des minutes. Rien ne se passait. Le curseur allait et venait sur le bureau. Je dus me retenir de lever les yeux au ciel. Encore un attardé technologique. Super. Les élèves n'essayaient même pas de dissimuler leur joie maligne. Ils riaient, se lançaient des regards complices. Je n'aurais jamais osé faire cela quand j'étais en seconde, une éternité auparavant.

Je quittai mon mur et m'approchai. Kurt sursauta, comme s'il avait oublié ma présence, mais me laissa toutefois très volontiers prendre les commandes.

— C'est ce PowerPoint…

Des rougeurs étaient apparues sur son cou.

En quelques secondes, je parvins à ouvrir le fichier. Une carte du Jämtland apparut sur la toile. Les élèves sifflèrent et applaudirent. Les lèvres de Kurt articulèrent un « merci Vera » inaudible, et il poursuivit.

— Bien, comme je le disais, le pouillot fitis revient toujours chanter aux mêmes endroits. Par exemple, ici, au bord du lac Ånnsjö.

Le long bâton pointeur suivit le tracé du fleuve qui débouchait dans le lac et longea ce que je savais être la forêt claire de menus bouleaux sur la rive. Un oiseau de petite montagne.

Je regardai autour de moi. D'ici quelques instants, la classe se disperserait dans toutes les directions. Le point de jonction qu'était Järpen allait se dissoudre, comme chaque vendredi. Plusieurs filles avaient déjà enfilé leurs doudounes, ce qui leur était sans doute nécessaire vu qu'elles ne portaient que de légers collants et des Vans. J'entendais la voix de mon ancien collègue, Håkan Jönsson, au service des informations : « Mais ma parole, le bas part aux Bahamas et le haut en Antarctique ou quoi ? »

Raclement de chaises et affaires ramassées à la hâte. Quelqu'un raya une table avec la clé de son casier, un bruit que j'avais appris à reconnaître. Cela ne tenait pas seulement au meurtre ; la concentration des élèves s'était émoussée depuis belle lurette. Kurt parlait à des sourds. Sa bouche avait pris un pli plus sévère, mais il continuait inlassablement.

— À l'approche de l'hiver, ces oiseaux partent loin, jusqu'en Afrique, au sud du Sahara. Ils volent de nuit, s'orientent d'après les étoiles, le lever et le coucher du soleil. Ensuite, quand le printemps s'annonce, ils reviennent ici pour nidifier, s'accoupler et pondre des œufs. Et pour chanter, bien sûr.

Je fermai les yeux. J'entendais les cris doux, un peu mélancoliques du pouillot. Je savais ce que l'on ressentait en prenant dans ses mains ce petit corps olivâtre dont le cœur palpitait si désespérément, puis en le relâchant. J'avais beau vouloir retenir l'oiseau, son instinct l'obligeait à s'éreinter d'un continent à l'autre. Dix grammes dans le ciel sans lune.

— Et ceux qui restent ?

Quelqu'un qui s'intéressait, ça alors ! Je ne distinguais pas qui avait posé la question. Kurt se tourna vers la voix :

— Ils sont peu nombreux, bien moins nombreux que les migrateurs. Mais ils s'adaptent au froid, à l'obscurité et au manque de nourriture. Certaines espèces se déplacent d'un endroit à l'autre pour trouver à manger. De vrais champions de la survie, les oiseaux sédentaires.

La sonnerie retentit. Kurt se sauva tel un homme politique fuyant une horde de journalistes. Le maudissant, je remis les tables en place, effaçai le tableau et plaçai les chaises en hauteur, par égard pour le personnel de ménage. Puis je regagnai la salle des profs, chaussée de mes Birkenstock marron. Les couloirs s'étaient vidés en quelques minutes. Vlan, tous partis. La ventilation avait cessé de bourdonner. Je n'entendais même pas le bruit de mes propres pas. Ici, j'étais quelqu'un qui se déplaçait sur la pointe des pieds.

Ulla était debout devant l'évier, le robinet grand ouvert. Les autres avaient filé chez eux pour regarder *Let's Dance* à la télé, laissant leur bazar sur les tables. Lundi matin, ils retrouveraient des cercles noirs figés dans le fond de leurs tasses à café. J'allais partir moi aussi, même si je n'étais tenue à aucun horaire, ni à rien de particulier, d'ailleurs.

Comment avais-je atterri là ? Moi qui avais toujours eu l'école en horreur, je travaillais depuis plus d'un an dans ce lycée et mon moi adolescent se rebiffait tous les jours. Je me souvenais avec épouvante de la traversée du hall vitré où les plus populaires délivraient leur verdict sur les fesses de tous ceux qui passaient. Carré, ballon ou sablier. J'étais un carré biscornu. Un losange. À cause de mes hanches anguleuses, tout mon corps était de traviole. Ma bouche montait d'un côté et tombait de l'autre, comme une corde jetée dans les airs, ce qui donnait à mon visage un aspect pour le moins bancal. Levan m'appelait Jack Nicholson. Il adorait mon sourire de loup. Enfin, il l'avait adoré.

Jusqu'à présent, j'avais considéré ce poste d'assistante pédagogique comme quelque chose de temporaire. Mais peut-être ma vie se résumait-elle à cela, désormais ? Il faudrait que je m'habitue à l'odeur du minestrone et aux rêves desséchés. Pas étonnant que les enseignants finissent par déambuler mollement derrière leurs chariots de bouquins.

Mes Dr. Martens étaient au pied du portemanteau, sous mon coupe-vent. Je n'avais pas trouvé d'autre veste d'automne chez moi. Mon manteau vert devait être dans un des cartons de bananes, avec le reste de ma vie.

Je criai en direction de l'évier :

— Au revoir, alors, bon week-end, et tout et tout !

Ulla s'éclaira en se retournant vers moi.

— Quelle journée, hein ? dit-elle en agitant ses mains mouillées. Toutes ces discussions inquiétantes…

J'acquiesçai d'un signe de tête. Elle fit de même et poursuivit un ton plus bas.

— Encore heureux que ça n'ait pas été une de nos élèves, parce qu'il y en a beaucoup qui habitent là-bas, derrière l'Åreskutan.

Sa voix changea de registre :

— Et imagine le grabuge que ça aurait fait si ça avait été une touriste !

Ces femmes… Du genre cheffe d'entreprise ou même célébrité, pourquoi pas. Fronts figés et vestes Colmar. Carte Gold dans la poche intérieure et talons qui exigent des sols durs. Ce serait mauvais pour le tourisme.

Mais non, le risque était faible. Elles pouvaient continuer à porter tranquillement leurs coupes de champagne à leurs lèvres siliconées, bien en vue sur une terrasse ouverte en automne, au pied des pistes, se berçant de la certitude que tout était fait pour elles. Elles n'avaient pas besoin d'aller à l'épicerie du village pour apprendre les nouvelles.

Ulla lavait sa gamelle. La graisse qui avait pénétré dans les éraflures du plastique teinta rapidement de jaune orangé les brins blancs de la brosse à vaisselle.

— Tiens, je me disais que les élèves de première pourraient s'essayer à l'écriture créative, peut-être à partir d'un souvenir qui leur est cher. Une page format A4 devrait aller. Ce serait un bon exercice, à mon avis.

— Très bonne idée.

J'extirpai un sourire des profondeurs où il était tapi, tout en fourrant dans un vieux sac plastique du supermarché Systembolaget[1] ma propre gamelle sale qui avait

1. En Suède, alcools et spiritueux ne sont vendus que dans les Systembolaget, la chaîne de magasins d'État. (*Toutes les notes sont de la traductrice.*)

contenu un sandwich au fromage sans beurre, faute de beurre dans mon frigo.

— Ce serait bien, évidemment, si tu lisais avant ce que disent les programmes officiels sur les procédés d'écriture, afin de pouvoir me donner un coup de main. Beaucoup d'élèves ont des difficultés dans ce domaine-là.

Elle essuya frénétiquement sa gamelle avant de la ranger dans un joli sac isotherme de chez Clas Ohlson. Pour une raison quelconque, elle avait déjà son bonnet Buff sur la tête. J'aurais pu reconnaître un prof entre mille personnes. Buff, sac à dos et casque de vélo. Imperméable coupe-vent pratique qu'ils retiraient en s'ébrouant le matin, après leur long trajet.

— D'accord, je fais ça ce week-end.

— Super ! Mais pour l'amour du ciel, n'oublie pas de prendre aussi un peu de bon temps. Ce boulot nous pompe toute notre énergie. Notre é-ner-gie. Moi je sais déjà ce que je vais faire, dimanche.

En poussant un soupir, Ulla agita la main vers son bureau où s'accumulaient les devoirs de suédois à corriger. À côté du tas de copies, une jolie pile de manuels de développement personnel, lus et relus : *Comment dire non*, *L'Amour-propre maintenant !* et *Prenez le pouvoir sur votre vie*.

— Ah, l'enseignement, fis-je d'un air entendu, sans me sentir le moins du monde concernée.

L'enseignement était la branche la plus molle que j'aie jamais essayée. La plus triste aussi. Tous n'avaient qu'une idée en tête : partir. Les élèves voulaient rentrer chez eux pour pouvoir pianoter tranquilles sur leurs téléphones portables. Les profs voulaient rentrer chez eux pour – oui, pour quoi faire au juste ? Je ne savais pas à quoi ils consacraient leur temps libre en automne. Marche nordique et cueillette des champignons, peut-être. Ils réalisaient certainement eux-mêmes leur fumet de poisson et fabriquaient leurs propres plats en béton. Toute cette tartufferie du savoir-faire me sortait par les yeux. Les profs étaient les crétins que j'avais fuis étant jeune, et le clan des élitistes qu'en tant qu'adulte, j'avais jusqu'à présent évité.

La porte se referma lourdement derrière moi. En retrouvant sa position initiale, la serrure bourdonna : l'accès était interdit aux personnes non autorisées. Il ne restait plus qu'une élève dans la salle de détente, le nez plongé dans Snapchat. Les coussins éparpillés, encore marqués par les empreintes de corps humains, paraissaient curieusement à l'abandon.

— Tu as raté ton bus, Wilma ?

Elle leva les yeux.

— Non, j'attends qu'on vienne me chercher. Maman ne veut pas que je rentre à pied de l'arrêt de bus, répondit-elle en faisant la moue.

— Ah, oui, aujourd'hui tout le monde est prudent, dis-je avec un sourire.

— En plus, la dernière portion du chemin n'est pas éclairée. Maman a entendu dire que la femme morte avait été pendue à une échelle d'affût, précisa-t-elle en écarquillant les yeux. Quelle horreur !

— Oui, c'est ce qu'on m'a dit aussi, mais personne n'est vraiment sûr de rien pour l'instant.

Mon Dieu, il fallait vraiment que quelqu'un s'occupe de tirer tout ça au clair. La seule chose qui prospérait en ces temps de sous-effectifs, c'étaient les monstres.

— Ouais, évidemment.

Elle se mordit la lèvre et replongea dans Snapchat. Ses pouces s'agitaient sur le portable, des flashs illuminaient son visage.

Dehors, le paysage prenait des airs de brochure touristique. Ciel d'un bleu céruléen, couronnes des bouleaux mouchetées d'or, panoramas qui s'exhibaient. Je détestais ça. Voilà ce qu'il en était lorsque septembre capitulait devant ce que l'été avait le plus souvent réussi à repousser :

le beau temps. Je me languissais de la morsure du sombre mois de novembre, qui frappait dès le début de l'après-midi tel un chat noir battant la campagne.

Je regagnai le parking du personnel à pas lourds – je n'en étais pas encore à me déplacer sur la pointe des pieds à plein temps. Facebook regorgeait de propositions d'excursions fortifiantes en montagne, mais je n'avais qu'une envie : retrouver mon canapé, chez moi, à Ånn. M'allonger et, à la rigueur, regarder le soleil faire danser la poussière dans les rais de lumière entre les persiennes et la télé. Mais j'aurais préféré qu'il pleuve, que le ciel devienne lourd et inquiétant, l'idéal pour visionner toute une série télé d'affilée. Ni Åsa ni Linda n'avaient aimé mon dernier statut où j'écrivais que j'avais repris le travail après les vacances. Elles ne le feraient sans doute jamais d'ailleurs.

Ma voiture m'attendait. Je rejoignis la nationale. Éblouie par l'asphalte, je baissai le pare-soleil. Ce seul petit geste représentait un effort. Cinquante-six ans. Il ne me restait plus qu'un instant de ce qui me paraissait autrefois une éternité. Cela me taraudait. Une fine pellicule grise s'était déposée sur ma peau, sur mes yeux. J'essayais constamment de l'épousseter, comme pour exhumer des débris après un grand incendie. Plus aucun rôle n'était fait pour moi. Certains ne l'avaient jamais été. Personne ne disait plus que j'étais jeune et pleine d'avenir. La jeunesse aurait suffi à me rendre attirante, tant dans ma vie professionnelle que vis-à-vis du sexe opposé. Un jour, j'avais tout simplement découvert que tout était fini. J'étais devenue invisible. Souvent, je souhaitais que quelqu'un me fasse exister.

Je n'étais jamais devenue mère, ne serais jamais grand-mère. N'avais jamais été sœur, ne serais jamais tante. J'étais encore fille, un petit moment encore. J'aurais dû devenir quelqu'un de mieux.

Que me restait-il à présent ?

Je m'arrêtai à Åre pour prendre de l'essence. Des cyclistes en VTT continuaient à dévaler les pentes de l'Åreskutan. Je détournai les yeux. Bientôt d'autres seraient là, haletants eux aussi, les skieurs, oreilles enfoncées dans la fourrure. Ceux-là non plus, je ne voulais pas les voir. Ceux qui le jour creusaient de profonds sillons dans la montagne en faisant voguer leurs culs sur les pistes, et qui la nuit traçaient leurs propres circuits, d'un restaurant chic à l'autre.

Vingt-cinq ans plus tôt, on était tranquilles, au moins en été et en automne. Une fois que tout le monde, touristes et saisonniers, était rentré chez soi fin avril, on avait le sentiment que la tempête était retombée. Étonnés du soudain silence à Storlien, nous avions coutume d'aller à Åre nous installer dans l'ambiance tamisée du Torvtaket, le seul restaurant encore ouvert à cette période, pour commander une pizza. Elle n'était jamais aussi bonne que dans ces moments-là. Désormais c'était l'hystérie tout au long de l'année, vingt-quatre heures sur vingt-quatre. On n'avait plus le temps de récupérer. Mais cela profitait à l'économie, bien sûr. En tout cas, c'était ce que tout le monde se disait quand le doute – ou Zlatan – survenait. Pourtant, le terrain n'arrivait plus à faire face. Dès qu'il pleuvait, les cours d'eau débordaient. Les tourbières et les forêts de montagne qui autrefois absorbaient l'humidité avaient été sacrifiées pour de nouveaux permis de construire. Les poissons ne remontaient plus dans leurs ruisseaux naturels. Ils pleuraient. Nous autres locaux pleurions aussi.

À la station-service, j'achetai une barre chocolatée et un Coca, même si je savais que je devais éviter. Quand je me remis au volant, mon téléphone sonna sur le siège passager.

— Alors Bergström, la wallraffeuse[1] de l'école suédoise, comment ça va ? gronda la voix profonde de Nils « Strömmen » Strömqvist, aussi nommé « Bon Sang », à l'autre bout du fil.

— Ça va, merci. Maintenant je n'écris plus que pour ceux qui n'ont pas envie de lire, et je lis les textes de ceux qui n'ont pas envie d'écrire.

— Vraiment, Vera, c'est si terrible que ça ?

Il souffla, s'enfonça sans doute encore plus profondément dans son large fauteuil de bureau. Je l'imaginais, faisant tourner un stylo entre les doigts de sa main droite, les pieds sur la table, fourrés dans une paire de sabots noirs. Il portait ces mêmes sabots lorsqu'il avait un jour été pris en chasse par un ours. Il fanfaronnait souvent là-dessus dans la salle de pause. Les rédacteurs en chef comme lui étaient une espèce en voie d'extinction au sein de la presse régionale. Il était mû par une soif de revanche dirigée contre presque tout dans la société. Le pire, à ses yeux, était ceux qui profitaient de leur position de dirigeant pour s'asseoir sur la vérité. Il faudrait mettre des punaises sur tous ces sièges, avait-il coutume de dire. Malgré toute la lassitude qu'il pouvait éprouver en tant qu'homme, il avait toujours un regard décalé, son regard de professionnel, à la fois extrêmement concentré et sceptique.

— Oui, c'est terrible.

— Bon sang. Tu ne peux pas rester là-bas.

1. Néologisme formé sur le nom du journaliste allemand Günter Wallraff, célèbre pour ses enquêtes en immersion, l'expérience personnelle étant la base de sa méthode d'investigation.

— C'est toi qui as fermé l'antenne du journal à Järpen.

— Si ça n'avait tenu qu'à moi, elle serait revenue aussi sec, comme un boomerang, dès le lendemain. Tu le sais.

— Oui, je sais.

Strömmen était encore un jeune rédacteur en chef qui en voulait lorsqu'il m'avait prise sous son aile. Nous faisions tous les deux partie des meubles au *Jämtlandsposten*[1] bien avant que j'atterrisse dans la benne à ordures. Nous avions neuf ans de différence. L'année prochaine, Strömmen partirait à la retraite. Restait à voir ce que ça donnerait… Mais l'âge lui allait bien. Toujours le même vieux cow-boy prompt à dégainer, même si son flingue ne fumait plus autant qu'avant.

Je tournai la clé dans le contact.

— Du reste, on peut encore s'estimer heureux que la rédaction centrale continue d'exister. La semaine dernière, le saint vaisseau mère a envoyé un nouveau projet de restriction budgétaire.

— Comment vont les autres ?

— Ben, ils retiennent leur souffle en espérant qu'il y aura davantage d'aides pour la presse dans les zones dépeuplées et que le ministre de la Culture sauvera le monde. Le syndicat commence à baisser les bras. Moi aussi. On ne va pas tarder à me remplacer par quelqu'un du service commercial. Dommage que je ne puisse pas pleurer dans les colonnes de la presse comme le fait la police.

Strömmen eut un rire sec, lampa une goulée et déglutit bruyamment. Vraisemblablement la lavasse de la machine à café dans le couloir. Noir et amer. Le lait servi par ce genre d'appareils était strictement imbuvable. Selon Strömmen, c'était la même saloperie que le produit qu'il utilisait pour laver ses caleçons. Il avait lu ça quelque part.

— Bon, allez accouche, maintenant, dis-je.

— Quoi donc ?

1. Quotidien régional du Jämtland.

— Dis-moi pourquoi tu m'appelles. Ce qui t'amène, ce que tu as sur le cœur et tout ça. J'ai pas tout le week-end, moi, baragouinai-je en imitant le type qui a gagné au loto, dans la publicité.

J'ouvris ma cannette de Coca. Le gaz siffla.

— Non, non, je sais, bon sang.

J'entendais sa bouche se tordre. Des torsions censées être des sourires, probablement, mais que la grosse chique sous sa lèvre supérieure empêchait de s'épanouir tout à fait.

— Je voudrais que tu fasses un papier sur la morte de Kall. Nous soupçonnons depuis le début qu'il s'agit d'un meurtre. La police a adopté cette nouvelle mode, comment ça s'appelle, déjà… Un truc avec la nourriture…

— Le mouvement Slow ?

— Exactement. Leur truc à eux, c'est le slow travail.

Strömmen eut un rire étouffé et marqua une pause. Bruits de mastication.

— Tu ne pourras pas écrire grand-chose sur la victime, évidemment. Il s'agit plutôt de saisir l'atmosphère dans le village, ce que les gens ordinaires ont à en dire. Au supermarché Ica, au foyer rural… On m'a dit que beaucoup de femmes avaient peur de sortir seules.

— Je n'ai pas eu le temps de lire grand-chose sur cette affaire, j'ai eu des cours toute la journée.

Je ne voulais pas reconnaître que j'étais désormais aussi prompte à éviter les informations que j'avais été rapide à les rédiger autrefois.

— Aucune importance. Il n'y a eu que deux brèves sur le sujet, alors ce sera vite lu. Il est temps de développer davantage. Mais l'enquête de police, c'est nous qui nous en occupons. Toi, on veut que tu nous fournisses autre chose.

Je déglutis.

— Je ne sais pas, Strömmen. Je suis au lycée, maintenant…

— Oui, enfin, seulement en semaine. Tu as tout le week-end pour toi, dit-il en imitant lui aussi le type de la publicité. D'ailleurs je pense que tu as besoin de te mettre à nouveau quelque chose de concret sous la dent, de te colleter avec de vraies gens. Les élèves ne le deviennent qu'après avoir quitté l'école, n'importe quel crétin le sait. Sauf les profs, naturellement.

— Et puis, j'avais l'intention d'aller chasser.

— Boire du Jägermeister et chier dans la nature, tu fais ça depuis que tu as dix-huit ans.

— Le directeur de l'information est d'accord ?

— Mais oui, bon sang. Per n'a personne à envoyer sur le terrain. Et ce n'est pas en restant toute la journée à la rédaction qu'il apprendra quoi que ce soit. La police n'est pas bavarde. Nous devons aller sur place, rencontrer les gens.

— Il y a cent soixante kilomètres aller et retour de chez moi jusqu'à Kall.

— Est-ce que ça te posait des problèmes, dans le temps ?

— Non.

Pourtant, mon premier sentiment lorsque j'avais perdu mon poste de journaliste locale, trois ans auparavant, avait été le soulagement. Finies les nuits à rouler seule sur des routes verglacées, dans des tempêtes de neige, pour être la première sur les lieux d'un accident, parfois même avant la police et les secours. Finis les cauchemars accompagnés par les crépitements et hurlements de la radio de la police sur ma table de nuit. Finies les journées avec la lourde sacoche photo à l'épaule et, dans le coffre, la pelle à neige et la combinaison de scooter. Je n'en avais plus la force. Plus envie. Mais ensuite, quand j'avais vainement tenté de gagner ma vie en freelance, l'incertitude s'était installée. Mes pieds avaient cherché une saillie dans la roche, rien qu'une toute petite, sans succès.

Et soudain Strömmen était à nouveau là, au bout du fil. Il revenait fouiller dans la benne à ordures. Je ne savais pas s'il y trouverait seulement des détritus ou si ce vieux débris se révélerait une ressource inexploitée. Je n'avais pas envie de le savoir. Mon cœur ne supporterait pas de nouveaux échecs.

— Bien, rappelle-moi le plus vite possible pour me dire si tu acceptes. En attendant, je t'envoie les liens vers ce que nous avons écrit jusque-là.

— D'accord, je te fais signe.

En mon for intérieur, j'avais déjà refusé, mais je devais à Strömmen de manifester au moins un peu d'intérêt.

Presque trente kilomètres encore. D'une main, j'ôtai le papier de ma barre chocolatée tout en tenant le volant de l'autre. Comme les cacahuètes me restaient dans la gorge, je les fis descendre avec le soda. Sur P3, à la radio, on parlait des coûts exponentiels des travaux pour le nouvel échangeur de Slussen et le contournement de Stockholm. Je passai sur P4 Jämtland. La pharmacie de Föllinge allait fermer définitivement.

Après Duved, les habitations étaient plus dispersées. Au-delà de Gevsjön, personne ne s'était donné la peine de retirer les piquets à neige sur les bas-côtés. Je traversai la forêt de résineux, puis celle de bouleaux. Ongles pointus et doigts crochus se tendaient silencieusement vers moi. Je longeai les lacs noirs aux eaux brillantes et les tourbières brunes spongieuses. Je suivais leurs contours, les patchworks de linaigrette, de touffes d'herbes et de fleurs de mûres polaires fanées.

Le soleil s'attardait encore, mais les jours allaient rétrécir petit à petit. L'obscurité de l'automne avalait tout sur son passage. Le paysage dans lequel je roulais était mon ADN. C'était ici que j'avais joué et grandi. Dans l'odeur de marais et de mousse. Mon corps s'en souvenait. Il portait les marques des taillis et des broussailles. Il se languissait toujours de la chaleur, mais lorsque j'y étais trop longtemps exposée, il voulait rentrer à la maison pour pouvoir enfin respirer. Ici, les fusillades, les explosions et le crime organisé des grandes métropoles nous paraissaient très lointains. Dans ces coins reculés se déroulaient de tout autres conflits. Mais en réalité, ils débouchaient dans le même fleuve que ceux des banlieues. Les uns comme les autres aboutissaient à Rosenbad[1].

À mon arrivée, Ånn baignait dans l'intense lumière de l'après-midi. Eskil Eriksson marchait sur le bas-côté, avec son habituel gilet fluorescent. Il leva la main et je lui rendis son salut. La montagne étincelait : les premières neiges étaient déjà tombées, là-bas, au loin. Ceux qui ne comprenaient pas trouvaient rarement le village idyllique. Voyant les jardins infertiles, ils disaient que ces ratés de la nature n'étaient beaux que recouverts par la neige. Ils voulaient les rectifier, de même que l'on corrige au Tipp-Ex un texte erroné. Le cœur du village les troublait : une courte ligne droite bordée de maisons sans la moindre cohésion apparente. Elles étaient plantées là, chacune pour soi, lentement façonnées par la pluie et le vent.

Mais ceux qui comprenaient savaient, eux. Qu'ici, il fallait dépasser ses premières impressions. La nature aride était nue, sans fard. La plus belle qui soit.

À cette heure-ci, l'atmosphère vibrait à la fois d'attentes et d'une indolence circonspecte. Je n'avais jamais apprécié cette ambiance de fin de semaine au village. La porte de l'auberge – que la population locale appellerait sans doute éternellement La Maison – était grande ouverte. Björn voulait sûrement aérer un peu avant l'arrivée des premiers buveurs du soir. Une couette sans housse pendait à la fenêtre. Peut-être des clients s'étaient-ils annoncés ? On continuait à louer quelques chambres à l'étage. En descendant de voiture, j'entendis les limiers d'Ågren qui aboyaient dans le lointain. Encore une vie qui allait cesser.

Je savais que l'odeur était perceptible dès la cage d'escalier, mais je la sentais de moins en moins. Elle imprégnait tout le bâtiment, cette odeur du passé, un

1. Bâtiment officiel dans le quartier Norrmalm à Stockholm, siège du gouvernement. Il abrite le cabinet du Premier ministre et un certain nombre d'autres services gouvernementaux.

singulier mélange de lino récuré et de maison de campagne glaciale. Pas le meilleur des accueils.

Je montai l'escalier quatre à quatre en évitant comme toujours de regarder le guichet condamné et les bancs vides de la salle d'attente. Tout l'édifice sentait la tristesse, pleurait l'époque où il était au centre des événements. Où les gens attendaient nombreux, avec leurs sacs à dos et leurs espoirs.

Mon deux-pièces était un trou à rats, mais un trou à rats bon marché, au-dessus de la gare du village. Il y avait de cela plusieurs années, la Jernhusen, la compagnie d'État qui exploitait les bâtiments du réseau ferré, avait vendu l'ensemble de la gare à une société immobilière privée. Longtemps auparavant, c'étaient le chef de gare et les ouvriers qui habitaient là. Je voyais encore les traces claires d'usure laissées par leurs pieds laborieux. J'attendais toujours que quelqu'un emménage dans le studio voisin. Dehors, les rails subsistaient, comme enracinés dans le sol, et parfois les trains s'arrêtaient en gare. Parfois. Car la plupart du temps, ils se contentaient de passer à toute allure. Pas aussi souvent qu'avant, loin de là. Mais deux ou trois fois par jour, on en voyait encore.

Après le décès de maman et le départ de papa en maison de retraite à Åre, j'avais sur le conseil de ce dernier vendu la maison de mon enfance à un Norvégien amateur de motoneige. Je n'avais pas besoin d'un logement aussi vaste, et cela avait sauvé mon budget au moment de mon licenciement. J'avais emménagé dans la gare la semaine même où je vidais mes tiroirs à la rédaction, le jour même où Levan s'installait chez une autre. Ma vie entière avait pour ainsi dire fait naufrage trois ans plus tôt.

Ma valise était toujours dans l'entrée, encore pleine, alors que j'étais revenue de Majorque depuis deux mois déjà. Je persistais à la dédaigner. De toute façon, je n'aurais pas besoin de vêtements d'été avant un an. Je m'étais contentée d'en sortir mes sous-vêtements sales avant de la refermer.

La lumière de la salle de bains s'alluma en tremblotant. Le sol était glacial. Par chance, je pouvais utiliser le séchoir à linge comme poêle. Je fourrai une serviette propre mouillée dans le tambour puis mis l'appareil en marche. Laissai la serviette tourner à l'intérieur tandis que l'air chaud était propulsé au-dessus du lavabo, de la baignoire et des toilettes. Au bout d'un moment, on parvenait à se déshabiller sans mourir de froid. Je pris une longue douche chaude, me savonnai de la tête aux pieds. Les poils ras sous mes aisselles avaient changé d'aspect. Je passai la main sur l'intérieur de mes cuisses flasques. Flasques, envahies par la végétation et aussi solitaires que des routes forestières rarement empruntées. Je remontai un peu plus haut, me masturbai en haletant avec l'index droit. Ce fut terminé en quelques secondes.

Ensuite, je sortis un pantalon de jogging. Je ne portais des jeans qu'au travail, mais tout le temps un T-shirt et une veste polaire légère. Je mis le nez sous les aisselles de mon T-shirt. Une vague odeur de vieille transpiration imprégnait le tissu, mais ça irait. « L'uniforme de la journaliste », disait Levan en rigolant. « Pour vous les journalistes, le vendredi soir, c'est pas habillé, c'est débraillé. » Ses jeux de mots idiots me manquaient. On avait appelé ça de l'humour de papa, jusqu'à ce que le mot « papa » se teinte de tristesse.

Je m'attachai les cheveux. J'en avais encore assez pour faire une queue-de-cheval, mais ils étaient moins beaux et plus clairsemés. La semaine prochaine, j'appellerais Katta pour savoir si elle avait un créneau de libre pour me les couper. Un SMS de Strömmen arriva sur mon téléphone :

Allez, Bergström. J'ai pas tout le week-end.

Je commençai à transpirer. Ce n'étaient pas des bouffées de chaleur, mais les émanations d'événements antérieurs. Tels des cercles sombres sur une table de cuisine.

Quand finalement j'allumai l'ordinateur, mon corps entier se rebiffa. Dehors, la lumière bleue du crépuscule était depuis longtemps descendue sur les rails et les chiens. La connexion ronchonna, s'éveilla lentement à la vie. Le mail de Strömmen mit presque un quart d'heure à s'ouvrir. Il avait joint deux liens vers la page web du *Jämtlandsposten*. Le premier texte n'était qu'un entrefilet factuel, rapportant qu'une femme avait été retrouvée morte près d'une échelle d'affût une semaine plus tôt et découverte par un homme qui allait nettoyer un campement sur ses terres. Les journalistes du web de nuit à Sundsvall avaient dû repérer le fait divers sur la page de la police pour en informer leurs lecteurs.

Six jours s'étaient écoulés avant la publication de l'article suivant. Ce matin, les lecteurs avaient appris que la police soupçonnait un meurtre. Selon le chef de l'enquête préliminaire, il s'agissait visiblement d'un crime violent, mais vu la nature de l'affaire, il ne voulait rien ajouter, si ce n'est que les faits avaient dû se produire tard dans la soirée du 6 septembre. Ils n'avaient pas non plus été en mesure d'informer tous les proches de la victime, était-il écrit. Pour quelle raison ? Quoi qu'il en soit, la police avait lancé un appel à témoignages.

Était-il possible que rien d'autre n'ait été écrit sur cet événement ? Je fis une rapide recherche sur Google en tapant les mots « meurtre » et « Kall » dans le champ de recherche. Dans tous les journaux du groupe n'apparaissait que l'entrefilet que j'avais déjà lu. À part cela, les informations relatives à Kall concernaient soit le mauvais état des routes, soit la probable reconversion de la maison de retraite en foyer pour les réfugiés. La plupart des articles, c'était moi qui les avais écrits. J'avais le sentiment que cela remontait à plus longtemps que dans les faits. Je changeai l'intitulé de ma recherche, tapai « meurtre » puis « commune d'Åre » et trouvai un lien sur la page du *Dagens Nyheter*, mais lorsque je cliquai dessus, l'écran n'afficha qu'un roman policier de Hans Rosenfeldt.

J'allai sur Flashback. C'est habituellement là qu'il se passait plus de choses. Un dénommé Vinter75 avait lancé un fil de discussion sur la victime à la seconde précise où le *Jämtlandsposten* publiait sur sa page l'article à propos du meurtre.

« Que savez-vous sur le meurtre dans la forêt de Kall ? *Hit me !* »

Je fis rapidement dérouler les réactions, et bingo ! Vers le milieu du flux se trouvait un lien vers une page Facebook. Intitulé : « Assassinée ». Le lien me mena à une certaine Isabella Sandgren. La photo du profil montrait une femme maigre vêtue d'un jean et d'un pull marron. Elle avait une mince écharpe violette à franges autour du cou. La couleur criarde ne flattait pas son visage grêlé de cicatrices d'acné ni sa chevelure décolorée. Elle était appuyée contre une barrière en bois, sur fond de chutes d'eau écumantes, peut-être celles de Tännforsen. Le photographe n'était même pas parvenu à lui arracher un petit sourire. On apprenait qu'elle était née en juillet 1979, c'était tout. Pas de famille. Pas un seul ami. Pas d'autres photos non plus, aucune publication sur la page. Isabella Sandgren n'avait pas été particulièrement active sur les réseaux sociaux.

Je cherchai son nom en ligne. Apparurent aussitôt une coordinatrice de recherche, une apicultrice et une chirurgienne esthétique du même nom. Toutes avaient l'air d'être très présentes sur la Toile. Mais l'Isabella assassinée restait cachée sous la surface, reliée à rien, tel un bout de bois dérivant au gré du courant. N'avait-elle vraiment laissé aucune trace numérique à part cette page Facebook ? Il était donc encore possible de se tenir à l'écart du monde ?

Qui était-elle vraiment ? Je retournai sur Flashback et parcourus les commentaires. Les mêmes informations que celles qui avaient déjà circulé au lycée. La femme avait acheté une vieille ferme abandonnée dans la forêt qui bordait Kall, non loin de l'endroit où elle avait été assassinée, et elle y avait emménagé seule quelques années plus tôt. Les renseignements s'arrêtaient là. Même si les questions s'accumulaient, personne ne savait rien de son passé.

En ce qui concernait les théories sur le meurtre, en revanche, l'imagination n'était pas en reste. Un ragot ne cessait de revenir sur les touristes sexuels à Åre, ces hommes qui venaient faire du ski mais voulaient mettre aussi un peu de piment dans leurs vacances. On évoquait rarement cet aspect du tourisme, mais je savais pertinemment qu'il existait et qu'il était devenu de plus en plus courant depuis que les nouveaux riches russes avaient découvert la région. Le bruit courait même qu'Isabella était arrivée à Mörsil avec les strip-teaseuses des Balkans. Quand la boîte de strip-tease avait fermé, elle était restée dans la région et s'était prostituée. D'après celui qui écrivait sous le pseudo Genusgenius, « tous les hommes qui achètent du sexe ont un ÉNORME potentiel de violence. Le meurtrier pourrait donc en principe être n'importe qui, issu de n'importe quelle classe sociale. Un P.-D.G. aussi bien qu'un technicien de surface. »

Je soupirai. Ces fichus lieux communs. Je me versai un verre de vin rouge. La première goulée était toujours la meilleure. Le vide dans mon estomac se mit à brûler. Le vide dans mon âme se mit à brûler. Tout se consumait. Je repris ma lecture.

Vattenbjoern écrivait : « À voir comment le corps était arrangé – il paraît qu'elle était couchée comme une actrice sur une scène, éclairée par un projecteur. Ça ne m'étonnerait pas que ce serait un de ces dingues de routiers qui passent toujours entre les mailles du filet. Il a suffi d'une nuit sur ce sentier… Ils vont avoir du mal à démêler ça, alors bon courage, la police. »

On dit « que ce soit », pas « que ce serait ». Les gens n'arrivent pas à se mettre ça dans le crâne. Enfin, en tout cas, Vattenbjoern avait été assez aimable pour joindre plusieurs liens vers un tueur en série aux USA.

Les élèves avaient raconté que la femme était pendue à une échelle d'affût. Voilà que quelqu'un affirmait que le crime évoquait une mise en scène de spectacle. Il n'était pas certain que l'une ou l'autre de ces théories soit correcte – elles pouvaient résulter du bouche à oreille dans le village – mais toutes deux suggéraient que la scène du crime avait été arrangée, d'une manière ou d'une autre. Je relevai mes cheveux et bus une grande gorgée de vin. Je n'ai jamais été du genre à siroter. Je sortis le morceau de fromage, raclai ce qui restait. Maintenant le frigo renvoyait l'écho du vide.

L'avant-dernier message était encore plus énigmatique et avait été écrit sous le pseudonyme Thetruthwillsetyoufree. « La prétendue victime a toujours été une menteuse, elle a encore sûrement fait une connerie. »

Vinter75, celui qui avait ouvert le fil de discussion, répondait : « Comment ça, ''prétendue victime'', Comment ça, ''a toujours été une menteuse'' ? Comment ça, ''elle a encore sûrement fait une connerie'' ? Qu'est-ce que tu veux dire, ''Thetruthwillsetyoufree'' ? Reviens et explique-toi ! »

Je n'aurais pas dit mieux moi-même.

Mais Thetruthwillsetyoufree brillait par son absence. La vérité aussi.

À ce stade, il ne semblait pas y avoir d'autre témoin que le propriétaire, celui qui avait trouvé la femme. Strömmen avait dit avoir essayé d'obtenir plus d'informations de la part de la police, à la suite des deux premiers articles, mais sans succès. Or quelqu'un savait, forcément. Il y a toujours quelqu'un qui sait. Je me laissai aller contre le dossier de ma chaise de bureau. Sur Flashback, personne n'avait envisagé qu'il pouvait y avoir un monstre dans le coin. C'était nécessairement quelqu'un d'extérieur, pas quelqu'un de chez nous. Je songeai aux élèves du lycée.

Même si la plupart donnaient le change, ils avaient peur. Je l'avais vu dans leurs yeux.

Le besoin d'en savoir plus s'éveilla en moi. Un désir ancien que j'accueillis avec autant de plaisir que de méfiance. Pendant des années, j'avais été obligée d'être au courant de tout, constamment connectée, informée, attentive à tout ce qui se passait dans le monde. Mais la curiosité m'avait peu à peu abandonnée. Un jour, mon abonnement gratuit au *Jämtlandsposten* avait pris fin et je ne l'avais pas renouvelé. Mes moments sacrés d'information à la télévision, comme *Aktuellt* et *Rapport*, avaient perdu leur saveur. Maintenant, ils n'avaient plus aucune substance.

Mais une pauvre petite incursion au journal ne me tuerait pas. Je fixai l'armoire à fusils dans l'entrée. J'avais huilé le canon de mon fusil à élan. Imperméabilisé mes bottes. Cela avait été mon occupation de la semaine passée. Ma seule occupation. Mais la chasse pouvait attendre. Il y aurait d'autres nuits dans la cabane. Je retournai à l'ordinateur. Strömmen avait raison, j'avais besoin de reprendre un peu contact avec la réalité.

Je récupérai le téléphone qui s'enfonçait entre les coussins du canapé et tapai :

Bonjour, j'irai à Kall demain.

La réponse laconique de Strömmen arriva aussitôt, accompagnée d'un pling sonore :

Bien !

Elle fut immédiatement suivie d'un second SMS, où il ajoutait :

N'oublie pas d'arroser tes plantes.

On sait si une personne se soucie de ses amis quand elle vérifie l'état de leurs plantes vertes, avait-il coutume de dire lorsqu'il rendait visite à quelqu'un, en enfonçant un doigt potelé dans la terre comme un thermomètre dans le cul d'un vieillard déshydraté.

Strömmen avait inséré un smiley après la dernière phrase. Je ne pus retenir un sourire. Un smiley avec une prise de tabac sous la lèvre. Puis la tristesse m'envahit d'un seul coup. Mes plantes vertes avaient besoin d'eau. Toutes.

J'eus soudain une boule dans la gorge. Mes yeux s'embuèrent. Saletés de larmes, moi qui croyais que nous étions quittes, maintenant. Je penchai la tête en arrière pour les retenir sous mes paupières. Mais impossible de les arrêter, elles coulèrent à flots.

— Quel été merdique, vivement qu'il se termine.

C'est ce que répète sa mère. Les eaux de fonte du printemps ne disparaissent jamais et après, tout est encore plus humide. Le grand champ à Järpen est inondé. Leur cellier est épargné, mais pas celui des Björklund. Le bourdonnement des ventilateurs s'entend depuis la route. La pluie et le froid rendent tout le monde fou. Quand la chaleur arrive enfin, elle ne dure pas plus d'une journée. Les moustiques jaillissent de la tourbière derrière la maison comme la merde d'un épandeur de fumier. Maria colle des papiers tue-mouches sur toutes les portes. C'est une véritable plaie contre laquelle il faut lutter. Les larves de moustiques sont suspendues tête en bas à la surface de l'eau, dans le tonneau de la cour et dans l'eau stagnante des fossés.

— Ils respirent par le cul, répète Magnus.

Il mélange de la cannelle, de l'ail et du liquide vaisselle dans un pulvérisateur. Maria le regarde vaporiser les arrière-trains qui se balancent dans l'eau. Pschitt, pschitt.

— Ça les tue avant qu'ils deviennent des moustiques.

Le frère ricane. On pourrait penser que c'est une victoire. Mais personne ne voit la différence. Le cou de Maria est constamment couvert de boutons purulents et nauséabonds qu'elle a percés en se grattant. Magnus part vers l'ouest. Ça aussi, c'est une blessure.

Toute cette humidité fait fermenter le corps de quinze ans de Maria. Elle n'a jamais été mince, mais maintenant, elle gonfle de partout. Ses seins enflent comme des bulbes d'oignons gorgés d'eau. Un jour, son ventre gras se met à déborder de la ceinture de son jean, et marcher lui provoque des irritations à l'intérieur des cuisses.

Chez sa mère, en revanche, c'est le froid qui s'impose comme un invité indésirable. Les éruptions de psoriasis font fleurir de grandes taches argentées sur sa peau pâle. Son corps déjà gras est déformé et fatigué par l'arthrose. Ses fines robes en coton sans manches, les seuls vêtements qu'elle porte, absorbent une partie de cette tristesse, mais ne peuvent empêcher l'odeur d'envahir la maison. C'est un peu mieux en bas, au moins, dans la grande pièce du sous-sol où Maria dort. Cette pièce, censée être une salle de séjour, n'a pas de porte, mais Maria a accroché une tenture de velours rouge devant la grande ouverture. Surtout pour ne plus voir les trous noirs entre les marches de l'escalier.

Elle a du mal à s'endormir, depuis un certain temps. L'escalier pousse des gémissements. Souvent, elle reste éveillée longtemps après minuit et observe les motifs du lambris en pin jaune. Elle a compté les nœuds du bois, les a touchés, les connaît tous à présent.

Maria redonne vie à la cuisine d'un seul coup. Elle écarte les rideaux des fenêtres et la lumière entre à flots. Sa mère a l'habitude de les tirer pendant la nuit. À travers le plafond de la cave, Maria l'entend traîner les pieds dans ses pantoufles en daim. Elle se représente la maison de l'extérieur, les carreaux qui s'éteignent l'un après l'autre au milieu des planches peintes en rouge de Falun. Un rouge foncé de sang figé, à cette heure de la journée.

Il n'y a pas d'autres maisons en face : la leur est la dernière de la rue avant la zone industrielle. Il passe rarement quelqu'un ici, mais la mère de Maria est effrayée à la simple idée d'apercevoir une paire d'yeux brillants lorsqu'elle se lève pour aller faire pipi. N'importe qui peut facilement jeter un coup d'œil à l'intérieur, surtout quand il a neigé.

— Il suffit aux mauvaises langues de se poster sur une congère bien tassée, explique la mère.

Alors elle ferme, cache et refoule.

Le ciel est bas maintenant, dans les sapins sombres de l'autre côté de la rue. Le perron couvert est plongé dans l'ombre. Seules les fissures causées par le gel et la mousse se plaisent à cet endroit que le soleil n'atteint pas. Il faut attendre la Saint-Jean d'été, lorsque l'astre est au plus haut, pour qu'il y ait une grande trouée de lumière.

Autrefois, le père cultivait des pommes de terre et des soucis derrière la maison. Campé sur ses jambes écartées, son dos puissant courbé au-dessus des sillons, il se tenait au centre de la seule parcelle de terrain qui ne soit pas ombragée par les pins. Maria aimait le voir là, coiffé de son chapeau anti-moustiques vert, avec les insectes plantés dans le filet telles des têtes d'épingle noires.

Maria allume la radio. Les voix familières d'inconnus emplissent la pièce. Elle passe des rondelles de cervelas à la poêle, fait griller du pain et bouillir de l'eau pour le thé. Le réfrigérateur est presque vide. Le calendrier indique qu'il reste encore de nombreux jours avant que l'argent rentre à nouveau.

Lorsque Maria arrive avec le petit déjeuner, sa mère est comme à l'accoutumée en train de satisfaire son besoin de nicotine et de regarder la télévision. Maria se dit parfois qu'elle lui apporte sa nourriture comme à un chien. Sa mère la regarde d'un œil apathique, se redresse et attrape le plateau de lit. De sous la couette s'échappe un effluve de peau non lavée et de vieille urine. Sur le sexe de sa mère, il n'y a plus que quelques poils raides, maintenant, Maria l'a vu. Elle est entourée d'un nuage de fumée, comme une actrice sur scène. Maria la voit qui s'apprête à faire tomber la cendre dans le ketchup coagulé de son dîner de la veille.

— Non, non, non !

La mère se fige. Regarde autour d'elle, confuse dans sa déchéance.

— Je vais chercher le cendrier. Comment va ta tête aujourd'hui ?

La mère déglutit et fronce les sourcils. Comme si elle se souvenait soudain.

— Comme hier. Exactement pareil. C'est sûrement une tumeur.

— Mais non, tu n'as pas de tumeur.

Maria ramasse la ceinture de la robe de chambre sur le sol. Un serpent de velours rouge qui ondule entre les taches de vomi séché sur le tapis.

— Qu'est-ce que tu en sais ?

— Vu tous les maux de tête que tu as eus ces dernières années, tu serais morte depuis longtemps.

— Ne dis pas ça.

La mère gémit. Elle remet en place son ventre flasque.

— Tu n'as PAS de tumeur. Je te le promets. Allez, mange. Et après, tu devrais essayer de sortir faire un petit tour, c'est pour ça qu'on t'a donné le déambulateur.

Maria dépose le plateau avec précaution. Sa mère abandonne sa cigarette. La cendre grise s'allonge de plus en plus, comme une queue de rat. Elle devrait tomber, mais s'accroche farouchement.

— C'est pas possible.

— Pourquoi donc ?

— Ton père ne veut pas.

— Mon père ne veut plus rien.

La mère semble d'abord surprise. Puis effrayée. Les grandes fleurs du papier peint quittent les murs et descendent dans la pièce. Un jour, couchée entre ses parents, Maria avait vu de petits êtres grimper le long des tiges vertes. Quand la fièvre avait relâché son emprise, sa mère s'était assise sur le bord du lit, la main posée sur sa tête trempée de sueur. Elle portait du rouge à lèvres et du fard à paupières bleu à l'époque. Ses boucles d'oreilles scintillaient dès qu'elle remuait ses lèvres rouges, c'était si joli. Aujourd'hui, les tiges des fleurs de psoriasis veulent étrangler l'actrice flétrie dans son lit.

Dehors, le soleil luttait toujours pour se maintenir au-dessus de l'horizon. Le thermomètre indiquait moins un. Tout était dur et gelé, mais la température allait remonter, avant de chuter à nouveau. Je buvais mon café à la table de la cuisine, comme quelqu'un de normal. Une mouche ayant survécu à l'hiver grignotait du sucre dans l'évier. Un morceau était tombé du paquet, la veille, pendant que je cherchais quelque chose à manger. Le café en poudre s'efforçait de se diluer dans l'eau. Je tournai la cuillère tout en considérant les taches grasses de béarnaise sur le mur. Un motif jaune auquel je m'étais habituée.

Ensuite, je sortis ma sacoche photo du placard. Je soufflai la poussière qui s'était déposée sur le rabat puis fourrai un bloc-notes et un crayon à l'intérieur. Les stylos à bille ne fonctionnaient jamais quand il faisait froid. Son poids contre mon corps, une fois la bandoulière à l'épaule, m'était familier.

Il fallait aussi que j'emporte mes bottes. Elles étaient posées sur une serviette dans la salle de bains, couvertes de boue séchée comme si j'avais pataugé dans la gadoue. Je ne me rappelais pas où ni quand je les avais mises pour la dernière fois. Je brossai la boue au-dessus du lavabo, sans réussir à tout enlever. Une pellicule marron de saleté et d'oubli recouvrait encore le caoutchouc quand je déposai mes affaires sur le siège arrière.

Kall était un cas désespéré. Trop éloignée des restaurants branchés d'Åre et trop proche de la vie quotidienne à Järpen, cette localité jouait le rôle de sœur miteuse d'Åre. Les pollutions dues à l'ancienne usine de pâte à papier étaient une sorte d'infection latente, un gène héréditaire qui affectait tout et tout le monde dans les environs.

L'épicerie n'avait pas encore ouvert. Je m'assis sur les marches du perron, resserrai mon gilet autour de mon corps et appuyai la tête contre le mur frais du bâtiment.

Au bout de quelques minutes seulement, j'entendis des cliquettements derrière les portes électriques. Une femme aux cheveux violets replaçait les caddies de telle sorte qu'ils soient bien alignés. Une odeur de pain sortant du four et de vieille bière m'accueillit quand j'entrai. Je pris un panier ; autant faire quelques courses, pendant que j'y étais. J'errai parmi les rayons, jetai dans mon panier un saucisson, un paquet de macaronis et des pizzas surgelées. J'aurais dû faire une liste, comme tout le monde. Il en traînait une vieille au fond du panier. Quelqu'un qui avait une écriture brouillonne allait probablement cuisiner un plat de viande. Côtelettes, carottes, champignons, petits oignons et concentré de tomates étaient les possibles ingrédients d'un bœuf bourguignon. Je chiffonnai le bout de papier. Je n'avais pas l'intention de faire la cuisine pendant des heures, loin s'en fallait.

Hormis la femme aux cheveux violets, je ne vis aucun membre du personnel. Si elle était seule au travail, je serais obligée de lui poser mes questions à la caisse.

La femme leva les yeux pour me dire bonjour puis se concentra sur le tapis roulant. Mes articles furent scannés l'un après l'autre.

— Pas très inspirée pour la cuisine, aujourd'hui. Ah, si on pouvait simplement avaler une pilule au lieu de manger, dis-je.

La femme rit, mais secoua la tête, sans quitter le tapis roulant du regard.

— Oh non ! Mon Dieu, comme ce serait ennuyeux. C'est tellement agréable de faire la cuisine.

Je souris.

— Je vous envie.

À l'entrée, l'appareil de récupération des emballages consignés se mit en marche.

— Ah, bonjour, au fait…, dis-je pour reprendre le fil. Je m'appelle Vera Bergström et je travaille pour le *Jämtlandsposten*.

La femme me regarda en plissant les yeux, mais ne refusa pas de serrer ma main tendue.

— J'aimerais savoir comment vous allez ici, au village, après cet horrible meurtre. Vous auriez le temps de discuter un peu ?

— Moi ? Vous voulez me parler, à moi ?

Elle retira brusquement sa main. Sa bouche ne fut plus qu'un trait.

— Oui, pourquoi pas ?

— Vous allez utiliser ce truc-là aussi ?

Elle désigna l'appareil photo. Typique des femmes de son âge. Elles étaient les premières à se plaindre qu'il n'y avait que des hommes dans le journal, mais elles-mêmes refusaient de contribuer à l'égalité des sexes. Sur cent infirmières, on envoyait le plus souvent le seul homme sur le devant de la scène.

— Oui, mais je ne suis pas obligée de faire un gros plan.

— Non, je ne préfère pas.

Je ravalai mon agacement et optai pour la flatterie. Parfois, ça fonctionnait.

— Vous qui êtes si jolie. Mais si je ne vous prends pas en photo, accepteriez-vous au moins de me dire quelque chose ?

La femme rejeta la tête en arrière et réfléchit un instant. Puis elle poussa un soupir théâtral.

— D'accord. Mais je suis coincée à la caisse, malheureusement.

Je soufflai. Mais je n'allais pas la lâcher. Mieux valait une citation revêche que rien du tout. L'adrénaline commençait à monter. C'est pour cela que j'avais adoré mon travail. L'excitation qu'on ressentait à pénétrer dans la vie d'une personne inconnue pour en tirer les fils était quelque chose d'indépassable. J'avais l'impression d'être une exploratrice.

— Quel est votre nom ?

— Anneli.

— Anneli… ? demandai-je comme si je parlais à un enfant.

— Holmqvist.

— Que pensez-vous de ce qui s'est passé ?

Elle porta la main à la barrette dorée qui retenait sur le côté ses cheveux alourdis par les produits chimiques. La repousse gris souris lui descendait presque jusqu'aux oreilles.

— Ce que j'en pense… Je suis choquée, comme tout le monde, je crois. C'est encore plus angoissant quand ça s'est passé tout près et qu'il n'y a pas encore eu d'arrestation. Beaucoup de gens ont peur. Je regarde derrière moi plutôt deux fois qu'une quand je rentre du travail. Les enfants ont interdiction absolue de sortir seuls. Nous nous entraidons tous pour la surveillance, pour les amener au sport et tout ça. Nous qui ne fermions même pas notre porte à clé, avant. Et les jours qui raccourcissent…

Elle eut un battement de paupières fataliste, regarda par les portes vitrées du magasin l'automne qui s'était installé en à peine quelques heures. Un séchoir parapluie, pinces à linge toujours accrochées sur les fils, tournait sur lui-même dans une cour. À côté, un scooter en hibernation me fixait de ses yeux vides.

— Et la victime ? C'était une amie à vous ?

— Non, je ne dirais pas ça. Personne ne la connaissait, Isabella. Elle préférait rester seule là-haut. Mais elle faisait du pain polaire qu'elle nous vendait. Elle faisait ça bien, il était très bon.

Anneli attendait que je paye. J'insérai ma carte Visa dans le lecteur et tapai mon code. Mes achats ne s'élevaient qu'à quelques centaines de couronnes. J'aurais dû remplir mon panier, tant que j'y étais. J'avais oublié d'acheter du shampoing et mes provisions suffiraient à peine pour quelques jours. D'un autre côté, vu qu'elles mettraient un certain temps avant d'atterrir dans le réfrigérateur…

— J'aimerais bien voir l'endroit où Isabella est morte. Qui pourrait m'aider, à votre avis ?

— Voyez avec Matti Myllämäki, c'est lui qui l'a découverte.

Anneli semblait soulagée de passer le relais à quelqu'un d'autre.

— Où est-ce que je peux le trouver ?

Je commençai à emballer mes marchandises dans un sachet en plastique. J'y fourrai d'abord les tomates, les ressortis aussitôt. Il fallait mettre le plus lourd au fond. Ce qui supportait le poids du reste.

— Sur la grande coupe à blanc, juste après Kallrör. Il est encore en train de nettoyer le campement. Continuez le long du lac, passez par Backen et Grötom, puis prenez le chemin de terre…

— Merci, je sais où c'est.

En passant devant le foyer rural, j'accélérai. Quelques années auparavant, l'association locale m'avait invitée à une réunion là-bas. Les habitants des environs étaient indignés que la poste envisage de cesser la distribution du courrier dans les hameaux des environs. Certaines personnes seraient obligées de parcourir plusieurs dizaines de kilomètres jusqu'à leur boîte postale. Je n'étais pas allée à la réunion, m'étais contentée d'appeler le président le lendemain pour savoir ce qui s'était dit. Il y avait eu un entrefilet dans le journal, puis la poste avait disparu. L'association ne s'était plus jamais manifestée. Maintenant, sur la pancarte à l'extérieur, le mot « Café » était barré. Les feuilles avaient commencé à tomber.

Les maisons isolées s'enfuyaient dans mon rétroviseur. Sur l'autre rive du lac, il ne restait plus que les ruines de la mine de cuivre, vestige de la grande époque du village. Je bifurquai sur le chemin de terre. Dans ce paysage monotone, j'avais l'impression de traverser une éternité. Les affûts surélevés se succédaient, la plupart en mauvais état. Je savais que de nombreuses équipes de chasse avaient eu des problèmes de sabotage, ces dernières années. Nous y avions échappé jusqu'à présent.

Au bout d'un moment, la forêt s'ouvrit. La grande coupe à blanc. Le panneau de signalisation indiquait que j'étais à Silva. J'aperçus deux toiles de tente vertes au loin. Pour ne pas paraître trop intrusive, je n'allai pas jusqu'au bout mais m'arrêtai sur le bas-côté, un peu plus loin. Quand j'ouvris la portière, les branches de framboisiers voulurent s'insinuer dans la voiture. J'essayai d'écarter un buisson, mais plusieurs d'entre eux s'étaient entremêlés ensemble. À l'aide de la brosse à neige, je rabattis la touffe afin de pouvoir sortir et mettre mes bottes.

Le campement déserté dégageait une puanteur de vieux matelas, de couvertures et de vêtements mouillés. Trois personnes avec des dreadlocks s'affairaient un peu maladroitement au milieu de tout ce désordre. Aucune d'elles ne me prêta attention. Un homme se contenta de hocher brièvement la tête, comme pour me confirmer qu'au moins je n'étais pas invisible.

— Je cherche Matti Myllämäki.

Pas de réponse. Je comptai mes respirations tout en balayant les alentours du regard. La coupe où j'avais obtenu mon premier emploi d'été en tant que planteuse ne devait pas se trouver loin d'ici. Qu'est-ce que ça avait été dur ! L'armature et les caisses dans le dos, les projections d'eau quand les plants venaient d'être arrosés, les aiguilles des conifères qui vous piquaient à travers la chemise, et puis la frénésie avec le plantoir, au-dessus des souches et des racines, avant de trouver un endroit propice dans le sol pour y enfoncer le petit arbre avec le talon. Je changeai de pied d'appui, jetai un œil à mon téléphone. Pas de réseau.

— Vous savez où il est, Matti Myllämäki ? tentai-je de nouveau.

Une femme pointa un doigt derrière moi. Les lobes de ses deux oreilles étaient étirés par de lourds anneaux.

— C'est moi.

Je me retournai. Un homme musclé en bleu de travail surgit de derrière un pare-vent cassé.

— Demain, tout ça sera débarrassé, ne vous faites pas de souci.

Il donna un coup de pied dans un long tube de bois par terre. Peut-être un didgeridoo.

— Je pensais avoir le temps de tout nettoyer avant l'ouverture de la chasse, mais le merdier était plus important que je ne croyais. Deux campements sur une vaste zone forestière. J'ai dû installer un baraquement pour qu'on puisse travailler vingt-quatre heures sur vingt-quatre.

Je regardai autour de moi.

— C'était quoi comme campement ?

— Un camp de sylvothérapie, comme ils disent, apparemment une nouvelle mode pour les gens épuisés et stressés. Ou les feignants, si vous voulez mon avis. Les citadins sont complètement cinglés, putain.

— Alors ils campent ici et… ?

— Absorbent la forêt avec tous leurs sens, en gros.

Il retira sa casquette. La sueur coulait sur son front.

— Merde, il faudrait vraiment réviser le droit d'accès à la nature[1], reprit-il. Ils ont décampé d'ici vachement vite, après leur bain de forêt, et ils ont laissé leurs déchets dans la mer, pour ainsi dire. Sur cent, ils ne sont plus que trois, comme vous le voyez. Ils m'aident en échange du gîte et du couvert.

L'homme, qui s'appelait donc Matti, parlait fort, en accentuant les r. Il ramassa une casserole bosselée, l'examina puis la jeta dans la benne.

— Ce n'est pas pour ça que je suis là, dis-je.

Je me présentai, expliquai brièvement ce qui m'amenait.

— Je voudrais voir l'endroit où la femme a été retrouvée, et ce serait bien si nous pouvions nous asseoir quelque part pour discuter un peu. Si vous avez le temps.

1. Le « allemansrätt » en Suède, permet à tout un chacun de profiter de la nature, d'en cueillir les fruits, de camper, de randonner, etc., même sur des terrains privés, dans la limite du respect de l'environnement et de la propriété d'autrui.

Je le vis nettement se détendre. La municipalité l'avait sans doute exhorté à nettoyer rapidement.

— Oui, je peux vous montrer. On peut aller parler dans la baraque. Donnez-moi juste dix minutes.

Le baraquement était installé parmi les décombres du deuxième campement, dans l'aire de retournement au bout du chemin de terre, mais puisque nous étions de toute façon obligés de passer par les zones d'abattage pour rejoindre la scène du crime, nous décidâmes de laisser les véhicules au premier campement. Nous pourrions revenir avec le quad, déclara Matti. Je dus presque courir pour suivre ce géant qui avançait à grandes enjambées sur le sol fumant, accidenté, qui était en train de muer. Pas une seule fois il ne se retourna pour s'assurer que j'étais toujours derrière lui, mais je mis mes pas dans les siens, comme s'il m'ouvrait une voie dans la neige, et ce fut plus facile. J'étais en nage. Au milieu de la coupe, il s'arrêta.

— Voilà, elle était là, la fille. Sous l'échelle d'affût. Les premiers policiers sur les lieux pensaient qu'elle avait été suivie jusqu'ici depuis le chemin de terre.

Nous regardâmes en silence l'endroit maintenant bouclé. L'échelle d'affût se composait d'une petite construction posée sur quatre pieds étroits : une cabane avec une ouverture tout le long de la paroi, sous le toit, permettant aux chasseurs d'observer et de viser. Au pied de l'affût, les épilobes en épi avaient conquis le terrain. Un mois plus tôt à peine, ces fleurs devaient être sublimes, d'un joli rose foncé, mais elles avaient désormais l'air de reines de beauté déchues. Leurs capsules défleuries s'éparpillaient à tous vents en quête d'une nouvelle vie. En arrière-plan se trouvait un petit lac noir et lisse comme un miroir. Matti suivit mon regard.

— La Petite Solitude. La Grande Solitude est à environ un kilomètre d'ici. On dit que le grand est extrêmement profond. En tout cas, ils sont poissonneux tous les deux.

Je hochai la tête et tentai de saisir le décor avec mon appareil photo. Seul le ruban de plastique bleu et blanc de la police, qui se balançait mollement dans le vent, attestait qu'un crime avait été commis. Aucune empreinte de corps nulle part. À l'endroit où la femme avait été découverte, la végétation s'était déjà redressée. J'essayai de me représenter la victime parmi les aiguilles de pin, les branches et les souches. J'imaginai la rosée se déposant sur son visage avant que la lumière du matin vienne l'éclairer. Les brindilles qui s'étaient prises dans ses cheveux blonds, les cris des oiseaux de proie au-dessus d'elle. Je fus soudain submergée par la tristesse et ravalai les sanglots qui montaient dans ma gorge.

Matti ouvrit sa combinaison et sortit de sa poche intérieure un paquet plat de tabac et une pipe. Il bourra la pipe à moitié et, dès qu'elle fut allumée, se remit en chemin. Sur la dernière partie du trajet, nous suivîmes un sentier. Cette fois, Matti ne s'arrêta plus avant d'avoir atteint la baraque et enlevé ses bottes.

— Asseyez-vous.

Il remplit d'eau une cafetière noire de suie, la posa sur la cuisinière et sortit deux mugs du placard. Il avait enlevé sa combinaison bleue et portait maintenant un T-shirt noir et un pantalon de travail vert. Son sexe se dessinait sous le tissu épais, à côté du couteau Mora pendu à sa ceinture, qui accompagnait silencieusement ses mouvements. Sensation dans le bas-ventre. Je me tortillai, décollai de mon dos mon pull trempé de sueur.

— Vous aimez le café bouilli ? C'est la meilleure marque.

Je fis oui de la tête. Si papa me voyait…

— Il n'y a pas de lait. Juste de la crème.

Il sortit une brique alimentaire sur laquelle était écrit *fløte*.

— Vous êtes allé en Norvège ?

— Mes beaux-parents y habitent.

— Ah bon.

Quelques biscuits au chocolat traînaient dans une boîte en carton au bout de la table. Matti la ramena vers nous, avec une coupelle de morceaux de sucre.

— Alors, qu'est-ce que vous voulez savoir ?

Il me regarda, dans l'expectative. De près et sans sa casquette, il avait l'air plus jeune que je ne l'avais d'abord pensé. Maximum cinquante ans, estimai-je. Les rides autour de sa large bouche évoquaient davantage de légers coups de pinceau que les marques du vieillissement et donnaient encore plus de caractère à sa longue chevelure brun foncé, attachée en queue-de-cheval sur sa nuque.

— Bonne question. Est-ce que vous pouvez me parler de ce matin-là, quand vous êtes arrivé au camp ? Je vous demanderai des détails au fur et à mesure.

Je sortis mon iPhone de la sacoche, cherchai le dictaphone et appuyai sur *rec*. Un bip confirma que le téléphone était en train d'enregistrer. Je posai l'appareil sur la table et pris mon crayon et mon bloc-notes, prête à noter les mots clés. Matti s'éclaircit la gorge et fourra un biscuit au chocolat dans sa bouche.

— Je me suis levé tôt, à 4 heures. Je me suis fait des tartines et du café, en essayant d'être le plus discret possible. Mona et les enfants dormaient encore quand je suis parti.

Il s'interrompit un instant pour mastiquer.

— En arrivant ici, j'ai eu un choc. Il y avait bien eu des rumeurs sur ces réunions, avec des danses au clair de lune et autres fantaisies, mais je n'aurais jamais imaginé que ça pourrait être aussi terrible. J'ai mon entreprise, Matti-Spécialiste du froid, et je n'ai pas eu le temps de venir ici de tout le mois d'août.

Donc son épouse s'appelait Mona. Certainement le genre de femme capable de concocter de nouveaux plats avec les restes de la veille et de creuser un fossé de drainage dans une tourbière si nécessaire. Peut-être qu'il l'avait prise contre l'un de ces arbres là-bas, quand ils étaient jeunes amoureux et avaient le feu au cul.

— Avez-vous vu Isabella tout de suite ?

— Non, la première chose que j'ai remarquée, en fait, c'était une étrange lueur sur la coupe. Je m'en suis approché et j'ai vu quelque chose par terre. J'ai d'abord pensé que c'était un sac-poubelle, puis j'ai réalisé que c'était quelqu'un.

La cafetière se mit à siffler. Matti se leva pour la retirer du feu et remplit nos mugs. Il restait tout juste assez de place pour un peu de crème.

— Quelqu'un, le tueur, je suppose, avait accroché une lampe frontale à l'échelle d'affût de manière à éclairer la fille. Ça faisait froid dans le dos, vraiment. J'en fais encore des cauchemars.

Tiens, tiens. Ce n'était pas sa victime que le meurtrier avait pendue au mirador, mais la lampe frontale de celle-ci. Pourquoi ? Je comprenais que cette mise en scène prête à toutes sortes de suppositions, mais d'un point de vue purement terre à terre, le tueur avait très bien pu accrocher la lampe pour mieux y voir, tout simplement.

— Vous l'avez reconnue ?

Matti passa la main dans sa barbe.

— Pas immédiatement. Je crois que je n'ai vu Isabella qu'une seule fois de son vivant, un jour où elle apportait du pain polaire à la boutique. Mais elle ne faisait aucun mal à personne, elle était juste farouche. Personne ne sait d'où elle est venue, il y a trois ans, mais tout le monde a été surpris que la petite ferme ait trouvé acquéreur. Quand on a vu ça sur Le Bon Coin, on n'y croyait pas. Surtout Krister Arvidsson, à mon avis, celui qui l'avait mise en vente.

— Elle habitait où ?

— Pas très loin d'ici. Je n'y suis jamais allé, mais à peu près au milieu de cette piste, il y a un chemin forestier. Enfin, plutôt un sentier carrossable. Ça doit mener chez elle.

Ses doigts commencèrent à dessiner une carte imaginaire sur la table de la cuisine, mais s'interrompirent à mi-chemin, se heurtant apparemment à des obstacles.

— Un voisin, Sixten, entretenait le chemin et déblayait la neige pour elle. Au moins, elle était bien épaulée.

Matti étira ses jambes et se gratta sous la manche de son T-shirt. À cet endroit-là, sa peau était plus blanche, semblait plus douce.

— Ça a dû être difficile. D'être le premier sur les lieux.

Matti baissa les yeux.

— Ouais, on a pensé aux enfants, forcément.

— Vous en avez combien ?

— Deux. Deux filles. Qui sait ce que l'avenir nous réserve.

Il avait prononcé la dernière phrase surtout pour lui-même sans doute. Il chassa quelques miettes de biscuit avec son index. Puis il poursuivit, à voix plus basse :

— Vous savez, elle a été poignardée, plusieurs fois, à la poitrine. Et c'était comme si quelqu'un l'avait lacérée, aussi. Elle était…

Matti tourna les yeux vers la fenêtre.

— Le sang avait coulé et s'était coagulé dans ses cheveux. Son visage était très pâle, vide, ses lèvres étaient exsangues. Et ces yeux grands ouverts, qui sait ce qu'ils ont vu en dernier…

Je commençais à avoir froid. La gorge sèche, je pris mon mug de café et le vidai jusqu'à la dernière goutte. Quelques grains du marc noir se frayèrent un chemin jusque dans ma bouche. Poignardée. Lacérée. Rien n'avait été écrit nulle part à ce sujet. Je portai machinalement les mains à ma poitrine, où le malaise grandissait. Je sentis ma propre chaleur.

— Pourquoi n'en a-t-on pas parlé ?

Matti me regarda avec surprise.

— Comment ça ? Tout le monde le sait, au village.

— Dans les médias, je veux dire.

— Les médias.

Matti avait craché chaque syllabe. *Les-mé-dias.* Il écumait.

— Les prétendus médias ne sont pas venus ici depuis plusieurs années. S'ils s'étaient déplacés, ils seraient au courant.

Il remplit les mugs de café sans me demander si je voulais une deuxième tasse.

Il avait raison, je le savais. Déjà, à l'époque où j'étais localière, les rédactions appelaient par plaisanterie cette partie de la région le Trou noir, comme si ce qui se passait dans les environs de Kall n'était jamais bien important.

— C'est un miracle que la police soit venue, en tout cas.

Matti eut un rire sinistre.

— La dernière fois que quelqu'un les a appelés, ils ont donné la priorité à une bagarre d'ivrognes entre deux touristes devant le Bygget, à Åre.

J'imaginai des gens énervés sous les lumières de la boîte de nuit. Pantalons chinos beiges, chemises hors de prix et cheveux lissés en arrière.

— La priorité sur quoi ?

— Sur un tuyau concernant une bande organisée de cambrioleurs étrangers qui sévit dans le coin depuis plusieurs années.

— Je suis sincèrement désolée.

— On se débrouille.

Il sortit sa boîte de tabac à chiquer de sa poche arrière, prit une pincée de snus dans la masse noire et la coinça sous sa lèvre supérieure. Cela fit une petite bosse.

— Quel est votre sentiment quand vous pensez à ce meurtre ?

— Ce qu'on se dit, c'est… Je n'aurais jamais cru que ça arriverait ici. Tout est irréel. Le pire, c'est qu'un salaud est toujours en train de courir dans la nature.

— Quelqu'un du village ?

— Je ne sais pas. J'ai du mal à imaginer qui. La police m'a posé beaucoup de questions sur Krister.

— L'homme à qui Isabella a acheté la petite ferme ?

— Oui. C'est peut-être un connard, mais de là à faire ça… Difficile d'y croire. Je pencherais plutôt vers quelqu'un de passage.

— Mais il faut quand même connaître le chemin de terre qui mène jusqu'ici, n'est-ce pas ?

— Oui, encore que pas mal de gens le connaissent. Les chauffeurs routiers l'utilisent comme aire de repos lorsqu'ils convoient des grumes. Ils peuvent dormir au calme, sans être dérangés par la circulation nocturne sur la E14.

— Et qu'est-ce qu'Isabella serait venue faire ici ?

— Certaines personnes aiment bien aller se promener le soir, répondit Matti en remontant la boulette de snus sous sa lèvre.

— Mais il fait sombre, non ?

Le chemin de terre fendait la forêt telle une plaie ouverte. L'éclairage y était rare, les sapins denses. Même tôt dans la journée, comme maintenant, l'incise s'emplissait d'une ombre lourde. La lumière du jour flottait au-dessus des houppiers. La tempête avait fait tomber quelques arbres le long du chemin, mis à nu racines, terre et cailloux. Dans l'obscurité, les souches déracinées, noueuses, ressemblaient à de vilaines têtes de trolls.

— Ben oui, il fait vachement sombre, c'est sûr. On est obligé d'avoir une lampe frontale et un gilet fluorescent. Elle en avait un aussi. Mais ça n'a servi à rien.

Matti enfourcha le quad et partit. Il devait aller chercher ses enfants à l'école et m'avait proposé de me ramener jusqu'à ma voiture, mais j'avais refusé. Il y avait à peine la place pour deux et lui était sûrement pressé. Par sécurité, je rentrai par le même chemin. Il faisait à nouveau plus frais. Tout était calme. Le sol, sur lequel étaient apparues de petites touches argentées, s'était refermé. La lumière se déplaçait au rythme des trouées dans le ciel nuageux, chassée de pierre en buisson. Le chemin sinueux ne se profilait pas aussi clairement qu'un peu plus tôt avec Matti. Il se ramifiait, m'attirait tantôt à droite, tantôt à gauche. Je dus m'arrêter plusieurs fois pour déterminer si certaines ouvertures avaient été pratiquées par des hommes ou des animaux. On aurait dit qu'elles cherchaient à me perdre. Enfin, étant parvenue sur une hauteur, j'aperçus l'échelle d'affût à une centaine de mètres. Je devais donc me diriger vers la droite et, à partir de là, je me repérerais plus facilement.

Avec mes bottes, je progressais maladroitement et trébuchais dans des broussailles impénétrables. Le sol lui-même, apparemment, voulait me faire enrager. À force de rencontrer des obstacles, les genoux de mon pantalon étaient noirs. Je tentai de sauter par-dessus un petit ruisseau, mais il était trop large. La boue et l'eau se refermèrent sur l'une de mes bottes et l'aspirèrent vers les profondeurs.

En me penchant pour la dégager, j'aperçus quelque chose de brillant dans la mousse, au bord du ruisseau. Un portable. Une fougère avait déployé ses feuilles juste au-dessus, il fallait donc s'accroupir pour le voir. Je sentis mon pouls cogner dans mes tempes. Et si c'était celui d'Isabella ? Je le ramassai, regardai autour de moi. Plissai les yeux. N'était-ce pas le chemin d'accès à sa maison, là-bas, sur la gauche, juste au-dessous de la coupe ? Le téléphone se trouvait donc entre son domicile et l'échelle d'affût. Aussi bien la police que Thomas et les autres chasseurs assermentés avaient déjà passé les lieux au peigne fin, mais cela ne voulait pas forcément dire grand-chose. Faire des recherches dans une coupe à blanc revenait à chercher une aiguille dans une botte de foin. Quiconque s'était déjà déplacé sur ce genre de terrains truffés de creux sous les épais enchevêtrements de branches le savait. C'était aussi une question de chance.

Je pressai le bouton d'allumage du portable. Écran mort, sûrement l'humidité. Peut-être arriverais-je quand même à le remettre en marche si je trouvais un chargeur adapté. Je le fourrai dans ma poche.

La pluie attendit que je sois rentrée à la maison pour se mettre à tomber, puis frappa pour de bon. Ça fouettait l'asphalte, la descente de gouttière près de l'entrée tressautait. Elle se couvrit d'une pellicule de glace. Les feuilles encore sèches et jaunes se transformèrent en une pâte marron.

Je mis le mobile dans un sac plastique avec quelques poignées de riz au jasmin. Et l'espoir qu'il sécherait.

Je commençai à écouter les interviews de la journée. Strömmen aurait ce qu'il voulait. L'inquiétude des gens dans le village, pour leur famille et leurs amis, et en général face à l'évolution de la commune. La réaction de Matti. Je ne pouvais pas mentionner qu'Isabella avait été poignardée. C'était d'abord à la rédaction de traiter ce point et de voir si la police pouvait confirmer l'information. Je qualifierais le meurtre de bestial, ce serait assez parlant.

Appuyer sur les touches du clavier me fit presque peur, au début. Le bout de mes doigts était devenu si sensible. Après la terrible annonce, j'avais principalement consacré mes journées à écrire sous un pseudonyme des courriers furieux sur l'infortune des zones peu peuplées et sur la normalité urbaine, que j'adressais au journal qui m'avait nourrie et dévorée pendant trente ans. J'avais passé des nuits à traquer Levan sur Facebook. Qui fréquentait-il, que faisait-il ? Était-il avec elle ? J'étais déchirée par la jalousie qui me faisait maigrir et dessinait des cernes noirs sous mes yeux. À la fin, complètement épuisée, j'avais pris mon courage à deux mains et appelé Åsa et Linda. Nous qui avions juré d'être toujours là les unes pour les autres.

À peine avais-je fini de rédiger l'introduction que la lumière s'éteignit. Le bourdonnement de l'ordinateur cessa d'un coup. Un fusible avait sauté. Exaspérée, je frappai le bord du bureau puis gagnai l'entrée. Pas de boîte de plombs de rechange sur l'armoire électrique, contrairement à d'habitude. J'avais dû tous les utiliser sans m'en souvenir. Je regardai l'heure. La Maison était ouverte. Pourvu que Björn ait un fusible à me vendre.

J'enfilai mes bottes Nokian et mon imperméable, relevai ma capuche et traversai la E14 en courant. Avec son toit de tôle plat et son entrée sans fioritures, La Maison ressemblait plus à une baraque provisoire jetée au bord de la route qu'à une auberge. Mais le restaurant remplissait son office. À l'heure du déjeuner, les chauffeurs routiers faisaient la queue, leurs gros ventres en étendard.

La porte tinta. Mes yeux s'accoutumèrent peu à peu au faible éclairage. Björn, joues rouges et mine concentrée sous sa casquette, surveillait deux hamburgers sur le gril tout en tirant deux bières pression. Au bar étaient assis deux hommes, des touristes allemands qui venaient régulièrement chasser ici. Björn laissa les verres sous le bec de la pompe en attendant que la mousse redescende. Quand il me vit, son visage s'illumina. Les taches de rousseur s'étaient depuis longtemps estompées sur sa figure hâlée qui semblait inviter à se couler dans ses rides pour s'y réchauffer. Il me demanda comment j'allais. Je lui assurai que je me sentais mieux. Me lançai dans les formules toutes faites et les jolis adages, comme toujours lorsque je voulais éviter un sujet. Du genre : « Mieux vaut souffrir d'avoir aimé que ne pas avoir aimé du tout », ou bien : « Le temps guérit toutes les blessures ». Pathétique. Rien ne s'effaçait avec le temps, les nouvelles pertes ne faisaient que s'ajouter aux anciennes. Une couche en recouvrait une autre. Un être humain portait tout en soi.

— Ça fait plaisir à entendre. Qu'est-ce que tu fais en ce moment ?

— J'écris.

À Björn, je pouvais le dire.

— Mais il fait un peu sombre, poursuivis-je. Un fusible a sauté. Tu n'en aurais pas un d'avance pour moi ?

— Oui, je dois avoir ça. Faut juste que je prépare la bectance de ces messieurs d'abord, dit Björn en faisant un signe de tête aux touristes chasseurs.

Il sépara quatre tranches de pain de mie qu'il laissa sur le gril un instant, le temps de garnir deux assiettes de frites, de salade, de sauce, de tranches de tomate et de cornichons. Ensuite il plaça sur l'ensemble le pain et les hamburgers. Il acheva de remplir les verres et posa le tout devant les hommes assis au comptoir.

— Bon, allons voir ça. Tu veux bien surveiller la caisse pendant que je monte à l'étage en vitesse ?

— Bien sûr.

Je retirai mon imperméable mouillé et passai derrière le comptoir. Björn disparut dans les escaliers, sans ôter son tablier. Un casier bleu rempli de verres propres était posé à côté d'un torchon. Supposant que Björn avait été interrompu dans sa tâche par les clients, je pris un verre, l'essuyai puis le suspendis à sa place, au-dessus du comptoir. Les chasseurs sourirent poliment et se remirent à manger. Quand Björn revint, essoufflé, j'avais débarrassé presque tout le casier.

— Je n'avais pas de fusible ici, mais on en avait à la maison. Katta m'en a apporté un.

— Tu as réveillé Katta ? Elle ne doit pas se lever tôt, demain ?

— Non… enfin, si, mais pas aussi tôt que d'habitude. Elle s'est enfin décidée à consacrer deux jours par semaine à ses activités artistiques.

— Très bonne idée.

Il fronça les sourcils.

— Tant qu'ils ne se lassent pas d'elle, à la Coop, et qu'ils n'embauchent pas quelqu'un d'autre…

— Qui embaucheraient-ils, à ton avis ? Tous les « quelqu'un d'autre » possibles ont quitté Storlien dans les années 1990.

— Je sais bien. En plus, son corps commence à dire non

— Pas étonnant, tiens, elle approche les soixante-dix ans. Mais je suppose qu'elle va continuer les vide-greniers, les concours de pêche à la trembleuse et les animations culturelles, non ? Et affirmer que ce n'est pas grand-chose, fis-je en levant les yeux au ciel.

— Oui, mais elle aime bien ça, organiser.

Björn jeta le torchon sur son épaule et posa une main sur le casier à vaisselle, prêt à le rapporter en cuisine.

— Et à propos, tu écris sur quoi ?

Je baissai les yeux.

— Sur le meurtre.

— Alors tu es retournée chez le Parasite ?

— C'est temporaire. Ne dis rien à Katta.

Je remis mon imperméable. Il avait goutté sur le sol. Björn fit la grimace, souleva le casier à vaisselle.

— Ça ne peut pas être un hasard, en tout cas, dis-je.

— Quoi donc ?

— Le meurtre. Quiconque cherche uniquement à tuer ne choisira pas la forêt de Kall. Quel crétin resterait là à attendre que quelqu'un vienne ? Que le meurtre ait été prémédité ou commis sur un coup de tête, le tueur savait où cette femme se trouvait. Elle connaissait son assassin, c'est toujours comme ça. À mon avis, la population n'a absolument rien à craindre.

La lumière revint. À mon grand étonnement, je n'eus ensuite aucun mal à rédiger mon texte. Les mots coulaient de mes doigts, je trouvais tout de suite les bonnes formules. Exactement comme autrefois, pas comme les derniers temps au journal, où je n'avais plus la tête à ça et perdais souvent le fil. Je maugréai un peu de ne pas avoir de photo d'Anneli, la caissière. J'aurais dû insister davantage pour qu'elle accepte.

À minuit, je mis le point final. Je relus mon texte une dernière fois en mangeant une pomme. Après quoi je joignis le fichier à un mail pour Strömmen et cliquai sur « envoyer ». Seigneur, fais que la connexion ne me joue pas un mauvais tour, pas maintenant, s'il te plaît ! L'ordinateur travaillait lentement, mais le mail fut expédié et tous les fusibles résistèrent. Je jubilais. J'avais le sentiment d'avoir remporté une victoire.

Mon téléphone sonna.

— Tu ne dors pas ?

— Je t'ai envoyé mon mail il y a quatre minutes, Strömmen.

— Et alors, qu'est-ce que ça prouve ? Moi, je m'endors en une demi-seconde.

— Oui, je sais.

Strömmen s'endormait à toutes les réunions de l'après-midi, qui étaient selon lui d'un ennui mortel. Celles du matin, en revanche, où l'on s'attaquait aux nouvelles du jour, étaient son moment préféré. Là, il rayonnait, dégageait l'énergie d'une centrale nucléaire.

— Donc elle a été poignardée. Bon sang, on va être les premiers à sortir ça. Et cette histoire de lampe frontale, ça fait vraiment froid dans le dos. Jönsson verra ça demain avec la police. Le risque, toutefois, est qu'ils veuillent attendre avant de confirmer. Ils vont faire paraître une photo d'Isabella dans la presse pour chercher d'autres proches. Apparemment, ils n'ont pas pu parler à la seule personne qu'ils ont trouvée.

— Qu'est-ce que vous avez comme photo d'elle ? Celle de Facebook ?

— Oui. Mais c'est quand même curieux qu'ils n'aient pas encore mis la main sur d'autres membres de sa famille, tu ne crois pas ?

— Si.

Je bus la dernière goutte de mon thé. Il était glacé.

— Enfin, non. Est-ce vraiment si bizarre, finalement ? Dans les grandes villes, certains morts restent des mois dans leur appartement sans manquer à personne.

— Évidemment. Mais on ne s'imagine pas que ça puisse arriver ici.

— Très juste. Assez paradoxalement, les solitaires sont plus visibles dans la forêt que dans une grande ville. Que dit la police, alors ? Sur cette personne qu'ils ont trouvée, j'entends.

— Muette comme une carpe. Pourtant, Jönsson a vraiment essayé de leur tirer les vers du nez. De quoi se poser des questions.

— Peut-être qu'ils soupçonnent un membre de la famille ? dis-je en posant mon trognon de pomme sur la table.

— Tu crois ?

— Pas impossible, en tout cas. Mais peut-être qu'il ne s'agit pas de proches parents, tout simplement. Ou qu'ils ne sont pas crédibles, d'une manière ou d'une autre.

— On finira bien par le savoir, dit Strömmen en bâillant bruyamment. Allez, ça suffit pour aujourd'hui, Bergström. Bonne nuit.

— Bonne nuit.

Je n'étais pas particulièrement fatiguée mais n'avais rien de mieux à faire que d'aller me coucher. Demain, j'irais dire bonjour à papa. En me brossant les dents, je considérai mon visage dans la glace. Rien n'avait changé. Bien sûr, j'étais encore bronzée, moi que maman qualifiait d'ordinaire de « pâle et intéressante » ; cependant, je n'étais pas physiquement en meilleure santé ni plus robuste, je le savais. Tel était pourtant l'objectif de ces semaines à Palma avec Åsa et Linda. Nous devions faire du yoga et manger des choses saines. Rire, comme autrefois.

Il avait peut-être été présomptueux de ma part de croire que l'amitié de notre enfance durerait éternellement. Je l'avais compris dès les premiers jours à Palma. Åsa et Linda s'étaient rapprochées l'une de l'autre, tandis que moi, j'étais devenue une étrangère. Elles n'en savaient encore rien, mais je leur avais déjà fait mes adieux. En quittant Majorque, je quittais en même temps une vie que je ne retrouverais jamais. Le processus de deuil se poursuivait et l'hiver allait arriver lui aussi. Saleté de novembre. Je gardai mes grosses chaussettes de laine et, vêtue d'une chemise de nuit à manches longues, me glissai en grelottant entre les draps froids et humides. Je ne mis pas de réveil à sonner ; de toute façon, je me réveillerais avant lui. Je suivis un moment la lumière vacillante du réverbère secoué par le vent. La pluie tambourinait sur le toit. J'adorais ce bruit. Cela me rappelait l'époque où, enfant, je partais avec Åsa, dans leur caravane. Tout cela me manquait.

Je songeai à Isabella, qui ne manquait apparemment à personne et que personne ne pleurait. J'eus envie d'obtenir réparation pour elle. Il y a encore une semaine, il battait. Son cœur.

Lorsque j'arrivai, papa était sorti sur le balcon vitré. Assis dans son fauteuil roulant, il regardait dans le lointain. En dépit de son nom, Clairsoleil, la maison de retraite d'Åre baignait toujours dans l'ombre. Quand il faisait beau temps, la lumière fuyait entre les montagnes d'en face. Derrière papa, la chambre était remplie de photographies et de souvenirs accrochés aux murs. Il avait également emporté l'horloge de parquet Mora, la commode de la chambre ainsi que plusieurs de ses livres préférés. Pourtant, tout semblait déplacé, ici, et je savais que la maison lui manquait au quotidien. La neige à déblayer, le feu à allumer et les plaques de verglas avaient finalement eu raison de lui. Ses jambes étaient enveloppées dans une couverture de laine. Ses doigts noueux pinçaient le tissu épais, tellement habitués à avoir quelque chose à faire, à présent inutiles. On frappa un coup bref à la porte. Maggan entra sans attendre la réponse. Elle se dirigea droit vers nous.

— Tu as de la chance, Vera. On allait justement prendre le café, et aujourd'hui, il y a un gâteau dans la cuisine. Egon nous invite, c'est son anniversaire.

— Ah bon, c'est super, dis-je en souriant.

Papa me regarda sans répondre à mon sourire. Encore un de ces dimanches-là. Parfois, je le voyais comme un prisonnier. Toute sa vie, il avait travaillé dans les bois et nourrissait une constante nostalgie des terres où il parcourait chaque jour plusieurs kilomètres. Maintenant, il s'était figé dans son propre corps et celui-ci pleurait. Il pleurait la caresse du vent et de la pluie. Le goût des nouvelles aiguilles de pin, ces jeunes pousses vert clair que l'on pouvait manger au printemps. Un an auparavant, je l'avais emmené dans la forêt des élans pour son anniversaire. Son seul désir était d'entendre un chien aboyer, et il avait été exaucé.

— Ah oui, c'est le jour, c'est vrai. L'an dernier, il nous avait offert une forêt-noire.

— Quelle bonne mémoire, Algot !

Papa la fusilla du regard. Je compatissais. Maggan continuait à gazouiller :

— Mais aujourd'hui, il y aura un *prinsesstårta*. Venez vous servir, si vous préférez manger sur le balcon.

Je me demandais si Maggan était aussi pleine d'allant lorsqu'elle rentrait chez elle et retrouvait sa famille. Peut-être continuait-elle à faire bonne figure alors qu'elle était à bout de forces depuis longtemps ? Qu'elle courait de la cuisinière à la machine à laver, constamment sous pression, comme une cocotte-minute vivante ?

J'allai à la cuisine. Je saluai tous ceux qui prenaient le café autour de la table. À côté du four à micro-ondes, le personnel avait créé une petite flotte de chargeurs de téléphone de différents modèles. L'un d'entre eux semblait être compatible avec le portable que j'avais trouvé près du ruisseau.

Je ne pris pas de gâteau, mais en coupai un gros morceau pour papa et remplis deux tasses de café noir. J'emportai le tout ; il y avait juste assez de place sur la petite table du balcon. Ce jour-là, papa ne se plaignit pas qu'on serve du café filtre et non du café bouilli. Il avait la respiration sifflante.

— Tu vas bien ? demandai-je.

— Y a pas à s'inquiéter pour moi.

Ses mains allaient et venaient, tirant la laine de la couverture. Les petites rides sèches au coin de ses yeux s'étaient ramifiées jusqu'à ses joues rasées de près.

Jeune, il avait toujours porté la barbe, une grande barbe d'un jaune flamboyant, en harmonie avec sa chevelure.

— Je trouve que tu respires mal.

— Pas du tout. Tu vas à la fête de l'Élan, ce week-end ?

Je remplis de gâteau la grande cuillère et la portai à sa bouche. Il garda les lèvres pincées jusqu'à ce que je réponde.

— Non, je n'ai pas prévu d'y aller.

Était-ce une impression ou fis-je réellement une grimace ? Je serrai les paupières et les dents, comme on le fait lorsque l'on sent que quelque chose va mal tourner. Il me sonda de ses yeux humides et croisa les bras.

— Ah bon.

— Eh oui.

Il mangea bruyamment, déglutit. Il avait bon appétit. C'était peut-être moi qui commençais à devenir paranoïaque, tout simplement.

— Alors tu pourras aider Katta et les autres à la cuisine ?

— Non, ça non plus.

Je chassai un peu de poussière imaginaire de son épaule.

— Tu n'as plus autant de travail, pourtant.

J'avais toujours mis en avant mon activité intense de journaliste pour ne jamais donner un coup de main à l'association du village, mais la vérité était que je n'en avais tout simplement pas envie. En outre, les chômeurs ne manquaient pas. Eux avaient le temps de faire des gâteaux, de nettoyer et de servir aussi bien que moi. Enfin, c'était mon raisonnement. Naturellement, une telle théorie s'effondrait lamentablement quand on songeait à des gens comme Katta ou à ma propre mère. C'est pourquoi j'essayais de ne pas y penser.

— Je travaille toujours, papa. Pas à plein temps, certes, mais ça use d'être avec des adolescents. Et puis, j'ai aussi travaillé pour le journal, ce week-end. Strömmen voulait un papier sur le meurtre dans la forêt de Kall. Tu es au courant ?

Il avait l'air de ne pas écouter.

— Ta mère faisait ça bien. Si tout le monde était comme toi, on aurait disparu depuis belle lurette, ici.

Et voilà. Il lécha une miette de gâteau au coin de sa bouche. Je ne répondis pas, mais je songeai à maman. Qui s'était démenée, parallèlement à son activité de traductrice à plein temps, pour devenir une villageoise à part entière. Elle faisait de la pâtisserie, cuisinait, nettoyait et servait. Elle arrangeait, organisait, s'occupait des gens, toujours bénévolement. Et le soir, elle se consacrait à son activité professionnelle. Avait-elle fait tout cela parce qu'elle le désirait vraiment ou parce qu'elle considérait que c'était indispensable pour être intégré quand on vivait à la campagne ? Je me l'étais toujours demandé. À Ånn, la pratique l'emportait toujours sur la théorie. Ne pas s'échiner était honteux.

Tout ce qui n'avait pas une visée pratique était considéré comme bizarre. Je la revoyais, assise malgré elle dans le bateau quand ils partaient pêcher, qu'il fallait remplir le congélateur d'omble chevalier, d'ombre de rivière, faire des réserves pour se sentir en sécurité. Alors qu'elle aurait de loin préféré aller se baigner. Glisser dans le lac d'Ånn, sentir l'eau glacée sur son ventre. Être engourdie, remonter, s'ébrouer. Sentir la chaleur se répandre à nouveau dans ses membres. Elle était allée nager un seul été. Lorsqu'elle avait enfin pu le faire, il était trop tard.

— Encore une cuillère ?

Il hocha la tête. L'acier heurta bruyamment ses dents.

— Mais fais donc attention !

— Ce n'est pas facile.

Moi qui n'avais jamais donné la becquée à qui que ce soit, même pas à un enfant, il fallait que je le fasse pour mon père à présent. J'avais envie de le lui dire, mais je ravalai mes paroles.

Papa se tut, lui aussi. Son regard se porta vers les ronds de sorcières des champignons en contrebas du balcon, puis à nouveau sur le sommet du Totthummeln qui baignait dans la lumière de septembre. Les couleurs du neuvième mois.

— Il y aura beaucoup de neige, cette année. Regarde les sorbiers, dit papa.

En effet. Au-dessous de la limite des arbres, on voyait pendre lourdement de grosses grappes de baies rouges. Pour ma part, l'automne pouvait bien s'attarder le plus longtemps possible. Je n'avais aucune hâte que la saison de ski arrive.

En repartant, je rapportai mes tasses et la petite assiette dans la cuisine désertée. Comme le lave-vaisselle tournait déjà, je déposai tout dans l'évier. Il me fallut à peine deux secondes pour fourrer le chargeur de téléphone dans ma poche. Ce n'était qu'un emprunt momentané.

Le soir, je sortis le mobile du sachet de riz. Je le mis à charger sur le rebord de la fenêtre et gardai les yeux rivés sur l'écran, tout en fumant sous la hotte de la cuisinière. C'était sans doute fichu ; avec les gelées intermittentes sur la coupe, l'appareil avait été alternativement refroidi puis réchauffé. Je savais à quoi ressemblait un pot de glace après un tel traitement. J'éteignis la hotte. Son bruit était assourdissant.

Soudain l'écran s'illumina. Le portable avait repris vie. Je me précipitai. La batterie n'affichait encore que quelques pourcents de charge ; je laissai le câble branché tout en essayant de trouver à qui le téléphone appartenait. Il ne contenait pas de photos, absolument aucune, mais au moins, il n'était pas verrouillé. J'allai dans Réglages, à la rubrique Téléphone. Quelqu'un avait inscrit « Mon numéro » et sept chiffres. Je les tapai. Un répondeur, une voix sombre de femme : « Bonjour, vous êtes sur le répondeur d'Isabella Sandgren. Laissez un message après le signal sonore. »

Le téléphone d'Isabella ! Mon cœur battait la chamade lorsque je consultai l'historique des derniers appels. Ce fut rapide : apparemment, elle s'en était à peine servi.

Mais le jour du meurtre, le 6 septembre, Isabella avait reçu quatre appels. Elle avait répondu à trois d'entre eux. Le dernier, reçu après minuit, provenait d'une ligne fixe et était resté sans réponse. J'imaginai Isabella gisant déjà à terre sur la coupe, réduite au silence éternel.

Le nom de Krister Arvidsson figurait deux fois sur la liste. L'homme qui lui avait vendu la petite ferme l'avait appelée une première fois à l'heure du déjeuner, puis à 9 heures du soir. Le genre d'information qui déclenchait les sirènes de la police et lançait l'alerte rouge. J'essayai de garder mon calme. Était-il vraiment assez stupide pour l'appeler deux fois et la tuer le même soir ? La voix de Strömmen surgit en moi : « Ne prends pas les gens pour des cons. Ils sont encore plus cons que ça. »

Le troisième appel avait été passé d'un numéro caché, à 9 h 10. Une personne encore inconnue avait donc téléphoné à Isabella dix minutes seulement après Krister.

La conversation n'avait duré que deux minutes. Les télévendeurs n'utilisaient presque plus de numéros cachés de nos jours, ayant compris que les gens n'y répondaient plus ; il devait donc s'agir d'une personne privée.

J'ouvris la liste des Messages. Elle ne comportait qu'un seul SMS :

J'espère pouvoir bientôt m'impliquer. Nous pourrons nous aider mutuellement à effacer le passé. Je suis la seule personne qui ne te jugera jamais.

Juste ces trois petites phrases, reçues à 3 heures, l'après-midi du meurtre. J'ignorais si je devais les considérer comme affectueuses ou menaçantes. Isabella n'avait même pas répondu. Les questions se télescopaient dans mon esprit. Dans quoi cette personne voulait-elle s'impliquer ? Que s'était-il produit par le passé ? Et qui d'autre aurait jugé Isabella ?

J'essayai d'appeler ce numéro à partir de mon propre portable, mais il n'était plus attribué. Je tentai la ligne fixe, sans obtenir de réponse. Je voulus consulter Eniro pour voir qui possédait ce numéro de téléphone, mais restai bloquée sur la page d'accueil du site. Même chose avec Google. L'Internet à Ånn était manifestement en panne. *Merde alors.* Moi qui voulais aussi me renseigner sur Isabella. Enfin, ce serait pour plus tard.

Concrètement, le portable d'Isabella venait de nous désigner quatre meurtriers potentiels : Krister Arvidsson, la personne derrière le numéro caché, celle qui avait appelé depuis une ligne fixe, et celle qui avait envoyé le SMS. Je frémis, passai la main sur mon bras. J'avais la chair de poule.

Le lundi arriva. Je me réveillai en sueur, mon oreiller trempé de salive. J'avais à nouveau fait ce rêve, toujours le même. J'appelais un numéro de téléphone, mais je tombais sur un répondeur. Une voix de femme disait sur un ton neutre : « Veuillez nous excuser, nous ne sommes pas disponibles pour le moment, car nous sommes morts. » Je rappelais inlassablement. Toujours la même réponse. Soudain je m'apercevais que c'était mon propre numéro et ma propre voix.

Quelque chose s'était mis en branle. Je le compris en me rendant au lycée. Soixante interminables kilomètres jusqu'à Järpen. Sur P3, on parlait du nouveau projet d'urbanisme de Hagastaden et du train à grande vitesse reliant les grandes villes. Je changeai de canal : P4 Jämtland annonçait la fermeture de l'école du village de Rödön.

À Åre, je m'arrêtai devant le commissariat et sortis le téléphone d'Isabella de la boîte à gants. J'avais appris ce que je voulais savoir et n'avais pas l'intention de dissimuler des preuves. Je descendis de voiture, tirai sur la porte. Fermé, évidemment. Un papier indiquait que le poste n'était ouvert que les mardis et jeudis. Que faire, maintenant ? Je retournai à ma voiture, garée sur le bas-côté. La pluie du week-end avait fait plier les tanaisies déjà flétries. On aurait dit qu'elles s'étaient agenouillées pour prier. Un mal quelconque planait-il par là ? Ça en avait tout l'air.

Finalement, je jetai le portable dans la boîte aux lettres. Bien sûr, j'aurais dû y joindre un mot précisant qui l'avait trouvé et où, mais j'étais trop fatiguée. Et puis la police pouvait bien se donner un peu de peine, elle aussi. J'avais mal à la tête. Je n'avais pas mis le nez dehors de tout le dimanche après-midi. J'étais restée au lit et j'avais regardé documentaire sur documentaire : *Infirmières tueuses, Dans la tête d'un criminel, La Réalité derrière les barreaux*, ce genre de trucs. J'avais aussi bu quelques verres de vin, un peu trop pour un dimanche. Je n'avais pas lu une seule ligne des programmes officiels sur les procédés d'écriture, mais peu importait. Je n'étais pas allée à la chasse non plus. Thomas s'était contenté de rigoler. « Je savais bien que ça titillerait ta fibre d'ancienne journaliste locale. » J'étais donc à ce point prévisible ?

Après le cours d'Ulla, je m'éclipsai pour appeler Katta et prendre rendez-vous pour une coupe de cheveux, même s'il n'était guère nécessaire de s'abstenir de régler ses affaires personnelles en salle des professeurs. On prenait des rendez-vous chez le médecin, on discutait de prêts immobiliers et on se disputait avec ses proches dans tous les coins. Tout le monde savait tout sur tout le monde. Ce côté open space ne me convenait absolument pas. Moi qui avais l'habitude d'être seule pour écrire ou de parcourir en voiture des dizaines de kilomètres à travers la commune d'Åre, je n'arrivais pas à m'y faire. J'étais constamment interrompue dans mes pensées et obligée de reprendre à zéro ce que je faisais.

Katta me proposa de venir le soir même. Elle avait l'air de se réjouir de ma visite et m'invita à rester dîner, ce que j'acceptai. Il y avait longtemps que je n'étais pas sortie et j'adorais la cuisine de Björn. Une voix dans ma tête me rappela que Levan cuisinait bien, lui aussi. Il adorait ça, jusqu'à notre dernier été ensemble.

J'aurais dû comprendre ce que signifiaient vraiment toutes ces journées d'ennui dans le chalet d'été qu'on nous avait prêté. Le vent qui frappait contre les carreaux, ces numéros jaunis du magazine *Allers* que je lisais et relisais à défaut d'autre chose. Levan qui coupait du bois, fendait la bûche en deux d'un seul coup sur le billot. Parfois, il mettait des vêtements de sport et partait galoper des heures sur les chemins de terre. Pendant deux semaines, nous nous étions nourris de yaourt liquide et de céréales. Restées tout l'hiver à l'humidité dans le garde-manger, elles étaient molles et dégoûtantes, mais nous les avions avalées.

Je crevais d'envie de le voir assis dans le fauteuil, feuilletant ses livres truffés de marque-pages. Les ouvrant à un chapitre ou un autre, ses lunettes tout au bout du nez, comme à son habitude. Ce Levan-là, qui savait que l'heure du loup était une invention d'Ingmar Bergman et non une notion mystique des temps anciens. Il n'avait jamais suivi de formation universitaire mais avait puisé avec avidité des connaissances dans les livres, la presse quotidienne et les programmes télévisés. Lorsqu'il remarquait que je le regardais, il pouvait dire : « Demain on se fait de gros sandwichs au saucisson et on va se baigner. Peu importe le temps, demain on ira se baigner, Jacki. » Il aimait beaucoup ce genre de résolutions. « Maintenant on arrête de manger des sucreries pendant un mois, on ne fait plus de nouvelles courses, on prépare les repas uniquement avec ce qu'il y a dans le congélateur. Allez, on va y arriver, Jacki. » J'aimais bien qu'il m'appelle Jacki, à cause du sourire de loup de Jack Nicholson.

Je croyais que c'était le stress. Nous n'avions plus aucune énergie ni l'un ni l'autre, nous étions sur les rotules, chacun dans son coin. Mais Levan, contrairement à moi, semblait attendre une issue libératrice. Qui avait fini par arriver. Elle avait dix ans de moins que moi, une Norvégienne. Leur liaison durait depuis deux ans. Ça m'avait fichu un sacré coup.

Je décidai d'aller faire un tour dans Järpen pour mettre mon cerveau en veilleuse en attendant l'heure du dîner.

L'ancien bureau de la rédaction, mitoyen de la boutique du fleuriste, dans le centre, était toujours vide. Sur la porte, une affichette indiquait : *Locaux vacants, appelez Signe*. Suivait un numéro commençant par 070.

Trois ans plus tôt, j'étais venue ici récupérer mes affaires personnelles : mon mug avec l'inscription *Vera signifie vérité*, mon poncho noir pendu au dossier de ma chaise de bureau, et un gel douche bio hors de prix, acheté au marché d'automne à Åre, que j'utilisais comme savon pour les mains lorsque je n'avais pas pu me passer tout entière au gant de toilette après une longue nuit de travail.

Strömmen avait dit que les techniciens viendraient chercher l'ordinateur et les meubles plus tard, je n'avais donc pas eu à m'occuper de ça. J'avais laissé mon regard errer lentement d'un bout à l'autre de la pièce. Puis j'avais simplement refermé la porte et jeté la clé dans la fente du courrier. Léger bruit sourd sur la moquette de l'entrée. Une porte entre moi et mon ancienne vie. La fin d'une période de trente-cinq ans comme journaliste au *Jämtlandsposten*.

Je regardai mon reflet dans la devanture du local. Mon corps anguleux s'estompa. Je m'éloignai rapidement.

Maria retourne à la cuisine et étale du beurre sur une tranche de pain de mie français. Il n'y en a pas assez alors elle l'éparpille. Un peu dans les coins, un peu au milieu. Ses jambes sont nues sous sa mince chemise de nuit. Elle a un hématome sous l'ongle du gros orteil, on dirait une tache d'encre noire sur son pied blanc. L'ongle se décolle, s'accroche sans arrêt à la chaussette, mais il ne veut pas tomber. L'arracher ferait trop mal. Elle le voit bien.

Elle trempe un sachet d'Earl Grey dans l'eau chaude. Regarde le liquide s'assombrir dans la tasse. Les vacances d'été se terminent dans quelques jours. Bientôt, elle pourra à nouveau se reposer dans un cadre stable. Suédois, anglais et mathématiques dans des salles précises, avec des gens précis. Une agréable quiétude infuse en elle.

Le pire au début, c'était la solitude. Elisabeth, partie en voyage, ne lui avait pas encore envoyé le moindre signe de vie. Maintenant, Maria a au moins reçu une carte postale. Elle examine longtemps l'écriture alambiquée d'Elisabeth et la ville sur la photo. C'est le crépuscule, mais un voile de chaleur s'attarde sur les maisons blanches, rouges et jaunes. Le cachet de la poste indique Algésiras. Cela paraît si loin. Elle voudrait qu'Elisabeth soit près d'elle. Tout est plus facile quand Elisabeth est près d'elle. Plus facile de dormir, plus facile de se lever le matin, plus facile de respirer.

L'odeur d'Elisabeth flotte encore dans les lambris de la grande pièce au sous-sol. Maria sourit. Cette odeur, un mélange de déodorant Date, de peau chaude et d'assouplissant, a dû s'infiltrer dans les nœuds du bois lorsque la résine et le froid humide en sont sortis. Elles ont l'habitude de s'allonger dans le lit et de se réchauffer mutuellement. Les seins moelleux de Maria sur la poitrine plate d'Elisabeth, un couvercle hermétique sur un puits sans fond de secrets. Le dos d'Elisabeth toujours contre le mur, sa peau au plus près des nœuds du bois.

La nostalgie l'envahit. Elisabeth lui manque, sa manière de ne jamais finir son assiette, comme si la dernière bouchée était empoisonnée. Ses chaussettes jamais enfilées correctement, avec le talon qui peut se retrouver sur le dos du pied et le bout qui pend comme une poche à l'avant. Il y a de quoi trébucher. Ses imitations de Patrick Swayze dans Dirty Dancing. *« On ne laisse pas Bébé dans un coin », dit-elle en singeant sa démarche. Super raide. C'est drôle qu'il soit si souple quand il danse, alors qu'il est si raide quand il marche. Elisabeth sait aussi danser. Ce qui manque le plus à Maria, c'est le regard d'Elisabeth lorsqu'elles sont dans un groupe. Pas besoin d'échanger un seul mot, elles savent. Que tous les autres sont des tarés.*

Le pneu est complètement à plat. Elle a dû rouler sur quelque chose. Il y avait une bouteille de bière cassée près de l'arrêt de bus hier, elle l'avait bien vue, merde. Bon, ce sera enfin l'occasion de réparer le vieux vélo de son père. Il est posé contre le mur, sur le petit côté de la maison. Les rayons sont encombrés de feuilles d'automne desséchées et de toiles d'araignées. Son père avait recouvert la selle d'un sac en plastique du Systembolaget, pour la protéger, mais l'humidité est passée à travers. La selle est fendue, le rembourrage sort. Maria commence à gonfler les pneus, s'interrompt un instant pour les vérifier. Les pneus ont l'air de se remplir comme il faut. Le premier n'est pas percé, en tout cas. Finalement, le vélo lui semble vraiment solide. Elle accroche le panier. Y dépose la canne à pêche et la boîte d'asticots.

— Je vais chez Sonja !

Sa mère ne répond pas. Elle a dû se rendormir.

Le vélo roule assez bien, à condition qu'elle ne se serve pas des vitesses. La chaîne saute et tout le vélo en est secoué. Maria se laisse porter par la descente, lâche le guidon un moment sur la portion de route fraîchement refaite. Elle passe devant chez les Thomasson, les Johnson et les Håkansson. Ni les uns ni les autres ne sont venus dans leur maison cette année.

On est en train de construire une villa en bas d'Olérsbacken. Elle est presque terminée à présent. D'après Sonja, ceux qui vont emménager là sont sûrement des gens riches, avec l'économie qui s'est effondrée, la crise bancaire, la crise financière, la crise immobilière et tutti quanti. Elle a entendu dire que c'était une maison entièrement ouverte avec chauffage par le sol. Le rêve, quoi. Maria s'arrête, mais ne descend pas de son vélo. Elle garde un pied sur la pédale, pose l'autre sur le trottoir.

— Les propriétaires ne sont pas encore arrivés, ils prennent tout leur temps pour choisir les matériaux et les peintures. C'est le genre de choses qu'il est facile d'organiser à distance, tu sais, crie Peter-le-menuisier en l'apercevant.

Maria ne sait pas, mais elle fait un signe de tête entendu, comme si elle savait. Peter-le-menuisier n'a pas le temps de lui expliquer, il est en train de trimballer de grands paquets plats. Ses mains énormes sont comme des lunettes de toilettes sur le carton d'emballage.

— Ils veulent aussi une véranda vitrée avec vue sur les montagnes. Une pièce inondée de lumière.

Personne n'en a une pareille, dans le village. Il a entendu dire que la famille qui organise à distance était très sympathique.

Comme si tout le reste ne suffisait pas.

Elle continue, bifurque dans le chemin de terre au niveau du panneau de trottoir. Chalets à louer, deux cent quatre-vingt-dix-neuf couronnes. Jusqu'à présent, des chalets sont restés vacants tout l'été. Sonja dit que les gens en général préfèrent partir en vacances en charter et s'agglutiner aux autres sur les plages.

Maria, elle, n'est jamais agglutinée à qui que ce soit, surtout pas maintenant. Elle arrive au camping. Il y a quelque chose de lourd dans ce camping. Comme dans tous les campings de la forêt. Le sol n'est pas assez riche pour qu'une végétation claire et luxuriante puisse s'y épanouir. Il ne convient qu'au vert sombre et à ce qui est raide : les pins, leurs aiguilles et leurs cônes qui jonchent le sol. L'ensemble de petits chalets marron est perdu dans le vaste terrain. Leur combat est désespéré. On devine à la peinture écaillée de quel côté les tempêtes d'automne sévissent le plus durement.

Sur la terrasse en bois, Gösta Mattsson est assis dans son fauteuil en plastique blanc, comme d'habitude depuis dix ans, bien qu'il n'ait rien de particulier à faire au camping.

— Tu sais que Petit-Nils a vu un ours ici, hier ?

Gösta la regarde fixement, attendant une réaction.

— Non, c'est vrai ?!

Il sourit d'un air satisfait et pose les bras sur les accoudoirs. Il fait l'important.

— Eh ben, ouais, tu vois. Il est tombé dessus dans les taillis, là-bas. Il a beau savoir qu'il faut pas courir devant un ours, il a couru. Il a fui à toutes jambes et il a trébuché plusieurs fois. Et quand il a fini par regarder en arrière, l'ours avait disparu. Apparemment, il avait détalé dans l'autre sens. Il a dû avoir aussi peur que Petit-Nils.

Gösta se tord de rire. Il en tombe presque de son fauteuil.

Maria pense à son dérailleur cassé et à la montée qui l'attend sur le chemin du retour. Elle sera peut-être obligée de descendre de vélo et de marcher.

La porte craque. La tête de Gösta pivote. Du revers de la main il essuie la salive de sa bouche. Sonja apparaît.

— T'es encore là, à effrayer les gens, toi ? L'ours est sûrement loin, maintenant. Il devait se balader, c'est tout.

Elle se tourne vers Maria.

— Tu vas à la pêche ?

— Oui.

Poings sur les hanches, Sonja regarde le lac entre les arbres. Son mascara bleu a coulé sous ses yeux.

— Il ne fait plus aussi clair à cette heure-ci. Les poissons devraient se rabattre vers les rives.

— Oui.

— Et comment va ta maman ?

Maria hausse les épaules.

— Comme d'habitude.

Que doit-elle répondre ? Doit-elle dire la vérité ? Que c'est la merde, que tout est merdique. Qu'elle fait des cauchemars où elle voit le corps de son père flotter sur le dos, dans le lac, tellement gonflé qu'il en est méconnaissable. Qu'il a les yeux grands ouverts et que ses cils épais sont recouverts d'une pellicule de givre. Oui, voilà comment elle se l'imagine.

Quand elle ne fait pas de cauchemars, elle reste éveillée dans son sous-sol. Elle commence à croire que ses insomnies ont un sens. Que ce n'est plus qu'une question de temps. La braise des cigarettes de sa mère finira par tomber dans les draps sales, les flammes gagneront les rideaux et viendront lécher les murs. Les insomnies de Maria les sauveront de la mort. Elle en est de plus en plus sûre.

Sonja secoue la tête.

— Sa maladie a empiré vraiment très vite. C'est à cause du chagrin, ça, c'est sûr.

Bras levés, Maria court à travers les orties. Elles lui arrivent presque aux épaules. Elle sent leur brûlure à travers son pantalon, mais elle n'a pas mal. Elle aura peut-être quelques cloques juste au-dessus de ses chaussettes, si les poils urticants réussissent à trouver un peu de peau nue, mais ils devront chercher. Le treillis militaire et le sweat-shirt sont trop grands pour elle de plusieurs tailles. Ils appartenaient à son père, mais désormais on les appelle tout simplement les vêtements de pêche et on les suspend dans un placard de la remise, dehors. On ne peut pas les ranger dans la maison, à cause de l'odeur âpre d'huile de goudron de pin. La seule chose qui vienne à bout des moustiques.

Les longues jambes du pantalon la font trébucher, alors elle ralentit. Patauge maladroitement dans le champ envahi par la végétation, toujours les bras en l'air. Elle tient la canne à pêche et la boîte d'asticots dans une main. Son autre bras ballotte avec raideur. Elle l'a enfoncé dans un tapis de sol roulé que Sonja a tenu à lui donner.

Elle arrive au ponton. Il est tout neuf, mais n'a pas été beaucoup utilisé cette année. Elle ne connaît personne qui soit venu se baigner. Les deux bateaux à côté ont déjà été remontés sur la rive et retournés. Comme si leurs propriétaires avaient renoncé à l'été. L'air sent déjà l'automne. Elle la perçoit, maintenant. L'odeur du sang.

Elle choisit un leurre dans la boîte. Au loin, un pic martèle un arbre. Elle lance et ramène. Elle ramène et lance. De temps à autre, des cercles et des gouttes déchirent la surface de l'eau, mais aucun poisson ne veut mordre. Au bout d'un moment, elle se lasse, envoie des coups de pied dans quelques pommes de pin puis s'assoit à même le sol, laissant le tapis à côté d'elle. Tant pis.

Son estomac gargouille. Elle a l'impression que son corps réclame constamment à manger. Affamée en permanence. Elle plie les jambes, les entoure de ses bras.

C'était en mars, il y a trois ans, ça sentait le printemps. La neige fondue et la crotte de chien dégelée. Il y avait toujours de la glace, mais elle avait commencé à gronder et à chanter. Elle était devenue granuleuse et striée de bourrelets.

Maria n'oubliera jamais le bruit de l'hélicoptère ni les lumières agitées des motoneiges sur la glace noire. L'eau froide n'avait eu aucune pitié. Elle emporterait aussi le goût de vivre de sa mère, les anneaux qui se balançaient à ses oreilles, son rouge à lèvres et son fard à paupières bleu. Maria aurait dû s'en rendre compte quand ils n'ont retrouvé que le bonnet, celui avec les oreilles en cuir. La marque de son père.

Elle pose un sachet de chips à l'aneth sur le comptoir de la réception. Ce sera son déjeuner d'aujourd'hui, ou plutôt son goûter. Elle a presque envie de chanter. En trouvant la pièce de dix couronnes dans l'une des poches latérales, elle n'y croyait pas.

Sonja refuse la pièce d'un geste de la main.

— Oh, laisse tomber ! Aide-moi plutôt à ranger les coussins. Je ne veux pas qu'ils soient mouillés, ils mettent une éternité à sécher.

Le restaurant n'a pas ouvert depuis très longtemps, mais la terrasse et les meubles d'extérieur sont toujours là, comme si le temps s'était arrêté. Maria ne voit pas ce qui pousserait quelqu'un à venir s'asseoir ici. Les épais coussins sont couverts de fleurs de bouleau jaunes. Ils sont lourds, les doigts n'ont pas de prise dans le tissu brun, glissant, alors il est plus facile de les prendre sous le bras un par un. Maria et Sonja font plusieurs allers-retours. Elles jettent les coussins les uns sur les autres, en un gros tas près du vieux bar.

— Merci, super.

Sonja se masse la nuque et sort une cigarette cabossée de la poche de son tablier.

— Tu as peut-être envie de m'aider à nettoyer les douches et les toilettes ? Juste pour quelques jours. Je n'ai pas le temps de m'occuper des parties communes. Je me disais que tu pourrais prendre des provisions à la boutique de l'accueil, comme salaire.

— Et Elsa ?

Sonja secoue la tête en allumant sa clope. La première bouffée fait plop.

— Elle est en arrêt maladie. Elle a fait une fausse couche.

— Encore ?

— Oui, et maintenant ça ne sera probablement plus possible, dit Sonja tristement.

Une fois, Maria a accompagné Sonja chez Elsa, la femme de ménage, et son mari. Il s'appelait Ture, c'est ça ? Sonja avait apporté une grande casserole de soupe à la viande, mais Elsa était restée assise, les poings serrés sur les genoux, et n'y avait pas touché. Dans la maison, rien ne bougeait non plus. Les coussins du canapé semblaient posés depuis des lustres au même endroit. Lorsqu'elles étaient parties, Sonja avait dit qu'une maison sans enfants était une maison morte.

— Oui, je peux venir faire le ménage n'importe quand, répond Maria.

À y réfléchir, il est plus facile de s'occuper de la crasse des gens qu'on ne connaît pas. Et puis il y a de la soupe d'églantier et des biscuits aux amandes à la réception du camping. Du craquepain Leksand et de la bière. Tout est bon à prendre. À la maison, sa mère doit commencer à avoir faim. Maria attrape le guidon du vélo et rabat la béquille.

Sonja sourit.

— Tu es une fille bien. Je te l'ai déjà dit ?

Maria sourit à son tour, sent à nouveau sa gorge se nouer tandis que Sonja rapporte le panneau de trottoir sur la terrasse.

— Je ferme pour aujourd'hui. Ça ne sert à rien de rester plantée là.

Elle regarde sa montre.

— Si des clients arrivent après le dîner, Nisse s'en occupera.

Maria remarque les lignes blanches dans le fond de teint de Sonja. Elle pose un pied sur la pédale.

— Tu crois qu'il va pleuvoir, alors ? Je demande ça à cause des coussins.

Sonja tend la main, paume vers le ciel. Elle secoue la tête.

— J'ai cru sentir une goutte. Ça ne va pas tarder. Fais attention en rentrant, il y a de l'orage dans l'air.

Maria met le sachet de chips dans le panier du vélo avec son matériel de pêche qui la nargue. Ce soir encore, il y aura des pâtes instantanées au sel à l'ail pour le dîner. Il fait lourd. Elle commence à pédaler. Son ventre la gêne, maintenant qu'elle est obligée de soulever les genoux. Ses longs cheveux collent à sa nuque. Un ruban de sueur perle sur sa lèvre supérieure. Les moucherons cherchent à s'introduire dans ses oreilles et dans ses yeux. Elle ne peut garder qu'une main sur le guidon, elle doit agiter l'autre pour les chasser.

Arrêt brutal. Elle manque de tomber, le cadre heurte son genou, mais elle parvient in extremis à redresser le vélo. La chaîne pend mollement. Elle essaye de la remettre en place, sans succès. Il faudra sans doute la remplacer. Saloperie. Son père aurait au moins pu lui offrir une balade à vélo sans problèmes, non ? Ça aurait été la moindre des choses.

Elle n'a plus qu'à continuer à pied. Elle prend le panier et balance le vélo dans le fossé. Il peut rester là. Son genou lui fait mal, elle aura sûrement un bleu. Elle ouvre le paquet de chips et mange, tout en marchant.

Dans sa poche son portefeuille cogne sur sa hanche. Elle continue à manger malgré la pluie. Les chips ramollissent et se délitent comme du pain mouillé. L'aneth reste collé à ses doigts poisseux de graisse.

Au bout d'un moment, elle entend une voiture approcher. Le véhicule ralentit à sa hauteur et continue à rouler juste à côté d'elle.

— L'eau était froide ?

Le corps dégingandé de Jörgen est suspendu à la fenêtre de son tracteur EPA. C'est sa voiture, une vieille Volvo Duett qu'il a transformée lui-même.

— Je ne me suis pas baignée.

— Tu t'es pas baignée ? Ah oui, c'est vrai. T'as toujours eu peur de l'eau froide.

Il ricane. Elle le regarde du coin de l'œil. Sa pomme d'Adam a grossi au cours de l'été. Sa voix est devenue plus grave aussi. Maria n'y avait jamais prêté attention jusqu'à présent.

— C'est bon !

Sa lèvre inférieure a un tressaillement boudeur.

Quand ils étaient petits, Jörgen s'arrangeait toujours pour qu'elle se retrouve dans l'eau. Il la poussait du ponton ou la prenait dans ses bras et la jetait à la baille. Elle était fascinée par la force de ses petits bras minces. Enfin, à cette époque, elle était un peu plus légère. Parfois elle aimerait beaucoup être encore portée, comme il le faisait alors. D'une façon si naturelle, si évidente. Mais elle aussi, elle l'avait porté. Pendant toute l'école primaire et le collège, il s'était appuyé sur elle. Elle l'avait aidé à faire ses devoirs et, plus d'une fois, les avait faits à sa place. Il n'arrivait pas à se concentrer et piquait des crises de colère quand l'institutrice le rappelait à l'ordre. Plusieurs fois par semaine, il sortait précipitamment de la classe et ne revenait pas de la journée. Elle le retrouvait sur le chemin en rentrant. Apathique et cafardeux, une fois que sa colère s'était dissipée. Maintenant, il allait redoubler sa troisième. Elle savait qu'il avait honte, même s'il ne le montrait pas. Certains disaient qu'il était arriéré. Heureusement, à Järpen, être premier de la classe ne rapportait aucune gloire. C'était d'une autre manière que Jörgen avait récemment acquis un certain prestige.

Maria se rend compte qu'elle a toujours le paquet de chips à la main.

— Vide.

Elle le brandit comme une preuve, pour s'excuser, et se frotte la bouche pour enlever les restes d'aneth. Elle raconte ses déboires avec le vélo, montre l'endroit où il se trouve, presque caché par la végétation. Elle ne cesse de sourire, essaye d'être gaie. Jörgen aime ce genre de filles, les filles gaies, et elle ne veut pas qu'il voie seulement ses lèvres gercées. Il fait un geste de la tête vers le siège passager.

— Monte.

— Comme je suis contente de te voir !

Debout devant son atelier, Katta regardait une boîte en bois longue de plusieurs mètres. L'entrejambe de son sarouel noir lui arrivait sous les genoux.

— Qu'est-ce que c'est que ça ?

J'étais obligée de crier. Le vent froid se déchaînait autour de mes oreilles.

— Ils viennent juste de décharger mes collages de l'exposition de Stockholm, et ils se sont tirés. Les abrutis !

Katta eut un rire rauque, totalement indifférente au fait que ses longs cheveux roux lui fouettaient le visage.

— Aide-moi à rentrer ça !

Nous poussâmes et tirâmes ensemble, jusqu'à ce que toute la boîte soit à l'intérieur.

Je fis le tour de la petite pièce. J'aimais me trouver là, parmi les boîtes de conserve rouillées remplies de pinceaux, les tubes de peinture acrylique dans de vieux pots de glace et les tableaux à moitié terminés. Katta appelait chacune de ses toiles son « thérapeute ». Elle y exprimait sa colère, sa joie et sa tristesse. D'une nature particulièrement sensible, elle transformait toutes ses émotions en art.

Elle remit le paillasson correctement, poussa le chevalet sur le côté et traîna le fauteuil de coiffure à la place. Du pied droit elle régla la hauteur du siège, puis dégagea le miroir en face de moi.

— Assieds-toi, je t'en prie, dit-elle en tapotant le fauteuil.

J'évitai de regarder le miroir. Je préférais contempler Ånn. La maison se trouvait tout en haut du village. Le meilleur emplacement, disaient beaucoup de gens. Les monts du Bunner et les sapins se reflétaient dans le lac.

— Qu'est-ce que c'est beau. Tout se fond, on ne sait pas où ça commence et où ça finit.

— Oui, c'est vrai.

Katta peignait mes cheveux, prenait une petite mèche entre son index et son majeur et coupait.

— Mais le sait-on jamais ? Quand je regarde un match de football et qu'il y a un but, je me demande toujours où le but commence, en fait. Est-ce que c'est à la seconde qui précède, au moment où l'un des joueurs reçoit une bonne passe ? Ou est-ce qu'en réalité ça commence bien avant ? Avec un geste qui… enfin tu vois, comme les cercles dans l'eau.

— C'est sûrement ça. Ça commence bien plus tôt.

Elle approcha des mèches de cheveux au plus près de mon visage.

— Tu veux la même coupe que d'habitude, avec une frange, comme ça ?

— Oui, très bien.

— Ta chevelure est encore bien blonde et vigoureuse. Tu n'as pas autant de vilains cheveux que tu le disais.

Katta se pencha en avant, s'approcha. Sa joue effleura la mienne, me forçant à nous regarder dans le miroir. Mes yeux bleu-gris près des siens, verts.

— Tu ne seras jamais une femme à cheveux courts. Moi non plus, d'ailleurs. Ils peuvent dire ce qu'ils veulent, au village. Les cheveux longs vont très bien aux femmes mûres.

Elle continua à me coiffer.

— Je suppose que tu n'iras pas à la fête de l'Élan, samedi ?

— Tu supposes bien.

Katta soupira.

— On a un problème avec le toit du foyer rural. Enfin, ça fait une trentaine d'années, déjà. Mais maintenant, ça ne peut plus attendre, il faut le remplacer. Sinon la maison ne tiendra pas. Mais comment trouver l'argent, et qui fera le travail ? Mystère. Tous les charpentiers sont pris pour la construction du nouvel hôtel à Åre. Ce n'est pas là-bas que Levan travaille ?

— Aucune idée. Je ne lui ai pas parlé depuis un bout de temps.

— Enfin. Tu as trouvé quelqu'un d'autre ?

Dans le miroir, Katta avança les lèvres et inclina la tête. Les rides autour de sa bouche me firent penser à l'accordéon de Björn.

J'éclatai de rire, mais ce fut plutôt un halètement.

— Comme qui ? Tous les hommes des environs sont soit déjà casés, soit des alcoolos peu reluisants avachis dans leur coin.

Sa bouche accordéon s'étira à nouveau en un sourire. Un sourire amical, pas condescendant.

— Oui, mais des hommes, il n'y en a pas que dans la lampe d'Aladdin.

Non, il n'y en avait pas d'autres. Et celui qui devait me serrer dans ses bras l'hiver venu était allé voir ailleurs. Peut-être même avait-il fui.

— On verra bien. Je finirai probablement par écrire le livre *Célibataire au milieu du désert*.

— Ha ha ! Bon titre.

Katta changea de sujet et revint à ce qui semblait occuper la majeure partie de son temps en dehors de l'art.

— On verra si le toit résiste ne serait-ce qu'à l'automne. Il pleut déjà à l'intérieur, mais heureusement, ça ne fuit que dans l'entrée pour l'instant, et on a mis des seaux. Je vais bientôt organiser une réunion. Tout le monde devrait se sentir concerné, c'est le lieu de vie du village. Tu pourrais venir, non ?

— Oui, j'essayerai.

Je n'avais pas le cœur de dire non tout de suite.

Nous remontâmes ensuite par le sentier dans l'herbe humide jusqu'à leur maison peinte en rouge de Falun. Au bord de la propriété poussait un groupe de bouleaux isolés qui avaient pour ainsi dire glissé de la forêt à l'arrière. Ils étaient tous déformés, recroquevillés sur eux-mêmes par le vent et le froid des hivers précédents. En contrebas, le village était plongé dans le silence. Les Norvégiens qui y avaient acheté de nombreuses maisons pour les transformer en chalets de vacances étaient encore chez eux. Ils attendaient la saison pour venir faire de la motoneige. Katta sifflotait. Ce bruit avait sur moi un effet apaisant.

— Qu'est-ce que vous avez pu vous amuser ici, quand vous étiez petites, toi et Åsa. Vous faisiez de la luge pendant des heures, dit-elle.

— Oui, et on n'avait jamais la patience d'attendre que la neige soit assez épaisse.

— Non, ça faisait des traînées de terre derrière vous. On aurait dit des traces de freinage.

Je me mis à rire. Nous nous sentions toujours bien, chez Katta et Björn. Nous y étions toujours les bienvenues.

— Et tu te souviens de l'invasion de campagnols ? Vous nous aviez aidés à l'époque.

— C'est vrai ! Oh, mon Dieu !

Un hiver, les campagnols avaient ravagé les plantations dans la forêt. Papa m'avait donné la carabine à air comprimé en me disant de tirer sur tous ceux que je verrais, il fallait sauver les racines. J'étais restée plusieurs jours couchée sur le sol, à les éliminer un par un. J'étais aussi allée chez les voisins. Mais beaucoup d'arbres avaient quand même péri.

Björn avait mis la table, verres à vin, serviettes et bougies alors qu'on était un lundi ordinaire. Chez eux, il n'y avait pas de différence entre les jours de la semaine et le week-end, et si raffiné que fût le dîner, on mangeait dans la cuisine, au cœur de la maison. Katta estimait déplacé de s'installer dans une pièce austère, loin de l'endroit où le repas avait été préparé. Le feu crépitait dans la cheminée. Au-dessus de la table étaient suspendus de gros bouquets de tanaisie séchée.

— Maintenant raconte-nous, comment ça se passe au lycée ?

Katta me fit un sourire radieux. Nous nous étions servis.

— Ça va. C'est un nouveau monde pour moi, dis-je en trempant ma pomme de terre dans la sauce brune.

— J'imagine.

— Mais j'ai un peu travaillé pour le journal aussi, ce week-end.

Je toussai légèrement, redoutant sa réaction. Elle fut conforme à mes craintes.

— Non, mais… ! Pourquoi ?

Katta posa ses couverts sur son assiette et croisa les bras sur sa poitrine.

— Tu n'étais plus qu'une loque, Vera… Et ce n'est pas étonnant. Il faut que tu fasses attention à toi.

Elle planta son regard dans le mien, tendit la main et me caressa le bras.

— Je m'inquiète pour toi.

Björn continuait à manger tranquillement.

Je me détournai de son regard, cette âpre sollicitude.

— Je sais. Il n'y aura qu'un article, pas plus. Il s'agit de la femme assassinée près de Kall…, marmonnai-je.

Katta fronça le nez, se concentra.

— Ah oui, c'est horrible… La violence est arrivée jusqu'ici, maintenant. Enfin, elle était déjà là avant, il ne faut pas croire. C'est une bonne chose, naturellement, que quelqu'un écrive sur le sujet, là n'est pas la question, dit-elle en reprenant ses couverts. Mais les écoles pleurent pour avoir des enseignants. Tu as une nouvelle vie maintenant, tu peux faire plein de trucs sympas.

— Je n'ai pas de vie. Je vais devenir une vieille fille solitaire, qui aura des tas de chats au lieu d'avoir des enfants. Une de ces villageoises sur son *spark*[1], avec le nez qui coule et un bonnet à oreilles. Du genre de celles sur lesquelles les journalistes se rabattent toujours, faute de trouver quelqu'un d'autre dans les rues quand ils se pointent un lundi matin.

— Euh… Avoir des enfants ne garantit absolument pas qu'on se préoccupe de vous. Regarde-nous, on en a trois, mais aucun à proximité. Pas vrai, Björn ?

— Oui, oui, fit Björn. Mais tu sais bien ce qu'on dit : on ne les a qu'en prêt. La seule chose qu'on puisse faire, c'est d'essayer de créer la meilleure relation possible tant qu'ils sont là.

Dans la poche de mon pantalon, le téléphone émit son *pling* habituel. Un SMS de Strömmen :

La vache, c'est le reportage le plus lu sur le web en ce moment. La police a confirmé l'agression au couteau. Ce sera dans l'édition de mardi. Bon travail, Bergström.

Je saisis la bouteille de vin et remplis nos verres.

— Bon, d'accord. Alors à ma nouvelle vie !

Après tout, le lycée, ce n'était peut-être pas si mal. Je savais m'y prendre avec les jeunes, c'est vrai. Et là, je venais de prouver que j'étais encore capable d'écrire. Mon premier papier depuis mon licenciement et ma séparation d'avec Levan faisait un tabac. Pour une fois, mes doutes se tenaient à distance. Dieu et l'univers n'avaient peut-être rien contre moi, finalement. L'alcool me réchauffait agréablement. Je sentais mon corps s'amollir. J'en avais besoin. J'étais de bien meilleure humeur que ce matin.

1. *Spark* ou trottinette des neiges : sorte de petit traîneau ou trottinette à deux patins, pourvue d'un petit siège sur le devant.

— À propos de parents, dit Björn en s'essuyant la bouche avec sa serviette. Isabella Sandgren…

— Qui est-ce ? l'interrompit Katta en attrapant le pain.

— Celle qui a été assassinée, expliquai-je. Eh bien ?

— Lillemor du chœur, tu vois qui c'est ? Elle est infirmière et m'a dit qu'Isabella était allée faire soigner sa fille juste avant d'être assassinée. Quelle tragédie ! fit-il en secouant la tête. Perdre sa mère de cette manière.

— Sa fille ? Isabella Sandgren avait des enfants ?

Je pris une grande inspiration. Matti Myllämäki n'en savait probablement rien. Ou alors il ne me l'avait pas dit, parce que je n'avais pas posé la question, tout simplement.

— Apparemment oui. Une fille d'un an qui avait attrapé un VRS. Elle a été hospitalisée, elle avait du mal à respirer, mais Lillemor a dit…

— Qui est le père ?

— Aucune idée. D'après Lillemor, personne n'est venu avec elle aux urgences.

Je repensai au SMS qu'Isabella avait reçu le jour de sa mort. Avait-il été envoyé par le père de l'enfant ? Le mot « s'impliquer » me revint. Un enfant était sans nul doute une raison de s'impliquer. Mais si le père était aux abonnés absents, qui s'était occupé de la petite fille, la nuit de la mort d'Isabella ? La police recherchait des membres de la famille et il n'était pas surprenant qu'elle n'ait pas pu informer un bébé d'un an que sa mère avait été assassinée. Avec qui se trouvait donc l'enfant désormais ?

Le reste de la semaine passa très lentement. Mon bronzage pelait. Je le grattais, arrachais de grands lambeaux de peau morte. Ils s'accumulaient en petits tas épars au bas de mon lit. Je les laissais là, de même que ma valise pas déballée qui traînait dans le couloir. Écrire me manquait et j'en voulais à Strömmen de m'avoir subitement appâtée avec une friandise que j'aimais pour me la reprendre ensuite. Une fois de plus. On ne s'était plus recontactés. Voilà, sans doute le Trou noir avait-il eu son quart d'heure de visibilité pour cette année. Parfois, je me demandais si tout cela avait réellement eu lieu. Dans la salle des professeurs, je me heurtais au silence. Pourtant je savais que tout le monde avait lu mon article.

Dans les rédactions des grandes villes, ils continuaient à se frotter le nombril. L'*Aftonbladet*, l'*Expressen*, le *Dagens Nyheter* et le *Svenska Dagbladet* avaient repris la nouvelle du meurtre mais, on s'en serait douté, aucun d'entre eux ne s'était donné la peine de contacter la police pour écrire son propre papier. Ils s'étaient contentés de citer ce que j'avais publié dans le *Jämtlandsposten*. Ils avaient à peu de choses près pompé aussi le titre *Forêt de Kall : la victime a été poignardée*, en remplaçant bien entendu *Forêt de Kall* par *Forêt d'Åre*, afin que les Stockholmois comprennent, eux aussi. L'audiovisuel public, la chaîne de télévision SVT et la radio en avaient fait autant, si bien que personne n'avait plus besoin de payer pour lire mon reportage. De toute façon, à Stockholm, les gens se fichaient bien d'une femme morte dans les montagnes du centre du Norrland. La plupart n'y avaient d'ailleurs jamais mis les pieds. Des femmes mouraient partout, tout le temps.

Ayant constaté que je faisais de bonnes remarques aux élèves sur leurs travaux, Ulla me donnait de plus en plus de devoirs à corriger. Je restais souvent la dernière dans la salle des professeurs. Cela ne me dérangeait pas – elle avait ses enfants à aller chercher et les repas à préparer le soir, et j'aimais les journées de travail bien remplies.

J'avais honte d'éprouver presque du mépris pour les lacunes des élèves en suédois. Leur manque d'imagination dans leurs productions écrites était déplorable. Leurs textes indigents m'ennuyaient, mais j'écrivais dans la marge d'encourageantes petites phrases exclamatives, censées les aider à s'améliorer. « N'oublie pas de décrire davantage ! Ne fais pas autant de propositions subordonnées, les phrases courtes sont parfois plus efficaces

– expérimente ! Développe un peu plus, peut-être en comparant ton rêve à autre chose. » Bla, bla, bla.

« J'espère vraiment que vous lisez les conseils de Vera, disait Ulla aux élèves. Il est très important que vous compreniez ce qu'il faut faire. Il vaut mieux poser trop de questions que pas assez. Corrigez vos devoirs, et nous les relèverons une deuxième fois. Cela nous permettra de suivre votre progression – c'est ce qu'on appelle l'évaluation formative – et qui sait, vous obtiendrez peut-être une meilleure note à la fin. »

Les élèves se balançaient sur leurs chaises, l'air absent, jetaient des coups d'œil mélancoliques vers l'étagère où se trouvaient leurs téléphones portables. Je les comprenais.

Les moments où ils devaient travailler en autonomie m'étaient quasiment insupportables. Ils étaient tellement lents que j'avais envie d'intervenir et de faire les choses à leur place. Je feignais parfois d'écrire dans mon calepin, juste pour avoir les mains occupées.

Vendredi, jour de paye. Il y avait une longue queue au Systembolaget à Åre. À la caisse, une femme cherchait son argent pour payer. Les gens commençaient à se regarder en haussant les sourcils. La jeune caissière parlait fort et faisait cliqueter ses bijoux Snö of Sweden.

Quand mon tour arriva, je réglai rapidement mes trois bouteilles de vin blanc et quelques bières, puis je filai chez Coop. J'aurais peut-être plutôt dû aller chez Ica, près de la gare ; ils avaient un beau rayon charcuterie et une offre plus attrayante, selon certains. Je décidai finalement que des crevettes fraîches, des biscuits et un peu de fromage feraient l'affaire pour le dîner. Cela m'éviterait de me mettre aux fourneaux : il me suffirait de tout poser sur la table du séjour. Thomas m'avait appelée pour savoir si je comptais venir chasser l'élan le lendemain. Je n'en avais pas le courage. Tout le monde ne parlerait que de la fête de samedi. De plus, la chasse ne m'attirait plus autant qu'autrefois. Cette lenteur, cette attente, ça me rappelait trop la salle de classe.

À la caisse, je fourrai un exemplaire du *Jämtlandsposten* dans mon panier. Je n'avais pas lu de journal papier depuis longtemps. Cela devait bien faire quelques années. Moi qui sautais autrefois du lit à la seconde même où le journal du matin arrivait, pour voir comment mes articles avaient été mis en forme, j'en avais complètement perdu le goût.

Je me regardais moi-même de l'extérieur, marchant dans une bulle qui flottait sans but. Contrairement aux autres, j'étais une substance inconnue. Quelqu'un qui restait en suspens dans l'air, en marge de la norme à laquelle tout un chacun considérait comme naturel d'appartenir. Était-ce le sentiment qu'Isabella Sandgren éprouvait elle aussi, lorsqu'elle avait acheté une petite ferme au milieu de la forêt ? Une personne farouche qui fuyait le troupeau, une solitaire, même. Je me demandais ce qui avait entraîné son isolement. Le hasard, ou autre chose ?

Mais Isabella avait donné naissance à un enfant. Durant une courte période, elle avait senti battre un autre cœur contre le sien, une fille qui ouvrait grand sa bouche pour embrasser. Or quelqu'un l'avait brutalement privée de cela. Qui lui voulait autant de mal ? Il fallait que j'en sache plus.

Un léger coup à la porte me réveilla. Je ne fus d'abord pas sûre qu'on eût réellement frappé. Comme d'habitude, mon sommeil avait été agité. J'attendis dans mon lit que le bruit se reproduise. Pas de doute. Quelqu'un frappait.

Je tâtonnai pour attraper mon téléphone sur la table de nuit, sans le trouver. Dans un état de flottement, j'enfilai avec peine ma robe de chambre et gagnai le séjour à pas de loup. Personne ne pouvait entendre que j'étais chez moi.

Mon téléphone était à côté de la télécommande de la télé et d'un verre à vin vide. Il était 2 heures du matin, j'avais déjà dormi plusieurs heures. Je me maudis de ne pas avoir investi dans un judas de porte. Mon pouls cognait dans mes tempes. Je restai parfaitement immobile. Puis j'entendis la voix de Björn.

— C'est moi. Tu peux ouvrir.

J'ouvris. Il se tenait dans l'obscurité de la cage d'escalier.

— La vache, qu'est-ce que c'est sombre, ici. J'ai dû utiliser mon téléphone comme lampe de poche.

Il leva les yeux vers le plafond.

— Je comprends qu'il soit assez difficile de changer l'ampoule, à cette hauteur, mais je peux te prêter une échelle, si tu veux.

— Merci, je vais m'en occuper.

Je relevai le col de ma robe de chambre sur mon cou. Un courant d'air arrivait d'en bas, par la porte d'entrée.

— Excuse-moi de sonner au milieu de la nuit, mais il y a un Stockholmois là-bas qui est tombé en panne sèche. Tu as de l'essence ? Les jerricans qui étaient dans mon garage ont disparu. J'ai sûrement eu une visite de voleurs de carburant sans m'en apercevoir. Enfin, tant pis pour moi, je n'avais sans doute pas fermé à clé. Il faudrait être plus prudent, ce n'est pas la première fois qu'ils passent.

Je levai les yeux au ciel.

— J'en ai peut-être un peu dans l'ancienne salle d'attente. Je m'habille, dis-je.

Björn s'avança jusqu'au tapis de l'entrée, en laissant la porte de l'appartement entrouverte. J'enfilai en vitesse mon jean et ma polaire. Sautai dans mes bottes sans chaussettes. Nous descendîmes tous les deux. Oui, il y avait quelques bidons en bas.

J'utilisais la salle d'attente comme réserve, mais je n'aimais pas y descendre. C'était un absurde décor du passé. L'éclairage au néon ne parvenait pas à effacer l'ombre du temps. Cette désolation m'emplissait toujours de découragement.

Le Stockholmois, un trentenaire aux traits juvéniles et à la frange blonde, lourde de gel, avait réussi à rouler jusqu'au parking de la gare avec les dernières gouttes d'essence qu'il lui restait. Sous la lumière du réverbère, il raconta qu'il avait vu tomber l'aiguille de la jauge. Un vrai film d'horreur. Tout de suite après, la voiture avait commencé à tousser.

— Vous avez eu de la chance, alors. En tout cas, avec ça, vous pourrez aller jusqu'à Storlien. Là-bas, il y a une station essence.

Björn retira l'entonnoir de l'embouchure du réservoir et remonta sa casquette sur le haut de son crâne, à sa place habituelle. Quelques gouttes d'essence tombèrent sur l'asphalte. Demain cela ferait une tache pleine de couleurs, un salut de la nuit.

— Merci beaucoup. J'étais sûr qu'il y avait une station-service dans le coin. On est pourtant tout près d'Åre, en fait, mais c'est le désert total ici.

Le Stockholmois se mit à rire, comme s'il avait dit quelque chose de drôle, tout en resserrant ses bras autour de lui. Il n'avait qu'un pull léger alors qu'il gelait déjà depuis plusieurs nuits.

J'espérais bien qu'il crevait de froid. Il n'était qu'un exemple parmi tant d'autres qui passeraient sans jamais rien comprendre. Qui levaient souvent les yeux vers mon appartement, je le savais, en s'étonnant de voir de la lumière aux fenêtres.

Dire qu'il y a des gens qui habitent dans ce genre d'endroit...

Oui, au milieu de nulle part...

Ils s'imaginaient pouvoir dissimuler leur supériorité, mais je la voyais très bien.

Parfois je me demandais si ma vie aurait été différente dans un lieu plus peuplé. Levan et moi, cela avait été une évidence dès le début. Non pas que je croyais que nous étions faits l'un pour l'autre – enfin si, un peu quand même. Il ne m'avait pas pris ma virginité, il l'avait eue parce qu'elle était à lui.

Ma mère avait traduit le petit récit de sa grand-mère sur une troupe de cirque originaire d'un village de Géorgie. Cela avait créé un lien invisible entre nous. Entre mon histoire et la sienne. Lien qui avait ensuite pris la forme d'un anneau à mon doigt.

Peut-être nous serions-nous davantage appréciés mutuellement si l'un de nous deux avait sondé tout ce que nous considérions comme acquis. Si nous avions dû ou voulu nous choisir parmi mille autres.

Ou aurions-nous alors continué indéfiniment à chercher quelqu'un de mieux ? J'entendais la voix de Levan : « On ne sait pas ce qu'est l'amour. »

Mais nous nous étions aimés. N'est-ce pas ?

La voiture disparut dans le vallon vers l'ancienne école.

— Elle fait un bruit inquiétant ! Il pourra s'estimer heureux s'il arrive à la frontière, mais là, il faudra qu'il réveille quelqu'un d'autre.

Björn bâilla.

— Tu étais déjà couché ? demandai-je.

— Oui, j'ai renoncé à ma tournée des pubs, parce que demain c'est la fête de l'Élan. Mais les Allemands étaient encore dans le restaurant, je les ai laissés profiter de leur soirée. Ils s'apprêtaient à éteindre et à verrouiller la porte quand le type a débarqué. Qui aurait cru que j'en verrais plus en reprenant l'auberge à Ånn que quand je travaillais à la douane de Storlien ? Personne ne voulait venir s'enterrer ici.

Björn me fit un clin d'œil.

— Allez, bonne nuit.

Il frappa ses chaussures l'une contre l'autre et fit un salut militaire.

— Bonne nuit, dis-je en riant.

J'étais complètement réveillée et n'avais aucune envie de retourner au lit. Je lavai mon verre, allumai la télévision et, allongée dans le canapé, la regardai vaguement jusqu'au réveil des pies. Il était 5 heures. Le temps passait tellement vite le matin. Je songeai à aller faire un tour. Je n'avais bu qu'un verre avant de m'endormir, et l'effet du vin s'était dissipé. Oui, j'allais sortir un peu. Je me persuadai de partir sans trop planifier. Une petite excursion du samedi avec une thermos de café.

La glace sur la vitre fondrait dans la journée. Les hivers ne se ressemblaient pas. Trois ans auparavant, la dure étreinte du froid avait persisté longtemps. J'avais roulé plusieurs semaines avec un oiseau congelé coincé dans la calandre, parce que je n'avais nulle part où faire réchauffer ma voiture. Le garage de papa était plein comme un œuf, rempli de cartons qu'il me faudrait transporter dans l'ancienne salle d'attente dès que la maison serait vendue.

Au bout d'une petite heure, j'atteignis Kall, mais cette fois-ci, je continuai directement jusqu'au chemin de terre. Une odeur de soude s'infiltra par le ventilateur. Les sorties sans but n'étant pas mon truc, je voulais essayer de trouver la maison d'Isabella. J'ignorais ce que j'allais faire là-bas au juste. J'avais peut-être seulement envie de la voir.

Après avoir roulé un moment, je commençai à jeter des coups d'œil à travers les arbres. Matti avait parlé d'un chemin forestier, ou plutôt d'un large sentier carrossable. J'en empruntai un sur lequel je repérai des traces de pneus dans la terre. Mais celles-ci s'effacèrent peu à peu et le sentier se referma, devint trop étroit. Merde. Je fis marche arrière. Je dus m'arrêter et descendre plusieurs fois pour m'assurer que je ne déviais pas. Je n'aurais pas aimé m'enfoncer dans le fossé et être obligée ensuite d'expliquer à qui que ce soit ce que je fabriquais là.

Il était plus facile de se dépêtrer d'une crevaison. J'avais un cric et une roue de secours dans le coffre ; cela ne serait pas la première fois que je changeais un pneu dans la forêt. En revanche, s'extraire soi-même d'un fossé était impossible.

Le chemin carrossable suivant menait à une aire de barbecue jonchée de détritus abandonnés. Désolant. Je descendis de voiture pour me dégourdir les jambes. Le terrain était en pente. La beauté du panorama sur le lac de Kall me coupa le souffle. Je ne m'en lassais pas.

Quelque chose d'orange brillait entre les troncs des sapins. Je m'approchai. Cela ressemblait à une moto. Y avait-il quelqu'un ? Instinctivement, je reculai, me cachai parmi les osiers. Mon cœur battait la chamade. Pas moyen de faire abstraction du fait qu'une femme venait d'être assassinée tout près d'ici. Je tendis l'oreille. Aucun craquement de branche, juste le bruissement des feuilles. Au bout de quelques minutes, je me risquai à sortir des broussailles, m'avançai un peu plus. Pas de doute, c'était bien une moto, et je reconnus les flammes peintes sur le réservoir. Une œuvre d'art que nous avions plus d'une fois admirée devant La Maison. La bécane appartenait à un pompier d'Ånn. Ulf Oskarsson.

En rejoignant le chemin de terre, je jetai un coup d'œil derrière moi. Que faisait Ulf ici ? Un père de famille qui travaillait dur. Il s'était vraisemblablement accordé une petite pause pour aller pêcher l'omble chevalier. C'était ce qui paraissait le plus logique.

Je continuai. Avais-je manqué le chemin de la maison d'Isabella ? Ça ne m'aurait pas surprise. Toute cette foutue campagne était en train de repousser. Pas Åre, bien sûr – ce Petit Stockholm – mais tout le reste. J'étais prête à abandonner quand j'aperçus une boîte aux lettres au bord de la route. Elle était verte, se fondait dans la végétation. Je m'approchai en voiture. À travers les branches d'épineux, je distinguai un grand chenil en acier. Derrière, sur la droite, se trouvait une maison basse, brune, que jouxtait un garage. Qui habitait là ? Matti avait parlé d'un voisin qui entretenait le chemin d'Isabella. Si c'était lui, il pourrait certainement m'aider à trouver la fermette. Je bifurquai. Il y avait de la lumière aux fenêtres. Je m'arrêtai devant le garage. Dans le chenil, un raffut d'enfer s'était déclenché. Au moins, je n'arrivais pas sans être annoncée. Je serrai le frein à main et laissai les clés sur le contact.

Les portes du garage étaient grandes ouvertes, on voyait tout ce qui se trouvait à l'intérieur. D'un côté, des meubles, des tapis, des canoës, des gilets de sauvetage, une tondeuse à gazon, tout sens dessus dessous. De l'autre, dans un ordre qui paraissait d'autant plus méticuleux : des rangées impeccables de boîtes de conserve, de bouteilles d'eau, de sacs et de paquets roulés, apparemment des couvertures et des duvets. Un survivaliste, donc. Auparavant, je trouvais les survivalistes un peu bizarres. J'avais changé d'avis.

La vue de l'épouvantail me fit tressaillir. Son corps avachi sur le bâton était habillé d'un gilet de costume jaune et d'un chapeau mou. Il était appuyé contre un barbecue rond cabossé. Sa tête avait été dotée de deux gros boutons en guise d'yeux, mais le créateur du pantin ne s'était manifestement pas soucié de lui au point de le gratifier d'une bouche ou d'un nez. Les boutons gris mouchetés aiguisaient son regard. J'eus l'impression de passer devant lui à mes risques et périls. Les chiens n'arrêtaient pas d'aboyer, des aboiements sourds et puissants qui se recouvraient les uns les autres. Ils étaient au moins deux. En m'approchant, je vis qu'il s'agissait de trois chiens d'élan. La meute se jetait contre la grille du chenil, comme assoiffée de sang.

Je n'avais même pas atteint le perron que la porte d'entrée s'ouvrit.

— Silence ! Silence, j'ai dit !

Les chiens se turent. Un type apparut, remplissant l'ouverture de la porte. Il frisait sûrement les deux mètres de haut et était large de tous les côtés. Son ventre semblait vouloir faire craquer la chemise tachée, ouverte sur sa poitrine. La loi de la pesanteur tirant son jean vers le bas, les jambes du pantalon étaient un peu trop longues et tombaient sur ses pieds nus. Les ongles jaunâtres de ses gros orteils étaient pareils à des serres. Je me l'imaginai flottant sur le dos. Le reconnaîtrait-on comme un être humain ? Ou, ne voyant que son abdomen, se demanderait-on quel était cet animal mort ?

— C'est pour quoi ? À six heures et demie du matin un samedi, ça a intérêt à être important, putain.

Sa voix aussi était puissante. Quelque chose s'agita dans mon estomac.

— Alors ?

Malgré moi, je croisai son regard. À la fois perçant et trouble. Bien qu'endurcie par les années passées sur les routes et plus résistante que la plupart des gens, j'étais de plus en plus mal à l'aise. Des lieux dont on n'entendait jamais parler pouvaient être le théâtre d'événements dramatiques.

Je me ressaisis.

— Vera Bergström, je travaille au *Jämtlandsposten*…

Il m'interrompit avant que j'aie le temps de finir :

— Le *Jämtlandsposten*, ah, je vois.

Les chiens gémissaient.

— Silence ! Silence, j'ai dit !

Les chiens cessèrent de gémir. Je pris une grande inspiration et poursuivis :

— Oui. C'est bien vous qui vous occupez du chemin d'Isabella Sandgren ? J'ai eu l'information par une de mes sources, et maintenant, j'essaye de me rendre sur les lieux. Pour un reportage que je suis en train de faire, sur le meurtre.

J'avais parlé trop vite, en respirant à peine.

Laissant la porte ouverte, l'homme avança d'un pas, glissa les pieds dans une paire de sabots en plastique et descendit du perron jusqu'aux gravillons. Il s'approcha si près de moi que je pus voir les pores de son visage barré par une cicatrice. Une morsure ? Ses joues empestaient l'après-rasage bon marché, sans pour autant masquer la vieille sueur.

— Ah ouais, c'est ça que tu fais… Vera Bergström.

Il se racla la gorge et cracha. Un gros glaviot visqueux dans les graviers.

— Sauf que moi, je parle pas aux journalistes, tu vois ?

Je vis le rideau de la cuisine bouger derrière lui. Quelqu'un nous observait. À l'intérieur, la télévision était apparemment allumée. Une lueur argentée vacillait dans le couloir, l'intensité de la lumière et des voix variait.

— Pourquoi ?

— Parce que je pense que Krister Arvidsson aurait plutôt dû en étrangler un, de journaliste. Ça n'aurait embêté personne.

Je déglutis en portant la main à ma nuque qu'un froid étrange commençait à envahir. Mon cuir chevelu se tendit.

Il pointa un doigt vers moi.

— Et je vais te dire, vos prétendues sources ne sont qu'une couverture qui vous sert à occulter la vérité.

Je reculai de deux pas. Il baissa le doigt. Il eut soudain l'air fatigué.

— Tire-toi !

Je tournai les talons et courus vers la voiture. Avant que j'aie ouvert la portière, il éclata à nouveau :

— Supprimez l'audiovisuel public ! Je veux pas payer d'impôts pour les activistes du politiquement correct !

Je me recroquevillai dans ma voiture. Je tremblais de tout mon corps. Ma main s'agitait tellement que j'avais du mal à tourner la clé. Je réussis tout de même, je ne sais comment, à démarrer. L'épouvantail me regarda faire demi-tour avec ses yeux morts. Les chiens avaient recommencé à aboyer. Je dérapai dans la cour, projetant des gravillons contre le mur du garage. Je jetai un coup d'œil dans le rétroviseur. Personne ne me suivait. Mais j'aperçus une femme à la fenêtre de la cuisine, enfin sortie de derrière les rideaux. Je ne respirai qu'une fois revenue sur le chemin de terre. L'adrénaline pulsait dans mes veines. J'appuyai ma tête sur le volant, fermai les yeux, essayai de retrouver mes esprits. Mon Dieu, la police avait-elle interrogé le survivaliste ? Il avait visiblement tout ce qu'il fallait pour se qualifier comme meurtrier et était en outre le plus proche voisin d'Isabella.

Qu'est-ce que je faisais ici ? J'aurais dû être chez moi à repasser des robes, à tenter ma chance sur Tinder. Peut-être retrouver quelqu'un à aimer. Et moi, pouvait-on m'aimer ? Je ne voulais pas forcément retomber amoureuse, juste bien aimer quelqu'un. Et qu'on m'aime au moins un peu en retour. Qu'un homme soit capable de me dire : on va y arriver ensemble. Levan n'avait jamais su le faire.

Je posai une main sur le volant. Mes doigts s'étaient calmés. Je démarrai. Il y aurait bien un endroit où faire demi-tour pour filer d'ici.

C'est en m'arrêtant devant un grand tétras peu pressé de traverser que j'aperçus le chemin. Son entrée bourbeuse était masquée par les reines-des-prés, mais au-delà, il était vraiment beau. Dans la partie centrale l'herbe était fraîchement coupée et les ornières avaient séché. C'était sûrement là. Je regardai dans le rétroviseur. Personne. En tournant le volant, j'eus l'impression de faire quelque chose de secret, d'illégal presque. J'étais incorrigible.

Une clôture en bois terni délimitait l'enclos qui se trouvait au milieu d'un ancien pâturage. La ferme avait un jour été peinte en rouge de Falun, mais à présent, le bois apparaissait sous la couleur. Il en allait de même pour les gens : avec l'âge, on ne pouvait plus empêcher tout ce qu'on avait vécu de ressortir. Sur la gauche, une vieille grange tenait encore debout tant bien que mal. Les murs étaient bombés, le toit s'enfonçait, le bâtiment s'effondrerait un jour ou l'autre sur le tas de bois jouxtant le long côté. Isabella s'était préparée pour l'hiver. Sur la droite, un petit fournil et un véhicule sous une bâche.

Je descendis de voiture et m'efforçai de refermer la portière le plus doucement possible. Dans cet intense silence, le moindre bruit s'entendait distinctement. Je regardai autour de moi. Comment me justifier si quelqu'un arrivait ? Expliquer que j'étais une vieille amie d'Isabella ? Mais qui pourrait bien venir ? Personne ne m'avait suivie, et le survivaliste pensait certainement m'avoir fait fuir pour de bon. Il se trompait.

J'avançai avec prudence au milieu du cerfeuil sauvage défleuri jusque sous la fenêtre de la cuisine et essayai de regarder à l'intérieur, mais je n'étais pas assez grande. Malgré mes scrupules, je gravis le perron. Je posai ma main en coupe sur la vitre. D'ici, je voyais mieux. Dans la pièce, tout était bas. La cuisinière, le plan de travail et l'évier. Isabella avait dû se pencher constamment pour préparer ses repas.

Un paquet de craquepain et une tasse traînaient sur la table. On aurait même dit qu'il restait un fond de café. Imagine, j'aurais pu m'asseoir en face de toi et te tenir compagnie, Isabella. Alors tu m'aurais dit toi-même pourquoi on t'a retrouvée abattue comme un animal, sur une coupe à blanc, dans la forêt. Es-tu morte sur-le-champ ? Ou la vie a-t-elle vacillé longtemps en toi avant que tu comprennes que tout était fini ?

J'abaissai la poignée de la porte. Fermée à clé, comme je le pensais.

Et le fournil ? Verrouillé, lui aussi. Mais le cadenas de la grange était cassé. Isabella avait-elle perdu la clé et été obligée de le scier, ou quelqu'un d'autre m'avait-il devancée ? Je me risquai à entrer, espérant que les murs ne choisiraient pas ce moment pour céder. Il n'y avait pas grand-chose à voir dans les anciennes stalles. Seulement des crottes de souris et du foin. Odeur d'étable. Je donnai un coup de pied dans cette saleté. La poussière s'éleva en tourbillonnant telle une petite tornade. Par réflexe, je portai mon bras devant mon visage ; je ne tenais pas à attraper la fièvre du campagnol.

Je m'assis sur le perron couvert et déballai mon pique-nique. Le pain décongelé avait mauvais goût. Je ne me souvenais pas avoir acheté de petits pains frais depuis des mois. Je tentai d'aller sur Facebook. Pas de réseau. Je reposai mon téléphone.

À côté de moi, le géranium en pot portait encore plusieurs fleurs et des bourgeons. C'était incroyable. Comme il était à l'abri, il ne pouvait pas être arrosé naturellement. Lorsque je soulevai le pot, quelques gouttes s'en écoulèrent. La plante devait s'être gorgée d'eau avant que quelqu'un la place sous le perron couvert. Quelque chose brillait, là-dessous. Une clé. Isabella faisait donc autant confiance aux gens.

En un clin d'œil j'avais ouvert la porte et j'étais dans l'entrée. Chez Isabella. Aux crochets au-dessus du radiateur étaient suspendus un *tote bag* de *Situation Stockholm* et trois manteaux. Une veste en cuir, un ciré et une doudoune. Je humai, un peu gênée, l'encolure de la veste. Aucun parfum, hormis celui du cuir et une odeur indéfinissable de peau humaine. Je m'aventurai à l'intérieur. Dans le séjour, il y avait un canapé-lit vert éculé, typique des années 1950, une table et un gros poste de télévision posé sur une chaise à barreaux. Des piles de vieux magazines et des objets provenant sans doute de quelque marché aux puces local – ces petits bibelots hideux qu'en général on adore lorsqu'on est enfant. Et des napperons au crochet partout.

Je détaillai rapidement l'étagère. *Les Enfants de la Terre* et *Gulla, fille de la colline*. Une cassette de Nirvana. N'avait-elle vraiment rien lu ni écouté d'autre depuis son adolescence ? Le dos d'un des livres scintillait de paillettes. Je le pris. Un journal intime. Je l'ouvris en retenant mon souffle. La première inscription datait du 20 juillet 1994. « Journal offert par Elisabeth, rapporté de Marrakech ». Rien de plus, rien de moins. Je le feuilletai. Vierge. Dommage. Je le remis à sa place.

L'horloge murale était du genre à sonner les heures pleines et les demi-heures et, entre deux, à marquer les secondes bruyamment. Ding, ding, ding. Tic, tac, tic, tac. Je ne comprenais pas qu'on puisse ainsi désirer entendre le temps qui filait.

Je perçus soudain autre chose. Un léger bruit sourd.

Je me figeai, le cœur dans la gorge. Une lame de parquet n'avait-elle pas grincé, à l'étage ? Pas qu'une, d'ailleurs. Le bruit se répétait. Je retins ma respiration tout en réfléchissant fébrilement. Allais-je prendre mes jambes à mon cou et me précipiter dans ma voiture, ou bien rester et affronter ce qui était en train de descendre de l'étage ?

— Hou hou ? cria une voix d'en haut.

Encore quelques grincements de parquet, puis la voix :

— Bonjour, il y a quelqu'un ?

On aurait dit une femme âgée, mais je n'en étais pas sûre. Je demeurais pétrifiée. Je me forçai à desserrer les dents pour répondre, m'étonnai même qu'un son sorte de ma gorge.

— Bonjour ! criai-je.

Ce fut de nouveau le silence. Je me mordis la lèvre et décidai de jouer mon rôle de journaliste.

— Je croyais que la maison était inhabitée. C'est le journal qui m'envoie.

Ma voix, plus ferme, retrouvait de l'amplitude. La voix du métier. Celle de la journaliste du *Jämtlandsposten*. Ayant recouvré mon courage, je retournai dans l'entrée.

Une silhouette apparut dans l'escalier. Accrochée à la rampe, elle descendait pas à pas. Cela prit du temps, mais elle finit par arriver en bas. C'était bien une femme. Chevelure argentée encadrant un front délicat et marmoréen, veiné de violet. Elle devait avoir plus de quatre-vingts ans. Elle me regarda avec des yeux profondément enfoncés dans leurs orbites, saisit une canne en bois suspendue au mur. Les fils qui sortaient du papier peint tissé couleur chair me faisaient penser à une aine mal épilée.

— Alors qu'est-ce que vous faites là, si vous croyiez que personne ne vivait dans cette maison ?

Question tout à fait fondée. Je déglutis. Ma récente hardiesse s'évanouit aussi vite qu'elle était apparue. Ma voix faiblit.

— Je me pose des questions à propos d'Isabella.

— Vous êtes curieuse, alors ?

— Oui, ça doit être ça.

J'examinai le tapis de chiffons. Du bout de ma chaussure j'en lissai quelques franges, comme une malade mentale en permission de sortie.

— On a le droit d'être curieux, mais pas d'entrer par effraction dans une maison qui ne vous appartient pas.

Ma main se posa sur mon front. Je secouai la tête.

— Non, je sais. Je vous présente mes plus plates excuses, je ne sais vraiment pas quoi dire. J'ai honte.

Qu'est-ce que j'étais en train de faire ? J'aurais dû réfléchir. Cette femme pouvait porter plainte contre moi. Elle le ferait sûrement, d'ailleurs, dès que j'aurais quitté les lieux. Je songeai aux gros titres à venir cette semaine : « Une journaliste s'introduit chez la femme assassinée ». Je tentai rapidement d'évaluer les conséquences de mon délit. Il ne paraîtrait sans doute qu'un bref entrefilet sans mention de nom. Les lecteurs ne m'identifieraient pas, mais mes anciens collègues sauraient immédiatement, grâce aux documents de la police. Strömmen ne m'adresserait plus jamais la parole.

La femme m'observait en détail. Mes pensées se bousculaient. Qui était-elle ? Une parente d'Isabella ? Que faisait-elle ici ?

— Je vous reconnais, dit-elle. Nous nous sommes rencontrées lorsque les élus voulaient transformer la maison de retraite de Kall en centre d'hébergement pour les réfugiés. Nous avions organisé une conférence de presse dans la cuisine et vous êtes tous venus. Vous, la radio et la télévision. Vous vous souvenez ?

Je m'en souvenais. Avec l'afflux massif de réfugiés quelques années plus tôt, la population de Kall avait triplé quasiment du jour au lendemain. On les avait d'abord hébergés dans des logements provisoires, puis les autorités locales avaient cherché d'autres solutions. Une des propositions consistait à transformer la maison de retraite, déjà menacée de fermeture, en établissement d'accueil permanent. L'Office national des migrations avait promis des subventions à la municipalité qui faisait déjà face à une situation économique difficile. Les habitants avaient protesté. Deux groupes vulnérables s'étaient retrouvés en conflit.

— Oh, ça fait longtemps. Vous travailliez là-bas, à l'époque ?

— Non. J'y ai travaillé pendant quarante ans, c'est vrai, mais là, j'étais venue en tant que retraitée. Surtout pour protester contre le fait que nous payons les impôts les plus élevés et bénéficions des plus mauvais services. Nous étions un grand nombre de vieilles bonnes femmes en colère, autour de la table. Je ne vous en veux pas de ne pas vous souvenir de moi. Vous aviez écrit un bon article, en tout cas.

Je souris.

— Merci. Je n'ai fait que mon travail.

— Bien, nous avons tiré les choses au clair. Maintenant, je crois que nous pouvons boire le café. Je m'appelle Esther.

— Mais… et ça ?

D'un geste du bras, je montrai la porte d'entrée. Mon intrusion.

— On fait parfois des choses que l'on regrette. Et vous, les journalistes, il faut bien que vous soyez curieux. Sinon, vous n'aboutiriez à rien, n'est-ce pas ?

S'appuyant sur sa canne, Esther gagna la cuisine. Je soupçonnais que c'était surtout le désir de compagnie et non la légitimité de la curiosité journalistique qui l'incitait à passer l'éponge sur mon infraction. Elle mit la cafetière en route et sortit du réfrigérateur une boîte contenant des wraps de pain polaire. Elle en huma l'arôme.

— Nous mettons… mettions du fenouil et de l'anis dans le pain polaire…

Sa voix se bloqua.

— Pardon, je n'ai pas encore accepté sa mort. J'avais essayé de l'appeler, à minuit, mais jamais je n'aurais pensé que…

C'était donc Esther qui avait appelé Isabella d'un téléphone fixe, le soir du meurtre. Après la panne d'Internet à Ånn, j'avais complètement oublié de reprendre ma recherche sur ce numéro. Enfin, cette question était à présent résolue. Il fallait aussi que je pense à relever les coordonnées personnelles d'Isabella sur Eniro.

Elle se racla la gorge.

— Comment peut-on supporter la mort ?

Un sentiment de vide me serra le cœur. Il y eut un moment de silence. Elle me regardait comme si je détenais réellement la réponse à sa question.

— Je ne sais pas, dis-je finalement. Il faut faire de son mieux, c'est tout.

Son visage se détendit comme si quelqu'un l'avait effleuré.

— Exactement. Tout le monde parle de tourner la page, mais ce n'est pas possible.

— Non, c'est vrai.

Je n'avais pas l'intention d'enregistrer notre conversation. Si Strömmen voulait un reportage, je le rédigerais de mémoire. Il fallait tout de même que je trouve le courage de prendre une photo. De faire au moins comme si j'étais en mission pour le journal.

Je m'installai à la table de la cuisine. Intérieurement, j'étais encore ébranlée. Le survivaliste m'avait laminée. Je racontai à Esther ma rencontre avec lui, au petit matin.

— Bah, Sixten n'est pas méchant. Une grande gueule sur des courtes pattes, rien de plus…

Je ne pus réprimer un sourire. Elle avait peut-être raison. Maman m'avait toujours mise en garde contre les hommes en costume, les types mielleux. Avec ceux qui laissaient tout sortir et vous aboyaient dessus, on savait à quoi s'en tenir au moins.

Esther alluma la radio et déplaça un napperon brodé avant de poser deux tasses à café sur la table. Elle regarda la cour où les sapins se balançaient nerveusement. Dans un endroit aussi reculé de la forêt, sur le versant arrière de l'Åreskutan, on rencontre rarement quelqu'un par hasard. Björn avait probablement raison, l'assassin d'Isabella se trouvait peut-être bien plus près que ne le pensaient la plupart des gens.

— Vous vous demandez sans doute ce que je fais ici ? demanda Esther.

J'acquiesçai de la tête.

— Isabella et moi étions voisines. J'habite tout près, mais ma ligne de téléphone fixe a été coupée pendant plusieurs mois et le réseau mobile n'est pas fiable. Le bracelet d'alerte que m'ont donné les services sociaux ne fonctionne plus depuis belle lurette. Ici au moins, je peux appeler quelqu'un s'il m'arrive quelque chose.

Elle tapota le téléphone vert à touches posé sur l'appui de fenêtre. À côté, la radio passait le groupe Sven-Ingvars.

— Disons qu'Isabella avait pitié de moi. Elle était gentille. L'année dernière, je suis tombée dans les toilettes chez moi, et je suis restée par terre pendant presque vingt-quatre heures. Isabella a fini par se douter que quelque chose n'allait pas. Elle est arrivée juste à temps. J'ai failli perdre la jambe droite. J'ai passé deux semaines à l'hôpital, puis j'ai emménagé chez elle. Maintenant, les services sociaux viennent me voir ici.

— C'est bien. Vous devez vous sentir plus en sécurité.

— Oui, oui. Encore que cette nuit, avec le vent qu'il a fait, je n'ai pas pu dormir. Je pensais à la porte du balcon, chez nous. Ragnar devait y mettre un crochet. Et les fossés doivent être envahis par la végétation aussi. Pouah, les moustiques vont se plaire là-bas, l'été prochain. Lui, il fauchait toujours.

— Votre mari ?

— Oui. C'est vide, sans lui. Mais j'attends une place à Clairsoleil.

— Mon père habite là-bas.

— Ah bon ? fit-elle en s'illuminant. Il s'y plaît ?

— J'ai l'impression… mais il…

— Oui, ce n'est pas comme à la maison, évidemment.

— Non.

Le café était prêt. Esther le servit noir et me tendit la boîte de wraps. J'en pris un.

Isabella et elle avaient fait connaissance grâce à son activité de boulangère. En passant devant chez Isabella un jour, Esther avait vu de la fumée sortir du fournil.

À l'intérieur, Isabella se démenait avec le rouleau à pâtisserie et la pelle à pain.

— Elle suait à grosses gouttes, vous voyez. Quand le four à bois est allumé, cette pièce est un vrai sauna. La pauvre fille ne savait pas s'y prendre, alors je lui ai montré comment faire et elle est devenue très habile. Son pain était toujours très attendu, à la boutique. Mais je n'ai jamais compris comment elle pouvait survivre avec le peu que ça lui rapportait.

— D'où venait-elle ? Elle vous l'avait dit ?

— Je ne sais pas. J'étais déjà bien contente que quelqu'un vienne s'installer par ici.

Esther déchira un morceau du pain et le fourra dans sa bouche.

— Elle n'avait pas de famille ? Des parents, des frères et sœurs ?

— Elle n'en parlait pas, en tout cas.

Je laissai mes doigts se promener sur les motifs fleuris de la nappe. Sous l'appui de fenêtre, une corbeille tressée en écorce de bouleau était remplie d'anneaux de dentition et de tétines de biberon. Esther suivit mon regard.

— Il y a du sucre en morceaux dans le placard, si vous voulez.

— Non merci. Isabella a eu un bébé, n'est-ce pas ? demandai-je.

Esther se redressa. La peau de son visage se tendit à nouveau.

— Oui, en effet. C'est moi qui l'ai accouchée.

— Vous ?

— Elle n'aurait pas eu le temps d'arriver à la maternité.

Tout s'était bien passé. Dans le lit de la chambre à l'étage, une belle petite fille avait vu le jour, au plus près des cimes et du ciel.

— Elle a été prénommée Liv. Une petite crevette qui criait, avec des yeux qui voyaient tout, absolument tout, dit Esther d'un ton résolu.

J'essayai d'imaginer. Soudain quelque chose prenait vie et grandissait entre ces vieux murs gris. Partait à l'assaut de décennies d'abandon, tel un pesticide contre les punaises.

Levan et moi n'avions pas eu d'enfants. Au bout d'un certain temps, nous avions cessé d'essayer. Nous n'avions jamais cherché à nous faire aider, nous nous étions résignés, c'est tout. De même que nous nous étions résignés à la disparition de la coopérative Konsum, à la fermeture de l'école et au fait que les maisons étaient achetées par des gens qui ne voulaient venir qu'occasionnellement. Quelque part, une révolte grandissait, mais elle se développait en silence. La peau autour de nos cœurs était distendue et sensible.

Un jour du mois de mai, Levan était rentré à la maison en disant qu'il allait aider à baguer les oiseaux à la station ornithologique du lac d'Ånnsjön. Aux embouchures de la rivière, le lac s'était ouvert, la neige commençait à disparaître des marais. Les premiers oiseaux migrateurs étaient déjà arrivés.

— Viens, toi aussi. L'association a besoin de monde, avait-il dit.

La première année, Levan et moi avions bagué et fiché quatre mille passereaux. Des fauvettes des jardins, des sizerins flammés, des pouillots fitis. Tous se prenaient dans le filet et nous les dégagions des mailles avec précaution. Nous les pesions, les mesurions et les examinions tels les nourrissons que nous n'avions jamais eus. Je fixais l'anneau à leurs pattes fluettes avec la plus grande délicatesse. Je leur prodiguais un soin infini. En ouvrant la main pour les laisser s'envoler, je pleurais. Ils se débrouillaient très bien, je leur étais complètement indifférente. Fin août, il ne restait plus un oiseau. Ils avaient entamé leur migration vers un ailleurs, exactement comme nous. Je ne savais pas si j'y survivrais.

Esther se racla la gorge et me tendit de nouveau la boîte de pain polaire.

— Merci, ça va comme ça. Vraiment délicieux. C'est vous qui avez gardé la petite, la nuit où… ?

— Oui. Isabella voulait juste faire un tour sur le chemin. C'est souvent ce qu'elle faisait quand elle était agitée. Ces promenades l'aidaient à s'apaiser.

— Elle vous semblait inquiète ? Pour une raison ou une autre ?

Esther fronça les sourcils et mit quelques secondes à répondre.

— Non, mais elle l'était peut-être. Elle n'exprimait que rarement ses sentiments.

Je baissai les yeux vers ma main. Je tenais toujours la tasse de café vide, comme si mes doigts y étaient restés collés. Il fallait que j'arrive à poser encore quelques questions. Esther semblait en forme. Ensuite, je m'en irais.

— Est-ce qu'Isabella avait reçu un coup de fil avant de partir ?

— Pas que je sache. Je n'ai rien entendu. D'un autre côté, elle était à l'étage, avec Liv. Moi je tricotais ici dans la cuisine quand elle est descendue me demander si je pouvais m'occuper de la petite, juste une demi-heure.

Je hochai la tête.

— Où est-elle, maintenant ?

Esther baissa la voix, comme par crainte que ses cordes vocales ne puissent supporter ses paroles.

— Les services sociaux l'ont emmenée. Je voulais la garder ici, mais ce n'est pas possible, évidemment.

Elle joignit ses mains veinées puis les desserra. Recommença. Une prompte prière.

— Et le père ?

— Elle n'a jamais dit qui c'était. Mais quand la police m'a posé des questions sur Krister Arvidsson, je leur ai dit la vérité. Je n'ai jamais apprécié cet homme.

— Pourquoi ?

— Il ne laissait pas Isabella en paix. Un pitoyable lourdaud qui bat régulièrement sa femme thaïlandaise. Non, cette petite ferme aurait dû rester vide pour toujours.

Personne, dans le village, ne comprend pourquoi Krister a subitement décidé de vendre après tant d'années. Ça n'a rien apporté de bon.

Voilà que le nom de cet homme réapparaissait. Celui qui avait vendu la maison à Isabella.

Dès son emménagement, raconta Esther, Krister lui avait fait une cour assidue. Au début, elle s'était laissé séduire. Il était charmant, serviable et généreux. Il rapportait souvent des repas du *food truck* thaïlandais qu'il tenait avec sa femme. Mais sa vraie personnalité n'avait pas tardé à se révéler, tel un fossile sous la poussière que l'on brosse. Il buvait trop, et l'alcool le rendait imprévisible, méchant même. Isabella ne voulait plus rien avoir à faire avec lui. Pourtant, il trouvait toujours une bonne raison de passer.

— Le jour où elle a été assassinée, il était arrivé ici ivre et avait fait tout un remue-ménage. Il voulait savoir s'il était le père de Liv, mais Isabella lui criait que ce n'était pas lui.

— C'est peut-être tout de même vraiment lui ?

— Possible, je ne sais pas. L'acte de naissance porte la mention « père inconnu ».

Le moment était venu de repartir. Esther me raccompagna sur le perron. Elle m'avait noté le numéro de la ligne fixe sur un bout de papier et l'avait glissé dans ma poche.

— Vous aurez peut-être d'autres questions à me poser.

— Oui, d'autres détails finiront bien par émerger, comme toujours.

Vêtue de son ciré vert, elle paraissait plus mince qu'assise à la table de la cuisine. Une main sur sa canne, elle leva l'autre pour me saluer. Je la saluai à mon tour, espérant qu'elle verrait mon sourire à travers la pluie. Mes vieux essuie-glaces ne faisaient que déplacer l'eau d'un côté à l'autre du pare-brise. Dans le rétroviseur,

Esther devint de plus en plus petite, puis disparut tout à fait. La prochaine fois qu'elle tomberait, personne ne s'en apercevrait. Elle en mourrait, probablement. Elle l'avait dit elle-même, sans le moindre tremblement dans la voix, bien qu'une pointe d'inquiétude ait transparu sur son visage. Qu'adviendrait-il de la petite ferme, désormais ? Elle ne le savait pas. La police lui avait assuré qu'elle pouvait y rester jusqu'à nouvel ordre.

L'après-midi était déjà entamé. Au crépuscule, les élans s'aventureraient sur la route. Je ralentis. À force de scruter la pénombre, j'avais les yeux secs. Je bâillai. La courte nuit se faisait sentir, l'âge aussi.

Trois ans plus tôt, j'avais tout à coup réalisé que je commençais à vieillir. Auparavant, je ne m'en préoccupais absolument pas. À force de travailler en permanence dans le flot de l'information, je me sentais hors du temps. Mais les pertes douloureuses de ces dernières années m'avaient fait comprendre que vieillir était un préjudice qui vous privait à la fois du temps et des gens. À présent, j'en avais conscience. Tôt ou tard, nous étions tous détruits.

Je me garai sur une aire d'arrêt et sortis mon calepin pour y noter quelques phrases et mots clés de ma conversation avec Esther. Autant le faire tout de suite, avant d'oublier. Je continuai à fredonner « Ne dis pas non, dis peut-être », de Sven-Ingvars. La musique, encore une chose qui s'était tue dans ma vie. J'ouvris la boîte à gants. Un exemplaire éraflé de l'album *American IV : The Man Comes Around*, de Johnny Cash, était coincé entre de vieux procès-verbaux de contrôle technique. Le disque glissa aisément dans le lecteur CD. Au moins, lui n'avait pas oublié comment on faisait. La chanson *Hurt* démarra aussitôt : « And you could have it all, my empire of dirt[1] ». Qu'est-ce que j'avais aimé cette chanson ! Cette voix sombre, pure. J'augmentai le volume, laissai

1. Et je vous l'offre de bon cœur, mon empire de crasse.

passer un camion semi-remorque puis mis mon clignotant et repris la route.

Les choses perdaient leurs contours. Les ombres cherchaient à se loger dans les creux du sol. Les lacs s'assombrissaient, reprenaient leur splendeur dans l'attente de leurs manteaux d'hiver. Les maisons étaient fermées. Le long de la route, les pancartes annonçant des vide-greniers de particuliers étaient plus nombreuses après Åre. Maman avait toujours considéré ces écriteaux comme le signe d'une atmosphère saine. Les gens avaient encore suffisamment confiance pour laisser des étrangers entrer dans leur cour. Ici, je n'avais pas encore vu un seul panneau, cette année.

Les gens commençaient à se rassembler au foyer rural pour la fête de l'Élan. Je m'arrêtai en face, devant l'ancienne école, et coupai le moteur. Qui serait là, cette année ? Le conflit autour des éoliennes à Tångböle avait divisé la population jusqu'ici. Des voitures arrivaient, se garaient. Les portières claquaient. Je fouillai le parking du regard. Presque tous s'étaient endimanchés en vue du dîner. Åsa et Linda étaient venues avec leurs maris, leurs « bonshommes ». La chemise à carreaux de Nicklas était tendue sur son ventre. À ses côtés, Linda arborait un corps sec et fuselé de joggeuse. Son activité d'agent immobilier à Åre exigeant que son tailleur lui aille comme un gant, elle avait déjà cette silhouette avant notre voyage à Palma. Nicklas transportait une grande enceinte, elle un micro et une lampe. On avait dû leur demander de s'occuper de l'éclairage et du son.

Åsa et Simon marchaient à distance l'un de l'autre. Le sac plastique du Systembolaget qu'il avait à la main paraissait lourd. Il se retourna pour lui dire quelque chose. Elle se contenta de secouer résolument la tête. Les garçons restaient sûrement tout seuls à la maison, désormais.

Thomas, l'éternel célibataire, se tenait à l'écart, comme toujours. Sa barbe brillait. Il était très élégant, avec son veston.

De quelle manière Levan et moi aurions-nous fait notre entrée ? M'aurait-il rejointe en courant et soulevée pour franchir le seuil ? Mon corps tel un long U chaviré dans ses bras. Je voulais me souvenir seulement des moments heureux.

Nous étions une fine équipe, tous les sept. La meilleure, pensions-nous à l'époque.

Le reste ne changeait pas. Plus tôt dans la journée, Björn était probablement allé chercher les belles chaises dans l'ancien cinéma, tandis que Katta avait recouvert les grandes tables d'épaisses nappes. Les bleues à motifs cachemire. Des branches de sorbier dans les vases. Le menu devait se composer comme à l'accoutumée de rosbif d'élan et de gratin de pommes de terre.

Assis à l'entrée, Björn vendait les tickets. Et bien sûr, à côté de lui, Arne gesticulait sauvagement. Plus il riait, plus son visage était rouge. L'argent faisait le bonheur, incontestablement. Le commerce frontalier avait fait celui d'Arne. Chaque fois que la porte d'entrée s'ouvrait, j'avais l'impression que Björn regardait dans ma direction. J'eus envie de lui faire signe, mais je me recroquevillai encore plus derrière mon volant.

Je redémarrai et avant que je fasse demi-tour, mes phares illuminèrent l'autre côté de la route. Dans la puissante lumière, les gens que je connaissais depuis toujours ressemblèrent un instant à du gibier aveuglé. Björn mit la main en visière, plissant les yeux, mais à contre-jour il ne pouvait pas me voir.

L'odeur du blouson de cuir et du Lagerfeld se mêle aux gaz d'échappement du tracteur EPA. La sono passe AC/DC. Highway to Hell. *Les doigts de Jörgen sont écartés sur le volant, il a les ongles cassés et sales, à cause du travail au garage. Maria aimerait poser sa main sur la sienne quand il passe les vitesses, mais elle n'osera jamais, évidemment. Il ne lui a pas dit où ils allaient, il n'a pas dit un mot, mais il roule en direction de Kall et à présent elle aussi s'est tue.*

La pluie a cessé. Il y a de gros vers de terre tout le long de la route. Elle les imagine collés aux pneus, tournant jusqu'à ne plus être qu'une bouillie liquide. En quittant Järpen, ils passent devant chez Maria, la dernière maison de la rue. Le houblon qui encadre la porte est peu fourni cette année. Elle jette un œil vers les fenêtres : les persiennes ne sont pas baissées. Sa mère est sûrement devant la télévision. Elle doit regarder Emmerdale Farm.

Le chemin de terre est assez praticable au début, mais se creuse de nids-de-poule lorsqu'ils continuent à rouler. Puis Jörgen s'arrête sur le bas-côté.

— J'ai une surprise.

Il secoue ses cheveux. Ils ont poussé et embelli depuis leur enfance. Maria a envie de les toucher, mais elle se retient. Le seul fait qu'il désire sa compagnie est déjà assez incroyable comme ça.

— Quoi donc ?

Il sort une clé. Elle est fixée à une petite timbale de bois grossièrement sculptée.

— La clé de la ferme abandonnée ? Celle dont on avait parlé ?

Maria se met à rire. Le moteur cliquette en refroidissant.

— Ouais. Ça va être hôtel grand luxe, ce soir, dit-il, l'air satisfait.

— Comment tu as fait pour la récupérer ?

— Je l'ai empruntée quand j'ai réparé la Saab du vieux Arvidsson. J'ai juste eu à tendre la main dans l'entrée. Je la remettrai après.

— Et si quelqu'un nous voit ? chuchote Maria.

— Ça devrait être tranquille. La saison de chasse ne commence que dans deux mois, mais il vaut mieux y aller à pied, au cas où. On va prendre par le sentier à travers la forêt plutôt que par la coupe. Ça rallonge de quelques kilomètres, mais on pourra en profiter pour faire l'inventaire de la réserve d'alcool chez Persa.

Elle hésite.

— D'accord.

Jörgen passe devant et franchit d'un bond souple le fossé rempli d'eau qui barre l'entrée du sentier. Quand c'est à elle de sauter, il se retourne et lui tend la main.

— Accroche-toi à moi.

La main de Jörgen est chaude et sèche, contrairement à la sienne, froide et humide de sueur. Elle déglutit et prend son élan. Son corps maladroit s'élance. Elle trébuche, atterrit sur les genoux, mais au moins, elle est passée. Ses tennis glissent sur les pierres qui consolident la berge juste après le fossé.

Ils ne marchent pas longtemps avant de sentir la puanteur.

— Qu'est-ce que c'est que ça, bordel ?!

Jörgen enfouit son visage dans le col de son blouson, ne laisse émerger que ses yeux. Maria ne peut pas fermer sa fine veste en jean, alors elle plie le bras devant son nez et sa bouche. Puis ils voient. Juste à côté d'une fourmilière gisent les restes d'une carcasse d'animal. Les corneilles sont là.

— On dirait des restes d'abattage. Quel est le con qui largue ça juste sur le sentier ? dit Jörgen, la bouche toujours dans son blouson.

— Sûrement des braconniers, murmure Maria qui détourne la tête et lutte contre les haut-le-cœur.

Ils essayent de presser le pas pour échapper à l'odeur, mais c'est difficile car les étroites passerelles de bois n'ont pas résisté aux pluies de l'été. Sous leur poids, les planches s'enfoncent dans la vase, se recouvrent d'eau noire. Jörgen jure.

— Putain, ça rentre dans les godasses.

— Je sais.

Maria sent l'eau s'infiltrer entre ses doigts de pied. Quelque chose la pique. Sans doute une fourmi, mais la piqûre ne passe pas. Elle s'arrête, écarte du doigt le bord de sa chaussure. C'est une aiguille de pin jaunie. Elle la retire et continue. Le crépuscule commence à tomber.

— Chut. Il y a quelqu'un, non ?

Maria s'immobilise, tend l'oreille. Écarquille les yeux. Le silence autour d'eux lui fait mal. Ça y est, maintenant les moustiques les ont découverts. Dès qu'ils arrêtent d'avancer, des essaims d'insectes les attaquent.

— Non, c'est rien, viens. Putains de saloperies de moustiques !

Jörgen continue. D'un côté, à droite du sentier, la montagne plonge abruptement dans l'eau. Au milieu, le sol acide se bombe, tel un chat faisant le gros dos, l'échine hérissée de vieux sapins. De l'autre côté prospèrent mousse verte, prêles des bois et myrtilles.

L'odeur de la forêt est oppressante. Les gouttelettes dans les buissons de baies éclaboussent leurs chevilles.

— Mais regarde, on dirait qu'il y a de la lumière à la fenêtre, insiste Maria.

Dans la nuit de juillet apparaît une faible lueur bleutée entre les troncs des vieux arbres.

— Calme-toi, siffle Jörgen avec impatience.

C'est toujours comme ça lorsqu'il a une idée précise en tête. Il se transforme en limier qui a flairé une piste et ne veut pas être dérangé.

— Le vieux est en Grèce, il a dû allumer une lampe pour effrayer les voleurs.

Une fois sur place, Maria voit tout de suite que la petite maison brune a été laissée à l'abandon. Elle devra affronter l'automne seule. Le tonneau sous le tuyau de descente déborde d'eau de pluie. Les meubles d'extérieur sont pour la plupart rangés dans la remise, sur la terrasse ne reste que la balancelle. Nue sans ses coussins, la solide armature d'acier baye, constellée d'yeux de rouille brunâtres. Il y a d'autres signes encore, mais ces lieux savent. Que tout ce qui est humain s'en est allé.

— Je vais chercher la clé. Ensuite il faudra faire vite. D'accord ?

Acquiescement silencieux.

Jörgen disparaît un instant. Maria met sa capuche ; un vent froid s'est levé. Elle attend sans rien dire et écoute. En bas, sur le lac, un plongeon arctique émet un cri plaintif puis s'envole rapidement dans un bruyant battement d'ailes.

Le cadenas s'ouvre. Ils s'essuient les pieds sur le paillasson, manquent de trébucher sur les cannes à pêche appuyées contre le chambranle. Ils sont accueillis par une forte odeur de drêche. Les bidons d'alcool sont faciles à trouver dans le placard de la cuisine, derrière des seaux de goudron. Jörgen en débouche un et renifle avidement, le nez sur le goulot. Ils en prennent autant qu'ils peuvent en porter dans leurs sacs à dos et à la main.

— On les cachera pendant deux trois mois, et après ce sera la fête, murmure-t-il.

Ils reprennent leur marche, accompagnés par le clapotis des bidons. Dans la descente, leurs doigts se resserrent sur les poignées de plastique lisses. Au moment où ils passent devant le petit chalet rouge de Jonsson, au milieu du promontoire, Jörgen se retourne d'un seul coup, la lampe de poche allumée sous son menton, et part d'un rire spectral.

— Hou ha ha ha !

La lumière vive déforme son visage. Il dirige ensuite le faisceau lumineux vers la fenêtre. Maria regarde à travers les rideaux fleuris. Une table de cuisine entourée de trois simples chaises à barreaux en bois. Une soucoupe avec trois bougies chauffe-plat fondues.

— On pique aussi le lecteur VHS. J'en ai vu un dans la commode.

Jörgen est toujours très sûr de lui.

— Comment on fait pour entrer ? Jonsson ne laisse pas la clé dehors, en général.

— On casse le carreau.

Maria ne dit rien. Les bretelles de son sac à dos lui scient les épaules, elle aura probablement des marques rouges. Jörgen pose les bidons sur le chemin, saisit la pelle adossée au mur et l'abat d'un grand coup sur la vitre. Celle-ci se brise aussitôt. Les éclats de verre dégringolent à la fois sur le plancher du perron couvert et sur le revêtement de plastique clair, à l'intérieur. Quelques-uns restent fichés telles des lances acérées dans le bord inférieur du cadre, à côté des mouches mortes.

Maria voit tout comme dans un film super 8. En noir et blanc, avec un éclairage artificiel. À coups de pied, Jörgen fait tomber les tessons qui dépassent. Puis il grimpe dans la maison. Il ouvre les tiroirs de la commode, jette tout leur contenu par terre. C'est ce qu'il fait toujours, afin que la police croie que les voleurs ont cherché partout.

Dans les tiroirs du haut, il y a des boîtes de pêche, des boîtes d'allumettes et un jeu de cartes. Dans le tiroir du bas, qui est un peu plus grand, sont rangés des couvertures et des draps. Le lecteur VHS est enveloppé dans une vieille couverture malodorante. Jörgen emporte le paquet sous son bras et ressort en sautant avec souplesse par le même chemin. Tout le reste gît pêle-mêle par terre, triste vomissure de la période estivale.

Une demi-heure plus tard, ils atteignent la ferme abandonnée. Dans l'entrée flotte une odeur d'étable. Des fils sortent de la tapisserie. Il fait plus froid à l'intérieur que dehors, mais ils ne peuvent pas allumer de feu sans signaler leur présence. Ils passent d'une pièce à l'autre. La maison donne l'impression d'être encore habitée. Une boîte à thé ouverte est posée sur l'évier. Dans le séjour, un ouvrage au crochet attend dans une corbeille. Des carrés de grand-mère.

À l'étage, le grand lit est défait. Les draps sont jaune sale. Crrrasseux, dirait sa mère.

Maria s'assoit sur une chaise près de la fenêtre. Jörgen débouche un des bidons et le porte à ses lèvres. Sa pomme d'Adam s'active. Une pomme d'Adam qui s'est développée cet été. Un peu d'alcool lui coule aux commissures des lèvres. Il s'essuie la bouche du revers de la main et retire ses chaussettes mouillées. Dans un panier accroché au mur, il trouve des chaussettes de laine et en lance une paire à Maria. Elle ne bouge pas. Les chaussettes atterrissent sur ses genoux. Elle n'y touche pas.

— Mais enfile-les, voyons ! Ça aide beaucoup. Tu grelottes. On va se réchauffer, tu vas voir.

Elle sait ce qu'il veut.

Il se met à la chatouiller, elle pousse des cris. Il joue, elle se recroqueville pour protéger son ventre. Il la pousse jusqu'au lit, l'allonge et l'embrasse. Il enfonce sa langue dans sa bouche, elle vient à sa rencontre avec la sienne. Maladroitement d'abord, ensuite ça marche très bien. Elle apprend. Elle le sent tirer sur la fermeture éclair de son pantalon, il réussit rapidement à le lui ôter. Il lui retire aussi son pull et son soutien-gorge. Lui a gardé son chandail et son pantalon est resté sur ses chevilles. Elle frissonne, ses seins ont la chair de poule, ses mamelons se raidissent. L'oreiller sent la mousse de caoutchouc moisie.

Il finit par la pénétrer. Elle a mal, mais la douleur n'est pas insupportable. Les larmes coulent. Elle essaye de détendre son entrejambe, cherche le contact visuel, mais il garde les yeux fermés. Ses longs cheveux tombent en rideau devant son visage. Elle les repousse, voudrait continuer à l'embrasser, mais il lève la tête plus haut, elle ne peut pas l'atteindre. Au bout d'un moment, il se met à genoux et lui soulève les jambes tout en lui donnant des coups de boutoir. Il s'enfonce plus profondément, la saisit par le cou. Elle sent les larmes lui mouiller la gorge, le cou, maintenant.

— Aïe !

Il n'a pas l'air d'entendre. Elle répète, un peu plus fort :

— Aïe, tu me fais mal.

— Ah, sorry, *mais c'est tellement bon…*

Il la lâche. Gémit. Son haleine alcoolisée flotte comme un nuage entre eux, mais peu importe. Il se sent si bien grâce à elle. Elle décide de penser à autre chose qu'à la douleur au-dedans. Elle a l'impression qu'il accélère la cadence quand il remarque qu'elle cède. Elle serre les dents, regarde le plafond, fixe les fissures et les taches d'humidité. Se demande si la lampe va tomber, tomber sur son dos tendu à lui, sur son visage à elle. Elle tourne les yeux vers le mur. Quelqu'un a affiché un schéma d'abattage. Elle lit : paleron, gîte, épaule. Puis il est secoué de spasmes, le corps en sueur. Il se dégage, son sexe goutte sur elle.

— Désolé, mais tu étais tellement bandante… Je veux dire, tu ES très bandante.

Il essaye d'écarter de sa bouche une mèche de cheveux en soufflant dessus, n'y parvient pas. Il la repousse avec la langue. Elle trouve qu'il ressemble à un chien, ou peut-être à un loup.

Il pose la main sur sa joue et elle tressaille. Ses boutons d'acné lui font mal et la couche de pommade a dû disparaître dans la forêt.

— Mais non, fais pas ça. Tu es belle partout.

La main revient, elle la laisse faire.

— Tu as une petite piqûre de moustique, là. C'est enflé.

Il lui gratte le cou.

— Hum, pas seulement là, d'ailleurs. Les moustiques nous ont presque entièrement dévorés. Putain, c'est une vraie pandémie.

— Comment tu dis ?

— Pandémie. Les moustiques, c'est comme la peste, bordel.

Jörgen referme sa braguette.

— Bon, on va pas en parler tout de suite, hein ? dit-il.

— De quoi ?

— De nous, je veux dire. Tu sais comme les gens sont bavards.

— Ah bon ?

— Allez, fais pas la gueule, maintenant.

— J'ai faim. Dommage qu'on n'ait rien fauché de mangeable pendant qu'on y était.

— Tu as TOUJOURS faim. C'est pour ça que tu me plais autant.

Il a un ricanement moqueur, pince ses bourrelets et recommence à la chatouiller. L'embrasse sur le bout du nez. Finalement elle ne peut plus se retenir de rire.

— Bon, bon, d'accord, il vaut peut-être mieux qu'on attende. Arrête, t'es dingue.

Elle sent soudain qu'elle l'aime. Elle a envie de le sentir palpiter en elle pour toujours. Qu'il pèse de tout son poids sur elle, tienne tout le reste à distance.

Maintenant il s'écoule d'elle. Une nouvelle sorte de vide.

Ils retrouvent le tracteur EPA là où ils l'ont laissé, déposent les bidons et le lecteur VHS dans le coffre.

Jörgen les recouvre d'une bâche. Il retourne sa casquette, visière sur la nuque, puis saute dans le véhicule, mime quelques coups de batterie avant de poser les mains sur le volant. Il est de bonne humeur.

Par endroits, la végétation et la terre raclent le châssis du véhicule. Jörgen rigole, fait un brusque écart vers la droite, écrase un blaireau mort sur le bord de la route. Il aime bien rouler sur des animaux morts, dit-il. Plusieurs fois, la tête de Maria cogne le plafond, mais Jörgen ne fait pas plus attention aux nids-de-poule pour autant. Il dit fièrement qu'il peut pousser sa camionnette débridée jusqu'à cent kilomètres à l'heure. Elle hoche la tête, sourit. Ça chante à l'intérieur. Oui, c'est sans doute du bonheur qu'elle ressent. Ils sont liés, maintenant. Elle a hâte de tout raconter à Elisabeth. À elle seulement. Elisabeth ne dira jamais rien, mais elle va glousser, ça oui. Maria l'entend déjà. Dire que c'est elle qui a fait ça la première, avant Elisabeth.

Le vacarme des jeunes élèves en récréation traversait les murs. Des cris joyeux et des bruits mats s'élevaient de la cour. Bientôt la neige assourdirait tout. J'étais en train de surveiller les élèves de première scientifique au dernier étage du bâtiment. D'après l'emploi du temps, c'était le cours de sciences naturelles de Kurt Brännström, mais il était en arrêt maladie depuis trois jours. J'allais distribuer un fascicule d'exercices à faire quand Strömmen m'appela. Les élèves levèrent des yeux hébétés en entendant retentir une symphonie de Bach sur l'estrade. Heureusement que j'avais changé de sonnerie. Avant, j'avais celle des *Simpsons*. Je leur fis comprendre par gestes que j'étais obligée de prendre l'appel, sortis dans le couloir et refermai la porte derrière moi.

— Je suis en classe. Le prof est malade et il n'y a pas de remplaçant.

— D'accord, je comprends, mais Krister Arvidsson a été arrêté, il est en détention provisoire, selon toute probabilité soupçonné de meurtre.

Strömmen parlait trop fort, il était surexcité. Sans doute venait-il de brailler au bureau des informations : « Ça y est, bon sang, ça va chauffer, maintenant. » Sans doute s'était-il mis à transpirer sous sa chemise froissée. Avait soulevé des tasses à moitié remplies de café, retourné des piles de journaux et des tas de papiers, comme si la réponse à l'énigme du meurtre se trouvait là.

— Ah bon, il a été arrêté ?

— Ouais. Il nie, évidemment, mais ses gants se trouvaient sur la coupe. Je t'envoie par mail ce que la police a dit à Jönsson.

— Et qu'est-ce que tu attends de moi ?

— Un reportage fouillé sur ce type. Je veux tout savoir.

— Il a un casier judiciaire ?

— Nan, mais ça ne veut pas dire grand-chose, si ce n'est que là-haut, les gens règlent leurs problèmes eux-mêmes. Essaye de causer un peu avec sa femme, celle qui a un nom à coucher dehors. Tire-la de son wok, on veut tout savoir. Merde, maintenant j'ai envie de pad thaï, tiens.

— Tu veux ça pour quand ?

— Le plus vite possible. C'est peut-être nous qui avons le moins de moyens et le moins d'argent, mais là, on doit être les premiers. J'en ai ras le bol que les informations les plus importantes me passent sous le nez, tout ça parce que l'audiovisuel public a des milliards de budget et qu'ils peuvent réécrire en un clin d'œil tout ce que nous faisons.

— Et les journaux nationaux ?

— Quoi ? Ceux-là ? Ils sont sur leurs trottinettes électriques, là-bas.

Mon regard se posa sur la porte des toilettes où quelqu'un avait griffonné *Merde à l'airbag, meure comme un homme*.

— Tu es de mauvais poil ? demandai-je.

— Tu le serais aussi, si tu ne mangeais que du quinoa.

— Eivor vous a de nouveau mis au régime ?

— Une idée qui lui est venue quand elle était au yoga, à Åre. Ces femmes-là n'ont pas un gramme de cellulite, je l'ai vu de mes propres yeux. Putain.

Strömmen fit claquer sa langue. Sa chique de snus lui coulait sûrement au coin de la bouche. Je réalisai soudain que j'avais toujours le paquet d'exercices dans la main. Mais les élèves, j'en faisais mon affaire. J'allais raconter aux lecteurs l'histoire de Krister Arvidsson. La haine circulait certainement déjà sur les réseaux sociaux.

— Bon, je te rappellerai, dis-je.

Nous raccrochâmes. Cinq minutes plus tard, par la fenêtre de leur salle de classe, les élèves me regardèrent filer auprès de mon pauvre père malade. J'espérai que papa me pardonnerait ce pieux mensonge.

La lumière déclinante de l'après-midi créait un décor parfait pour les curieux attroupés devant le *food truck* thaï. À l'intérieur, une silhouette noire allait et venait. Cela me rappela un spectacle de rue auquel j'avais assisté à Paris, adolescente, mais cette fois-ci, le public n'était pas aussi aimable. Je reconnus plusieurs personnes. Poings levés et regards acérés. Je me frayai un chemin à travers la muraille qu'ils formaient, sans les saluer. Une vingtaine de badauds qui n'étaient plus qu'une seule bouche excitée. « Assassin ! » criait-elle.

L'enseigne lumineuse sur le camion avait visiblement pris un coup. Des lettres étaient endommagées. « Cuisine thaï » était devenu « Cuisine aï ». Tout à fait approprié. Je frappai et entrai sans attendre la réponse. Dans la cuisine, derrière le comptoir, un homme en combinaison, visage protégé par un masque, nettoyait les murs au karcher. Une scène qu'on aurait crue directement inspirée de l'épidémie d'Ebola en Afrique de l'Ouest. Il ne remarqua pas ma présence. La puanteur était telle que je dus remonter mon pull sur ma bouche et mon nez. J'avais la nausée, mais je réussis à garder contenance. L'homme leva la tête et me fit signe de le suivre derrière le camion. Nous traversâmes la pelouse jusqu'à la lisière de la forêt. Là seulement, il ôta son masque.

— Qu'est-ce que je peux faire pour vous ?

Il n'y avait aucune méfiance dans sa question, mais j'y décelai une pointe d'agacement. Sur sa poitrine un badge indiquait « Mikael Björklund » et « Anticimex ». Sa combinaison mouillée empestait.

— Je cherche…

Je dus consulter les notes dans mon téléphone portable pour éviter d'écorcher le nom.

— Ubolratana Arvidsson, voilà.

Je lui montrai ma carte de presse, par sécurité.

L'homme, qui s'appelait donc Mikael Björklund, y jeta un regard indifférent.

— Elle n'est pas là. Comme vous l'avez peut-être senti, rester là-dedans est quasiment impossible.

— Et vous savez où elle pourrait se trouver ?

Il haussa les épaules.

— Non. Chez elle, ou au commissariat, je suppose. Je suis là seulement pour faire mon boulot.

— Moi aussi, comme vous le voyez.

Je rangeai ma carte de presse dans mon portefeuille.

— Que s'est-il passé ?

Il mit les poings sur les hanches, cracha.

— Une ou plusieurs personnes se sont amusées à collecter des excréments avec lesquels ils ont barbouillé « Les assassins doivent mourir aussi » sur les parois en lambris. La merde est entrée dans le bois sec et s'y est incrustée. C'est difficile à nettoyer. Quand je suis arrivé, il y avait aussi une panse d'élan ouverte sur le comptoir.

Je haussai les sourcils.

— Un des estomacs de l'animal, expliqua-t-il.

— Oui, je sais très bien ce que c'est.

Un souvenir me revint. Quel âge pouvais-je avoir, treize ans, peut-être ? J'avais accompagné mon père à la chasse à l'élan, comme d'habitude. Ils avaient rapidement atteint leur quota de prises et je me réjouissais de la pause-café, avec les brioches à la cannelle de maman. Mais il fallait d'abord vider l'animal. Le cœur avait éclaté, mais la panse était intacte, avaient-ils dit. L'un des hommes les plus âgés de l'équipe, Stig, avait quand même tenu à m'apprendre ce que cela sentait quand on la perçait accidentellement. Il l'avait entaillée puis tendue vers moi. J'avais vomi sur-le-champ. Les brioches à la cannelle étaient rentrées à la maison dans mon sac à dos, je n'avais pas pu y toucher. Avec un sourire narquois, Stig m'avait fait comprendre qu'il m'avait magistralement remise à ma place. Le vieux con.

— Qui peut bien faire un truc pareil ? demandai-je.

— Des gens ordinaires autant que des marginaux. N'importe qui, en fait.

— D'accord, question stupide.

Et réponse arrogante, me dis-je en moi-même.

— J'en ai une autre : avez-vous remarqué des gens suspects en arrivant ?

— Non, il n'y avait plus personne. Le gars du supermarché Ica a appelé ce matin. Ça sentait la merde dans tout le parking.

Mikael Björklund porta la main à son masque de protection pour indiquer qu'il comptait se remettre au travail. Je levai mon appareil photo.

— Je peux ?

— Oui. Si vous faites vite.

Je n'eus pas le temps d'ajuster la balance des blancs. Elle était réglée sur la cuisine d'Esther et maintenant, à la lumière du jour, l'image serait bleue ; j'arrangerais ça plus tard avec Photoshop. Je pris quelques photos avant de contourner la meute hurlante devant le camion et de repartir. Je voulais voir s'il y avait quelqu'un chez les Arvidsson.

Ubolratana Arvidsson était en train de ratisser les feuilles mortes dans son jardin. Les plaques de fibrociment usées de la maison s'arquaient au-dessus de son corps compact. Elle ne parut pas particulièrement surprise de ma visite, se contenta d'un bref salut de la tête quand je me présentai.

— Un travail qui n'en finit pas, dit-elle en désignant les bouleaux sur lesquels la mort avait à peine commencé son œuvre.

Les feuilles continueraient à tomber pendant un bon moment encore.

— Oui, c'est le moins qu'on puisse dire.

Je donnai un coup de pied démonstratif dans un des tas. Cela produisit le même froissement que le sachet de pain de la boulangerie. Ma chaussure disparut dans le jaune orangé.

— Et il paraît qu'en ratissant, on détruit des plantes et des animaux, mais il faut bien que je m'occupe, poursuivit Ubolratana.

Elle parlait couramment le suédois. Seule sa manière d'allonger les voyelles trahissait qu'elle était née en Thaïlande.

— Oui, je comprends. Tout ce qui se passe doit être déstabilisant pour vous.

J'arrangeai ma frange. Signe que j'étais mal à l'aise.

— Non, pas vraiment. Mais j'ai l'habitude d'avoir les mains occupées.

Elle coinça un gros paquet de feuilles mortes entre sa main gauche et les dents du râteau, puis le déposa dans la brouette.

— PAS vraiment ? Qu'est-ce que vous voulez dire ?

— Venez, rentrons.

Ubolratana posa le râteau contre la balustrade de la terrasse. Tout en se dirigeant vers la porte, elle retira ses gants et les jeta sur une chaise longue garnie d'un coussin à fleurs. Je la suivis, remontai ma lourde sacoche photo sur mon épaule et fus prise d'un élancement. Saleté de hanche. Si Strömmen continuait à me solliciter, je serais obligée de m'acheter un sac à dos.

Ubolratana m'invita à prendre place dans un canapé blanc tandis qu'elle-même s'affairait dans la cuisine. Le séjour aurait fait baver d'envie quiconque avait un faible pour le kitch. Chromos sans valeur, guirlandes de fleurs aux couleurs criardes et grands bougeoirs dorés. Une photo de mariage. Ubolratana avec un sourire de Mona Lisa, à côté de son époux, Krister Arvidsson, qui était visiblement resté trop longtemps allongé au soleil. Il était rouge, bien bâti. Un vrai Viking aux sourcils clairs et broussailleux. Quelque part dans la maison, une machine à laver tournait. Au bout d'un court moment, Ubolratana revint avec un plateau doré sur lequel étaient posées deux petites tasses à thé, une théière et une coupelle de pâtes de fruits vertes.

Elle était du genre bavard. Je laissai vaguer mon esprit, songeai aux alcools thaïlandais, whisky Mekong, bières Singha et Chang, rhum Sangsom, pendant qu'elle m'expliquait qu'on lui avait donné le même prénom que la princesse thaïlandaise, mais que la plupart des gens l'appelaient simplement Ubon, ce qui du reste signifie « fleur de lotus » en langue thaïe.

Sa famille vivant dans la pauvreté, elle avait été obligée de devenir travailleuse du sexe à Pattaya pour subvenir à ses propres besoins. C'était là qu'elle avait fait la connaissance de Krister, vingt ans plus tôt. Ses parents avaient été comblés de bonheur en apprenant qu'elle avait rencontré un étranger. Ou une bite privilégiée, pensai-je.

— Nous nous sommes mariés au bout de quelques mois seulement et je suis venue ici. Ça a été difficile. Ça l'est toujours, même si les choses se sont un peu améliorées quand nous avons acheté le *food truck*. En tout cas, je veux être enterrée dans mon village natal. Je me le suis promis.

Mon Dieu, cette femme était un livre ouvert.

Ubolratana reprit son souffle et se frotta les yeux avant de poursuivre. Je la laissai continuer à causer.

— J'étais contente quand Krister allait voir Isabella. Lorsqu'elle s'est installée ici, il a complètement changé. Il était beaucoup plus gai et me fichait la paix. Parfois il emportait de quoi dîner là-bas et passait même la nuit chez elle. Il ne me disait rien, évidemment, mais je savais…

Elle se tut, rabattit derrière son oreille une mèche de ses cheveux d'un noir de jais. Que savait-elle ? À qui en avait-elle parlé ? Je me redressai dans le canapé.

— Qu'est-ce que vous saviez ?

Elle me regarda dans les yeux.

— Qu'il était tombé amoureux, tiens.

Ubolratana prit une pâte de fruits dans la coupelle, mais ne la mangea pas. Elle se contenta de la garder au creux de la main, tout en accrochant son regard au mien. Ses yeux se mirent à briller.

— Je le déteste, vous comprenez.

Son visage se fit plus dur, plus tendu. J'avais attendu une occasion de poser la question embarrassante, et elle me l'offrait. L'ouverture.

— Il vous bat ?

Elle ne broncha pas.

— Oui, mais pas très souvent. Surtout quand il est frustré que je ne lui accorde pas assez d'attention. C'est un grand enfant. Avant, il voulait toujours me tenir la main, le soir. Je sentais son pouls, pouah. Je n'ai plus eu à supporter ce genre de choses quand il a rencontré Isabella.

— Vous croyez que c'est lui, le père de son enfant ?

— Non, Krister ne peut pas être père, ses spermatozoïdes nagent trop mal. On a vérifié. Il espérait sûrement le devenir, mais le médecin a dit que les chances étaient minimes.

De sa main libre, elle saisit un chien en peluche posé sur le canapé. On aurait dit un vrai, mais il était plutôt fait pour décorer que pour jouer avec. Elle croisa le regard muet du chien. J'observai son cou. Je ne savais pas si j'avais déjà vu des bourrelets aussi marqués sur un cou.

— Et maintenant, il a été interpellé pour meurtre. Qu'est-ce que vous en pensez ? demandai-je, les yeux baissés sur ma tasse afin de ne pas la bousculer.

Sa réponse ne se fit pas attendre.

— Je n'en pense rien, je sais. Krister est… comment dit-on…

Elle enfourna la pâte de fruits entière dans sa bouche. Ses joues se gonflèrent. Elle mâcha un instant avant de trouver le mot juste en suédois.

— … un butor. Mais pas un meurtrier. Le jour où Isabella est morte, il est rentré à la maison en début d'après-midi et il s'est endormi ivre mort sur le canapé. J'avais mis un seau à côté de lui par terre. Plus tard dans la soirée, je l'ai entendu vomir de l'étage.

Elle lécha le sucre sur ses doigts potelés.

— Il était encore là le lendemain matin ?

— Oui, dans la même position. Je suis partie à 7 heures.

« La femme du suspect raconte : ''Il avait changé'' ». Tel était le titre donné à mon reportage. Celui-ci était complété par un bref article de Jönsson : la police confirmait que l'ADN de Krister Arvidsson correspondait aux empreintes relevées sur le lieu du crime et sur les vêtements d'Isabella. J'avais également écrit sur Liv, la fillette sans père. Qui pouvait bien être son géniteur ?

La connexion était encore plus lente que d'habitude. Envoyer une photo par mail prenait un siècle. Je fus obligée de les transférer une par une. Mais Strömmen était aux anges. Les ICP allaient faire le grand écart, dit-il. Moi qui avais décroché depuis quelques années, je ne savais pas de quoi il parlait. Je compris toutefois que cela avait un rapport avec le numérique. Comme toujours.

En même temps qu'on nous licenciait, moi et tous les rédacteurs locaux de la région, le groupe recrutait huit fers de lance du numérique. Ces jeunes créatures mystérieuses, prétendument bien plus compétentes et enclines au changement que des journalistes avec trente ans d'expérience, allaient sauver le secteur. On les avait embauchées sous les alléluias. Pourtant, ces petits génies n'avaient toujours pas trouvé de solution aux problèmes de la presse locale.

— Bon sang, un putain de bon truc restera toujours un putain de bon truc, déclara Strömmen.

C'est tout juste s'il ne conclut pas par un « amen ». Mais il poursuivit :

— Jönsson a interviewé une femme dont le témoignage contredit totalement celui d'Ubolratana. Elle est auxiliaire de vie et après sa tournée du soir, vers minuit, elle a vu Krister revenir de vers chez Isabella au volant de sa Jeep. Pour quelqu'un qui s'était endormi ivre mort sur son canapé en début de soirée, il avait l'air plutôt en forme. Dans les villages, les gens s'épient tous les uns les autres.

Ce témoignage était d'ailleurs corroboré par le deuxième coup de fil de Krister Arvidsson à Isabella – il lui avait téléphoné à l'heure du déjeuner, puis à 9 heures du soir – mais je me gardai bien de le mentionner. Ni Strömmen ni la police n'avaient besoin d'apprendre que j'avais trouvé la liste des appels d'Isabella. Ce qui m'intéressait, c'était de savoir si Ubolratana m'avait menti pour protéger son mari, alors que selon elle, leur relation était dépourvue d'amour.

— Tu crois que Krister Arvidsson va rester sous les verrous ? demandai-je.

— Oui. S'il est remis en liberté, le risque est grand qu'il fasse disparaître les preuves. Il continue à nier, mais le piège est sur le point de se refermer sur lui.

— Oui.

Je ne savais pas pourquoi mon corps était si lourd de déception. Était-ce parce que l'affaire serait résolue si rapidement ?

Ce cas comportait certes tous les ingrédients classiques d'un meurtre. Amour malheureux, fureur aveugle. Le dernier homme à avoir vu la victime avait été arrêté. *Affaire classée.*

Cependant, une question subsistait : qui était Isabella ?

— Les recherches de la police concernant des proches parents ont-elles abouti ? demandai-je.

— Non, pour l'instant ça n'a rien donné, et je commence à douter que ça donne quelque chose un jour. Apparemment, Isabella était une pauvre fille solitaire.

— Je veux écrire là-dessus aussi.

— Sur quoi ?

— Sur elle, qui elle était. Personne n'est seulement la victime d'un meurtre, je dirais.

— Non, c'est sûr… Bon, Per est là, il est en train de fulminer parce que les connexions aux contenus payants ont chuté. On se rappelle.

Strömmen disparut d'un seul coup. Je m'appuyai sur le dossier de ma chaise. J'avais mal au ventre. Était-ce dû au stress ou à mes mauvaises habitudes alimentaires ? Pendant deux jours, je n'avais avalé que du café et du pain blanc. Mes intestins avaient besoin d'un peu d'exercice. Je consultai le télétexte. La météo nationale annonçait des tempêtes de neige dans les montagnes du Jämtland, mais pour le moment, le temps était calme. Je mis des vêtements de course doublés et sortis. En me retrouvant sur le parking de la gare, je me sentis d'abord un peu désorientée. Cela faisait tellement longtemps. Je commençai à marcher et, au bout d'un petit moment, je levai les genoux un peu plus haut. Mais oui, je courais ! Je suivis d'abord la route puis bifurquai quelques kilomètres plus loin vers Klocka. Chemin de terre et forêt, exactement comme chez Isabella. Ça allait être un grand tour, plus de dix kilomètres, et j'étais déjà essoufflée. Il fallait que je réapprenne à respirer correctement. Inspirer par le nez, laisser la cage thoracique se dilater. Trouver le rythme.

En tout cas, j'étais contente d'être dehors, de sentir la forêt dans mes veines et de mettre un pied devant l'autre. Quand j'arrivai à Klocka, le paysage s'ouvrit. Un vent fort soufflait du lac et des montagnes. Je tâtai la poche droite de ma veste. Oui, mon bandana y était, comme d'habitude. Je le nouai autour de mon cou et sentis immédiatement qu'il retenait la chaleur.

De retour chez moi, je restai longtemps pliée en deux dans l'entrée, les mains sur les genoux, avec un goût de sang dans la bouche. Crevée et contente à la fois.

Il fallait que j'appelle Esther. L'idée m'était venue au moment où je regagnais la E14. Je fouillai dans la poche de mon manteau, trouvai le papier et tapai le numéro, encore debout sur le tapis de l'entrée. Il était presque 9 heures, mais elle répondit tout de suite. Je l'imaginais seule à sa table de cuisine, à côté de son vieux téléphone à touches. Nous bavardâmes un petit peu. Elle était en train de faire de la broderie.

— L'aide-ménagère est venue, mais j'ai dû jeter le café.

— Ah bon ?

— Elle avait cinq vieux à voir au cours de sa tournée. Je lui ai proposé de laisser tomber l'aspirateur chez moi, mais elle n'a pas voulu. Elles ont leurs listes et elles doivent cocher, je crois.

— Oui.

Je sentis une fissure s'ouvrir dans ma poitrine.

— Vous faites bien attention à vous, hein ?

— Oui, oui. J'ai juste un peu mal à l'oreille, mais j'ai pris des gouttes nasales.

La fissure s'élargit. Tout ce temps que l'on passait à essayer d'atteindre le plus grand âge possible… Il faudrait songer à ce que c'est que d'être vieux, aussi.

— Alors, vous avez d'autres questions, finalement ? demanda Esther.

— Oui, une petite chose qui m'a traversé l'esprit.

J'eus soudain honte de ne pas l'avoir appelée simplement pour prendre de ses nouvelles.

— Savez-vous si Isabella avait des problèmes d'alcool ou de drogue, ou si elle avait déjà vécu dans la rue ?

— Non, pas que je sache, mais elle ne me l'aurait probablement jamais dit non plus. Pourquoi ?

— Oh, je me posais juste la question. L'autre jour, chez vous, j'ai vu un sac du journal de rue *Situation Stockholm*, accroché dans l'entrée, alors je me disais…

— Ah, ça. C'est un homme qui l'a oublié, mais ça doit bien faire plus d'un an. Oui, Liv venait de naître.

— Un homme ? Qu'est-ce qu'il faisait chez vous ?

— Elle m'avait dit qu'il venait acheter du pain polaire, mais ils sont restés un long moment à parler dans la cuisine avant d'aller au fournil.

— Comment était-il ?

— Pour être honnête, il avait l'air d'un drogué. Cheveux longs. Grand et maigre, la quarantaine. Il était assorti à son sac, si j'ose dire.

— Il avait quoi comme voiture ?

— D'habitude, je ne retiens jamais de ce genre de choses, mais là je m'en souviens, vous voyez. Il avait une vieille Volvo 242 blanche, comme celle que nous avions, Ragnar et moi, il y a bien longtemps.

— Bravo, Esther !

— Oui, parfois on tombe juste.

Elle rit de bon cœur, un rire clair de petite fille.

— Vous avez parlé de lui à la police ?

— Non.

— Pourquoi ?

— Ils ne m'ont rien demandé. Personne ne s'intéresse particulièrement à une vieille bonne femme comme moi, alors je préfère me taire, vous voyez.

J'entendis à sa voix qu'elle souriait. Je souris aussi. Dehors, il avait commencé à neiger. Les premiers flocons maussades et aqueux se jetaient sur la vitre, tels des insectes aplatis, avant de ramollir et de dégouliner. Je réalisai tout à coup que je claquais des dents dans mes vêtements de sport humides. Mes doigts blancs n'étaient pas loin de lâcher le portable. Je regrettai de ne pas m'être réchauffée sous la douche avant de téléphoner. J'appuyai la paume de ma main libre sur le mur pour me soutenir. Esther poursuivit :

— Mais ce qui était bizarre, c'est que l'homme appelait Isabella par un autre nom. Au début, j'ai cru qu'il s'était trompé, mais il l'a dit deux fois et elle lui répondait. La porte du fournil était ouverte, je n'écoutais pas en douce.

— Non, je m'en doute. Comment l'a-t-il appelée ?

Je retins ma respiration, cramponnée au papier peint.

— Maria. Il l'appelait Maria.

Le jour où Elisabeth revient de vacances, l'asphalte saigne, les colmatages dans les crevasses de la route commencent à fondre. C'est le seul jour de ce foutu été où le soleil tape. Tout s'attendrit et embellit. L'air, les maisons, les routes et l'eau paraissent plus heureux. Maria a l'impression d'être un gros meuble de jardin resté des mois à l'ombre sur la terrasse et que l'on déplace tout à coup au soleil. Ses yeux brûlent, ils ont du mal à s'habituer à la lumière vive.

Elisabeth est dans l'allée. Elle a changé. Ses cheveux blonds sont beaucoup plus clairs que lorsqu'elle est partie avec sa famille dans le camping-car. Un chemisier blanc léger flotte doucement sur son corps gracieux. Un large bracelet d'argent orne l'un de ses poignets. Il produit un cliquetis inconnu tout près de l'oreille de Maria lors de leur longue embrassade. Plus tard, Maria apprendra que le chemisier et le bracelet ont été achetés dans une ville qui s'appelle Marrakech. Elisabeth dit qu'elle a très envie d'y retourner.

— Mais tu n'es pas un peu contente d'être rentrée, quand même ?

Le regard de Maria se porte soudain sur ses propres bras. Tellement pâles. Ils pendent, raides, comme alourdis par un poids.

— Si, bien sûr. Ah oui, tiens, ça c'est pour toi.

Elisabeth sort de son sac à bandoulière un paquet emballé, le tend à Maria. Elle rayonne, impatiente.

— Qu'est-ce que c'est ?

— Un cadeau. Je l'ai acheté au souk.

— Au souk ?

— Le marché.

L'adhésif se détache facilement. Maria retire le papier.

— Comme il est beau ! Merci.

Elle passe la main sur la couverture du journal intime. Il scintille.

— Tu pourras y noter tous tes projets pour le week-end, ou pour le futur.

— Oui, je vais le faire.

— Viens, on y va.

Elisabeth la tire par le bras.

Le trottoir prend vite fin, après elles doivent marcher sur le bas-côté de la route, mais ça ne les dérange pas. Il y a peu de circulation à cette période de l'année. Elles passent devant le kiosque et s'achètent une glace. Elisabeth choisit une petite glace à l'eau, Maria préfère une grosse boule de glace à la crème. Elles s'assoient sur le mur de pierre.

— Attends, il faut qu'on fasse une photo de meilleures copines !

Elisabeth sort un appareil Polaroïd de son sac et le tient devant elles comme un miroir. Elles font les andouilles, elles ont de la glace partout. Clic.

— On a l'air de deux Muppets, dit-elle en gloussant de rire, une fois que la photo est sèche. Tiens, prends-la !

Maria glisse le cliché entre les pages du journal. Puis elles continuent, passent devant la nouvelle maison, en bas d'Olérsbacken. Il y a de la lumière aux fenêtres maintenant. Et de jolies plantes jaunes dans des pots rouge cerise. Elisabeth connaît leur nom.

— Des orchidées.

Un nom exotique, comme des papillons rares. D'ailleurs leur aspect aussi est exotique.

— C'est une fille de notre âge qui a emménagé ici. Elle s'appelle Johanna.

Depuis qu'elle sait cela, Maria évite cette maison. Elle tient à ce qu'Elisabeth soit avec elle lors de la première rencontre.

— Super !

Les choses ont l'air si simples, dans la bouche d'Elisabeth, pas du tout comme si un danger les menaçait.

Elles marchent des heures en bavardant, sans que Maria parvienne à lui parler de Jörgen. Elisabeth lui décrit la mer dans le village de pêcheurs d'Essaouira, le cri des mouettes et le sable qui tourbillonne dans le vent. Ils étaient obligés d'utiliser leurs serviettes uniquement pour se protéger les yeux. C'est pour cette raison qu'elle ne s'est jamais baignée dans l'Atlantique, mais seulement dans la Méditerranée.

« Seulement » dans la Méditerranée. Pour Maria, Elisabeth aurait aussi bien pu dire qu'elle a « seulement » vu Pluton et pas Mars. Elle le lui fait remarquer et elles rient toutes les deux.

— Encore que les océans sont tous reliés entre eux, donc je me suis baignée dans les deux, en fait.

Une remarque typique d'Elisabeth. Tout est comme avant jusqu'à ce que ça ne le soit plus.

— On ne peut pas rester là, Maria. Il faut qu'on parte.

— Qu'on parte où ?

— Dans le monde.

— Ah bon, c'est ça que tu veux dire. Je ne sais pas.

— Je pense que je vais aller au lycée à Östersund. Ensuite, j'irai là où je pourrai devenir ce que j'ai envie de devenir.

C'est comme un coup de feu sans aucun avertissement. Au-dessus de leurs têtes, le soleil est toujours le même et, au loin, les montagnes courbent leur dos éternel, mais quelque chose a changé. Elles qui avaient prévu d'acheter des maisons voisines. De travailler ensemble, d'être témoin de mariage l'une pour l'autre, d'organiser des soirées barbecue toutes les deux. Personne ne sait mieux le faire qu'elles. Elles qui ont l'habitude de se raconter leurs secrets les plus intimes, allongées côte à côte dans le lit de Maria. Des secrets que l'on ose à peine s'avouer à soi-même.

« Ne le dis à personne ! Si tu le dis, je meurs.

— Promis juré. Toi non plus.

— Promis juré. Plutôt mourir. »

Elisabeth ne semble pas remarquer quoi que ce soit. Elle continue à babiller. Son père et sa mère lui ont dit qu'ils pouvaient lui financer un appartement en ville, au moins un petit studio. La scierie va atteindre des records de production cette année. Des milliers de mètres cubes de sapin sont passés sous les lames.

Maria cesse d'écouter. Dans sa tête, il n'y a plus que le claquement d'un métier à tisser. Il claque et claque encore. Maria songe rarement aux pauses intermédiaires. Au silence pendant que sa mère fait glisser la navette entre les fils de chaîne. Elle n'entend que le bruit sec des claquements. Quelque chose en elle aimerait recevoir une promesse. Dis-moi que tout cela a un sens.

« Plutôt mourir. »

Ulla passa la tête dans l'embrasure de la porte. J'avais réservé une petite salle de travail pour être tranquille. Les critères de notation pour les examens nationaux de suédois cette année étaient une vraie jungle. J'avais besoin de me concentrer, loin de la salle des professeurs où je ne supportais pas d'entendre leurs joyeux appels à rentrer chez soi. Ils partaient en général vers 3 heures de l'après-midi, sans manquer d'affirmer qu'ils accomplissaient quand même leur boulot de prof : « Bon, maintenant je plie bagage, les amis, mais je continuerai ce soir à la maison, évidemment. Aïe, aïe, aïe, je ne suis pas près de me coucher. »

— Tu as une minute ? me demanda Ulla, son trousseau de clés en main, comme d'habitude.

Cela donnait l'impression qu'elle était toujours en train de courir. Ça m'énervait.

— Oui, bien sûr, dis-je avec le sourire.

— Tu pourrais aller voir le personnel de la cuisine et commander des pique-niques pour les élèves de seconde, section automobile, s'il te plaît ?

Elle sortit un tube de baume et se le passa sur ses lèvres. Je la regardai en haussant des sourcils interrogateurs.

— Ah mais oui, c'est vrai, tu n'étais pas à la réunion, hier. On part en randonnée mercredi prochain, on fait l'ascension du Suljätten. On pensait à une salade de pâtes, ou peut-être un barbecue et des hamburgers.

— Le barbecue, c'est sympa.

— Oui, enfin, les dames de la cuisine verront ce qui est le plus pratique pour elles. En fait on préférerait ne pas avoir à préparer le feu et tout le bazar.

Bien entendu, on vous épargnera ça. Pourquoi certains enseignants se donnaient-ils même la peine de se lever le matin ? Mystère.

— D'accord.

— Tu t'en occupes ? Merci, Vera, on peut vraiment compter sur toi, dit Ulla en joignant les mains.

Ses clés s'entrechoquèrent. La ventilation mécanique bourdonnait. Elle s'éteindrait automatiquement à 5 heures.

— Une chose encore : tu sais que Kurt est toujours en arrêt maladie, n'est-ce pas ? Tu le remplaces pour son cours de sciences naturelles, demain ? Ce serait super !

— D'accord.

— Laisse-les travailler en petits groupes. Au fait, c'est Crille qui assurera mon cours de suédois vendredi. Ça me permettra de partir avec Tord assez tôt au chalet, pour une fois. J'ai des heures de congé à récupérer, j'ai fait largement plus de quarante-cinq heures cette semaine.

Elle souffla de manière ostentatoire.

Crille, lui aussi assistant pédagogique, ne devait pas être beaucoup plus âgé que les élèves de terminale.

« Les profs partent en vacances en dehors des congés scolaires – Crille, vingt ans, assure les cours. »

Je recommençais à penser en gros titres. C'était plutôt bon signe.

Ulla n'attendit pas que je lui réponde pour s'éclipser. À ma grande surprise, l'agenda de mon téléphone portable m'envoya une notification. Pour autant que je sache, je n'avais rien de prévu dans l'immédiat. Ah si, c'est vrai, la fête pour les soixante-dix ans de Katta. J'allais être obligée de déballer ma valise, toutes les robes que je possédais étaient encore dedans.

Je me replongeai dans les examens. Peu d'élèves s'étaient souciés des recommandations d'écrire avec soin, c'était le moins qu'on puisse dire. Certains récolteraient un zéro uniquement parce que leurs réponses étaient illisibles. Je restai la tête dans les mains. Mes pensées voulaient s'échapper d'ici.

À qui Liv, la fille d'Isabella, avait-elle été confiée ? Était-elle dans un foyer aimant ? Je soupirai. À quoi bon se poser ces questions ? De toute façon, les réponses n'expliqueraient rien.

J'allai sur Google Earth et promenai la souris sur les forêts autour de Kall, essayant de localiser la maison d'Isabella. Là ! Sur une des rives de l'étang du Moulin. Pourquoi l'homme à la Volvo blanche l'avait-il appelée Maria ? Il se pouvait qu'Esther ait mal compris, évidemment. On se trompait facilement lorsqu'on ne saisissait que des bribes d'une conversation.

Et si Isabella avait eu une double vie ? Habiter dans la petite ferme ne lui coûtait peut-être pas grand-chose, mais Esther s'était tout de même demandé comment elle et Liv pouvaient vivre des seuls revenus de la vente de pain polaire. Les experts autoproclamés de Flashback, ceux qui affirmaient qu'Isabella Sandgren faisait commerce de son corps, avaient peut-être flairé la bonne piste, après tout. J'imaginais alors qu'Isabella Sandgren avait détesté son propre corps autant que celui de son agresseur, qu'elle était dégoûtée par l'odeur de sexe qui imprégnait sa peau, ses vêtements, et qu'elle avait presque souhaité la bienvenue à la lame du couteau s'enfonçant dans sa chair et mettant fin à tout cela.

J'avais écrit jadis sur les femmes qui se prostituaient en secret, par exemple pour financer une dépendance inavouable à la drogue. Souvent, ces femmes n'étaient pas en bonne santé psychique et se soignaient elles-mêmes. Or Isabella n'avait pas l'air d'aller très bien. Cela pouvait également expliquer la fréquentation d'un toxicomane et d'une personne qui vendait le journal *Situation Stockholm*.

Esther n'avait pas nécessairement remarqué quoi que ce soit. Ces gens menaient souvent une vie tout à fait normale en dépit de leurs besoins douteux. Mais pour qui voulait vraiment se cacher, une vieille ferme dans la forêt était l'endroit idéal. Il était plus difficile de disparaître pour une femme qui avait une famille et un emploi quelconque en pleine ville.

Je fixai le vide devant moi. Le numéro caché, enregistré par le téléphone d'Isabella à 21 h 10, le soir du crime – c'est-à-dire dix minutes avant l'appel de Krister – m'apparut à nouveau. Puis je revis le SMS envoyé du numéro qui n'était plus attribué :

Nous pourrons nous aider mutuellement à effacer le passé. Je suis la seule personne qui ne te jugera jamais.

Impossible de fermer les yeux sur le fait qu'elle connaissait probablement beaucoup de monde, bien qu'elle ait vécu presque en ermite dans la forêt. L'amour faisait désirer des enfants, mais le sexe en produisait encore plus. Isabella était peut-être tombée enceinte d'un client. Un micheton qui voulait prendre ses responsabilités. Ou un micheton marié qui ne voulait en aucun cas avoir un enfant sur le dos et lui avait envoyé ce texto pour l'attirer dans un piège. Dans la liste des motifs de meurtre, l'enfant non désiré devait sans conteste figurer en tête. On pouvait s'étonner que le crime n'ait pas eu lieu plus tôt : Liv avait déjà un an. Peut-être l'homme venait-il tout simplement d'apprendre qu'il était père.

Je réalisai soudain que je n'avais toujours pas cherché d'informations sur Isabella Sandgren. Comment avais-je pu oublier ? Je tapai son nom, suivi de « Jämtland » sur Eniro. Elle apparut immédiatement, mais il n'y avait aucun numéro de téléphone. *Isabella Maria Sandgren*, pouvait-on lire. Elle portait donc les deux prénoms. Restait à savoir lequel était son vrai prénom d'usage. Je regardai ma montre. Il n'était pas tard. Krister Arvidsson était certes encore en détention, mais vérifier les indices épars dont je disposais ne serait pas superflu. J'avais envie d'un verre de vin rouge. Enfin, je tiendrais une heure jusqu'à Storlien. Deux heures aller et retour.

Je roulais trop vite, les gravillons volaient à mon passage, effrayant les oiseaux au bord des fossés. La station de radio P3 informait qu'à Stockholm, le nouveau complexe hospitalier Karolinska allait licencier quatre cents médecins. Je changeai pour P4 Jämtland. Le centre de soins de Hallen manquait de médecins.

Je ne m'arrêtai qu'une fois arrivée à la station-service de Duved. De là, je consultai ma liste de contacts dans mon portable. Je n'avais quand même pas été assez stupide pour effacer le numéro ? Non, ouf, il était encore là. Soulagée, je validai. Les tonalités se succédèrent lentement. Le téléphone était-il abandonné dans une pièce vide ou quelqu'un restait-il planté devant à le regarder sonner ? Au bout d'un moment, je raccrochai ; puis je rappelai. On ne savait jamais, j'avais peut-être manqué un répondeur qui m'aurait redirigée quelque part. Cette fois-ci, quelqu'un décrocha au bout de trois sonneries.

— Oui ?

Un seul mot prononcé sèchement, mais je reconnus la voix.

— Sorina ?

— Qui demande ? dit-elle, méfiante.

— C'est Vera, du *Jämtlandsposten*.

— Oui.

Saisissait-elle ce que je disais ? Son vocabulaire suédois avait beau être pauvre, je me souvenais en revanche qu'elle comprenait assez bien.

— J'ai écrit un article sur vous, autrefois. La journaliste. Vous auriez un petit moment pour moi ? J'ai besoin d'aide pour quelque chose. Rien de grave.

Je me fis à moi-même la grimace. Rien de grave. Comme si Sorina avait été une gamine de six ans le jour de sa première rentrée scolaire, et non une femme roumaine dont les yeux au demeurant aimables pouvaient s'éclairer de fulgurances féroces, calculatrices. Rien de grave, juste un petit meurtre. Pendant un instant, il y eut des crépitements et des bruits à l'autre bout du fil, puis le silence. Je laissai s'écouler les secondes.

— Allô ?

Pas de réponse. Rien de plus frustrant que d'essayer de parler à quelqu'un qui n'a visiblement pas envie de faire la conversation. Je regardai autour de moi, pour m'assurer que je n'empêchais personne d'accéder aux pompes à essence. Une voiture un peu plus grosse que la mienne réussit à se faufiler. J'entendais la respiration de Sorina. Elle n'avait pas raccroché, en tout cas.

— D'accord, d'accord.

Un signe de vie soudain.

— Je peux venir ?

— Tu prendre un rendez-vous alors.

— Oui, je prends rendez-vous, absolument, répondis-je avec trop d'impétuosité. Inscrivez-moi. Je peux être là dans une heure.

— Dans une heure ? D'accord, j'écrire maintenant.

Elle n'avait pas l'air franchement enthousiaste.

Nous raccrochâmes. Il tombait des hallebardes. La pluie tambourinait sur le pare-brise. Je remontai ma capuche et m'élançai hors de la voiture pour faire le plein. Cette semaine se ferait sentir dans mon portefeuille : le prix du carburant ne s'accordait pas aux distances du Norrland. La pompe se mit en marche. La pluie et l'essence poissaient la poignée. Je m'essuyai les doigts avec un peu de papier du distributeur, mais l'odeur était tenace.

J'entrai dans la boutique. Berit était là. Je pris une paire de balais d'essuie-glaces sur l'étagère et me dirigeai vers la caisse.

— Quel sale temps, dis-je.

Berit rit puis leva un index, l'air grave :

— Mais on sait bien où on habite, non ?

— Ça oui, on le sait. Je n'ai rien contre, d'ailleurs, j'aime bien le vent et la pluie, mais…

— … mais il y a des limites, c'est ça ?

Elle se remit à rire.

— Les enfants et moi, on n'est pas allés à Näkten ce week-end. Les lits ne se réchauffent jamais vraiment, par ce temps… Et puis il faut marcher loin pour chercher du bois. Je commence à avoir besoin de mon petit confort, moi.

— Pas Ulf ?

— Non, tu le connais. Il y était, lui. Il serait capable de vivre comme un homme des cavernes, du moment qu'il peut pêcher. Il y avait beaucoup de petits poissons, apparemment. Les plongeons arctiques ont crié tous les soirs.

— Ils sont encore là ?

— Les derniers sont en train de partir, si ce n'est déjà fait.

Berit regarda au-dehors. Le vent malmenait les marquises.

— Tu n'as pas besoin d'un essuie-glace pour la lunette arrière aussi ? demanda-t-elle en souriant.

— Non, ça attendra.

Näkten. Alors que faisait Ulf sur une aire de pique-nique au milieu de la forêt, après Kall, le samedi ? Ce n'était pas tout près, en plus. J'écartai mes cheveux de mon visage. Ils retombèrent aussitôt. Pourquoi ne disais-je pas à Berit que j'avais vu la moto ? Parce que les gens, même les hommes et les femmes mariés, avaient le droit de faire tous les détours qu'ils voulaient ? Oui, peut-être. Mais de ce fait, cela devenait aussi un secret.

La porte tinta. J'en profitai pour m'en aller.

— Au revoir, Berit.

Mes articulations étaient raidies par la conduite et maintenant ma hanche me faisait très mal. Il faudrait que je demande à Sorina de l'assouplir. En rentrant tout à l'heure, je ferais quelques étirements, à condition de pouvoir chauffer l'appartement. Au pire, j'allumerais le séchoir dans la salle de bains, je serais à l'étroit, mais ça irait.

Storlien. Il y avait une grande affluence devant le centre commercial. Le parking ressemblait à une fourmilière, les clients couraient partout, poussant des caddies surchargés. Des bus entiers de Norvégiens au fort pouvoir d'achat passaient la frontière dans un sens et dans l'autre, tels des culturistes dopés. Nous les appelions les bus de lard. Ici, tout était moins cher qu'en Norvège, surtout maintenant que la couronne suédoise s'était dévaluée, et surtout pour qui avait en poche un salaire norvégien. Je savais que les employés à la chaîne des boucheries Meråker gagnaient souvent deux fois plus que les enseignants à Järpen. Les Norvégiens profitaient fiévreusement de la proximité du pays voisin. Boissons énergisantes, tabac, alcools, sucre en poudre, viande et bonbons en vrac les attiraient – autant de denrées soumises à de fortes taxes en Norvège –, et Storlien allait au-devant de leurs désirs en vomissant de la merde bon marché, aux dépens du tourisme de montagne authentique et des hommes et des femmes qui avaient un jour travaillé dans cette branche.

L'un des derniers espaces naturels vierges au monde empestait désormais les additifs alimentaires, mais ici, personne ne chercherait à désigner de bouc émissaire avant que les vrais coupables soient jugés. Les élus avaient depuis longtemps abandonné la région à son sort. De nombreux habitants avaient été obligés de déménager. Aujourd'hui, les dirigeants politiques se rendaient subitement compte que tous ceux qui devaient vendre cette merde bon marché avaient besoin d'un logement eux aussi. Les Norvégiens avaient fait grimper les prix de l'immobilier de manière exponentielle. Et l'esprit vulgaire de consommation se répandait comme un virus. On mettait un prix sur tout, même sur les êtres humains.

Sorina m'accueillit à l'entrée du salon de massage. Ses longs cheveux noirs étaient remontés en un gros chignon entouré d'un filet de dentelle blanche, qui oscillait comme une jolie boule au sommet de son corps replet.

— Ah, tu arriver.

— Oui, enfin.

Je n'avais pas prévu qu'il y avait toujours des travaux sur la route à Rännberg.

Il planait une forte odeur sucrée. Probablement une huile qu'elles utilisaient. Je n'arrivais pas à déterminer si l'odeur était agréable ou seulement écœurante. L'ancien hôtel de montagne fier et imposant avait été découpé en timides petits appartements privés où se passaient des choses diverses. Le salon accueillait ceux qui désiraient s'offrir un massage, mais au fond, derrière le rideau, se trouvaient les femmes-objets. Quelques billets de cent couronnes pour une pipe, un peu plus pour baiser. Goût de sel dans la bouche. Les clients venaient de partout. Beaucoup étaient des touristes ordinaires en vacances de ski à Åre. Sorina avait ouvert le bordel, une agence de rencontres qui se développait aussi sur la Toile, quand il n'avait plus été rentable pour elle de faire la manche devant Eurocash. Les filles envoyaient le plus gros de leur argent à leurs familles au pays. La police avait débarqué deux ou trois fois, sans parvenir néanmoins à les prendre en flagrant délit. Dans ces coins-là, le bouche à oreille était rapide et le bras de la loi était court.

— Tu venir avec moi.

Je suivis Sorina à l'étage du dessus, dans l'une des pièces où se trouvait une table de massage. Dans celle où nous avions parlé la fois précédente, il n'y avait qu'un mince matelas par terre. Sorina avait éteint la lumière et allumé des bougies, mais cela n'avait pas masqué les taches sur le drap.

— Tout va bien ? demanda-t-elle en refermant la porte.

— Oui, merci. Et vous, comment ça va ?

— Bien. Bien, mais froid, dit-elle en passant les mains sur ses flancs.

— Oui, ça commence à se rafraîchir.

Je regardai à l'extérieur. Sur l'appui de fenêtre était posé un grand vase rempli de roses artificielles. Les pétales des fleurs rouges étaient gris de poussière.

Je me déshabillai entièrement, ne gardai que mon soutien-gorge et ma culotte, puis m'allongeai sur la table. Celle-ci accueillit durement les os saillants de mes hanches.

— J'ai un peu mal là, sur le côté droit, dis-je en montrant mon bassin. Vous pouvez peut-être…

— Oui, oui, je masser.

Elle versa sur mon dos une giclée d'huile de massage froide, comme si elle pressait une bouteille de ketchup. Ses mains se mirent à pétrir, sachant précisément sur quels points il fallait insister et quels nœuds il fallait dénouer. Avec un peu de chance, je n'aurais pas besoin de faire d'étirements en rentrant. Mais mon menton cognait, j'étais trop loin de l'ouverture prévue pour la tête. Je changeai de position pour être plus à l'aise.

— Toi trop maigre, dit Sorina en me pinçant la hanche. Manger plus.

— Vous croyez ? répondis-je dans le trou, tout en observant le lino gris moucheté.

Le reste de la séance se passa dans le silence. Je fermai les yeux pour profiter malgré tout le plus possible du moment.

— Je t'aider ?

La question arriva alors que j'étais en train de renfiler mon pull.

— Pardon, vous dites ?

— *No help, only massage ?*

— Non. Enfin, je veux dire… Si, en fait, j'ai besoin d'aide pour une chose, c'est vrai.

J'étais soulagée qu'elle ait pris les devants. J'attrapai mon sac, par terre, et lui montrai la page Facebook d'Isabella Sandgren sur l'écran de mon téléphone.

— Vous connaissez cette femme ?

Sorina examina la photographie de la femme au foulard violet sur fond de cascade écumante. Elle secoua la tête.

— Non.

— Elle n'a jamais travaillé pour vous, alors ?

— Non, pas de filles suédoises.

— Pas non plus en ligne ?

— Non, jamais vue. Je connais toutes qui travaillent. Qu'est-ce qu'elle faire ?

— Elle n'a rien fait, elle a été assassinée.

Si Sorina fut effrayée, elle n'en montra rien. Elle se contenta de hocher la tête et retira de la table de massage le papier froissé par mon corps nu. Elle arracha une feuille propre du rouleau posé sous la fenêtre et l'étala avec soin. C'était l'heure du client suivant.

Le renseignement m'avait coûté six cents couronnes, mais cela en valait la peine. Isabella Sandgren n'avait donc pas été mêlée à l'activité de Sorina. Évidemment, elle avait très bien pu diriger elle-même ses propres affaires ou travailler pour quelqu'un d'autre, mais Sorina l'aurait su. Pour l'instant, la piste de la prostitution ne menait pas plus loin. Du reste, il pouvait tout à fait s'agir d'une rumeur malveillante, et rien de plus.

Un homme torse nu, l'œil vitreux, était assis dans la salle d'attente, appuyé contre la rambarde de l'escalier. Les poils de son dos velu sortaient entre les barreaux. Son ventre débordait de sa ceinture de cow-boy. Je me demandai si ça avait déjà durci dans son pantalon. Une raideur palpitant d'impatience. L'image d'Épinal des touristes ne venant que pour labourer la poudreuse perdurait. Sorina fit signe à l'homme tout en déposant mon argent à côté de la caisse. Le sillon entre ses seins était luisant de sueur. Elle ne me donna aucun reçu.

En partant, je vis d'où provenait la forte odeur. Sur une étagère était posée une soucoupe avec de l'encens. Une main tendue en porcelaine tenait le bâtonnet en train de brûler.

Une fois dehors, j'allumai une cigarette et la fumai dans l'obscurité. Les toits couverts de mousse des chalets de vacances se fondaient dans le paysage. En ce sens, les Norvégiens étaient astucieux.

Soudain me vint le souvenir d'une fin de soirée, dans les années 1980, à l'époque où je travaillais comme saisonnière à la station de Storvallen. Ma voiture ne voulait pas démarrer. Tous les autres faisaient la fête au restaurant Le Ski et personne ne pouvait venir me chercher. J'étais retournée à pied à Storlien en longeant la E14, éclairée par les étoiles et la lune des insomniaques, me terrant au fond du fossé tel un renard craintif chaque fois que passait un énorme semi-remorque.

— Tous ceux qui ont une excuse valable vont voir Vera. Les autres, vous venez avec moi.

Le professeur de sport Lars Hernander poussait sa troupe devant lui. Il ressemblait à un sapin de Noël. Sur son bras droit étaient entassés les dossards jaunes et sur le gauche, les verts. À son cou pendillaient son sifflet et son trousseau de clés. Il répartit les élèves en deux équipes. Une, deux, une, deux… Aujourd'hui, les élèves de première section sciences sociales avaient football, mais manifestement, quelques-uns passeraient l'heure sur la touche.

— Bon alors, qu'est-ce qui vous arrive ?

Il ne s'agissait pas de paraître amusée. Je laissai s'éteindre mon sourire. Ils étaient trois, têtes baissées et regards inquiets. Viktor Norlén, allure typique du joueur de hockey, coupe mulet et casquette, commença :

— Blessure au genou. J'ai un certificat médical, dit-il en posant la main sur son genou droit.

J'acquiesçai et me tournai vers Moa Ragnarsson. Elle appartenait à l'armée des filles qui portaient toutes des doudounes noires de marque et des jeans stretch moulants de la même couleur.

— Mononucléose infectieuse. Je dois arrêter l'activité physique pendant un mois.

Je notai quelques mots en regard de leurs noms sur la liste de classe.

— Bon, et toi ?

Lisa Sjölund se tortillait. La lumière des néons accentuait les raies de son maquillage. Il me semblait qu'on appelait cela du *contouring*. Enfin, sous un fort éclairage, on restait tel qu'on était.

— Mal au ventre.

Elle croisa mon regard. Ce genre de maux de ventre.

— *Yes*. Lars veut que vous restiez quand même regarder. Vous apprendrez peut-être quelque chose aussi comme ça.

Il n'y avait bien que les adultes pour croire une chose pareille. Je savais qu'aucun de ces adolescents ne gaspillerait une seule seconde d'attention à ce qui se passait sur le terrain. Ils en profiteraient au contraire pour envoyer cent snapchats et chercher des vidéos amusantes sur YouTube. Mais, docile, le trio s'installa à quelques places de distance derrière moi, sur la tribune. Je posai mes pieds sur la rangée de sièges de devant et m'adossai juste assez pour être à mon aise. Mon téléphone vibra dans ma poche. Un SMS de Katta : elle voulait savoir si je viendrais à la réunion à propos du toit du foyer rural. Je répondis que j'en avais l'intention. Merde, il fallait que j'assume, maintenant.

L'antique salle de sport baignait dans des tons jaunes et bruns. Dans les années 1970, les couleurs avaient certainement été gaies, mais aujourd'hui, l'ensemble évoquait surtout une couche de bébé usagée. En fait, les lieux auraient dû être complètement rénovés au début des années 1990, mais l'élimination des moisissures dans les douches avait épuisé tout le budget et, par la suite, personne n'avait repris le dossier. Les pistes de course, à l'extérieur, n'étaient plus foulées que par la mousse. Pour les séances d'athlétisme, tout le monde allait à Mörsil.

Le match commença. Le ballon prit vie sur le terrain. Je suivais des yeux la course des baskets. Déterminées ou hésitantes, et soudain, le raclement d'une semelle. Existait-il bruit plus sinistre que le brusque grincement d'une chaussure de sport sur le sol d'un gymnase ? Pas que je sache, en tout cas. C'était le signe qu'un match avait lieu, mais ce n'était pas une rencontre spontanée à laquelle tous participaient sur les mêmes bases et de leur plein gré. Pendant ma propre scolarité, je n'avais jamais considéré le sport comme une discipline destinée à tout le monde. Il n'était là que pour les initiés.

Lars Hernander donna un coup de sifflet et cria quelque chose. La star du sport de la classe se rangea derrière lui, évidemment, en frappant dans ses mains et en hurlant : « Allez, les gars ! » Les filles jetèrent des regards perdus autour d'elles, puis se tinrent à nouveau prêtes, avec leurs dossards. Toujours prêtes. Le ballon s'égarait parfois dans leur direction. Le sport en équipe ne serait jamais mon truc.

On me tapa sur l'épaule. Je me retournai.

— Dis, est-ce que je peux y aller ? J'ai bientôt un contrôle de maths et il faut que je révise un truc.

Viktor Norlén avait déjà son sac de sport à l'épaule. Et voilà, il y en avait toujours un qui voulait partir. Je regardai l'heure. Encore vingt minutes jusqu'à la fin du cours, mais Lars Hernander ne remarquerait sûrement pas que quelqu'un s'était éclipsé. Entièrement absorbé par le jeu, il sautillait à droite à gauche avec son short et éclairait tout le monde sur les règles délicates du football.

— D'accord, vas-y.

Le visage de Viktor Norlén s'illumina.

— C'est cool, super cool ! lança-t-il d'un ton triomphant.

Je souris. L'assistante super cool.

— Au fait, reprit-il, j'ai vu que tu avais écrit sur le meurtre. Le dernier article était intéressant, ma grand-mère aussi l'a aimé. Quand tu écris qu'il a changé. Krister Arvidsson, je veux dire.

— Ah oui, très bien.

J'ouvris la bouche, la refermai. J'étais sidérée qu'un garçon de dix-sept ans lise le journal et de surcroît discute des articles avec sa grand-mère.

— Elle est abonnée ? prononçai-je.

— Quoi ?

— Au journal, ta grand-mère.

Il haussa les épaules :

— J'imagine, oui.

Je l'imaginais, moi aussi. Tous nos lecteurs dits fidèles s'approchaient de la mort. Je préférais ne pas penser à ce que cela signifiait pour le *Jämtlandsposten*, ou pour moi. Je pris brusquement conscience de l'âge en moi. Les ombres qui creusaient les rides de mon visage, les taches de vieillesse sur mes mains. Le temps qui passait inexorablement. Par sécurité, je tournai à nouveau les yeux vers le match en train de se dérouler sur le terrain. Viktor fit mine de partir, mais resta à pianoter sur la poignée de son sac.

— Tu sais s'ils se connaissaient, avant ? demanda-t-il.

— Qui ça ?

— Krister Arvidsson et la femme assassinée.

— Aucune idée, dis-je avec un haussement de sourcils.

— D'accord. Je voulais seulement…

Il regarda par terre.

— Tu pensais à quelque chose de particulier ?

Je me fendis d'un petit sourire.

— Non, enfin… ma grand-mère pense qu'ils se connaissaient peut-être. Elle croit qu'Isabella s'appelait Maria, en fait, et qu'elle a grandi à Järpen.

Je bondis de mon siège comme si une guêpe m'avait piquée. Viktor me regarda, étonné.

— Qu'est-ce qui lui fait dire ça, à ta grand-mère ?

Roulement de tambour. Que j'étais seule à entendre.

— Ben, la photo dans le journal. Elle a reconnu ses yeux, elle a dit.

— Tu sais dans quelle maison elle a grandi ?

Le garçon se mordit la lèvre.

— Non… Mais apparemment il s'est passé quelque chose quand elle avait quinze ans. Elle a été obligée de partir. Elle a été placée dans une famille et tout le merdier.

J'avais le souffle coupé.

— Tu peux me donner le numéro de téléphone de ta grand-mère ?

Quelques secondes de réflexion. Très bien. J'avais toujours apprécié les gens qui ne fonçaient pas tête baissée dans tout et n'importe quoi.

— Oui… bon, d'accord.

Je soufflai de soulagement quand il afficha le numéro sur son téléphone et me le dicta.

— Elle s'appelle Sonja Norlén. Tu la trouveras au camping du lac.

— Ah oui, Sonja ! Je vois très bien qui c'est !

C'était un de ces rares après-midi d'automne parfaitement calmes, lorsque les pins dégageaient une odeur particulière, chaude et délicieuse, comme un jour de juillet. Sans savoir pourquoi, je fus soudain envahie par la mélancolie. Peut-être parce que cette odeur me rappelait une vieille carte postale. Peut-être parce que maman avait toujours eu l'air triste, au début des vacances. Les étés de mon enfance à la campagne, le temps suspendu, la condensation à l'intérieur de la tente, la cuisine sur le réchaud à alcool et les vitres baissées de la voiture, à des années-lumière de la climatisation. Quelque chose avait disparu et ne reviendrait plus jamais.

Les petits bungalows bruns avaient tous l'air inoccupés. Apparemment, les vacanciers préféraient habiter dans leurs camping-cars. Ils avaient installé de grands auvents de toile pourvus de fenêtres en plastique et tendu des cordes à linge entre les arbres. Dressé le camp.

Au loin on entendait le murmure de l'eau, mais on ne la voyait pas depuis le bâtiment de la réception.

Pour accéder au Lac Petit, on était obligé d'emprunter le sentier à travers le champ d'orties et de chardons. Pourquoi ce qui brûlait et piquait prospérait-il si souvent ensemble ? Un jour où j'y étais allée en maillot de bain, je m'étais complètement écorchée, mes bras et mes jambes étaient tout enflés. L'eau elle-même n'avait pas pu me rafraîchir. Maman m'avait enduite de gel apaisant. Ma peau rose et figée entre les draps.

À la réception, la poussière tourbillonnait dans le soleil. Un exemplaire du magazine *Allas* était ouvert sur le comptoir. J'eus le temps de lire la recette du ragoût de porc et les conseils de la ménagère pour l'entretien de la maison avant de me rendre compte qu'il était inutile de rester là à attendre. Je ressortis, regardai autour de moi et finis par apercevoir Sonja. Elle nettoyait les tables sur la terrasse, avec un chiffon noir de saleté. En m'entendant approcher, elle releva la tête.

— Ah tiens, c'est vous.

Elle tira de sa poche un peu de papier toilette et s'essuya le nez. Une fois ôtée la couche de fond de teint, il était tout blanc.

— Comment vont les affaires ? demandai-je.

Sonja s'était rendue célèbre dans la région quand elle avait assigné l'État en justice ; j'étais entrée en contact avec elle à cette occasion, en tant que journaliste. La banque lui ayant refusé un prêt pour lancer le restaurant du camping, elle avait cherché à vendre sa forêt. Or la Direction des forêts, s'appuyant sur la loi, lui avait opposé un refus. C'était une question de protection de l'environnement. Cela avait donné lieu dans le journal à un long feuilleton au goût amer. Sonja perdit contre l'État. Personne ne fut vraiment surpris. Victimes de la gestion des forêts : c'est ainsi qu'on appelait les gens comme elle à la rédaction. Ils étaient de plus en plus nombreux. Aujourd'hui, l'ancienne cuisine était toujours dans le même état. Tout un ensemble inutilisable et abandonné, dont seule une infime partie fonctionnait – la buvette en terrasse. Le mobilier extérieur des années 1970 avait l'air bien entretenu, mais tables et fauteuils étaient principalement occupés par les pommes de pin.

— Ben, ça pourrait être pire. Mais mieux aussi. En tout cas, on se maintient à flot avec les camping-cars.

On dirait que le monde entier en a un, de nos jours. Mais c'est sûr, l'envie de partir à la retraite commence doucement à se faire sentir. Oui. Tout est plus difficile, depuis que Nisse est mort. Cet hiver, je vais devoir faire venir une déneigeuse.

Je hochai la tête.

— Ce sera possible, à votre avis ?

Sonja reprit son nettoyage.

— Ça risque d'être dur. Même la commune ne trouve personne. Les chauffeurs ont l'embarras du choix, alors personne n'a envie de bosser pour un salaire de misère. J'envisage de vendre, le camping et la maison.

Elle inclina la tête sur le côté.

— Et comment ça va, au journal ?

— Ça va. Je travaille à la fois là-bas et au lycée, maintenant. La combinaison idéale quand on est freelance.

— Hmm.

— Dites, je ne veux pas vous retenir trop longtemps, mais je suis en train de creuser dans cette histoire de meurtre.

— Creuser ?

— Oui, enfin, creuser n'est peut-être pas le mot, mais je serais curieuse de savoir qui était Isabella. J'ai entendu dire que son vrai nom était Maria et qu'elle avait habité ici, dans le village.

Sonja se figea.

— Cette fille n'a pas eu de chance.

Elle attrapa son paquet de cigarettes Blend bleu et le briquet posé dessus.

— Vous en voulez une ? demanda-t-elle.

— Volontiers.

Nous nous assîmes l'une en face de l'autre. Sonja fit cliquer son briquet. À la lumière de la flamme, son khôl bleu prit un aspect fluorescent.

— Pourquoi Isabella n'a-t-elle pas eu de chance ?

— Maria, corrigea-t-elle.

— Maria.

Donc j'avais déjà quelque chose. Son nom d'usage était Maria. Il faudrait que je le dise à Strömmen, mais je préférais attendre. À ce stade, il se contenterait de remonter les manches de sa chemise à carreaux en me lançant un : « Chapeau, Bergström ! Tout le monde change de nom de nos jours ».

— Son père, Johnny, est mort quand elle avait douze ans. Il a foncé dans un trou de glace avec son scooter. Il était soûl, on ne l'a jamais retrouvé. Sa mère, Rakel, est devenue folle de chagrin. Magnus, le frère, n'a pas tenu le coup. Il est parti sur une plate-forme pétrolière en Norvège. Voilà sa chronique familiale.

Un nuage cacha le soleil. Je déglutis. Quel destin tragique. Mais Maria avait une mère et un frère quelque part. Pourquoi sa fille Liv avait-elle été prise en charge par les services sociaux alors qu'elle avait une grand-mère et un oncle ? Ces deux-là étaient-ils eux-mêmes les proches parents que la police n'avait toujours pas pu informer du meurtre ? Et pour quelle raison ? Parce que la mère était folle ? Mais le frère, alors ? Je décidai d'avancer prudemment.

— La famille a-t-elle été aidée, à l'époque ?

Sonja souffla avec dédain.

— Maria a été obligée de se débrouiller toute seule et de s'occuper de sa mère. Rakel avait des crises psychotiques, les services sociaux ne savaient plus quoi faire, apparemment.

— De quoi ont-elles vécu ?

— La gamine venait pêcher ici, ça leur permettait au moins d'avoir quelque chose dans leur assiette. Je l'embauchais de temps en temps, et elle prenait à manger au camping. Enfin, une soupe en sachet ou un petit paquet de raisins secs, ça ne nourrit pas. Une nuit, Maria a cogné à la porte, chez nous. Elle était pieds nus dans la neige, n'avait nulle part où aller. C'est la dernière fois que je l'ai vue.

— C'était quand ?

— Il y a vingt-sept ans.

— Pourquoi se faisait-elle appeler par son deuxième prénom, à votre avis ?

— De nos jours, les gens ont la manie du changement, pas vrai ?

— Si. Mais changer de nom est aussi une bonne manière de tout changer autour de soi.

Sonja ne répondit pas. Plongée dans ses pensées, elle épousseta un peu de cendre de son jean et regarda virevolter la poussière blanchâtre. Je me tassai sur moi-même, tel un animal soucieux de se faire moins menaçant. Je baissai la voix.

— Vous savez peut-être où se trouve sa mère ? Ou son frère Magnus ? Vous avez vu que la police recherche d'autres membres de la famille proche ? demandai-je doucement.

— Oui, j'ai vu.

— Je sais que la fillette a été prise en charge, mais les enquêteurs ne veulent rien nous dire sur les autres proches de Maria, alors ce serait…

Elle m'interrompit d'un geste agacé de la main.

— Je comprends que la police soit prudente lorsqu'elle a affaire à des personnes fragiles. Vous autres journalistes devriez l'être aussi, lança-t-elle d'un ton tranchant.

Autant ignorer ces dernières paroles. Je ne pus toutefois m'empêcher de détourner les yeux un instant vers les buissons de camarine noire qui bordaient la terrasse. Quand la crise de confiance envers les médias établis avait-elle commencé ?

Sonja se leva, laissant la cigarette pendre au coin de ses lèvres, le temps d'arranger le drapeau britannique sur le mur. La fumée la fit grimacer.

— Magnus est mort dans un accident de travail, il y a plusieurs années, poursuivit-elle. Une explosion sur la plateforme pétrolière.

Je fermai les yeux quelques secondes. Le malheur n'avait-il donc pas de fin pour cette pauvre famille ?

— Et la mère ?

Sonja reprit sa cigarette. Elle la tenait comme un mégot, entre le pouce et l'index. La braise touchait presque ses ongles cassés.

— D'après ce que je sais, Rakel habite toujours la même maison à Järpen, la dernière avant la zone industrielle.

— Elle habite là-bas ? Sous mon nez ! haletai-je.

Sonja haussa les épaules.

— Je crois que la police n'a rien pu en tirer de sensé, jusque-là. Mais on ne sait jamais. Elle a aussi des bons jours. J'ai entendu dire qu'elle avait été diagnostiquée schizophrène. En tout cas, trouver d'autres proches va être difficile. Elles n'avaient personne. Si Rakel avait été soignée quand Maria était petite, peut-être que la suite aurait été différente.

Cela me mit la puce à l'oreille. La mère était donc assez dérangée.

— Qu'est-il donc arrivé ?

Grondement d'un pot d'échappement cassé dans le lointain. Sonja tourna la tête en direction du bruit puis revint à moi.

— Rakel pourra peut-être vous le dire. Mais ne lui parlez pas de moi. Je ne veux pas être impliquée.

— Et si elle ne peut pas, est-ce que quelqu'un d'autre est au courant ?

Elle pinça les lèvres.

— Sûrement. Mais la plupart des gens de la génération de Maria sont partis, et les plus âgés ne l'ont pas reconnue quand elle est revenue. Laissez tomber, ils ne savent pas de quoi ils parlent. Vous n'apprendrez jamais la vérité, de toute façon.

J'étais fixée : j'avais compris de quel côté Sonja se rangeait. Le nuage se dissipa, cédant à nouveau la place au soleil. Cette fois, je l'avais en pleine face.

— On m'a dit que Maria s'est retrouvée dans une famille d'accueil loin de Järpen. C'est vrai ? demandai-je en plissant les yeux.

— Ça, je n'en sais rien.

Son visage se ferma.

Bien sûr que si, tu le sais. Mais tu ne veux pas me le dire. Il était inutile d'insister, je le savais. Sonja était trop intègre.

— D'accord. Dans ce cas, il va falloir que j'aille creuser ailleurs.

— Je n'aime pas ce mot… creuser. On parle d'une personne, là.

— Oui, pardon. Déformation professionnelle, rien de plus. Allez, j'y vais, bon courage pour tout ça.

Je lui souris en écrasant rapidement ma cigarette et me levai.

Sonja s'adoucit. Ses lèvres se détendirent et son visage parut plus jeune.

— Ce n'est pas que… Moi aussi je veux que ce meurtre soit élucidé, dit-elle. Allez d'abord voir Rakel.

Je pris le sentier qui descendait au lac. J'avais envie de voir l'eau. Je luttai contre la végétation inhospitalière pour atteindre le ponton et la poubelle verte. Le lac serait bientôt gelé. Ensuite les motoneiges arriveraient. La plupart des locaux savaient exactement où ils pouvaient passer ou non, même au printemps. Les trous dans la glace apparaissaient souvent aux mêmes endroits chaque année. Johnny, le père de Maria, le savait, lui aussi. Il connaissait le lac de son enfance comme sa poche, mais l'alcool l'avait rendu somnolent et confus, avait dit Sonja :

« Le café arrosé chez Börje, de l'autre côté du lac, avait sans doute fini par se faire sentir. Mais quand Johnny était reparti, il était joyeux, sans plus. Voilà ce qu'ils ont expliqué aux sauveteurs. »

« Quoi, mais c'est simple comme bonjour ! »

C'est ce que lui répète Elisabeth après sa métamorphose. Elle sourit, en permanence ce sourire de Barbie. Comme épinglé sur sa figure. Mouvements de chevelure, d'abord à droite, puis à gauche. Ses boucles d'oreilles étincellent. Son petit cul ressort dans son jean. Exactement le bon angle, elle s'est entraînée. Parce que c'est un show. Maria se tient sur le côté de la scène, elle regarde tout à distance. Comme beaucoup d'autres, elles sortent de leur dernier cours, le public est nombreux. Le couloir s'est animé de l'effervescence du vendredi. Le passage, d'habitude désert, palpite soudain d'allées et venues qui font virevolter la poussière. Dans la salle de travaux manuels, en face, le silence est retombé, les outils sont rangés. Elisabeth ouvre son casier d'une main sûre, y dépose son livre de maths. Elle a pris beaucoup d'avance maintenant, plusieurs pages.

Maria ne comprend pas, en troisième les mathématiques sont bien plus difficiles qu'en quatrième et le nouveau prof ne sait pas expliquer. Il parle trop vite, tourne le dos à tout le monde. Personne ne peut lui poser de questions pendant le cours. On dirait qu'il s'agite pour lui-même au tableau. La mine concentrée d'Elisabeth et ses doigts qui pianotent si naturellement sur sa calculette sont un stress permanent pour Maria. Même si elle ne veut pas vraiment le reconnaître, elle a aussi plus de mal dans les autres matières. Surtout en suédois, alors qu'elle a toujours aimé ça. D'ailleurs, elle s'est probablement remise à grincer des dents pendant son sommeil. Le matin, ses mâchoires lui font mal.

Maria prend une profonde inspiration et regarde autour d'elle avant de sortir sa clé. Elle ouvre son casier avec prudence. Klara et Nina voient sa peur, il le faut. Elles sont ses alliées à présent. Klara lui fait un signe, écrit quelque chose dans l'air en la regardant. Une question silencieuse. Maria croise son regard et secoue la tête. Non, pas de mot aujourd'hui.

Elle a trouvé le premier deux semaines plus tôt. Dessus, il était écrit : Dis-toi bien que personne ne t'aime. Crève, y a pas plus répugnant que toi.

Elle en avait eu le souffle coupé, son gros corps s'était affaissé, une ruine. Puis d'autres mots avaient suivi. Chaque jour un morceau de haine glissé dans son casier. Arrête d'être si moche, de toute façon personne ne veut de toi ! *;* Ton cul me bouche l'horizon *;* Tu seras bientôt aussi grasse que ta mère.

Elle n'avait pas eu la force de garder ça pour elle. Un jour où Elisabeth était malade, elle avait montré les messages à Klara et à Nina, des filles de sa classe. Celles-ci avaient regardé les petites feuilles quadrillées, sans doute arrachées à un cahier. Elles avaient sursauté, elles aussi, en lisant les mots méchants rédigés dans une écriture un peu enfantine. Une écriture que Maria connaissait. Elle avait fini par leur dire qu'elle soupçonnait Elisabeth.

— Mais vous êtes meilleures copines ! avait objecté Klara en posant la main d'une manière un peu gauche sur l'épaule de Maria, comme pour ébaucher une accolade.

— Non, on était *meilleures copines.*

Klara et Nina l'ont remarqué, elles aussi. Le lâchage. Mais Maria ne doit s'en prendre qu'à elle-même, personne n'aime les pots de colle, or elle est devenue un pot de colle. Elisabeth a commencé à la regarder avec d'autres yeux. Les yeux de Johanna. Ce nouveau regard qui balaye son corps de haut en bas et de bas en haut, comme un ascenseur, peau et vêtements, et qui lui dit qu'elle n'a plus la cote, qu'il n'y a pas plus répugnant qu'elle. C'est écrit noir sur blanc. Elisabeth n'avouera peut-être jamais, mais les bouts de papier roulés en boule sont toujours au fond du sac à dos de Maria, telles de cruelles preuves que ses larmes et son nez ont coulé.

Klara et Nina sont du côté de Maria. Qui ne le serait pas ? Elle sait ce qu'elles pensent. Tôt ou tard, Elisabeth s'en prendra à une autre victime. Tout le monde devrait savoir qui elle est. Connaître son vrai visage.

Ils terminent tôt aujourd'hui, comme tous les vendredis. Maria réfléchit : va-t-elle emporter son livre de mathématiques pour le week-end ? Elle décide de laisser tomber. De toute façon, chez elle, personne ne peut l'aider. On verra bien.

— Il faut juste avoir la bonne attitude, dit Elisabeth.

Qu'est-ce qu'elle a, à être toujours positive en ce moment, merde ? Elle a attrapé un virus ou quoi ? C'est à cause de son voyage ? Madame s'est baignée dans toutes les mers du monde, alors maintenant ça lui monte à la tête ?

Elisabeth charge son lance-pierre, envoie un nouveau sourire. Plus mielleux, cette fois, il semble destiné à quelqu'un d'autre. Maria se retourne. Quelques gars de la troisième B, dont elle ne se rappelle pas les noms, la regardent en ricanant puis se focalisent à nouveau sur Elisabeth.

— Oooh, t'as vu ça, y a du pudding aujourd'hui.

Elisabeth force ses yeux à loucher, en même temps que du bout de la langue elle effleure son mignon petit nez. Les gars s'étouffent de rire.

Ça n'a rien de drôle. Vraiment. Maria écarte sa chemise de flanelle de son ventre. Elle est trop petite, le tissu s'insinue entre ses bourrelets. Les poignets sont tout élimés, ils peluchent. Mais elle n'a pas les moyens de s'acheter une chemise neuve pour l'instant.

Elisabeth porte les mains à sa tête et retire le gros élastique qui retient sa queue-de-cheval blonde. Penchée en arrière, elle libère lentement ses cheveux, se masse le cuir chevelu. On dirait un film publicitaire racoleur pour un shampoing. Ensuite elle enfile sa veste et essaye de refermer la porte de son casier. Mais un crayon qui dépasse d'un des petits compartiments l'en empêche. D'une pression de son charmant petit doigt, elle le repousse à l'intérieur. Simple comme bonjour. Elle n'est pas embarrassée pour un sou. Seulement satisfaite, rassasiée de satisfaction. Maria se demande ce qui se serait passé si le crayon n'avait pas obéi à Elisabeth.

— Viens, on va chez Johanna.

— Et la cantine ?

Maria entend la voix de sa mère : mange autant que tu peux à l'école.

— On s'en fout. Tu n'en mourras pas. Lâche-toi un peu.

Elles partent ensemble, sans pourtant être ensemble. Maria marche d'un pas lourd, son sac sur le dos. Depuis qu'elle est rentrée de vacances, Elisabeth n'a pas trébuché une seule fois sur ses chaussettes. On dirait qu'elle voit les choses de plus haut. Elle avance majestueusement, son sac à bandoulière du Maroc sur la hanche et les fesses pointées en arrière, comme une putain de guenon élégante. Tous les gars bavent devant elle. Tous.

— Exactement ! répète Johanna.

Elle a une façon de toucher Elisabeth dont les filles ici ne sont pas coutumières : elle marche avec elle bras dessus bras dessous, lui tresse les cheveux à l'école devant tout le monde. Rien à voir avec des secrets échangés dans un sous-sol. Là, c'est une guerre ouverte. Maria agonise déjà sur le champ de bataille.

La maison en bas d'Olérsbacken n'a pas de sous-sol. Elle n'a rien qui la tire vers le bas. Surtout pas, ce serait contre-productif. Elles y sont souvent, maintenant que les Beckman ont emménagé pour de bon. Dans la cuisine couleur terracotta, il y a un juice press *manuel, comme au café, et une armoire vitrée remplie de verres en cristal. Installées dans la véranda, Maria, Elisabeth et Johanna sirotent du jus d'orange qu'elles remuent avec des touillettes à cocktail colorées qui font tinter les parois des verres en cristal. Elles regardent la montagne. Le paysage leur paraît totalement nouveau, elles ont l'impression de le découvrir. La mère d'Elisabeth s'en amuse : « On a de la chance d'avoir les Beckman, maintenant que* Dallas *est terminé. » Souvent, après avoir quitté son bureau à la scierie, elle va voir la mère de Johanna. Elles s'assoient dans la véranda elles aussi, boivent le café et parlent tout bas.*

— Maman est surmenée. Elle va partir se ressourcer un moment au grand air à la campagne, pendant que papa s'occupera de l'agence à Åre.

Quand Johanna parle d'Åre, on pourrait croire que c'est un lieu de retraite sur une île au large de Stockholm. Selon elle, peu importe que son père travaille ici ou à Stockholm. Les clients sont les mêmes. La distance entre leur maison à Järpen et l'agence de publicité de son père à Åre n'est pas non plus un problème.

— Ce n'est pas plus long qu'entre deux stations de métro. Nous avons l'habitude des trajets. Prochaine station : Slussen, Slussen, prochaine station…, déclame-t-elle d'une voix monotone, sans bouger la tête.

Elisabeth reconnaît l'imitation et rit. Maria comprend qu'il s'agit de l'annonce qu'on entend dans une station de métro. Elle a vu ça à la télévision, ça grince, la rame s'immobilise et une foule de gens déferle. D'abord vers l'extérieur, et ensuite vers l'intérieur. C'est une règle tacite, très efficace. Mais les distances peuvent être longues et solitaires aussi. Il n'y a pas encore de neige.

Ni de verglas. Parfois, les traces de pneus se perdent dans le fossé.

Maria ne voit jamais la mère de Johanna se reposer. Elle compose de jolis bouquets de roses séchées et a ouvert un studio de yoga dans la maison qui jouxte l'agence de son mari. Tous les deux partent de Järpen ensemble en voiture, lui porte un pantalon de costume noir et elle des leggings de sport colorés, son tapis magique sous le bras. Ils ne sont pas encore rentrés, ce vendredi, alors qu'on s'achemine vers l'heure du dîner. Johanna gémit.

— Il faut que je bouge. On sort !

Elles se baladent souvent ensemble, toutes les trois. Au début, c'était amusant de faire découvrir à Johanna toutes ces choses familières qui étaient nouvelles pour elle.

Elles marchent jusqu'à Järpbyn, à presque cinq kilomètres, Elisabeth et Johanna toujours un peu plus loin devant. Maria voit leurs petites cuisses disparaître en haut de chaque côte. Elles s'arrêtent au sommet pour l'attendre. Maria ne peut jamais s'arrêter. Elle est à bout de souffle. Son nez coule.

— Il faut respirer par le nez pour être en forme, sinon les bronches s'enflamment et rétrécissent, dit maman.

Johanna regarde Maria avec dégoût.

Maria s'essuie le nez sur le revers de sa manche et remonte sa capuche.

— C'est bizarre alors, qu'elle soit si fatiguée, ta mère.

— Elle est en burn-out, c'est différent.

Burn-out. Un mot nouveau pour Maria.

— On n'est pas en burn-out sans avoir le feu sacré. Souviens-toi de ça !

Johanna fait claquer sa langue contre son palais.

Il y a un moment de silence. Toutes les trois réfléchissent. La première à ouvrir la bouche est Elisabeth. Sa voix est pleine d'empressement, elle veut plaire.

— Comme Kurt Cobain ! Il a le feu sacré, lui aussi, et en même temps il est déprimé en fait. C'est sexy.

— Exactement ! crie Johanna, comme si Elisabeth avait marqué un but au foot.

Maria pense à sa mère qui respire par la bouche en mangeant ses tartines de cervelas. Le chagrin qui suit la mort n'a rien de sexy ni d'exaltant, il est seulement triste.

Devant elles, la centrale hydroélectrique de Järpen se dresse vers le ciel humide. À cette époque de l'année, son père parlait toujours du lac de barrage.

— Vu toute l'eau qu'il est tombé cette année, le réservoir devrait être plein comme une bite d'adolescent, dit-elle en gloussant.

Elisabeth baisse les yeux, donne un coup de pied dans les graviers. Une fois la surprise passée, Johanna fait une grimace narquoise. Elle éclate de rire.

— Ah, c'est ça ? Tu penses à la bite de Jörgen. Vous baisez, tous les deux, non ? Je sais que vous baisez.

Maria se sent soudain gênée. Un malaise l'envahit. Comme si soudain, tout se disloquait. Mais elle ne s'attend pas non plus à ce que Johanna comprenne. Entre la puissance de la centrale hydroélectrique et les besoins de gens comme les Beckman, la distance est à la fois longue et courte. On ne peut pas vraiment parler d'un arrêt de métro. Maria entend la voix de son père :

« C'est révoltant, le courant passe au-dessus de nos têtes et finit droit dans leurs griffes. »

Elle cherche un appui dans le regard d'Elisabeth, mais ne trouve plus rien à quoi se raccrocher.

— On se retrouve ce soir ? demande-t-elle.

— Je vais voir. Peut-être.

Plus que ce genre de réponses évasives, désormais.

J'étais passée plusieurs fois là où habitait Maria, en me rendant à Kall et à Silva. Classique : ce que je cherchais était souvent dans mon champ de vision, mais dans l'angle mort. Le pavillon des années 1970 en bois rouge se trouvait à la limite de la localité, exposé comme un éléphanteau échappé du troupeau. En moi, c'était l'ébullition. Moins dans mon esprit qu'au tréfonds de mon corps. Qu'est-ce que je faisais là, en définitive ? Au départ, j'avais pour mission de brosser un tableau de ceux qui continuaient à vivre, ceux qui maintenant regardaient par-dessus leur épaule, des fois qu'un fou en liberté rôderait dans le village. À quel moment ma tâche s'était-elle transformée ? Étais-je ici parce que je m'identifiais à Maria ? Il me semblait parfois que nous gisions toutes les deux parmi les détritus sur une plage abandonnée, rejetées par la vie.

La maison était directement adossée aux tourbières et à la forêt. Certainement infestée de moustiques en été. Elle avait surtout l'air d'être inhabitée, avec ses rideaux tirés et son perron entouré de hautes herbes. Le houblon s'était répandu lui aussi, il rampait sur les marches couvertes de mousse. Sinon, la façade était étonnamment dépouillée, aucune plate-bande au-dessous des fenêtres, aucun arbre ou buisson n'attiraient le regard.

Je gravis les marches glissantes, sonnai. Une éternité s'écoula avant que quelque chose bouge à l'intérieur. À travers la vitre dépolie, je vis quelqu'un s'approcher, lentement. Je l'entendais traîner les pieds. La porte d'entrée s'entrebâilla à peine, juste une fente sombre.

— Qui est là ? C'est encore toi, Jörgen ? demanda une voix morne.

— Non, ce n'est pas Jörgen. C'est Vera Bergström du *Jämtlandsposten*. Je peux entrer un instant ?

La porte s'ouvrit, la lumière inonda le vestibule. Vêtue d'une robe de chambre qui avait sans doute été rouge vif un jour, une femme apparut, suçant une mèche de ses cheveux. Elle pivota lentement sur elle-même et retourna d'où elle venait en traînant les pieds. Je jetai un coup d'œil derrière moi avant de lui emboîter le pas. Je dus m'arrêter plusieurs fois tant elle avançait laborieusement. L'escalier menant au sous-sol se trouvait au beau milieu de la maison, recouvert d'une moquette marron et d'une largeur inhabituelle. Tout ce qui voulait y descendre le pouvait. J'en eus des frissons dans le dos.

Arrivée dans la cuisine, Rakel s'assit sur son déambulateur et posa ses bras épais sur les accoudoirs. Elle était énorme et sa robe verte, une tente. Sous le tissu, je distinguais les contours d'un ventre flasque. Dans cette maison obscure planait une odeur de poubelle et de tristesse. La saleté s'accumulait en boudins dans les coins et le long des plinthes. Piles d'assiettes sales, couverts et casseroles entassés dans l'évier. Je ne ressentis aucune commisération, seulement du dégoût.

Mais chose surprenante, sur la table était posé un vase avec de la bruyère. Les fleurs rose-violet avaient séché et tiraient à présent sur le brun. Qui les avait cueillies et avait ensuite pris la peine de sortir un joli vase d'un placard ? Maman disait toujours que rapporter un bouquet de bruyère à la maison, c'était inviter la mort.

Nous restâmes silencieuses un moment. Rakel regardait dans le vide.

— Jörgen était là, à l'instant. Il va revenir ? demanda-t-elle, l'air hébété.

— Je ne sais pas.

— Ce serait dommage que Jörgen ne revienne pas, ils s'entendaient vraiment bien tous les deux.

Elle souffla bruyamment.

— Je veux bien le croire. Je suis là pour parler de Maria, votre fille.

Lorsque je prononçai le nom de sa fille, elle sursauta.

— Alors vous pouvez partir !

— Partir ? Mais je viens à peine d'arriver. Vous ne voulez pas parler de Maria ?

— Non, ça me fait mal à l'utérus. C'est sûrement un cancer.

Elle plongea en elle-même, me tourna le dos. Ses bras enflés allaient et venaient sur l'évier avec un bruit de froissement, on aurait dit qu'elle écrasait des biscuits. Cette femme avait l'air complètement déboussolée. Je me demandai si elle avait mal à l'utérus parce que son corps savait qu'elle avait perdu un enfant. Quoi qu'il en soit, cette visite ne m'apporterait rien, alors autant m'en aller.

Je me dirigeai vers l'entrée et remis mes chaussures. Quelques photos à côté du miroir attirèrent mon attention. Je m'approchai. Des photos de classe qui montraient une adolescente souriante. On ne pouvait pas la qualifier de belle ni même de mignonne. Son visage empâté était couvert d'une acné sévère, ses cheveux foncés tombaient en mèches raides et ternes. Cette fille ne ressemblait en rien à la femme maigre aux cheveux blonds que j'avais vue sur Facebook. Celle qui s'appelait Isabella. Toutefois je reconnus ses yeux en amande aux reflets verts. Les yeux que Sonja avait elle aussi reconnus. Eux au moins étaient beaux. Les yeux de Maria.

Une ombre occulta soudain la lumière derrière moi. Je me retournai. À travers la vitre dépolie se profilait une silhouette sombre. J'attendis sans bouger que le corps masquant le soleil sonne à la porte, mais rien ne se passa. L'apparition resta plantée là pendant quelques minutes puis s'éloigna sans un bruit.

Je baissai la poignée de la porte et sortis. Personne aux alentours. La route sans trottoir était déserte. Je fis le tour de la maison. Rien à l'arrière non plus, juste une surface excavée de terre tassée. Tel un tombeau sous les sombres cimes des arbres. Qu'avaient-ils cultivé ici ? Quelque part dans le lointain, quelqu'un déchargea de la ferraille. Le bruit déchira le silence de l'après-midi, pareil à un cutter lacérant un morceau de cuir brut.

Je regagnai le devant de la maison. J'allais ouvrir la portière de ma voiture quand j'entendis une voix derrière moi.

— Vous êtes allée voir Rakel ?

Je me retournai. Un homme d'un certain âge avec un teckel. D'où sortaient-ils ? L'homme avait dans une main un sac en tissu couleur crème et dans l'autre la laisse, qu'il tenait courte. Le chien aboyait en remuant la queue. Il essayait sans relâche de s'approcher de moi.

— Oui, en effet, dis-je avec le sourire.

— C'est vraiment gentil, ses amis ne viennent quasiment plus. J'habite à quelques maisons d'ici.

Je regardai dans la direction que l'homme m'indiquait. Un voisin, donc.

— Eva-Britt et moi, poursuivit-il, nous nous souvenons du temps où Maria faisait du vélo dans la rue. Dès qu'il n'y avait plus de neige, elle tournait inlassablement, avec sa poupée dans le panier. Parfois, elle passait chez nous, demandait une rosette pour sa poupée. Oui, c'est ma femme qui tient Maintenant c'est rasé, au rez-de-chaussée de la maison.

— Maintenant c'est rasé ? répétai-je, me doutant que ceci faisait partie des choses qu'il fallait connaître dans le village.

— Le salon de coiffure.

— Ah, mais oui ! Bien trouvé, comme nom.

Le chien piaulait et haletait.

— Svante est triste, il ne vous a pas dit bonjour. Est-ce qu'il peut venir vous saluer ? En général, il se calme rapidement. Il est très gentil.

J'acquiesçai de la tête, sans pouvoir réprimer un réflexe de recul quand l'animal se jeta sur moi en bavant, avec ses courtes pattes et son corps de saucisse. Il laissa des marques nettes sur mon pantalon. Bien élevée, je le caressai. Son pelage gras et rêche me poissa les doigts.

— Allez, ça suffit, Svante.

L'homme tira son chien vers lui, s'accroupit et le gratta derrière les oreilles.

— Et comment va Rakel, après le meurtre ? demanda-t-il.

— Elle est très perturbée, malheureusement.

Il hocha la tête.

— En tout cas, c'est bien qu'on lui ait enfin attribué une aide-ménagère. Elle aurait dû en avoir une depuis longtemps. Vu l'état de la maison.

L'homme se mit à parler avec une voix de bébé :

— Viens, Svante, on y va, maintenant. Allez, viens ! On rentre à la maison, c'est l'heure de manger, maman nous attend.

Le duo s'éloigna. Je démarrai, fis marche arrière et quittai l'allée. En retournant vers Järpen, je vis une voiture noire dans mon rétroviseur, une vieille Toyota Corolla, déboucher furtivement d'un site industriel abandonné. Elle me suivit à distance raisonnable durant tout le trajet jusqu'à Ånn. Je bifurquai sur le parking de la gare et attendis qu'elle passe avant de descendre de voiture. Une fois dans mon appartement, je me postai à la fenêtre de ma chambre et fis le guet. Eh oui, la voilà qui revenait. Elle avait donc fait demi-tour, n'ayant apparemment pas d'autre objectif que… Ma respiration s'accéléra brusquement. Mon cœur battait la chamade. M'avait-on suivie depuis chez Rakel ?

Mon corps, mes nerfs et mes muscles étaient douloureux, mais exceptionnellement, je ne me lançai pas dans mon habituelle course à la chaleur à travers l'appartement. J'avais besoin de la chaleur d'un corps. De quelqu'un qui, allongé derrière moi, me caresse, me rassure. J'avais à nouveau du mal à m'endormir. Un rêve continuait de me tourmenter, je me sentais en permanence oppressée. J'étais lasse de ce corps solitaire qui tachait mes sous-vêtements, poissait dans les plis. Sur lequel étaient apparues de larges vergetures alors qu'il n'avait jamais porté d'enfant, qui ne comprenait pas qu'on le considère déjà comme usé. Qui n'avait pas cessé de désirer.

J'avais besoin de parler à quelqu'un, de partager tout ce que j'avais appris, pour ne pas imploser. Une seule personne à ma connaissance était susceptible de comprendre : Strömmen. Alors je l'appelai et lui racontai tout. Qu'Isabella s'appelait en réalité Maria, qu'elle avait grandi à Järpen, mais qu'au milieu des années 1990 quelque chose était apparemment arrivé qui avait bouleversé sa vie. Des rumeurs circulaient sur une famille d'accueil à Stockholm et sur le fait qu'elle se serait prostituée, ce que je n'avais pas pu vérifier. Je lui parlai d'Esther, qui vivait toujours dans la maison de Maria, du frère mort de celle-ci, de sa mère folle, de sa fille Liv âgée d'un an, et de l'inconnu à la Volvo 242 blanche. Je dépeignis Maria pieds nus dans la neige, la dernière nuit chez Sonja, la bruyère symbole de mort dans la cuisine de Rakel. Quand je me tus, Strömmen se mit à rigoler.

— Bonjour quand même, Vera.

— Oui, excuse-moi. Bonjour. Je me suis laissé emporter.

— Je comprends. Bon sang, quel bazar. Qu'est-ce que j'aimerais pouvoir titrer : « Identité mystérieuse de la victime : lisez toute l'histoire » !

— Je sais. Ou peut-être : « Le passé obscur de la victime ».

— Oui, c'est pas mal non plus.

— Mais ?

— On ne peut pas balancer ça pour le moment. Il y a encore trop de choses en suspens, il faut que tu trouves davantage de faits pour que ton récit se tienne. Et puis on doit attendre de savoir ce qui va se passer avec

Krister Arvidsson. À propos, tu as vu qu'il a été placé en détention aujourd'hui ?

Je marmonnai quelques mots inaudibles que Strömmen ignora.

— C'est bien ce que j'avais dit, finalement, poursuivit-il. Commence quand même ton reportage, rédige ! Les lecteurs adorent ça, mais ils voudront que l'histoire ait une fin, sous une forme ou une autre. Savoir ce qui est vraiment arrivé à Isa… Maria – bon sang, encore un nom à retenir – quand elle était plus jeune, par exemple. Qu'est-ce qui s'est passé, à ton avis ?

— Je ne sais pas. Tout est possible. J'ai l'impression qu'elle a fui quelque chose. Sa mère a peut-être tout démoli pendant une de ses crises psychotiques.

— Oui, il peut se produire de ces horreurs au sein d'une famille, bon Dieu. Et ensuite elle meurt assassinée. Saloperie de destin, dit Strömmen en faisant des bruits de bouche.

— Qu'est-ce que tu manges ?

— Banane. L'ai prise sur le bureau de Jönsson. Absolument dégueulasse.

Il déglutit.

— Donc ça fait vingt-sept ans que Sonja n'a pas vu Maria ?

— Oui, c'est ce qu'elle m'a dit, en tout cas.

— Alors on peut supposer qu'il s'est passé quelque chose juste à ce moment-là.

Je l'entendis allumer une calculatrice.

— Tu faisais quoi, à l'époque, Bergström ? reprit-il.

Vingt-sept ans auparavant. J'allais en avoir trente. Les années commençaient à filer. Midsommar, réveillon du nouvel an, Pâques – les fêtes se succédaient de plus en plus rapidement. Ma poitrine se serra. Levan et moi avions loué un pied-à-terre meublé à Östersund afin que je puisse travailler à la rédaction centrale. Voilà sans doute pourquoi je n'avais aucun souvenir d'un fait divers concernant une adolescente à Järpen : ce n'était tout simplement pas moi qui avais écrit à ce sujet – si tant est le journal ait publié quelque chose, bien entendu.

— À cette époque, je n'étais pas encore localière pour la circonscription d'Åre.

Je n'avais jamais aimé l'appartement d'Östersund, je m'en souvenais à présent. Il était situé dans la rue piétonne, au cœur de l'agitation. Les beuglements des ivrognes qui rentraient chez eux m'effrayaient, toute cette testostérone accumulée. Quand je revenais du travail la nuit, j'avais peur d'ouvrir la porte de l'immeuble.

— Jesper Orsa Olsson faisait sa dernière année à Järpen. Tu peux aller bavarder avec lui, si tu veux, c'est une véritable encyclopédie.

— Merci bien. Il est surtout incollable sur la météo.

Strömmen émit un grognement de rire.

— Je vois ce que tu veux dire. Sinon, tu peux aussi consulter directement les quotidiens numérisés, aux archives de la bibliothèque. On écrivait sur tout, à l'époque. Tu t'en souviens certainement. Il suffisait de lâcher un pet pour avoir un entrefilet. Là-bas tu trouveras quelque chose, j'en suis sûr. Quel âge avait Maria, à l'époque ?

— Quinze ans. C'est une mission que tu me donnes, là ?

— Non, non. Ce ne sont que des conseils amicaux pour l'instant. Mais ça pourrait venir, Bergström, ça pourrait.

— Quel roublard de journaleux tu fais.

— Tu peux parler, espèce de wallraffeuse. Tu ne seras jamais une tire-au-flanc de salle des profs, tu en es consciente, j'espère ?

Je ne mentionnai pas que j'avais peut-être été suivie depuis chez Rakel.

— Est-ce que je peux trouver un article datant des années 1990 ? demandai-je en me tournant de nouveau vers le bibliothécaire enthousiaste qui venait de m'expliquer comment faire une recherche dans la base de données.

— Ma petite dame, je ne suis pas la bonne personne pour vous répondre. Mais une chose est sûre, c'est qu'ici on n'est pas dans un sous-sol poussiéreux rempli de journaux jaunis, mais aux plus grandes archives de presse du nord de la Suède. Nous avons cent millions d'articles consultables, en remontant jusqu'aux années 1980.

Ses dents étaient d'une blancheur inhabituelle. Presque fluorescentes, au-dessus de son polo noir moulant. Il les avait fait blanchir, probablement. Je passai la langue sur les miennes, sentis la plaque dentaire due au vin rouge, au café et à la cigarette.

— Très bien. Il y a de l'espoir, donc.

— Ma petite dame, il y a toujours de l'espoir, répondit-il avec un sourire suffisant.

Son front resta figé, nulle patte-d'oie au coin des yeux. Traitement au botox, à tous les coups. Il me fit un clin d'œil puis disparut parmi les revues.

L'idée de Strömmen, chercher dans les archives numérisées des quotidiens, valait le coup d'être essayée. Il était à nouveau tombé de la neige fondue. Ma veste pendait, lourde d'humidité, sur le dossier de la chaise. J'essayai de me concentrer au milieu du tumulte. À l'entrée déjà, j'avais croisé une classe d'élèves bruyants et le brouhaha continuait à l'intérieur. Les gens parlaient fort dans les rayons, et à l'une des tables, une bande d'étudiants semblait avoir délaissé la littérature au profit de clips braillards sur YouTube. À côté, le café résonnait de bruits de vaisselle stridents et de cris d'enfants. Je regardai ceux qui tentaient de lire, assis dans les fauteuils. D'oasis de silence pour les intellectuels, les bibliothèques s'étaient transformées en lieux de rencontre animés pour ceux qui n'avaient nulle part où aller. Curieuse époque. Je me sentais conservatrice.

Je fixai la barre de recherche vide sur l'écran, me demandant quels mots me mèneraient à un résultat. Je tapai « Maria Sandgren » et cliquai sur « rechercher ». Soixante-dix-huit articles apparurent. Je les fis défiler en survolant leur contenu. Rien d'intéressant. Il y avait visiblement eu une handballeuse célèbre nommée Maria Sandgren, dans les années 1990. La plupart des articles lui étaient consacrés, à elle et à son équipe. J'essayai ensuite avec les mots « Järpen », « adolescente », « crime », « mère » et « psychose », dans différentes combinaisons successives. Sans résultat.

J'étais jetée dans un océan ou une faille temporelle, aussi perdue que si j'avais cherché la voix ou le rire d'une personne inconnue. Si contre toute attente il existait ici des pistes susceptibles de m'amener vers le passé accidenté de Maria, je ne savais absolument pas comment m'y prendre pour les trouver. Je ne pouvais m'appuyer sur rien. Une visite au vieux journaliste Jesper Orsa Olsson s'imposerait peut-être malgré tout. En prime, je pouvais être sûre qu'il m'apprendrait à quel moment le lac de Kall avait gelé au cours des dix dernières années.

M'attarder ici était ridicule, en fait. Qu'est-ce que je croyais ? La police elle-même n'avait manifestement trouvé aucune piste à suivre concernant les proches de Maria, à part Rakel et Liv.

Je songeai à la crasse dans la vieille maison de Maria et à l'obscurité dévorante des tourbières, juste derrière.

Il n'y avait aucune joie, là-bas. N'importe qui serait devenu fou.

Abandonnant la barre de recherche, je surfai au hasard d'un site de journal à l'autre. Tout semblait se passer très loin. Dans les grandes villes, la guerre des gangs continuait.

Un groupe, sans doute des retraités, se rassembla devant le panneau d'affichage à côté de moi. Je ne pus m'empêcher d'écouter en douce leur conversation. Ils allaient participer à un déjeuner-rencontre avec l'écrivain Lars Kjellvander.

— Mais l'heure n'est pas indiquée sur l'affiche, ça ne va pas, ça ne va pas du tout, déplorait une des femmes.

Sa chaussure crissait sur le sol carrelé.

— C'est à 7 heures, dit une autre.

— Comment le savez-vous ? demanda la première.

— C'est sur Facebook, soupira l'autre.

Je regardai dehors les rues illuminées. Il fallait évoluer dans tant de mondes différents désormais. On passait à côté de certaines choses si l'on vivait dans un seul. Même cent millions d'articles ne pouvaient rien y faire. J'avais envie de savoir à côté de quoi j'étais passée. Ou plutôt : je devais absolument savoir à côté de quoi j'étais passée. Je continuerais à soulever des cailloux et des feuilles, à essuyer la boue du visage de Maria jusqu'à ce que je le sache. Tant que je planais dans l'incertitude, cette affaire ne me laisserait pas en paix.

C'était peut-être moi-même que j'essayais de trouver.

À cet instant, j'aperçus la voiture. La Toyota noire, celle qui m'avait suivie la veille, était maintenant garée de l'autre côté de la rue. Le fait qu'elle se trouve de nouveau au même endroit que moi n'était peut-être qu'une simple coïncidence, bien sûr, mais rien n'excluait non plus que…

L'espace se resserra. La voiture était bien réelle, non ? Je fermai les yeux, les rouvris. Oui, elle était toujours là. Le conducteur était assis au volant, son pare-soleil baissé, de sorte que je ne voyais pas s'il s'agissait d'un homme ou d'une femme.

Je décidai de faire un test. Je me levai, sortis. Les jambes en coton, je me postai sur le trottoir pour fumer une cigarette. Trop loin pour pouvoir noter le numéro d'immatriculation. Il fallait que je me rapproche. Que je me fasse faire des lunettes. La voiture ne bougeait pas. J'écrasai ma cigarette et, au lieu de rejoindre mon propre véhicule, je me dirigeai vers la Toyota. Elle démarra et quitta sa place, non pas sur les chapeaux de roues, mais en douceur et sans bruit. Pas de doute, on m'avait observée. Cette personne avait-elle un lien avec Maria, et si oui, lequel ? Un poids s'abattit sur ma poitrine, je suffoquais.

Devais-je appeler la police ?

Pour une fois, fais donc ce que tout le monde ferait, Vera. Fais-le, enfin !

Mais je m'étais promis de trouver la vérité, et une chercheuse de vérité devait s'endurcir. Elle n'appelait pas maman au secours toutes les cinq minutes, merde.

*

Le foyer rural était le bouffon du village. Tout le monde exigeait de lui qu'il divertisse, mais personne n'était vraiment prêt à s'en occuper et à l'aimer. Le sol de l'entrée était jonché de seaux dans lesquels l'eau gouttait. La réunion au sujet du toit se tiendrait dans la partie cafétéria, puisque la grande salle où se trouvait la scène n'était chauffée que pour les grandes occasions. Autrefois, les gens des environs dansaient là tous les week-ends en automne et en hiver. À présent, l'orchestre ne faisait plus que traverser le village, sur la route vers la Norvège.

Katta et Björn avaient déjà préparé du café et découpé des pâtisseries maison. Björn me harponna près du gâteau à la carotte :

— Tout à l'heure, à La Maison, il y a un homme qui a demandé à te voir.

De nouveau ce poids sur la poitrine.

— Ah bon, qui ça ?

Björn secoua la tête.

— Pas quelqu'un que je connais.

— Qu'est-ce que tu lui as dit ?

— Que tu devais être au travail. Je ne pouvais pas faire comme si je ne te connaissais pas, ça aurait paru bizarre. Je lui ai demandé s'il voulait que je te transmette un message, mais il a refusé. Il a dit qu'il reviendrait.

Björn remplit une corbeille en rotin de petites cuillères.

Je déglutis et regardai au-dehors. Les petits bouleaux et les osiers au bord des fossés poussaient de plus en plus près de l'entrée. On serait bientôt envahis.

— Il était comment ?

Björn haussa les épaules.

— Cheveux noirs, pas très soigné. La quarantaine.

— Tu as vu sa voiture ?

— Non, désolé.

Je hochai la tête, essayai de sourire malgré les douleurs musculaires dues à la montée d'adrénaline. À partir de maintenant, je fermerais à clé la porte d'accès à la cage d'escalier.

Les gens arrivaient les uns après les autres et se servaient du café et du gâteau. Je comptai cinquante-trois personnes, la plupart plus âgées que moi. Je connaissais presque tout le monde. Ni Linda et Nicklas, ni Åsa et Simon ne s'étaient déplacés. Pourquoi n'avais-je pas dit non, comme d'habitude ?

Le lieu se remplit rapidement d'un chaleureux murmure. Les bougies chauffe-plat vacillaient dans leurs chandeliers bon marché. Quand Björn se leva, tous se turent. Il portait un gilet de laine, sans doute tricoté main.

— Bien, je vous souhaite à tous la bienvenue à cette grande réunion où nous allons parler du toit du foyer rural. Je suis heureux que vous soyez venus si nombreux. Comme chacun sait, il s'agit de sauver un patrimoine culturel. Le toit doit être remplacé. Reste à savoir si nous sommes tous prêts à faire le nécessaire. Parce que, bien sûr, personne ne le fera à notre place.

Il marqua une pause, regarda l'assemblée. Personne ne disait mot, beaucoup se tortillaient, leur tasse de café devant la bouche. Le soulagement fut palpable quand Kalle Sund, enseignant à la retraite, s'éclaircit la voix :

— Est-ce que vous pouvez donner un peu plus de détails sur ce qu'on attend de nous ?

Cette fois, c'est Katta qui prit la parole :

— Pour faire court : de l'argent et des bras. Mais dans un premier temps, il faut qu'une ou plusieurs personnes préparent le travail. D'une part demander une subvention à la préfecture, d'autre part organiser plus d'événements pour collecter des fonds.

— Tout le monde est d'accord sur l'idée d'organiser des événements ? demanda Björn, qui paraissait singulièrement mince dans ses bottes Nokian.

Question tout à fait pertinente, mais bien sûr, la plupart des gens ici imaginaient mal ne pas répondre oui. À la vérité, c'était la seule solution si nous voulions maintenir notre communauté, le lien entre nous. Nous le savions tous. Un point récurrent était de trouver le moyen d'inciter les plus jeunes à s'engager bénévolement. Ceux qui savaient comment atteindre le public sur Facebook. Il fallait davantage d'enthousiastes. Il n'y en avait jamais assez.

— On a besoin de monde partout : à la billetterie et à l'entrée, à la cuisine et au service dans la salle, pour la surveillance et le ménage.

Katta rejeta sa longue tresse en arrière. Björn leva le pouce en lui souriant.

Un bruit de voix confus envahit la salle. Une femme que je n'avais jamais vue poussa sa chaise et se leva. Björn demanda le silence puis il lui fit un signe.

— Pardon, mais vous trouvez normal qu'on soit obligés d'apporter nos propres lampes et de faire des brioches pour avoir une vie culturelle ? Vous croyez que les visiteurs du Moderna Museet à Stockholm feraient ça, eux ?

Elle avait un fort accent norvégien. Je me penchai vers Thomas, devant moi, pour lui demander qui c'était.

— Sissel Loe, de Trondheim, chuchota-t-il. La Norvégienne qui vient de s'installer ici, celle qui a les attelages de chiens.

Ah mais oui, c'était elle qui avait acheté la maison de Rådström, avec tous ses huskys sibériens.

— Bonne comparaison, dit Björn en riant. La réponse à tes deux questions est non, bien sûr. Non, il n'est pas normal que nous devions tout prendre en charge nous-mêmes. Et non, les Stockholmois ne le feraient jamais, eux. Mais ce n'est pas Stockholm qui est menacé d'appauvrissement culturel. Pour l'instant, nous n'avons pas le choix, malheureusement, nous devons accepter la situation.

Ulf Oskarsson secoua la tête et fit violemment claquer son poing de sauveteur en montagne sur la table.

— Il n'y a pas de « nous devons » qui tienne, bon sang. Personne n'ose dire non ici, mais en réalité on est tous en train de passer un entretien d'embauche pour un deuxième boulot qui va nous prendre notre temps et notre énergie. Très peu pour moi, personne ne me forcera à devenir un enthousiaste. La fête de l'Élan une fois par an, ça me suffit largement. Merci bien, appelez-moi s'il y a le feu.

Il se leva et arracha d'un coup sec sa veste de sa chaise.

— Je suis d'accord avec Ulf, dit Sissel Loe.

Ils quittèrent les lieux ensemble. Tout le monde entendit la porte claquer derrière eux. Leur départ plomba la réunion. Quelque chose avait changé, pas seulement l'atmosphère. Tous attendaient l'étincelle salvatrice. Björn perdit le fil. J'essayai de déchiffrer son visage. Était-ce de la déception que j'y lisais, ou autre chose ? Katta était prête à sortir les rechercher, mais il secoua la tête :

— Laisse tomber.

Elle opina.

— Je me demande ce qu'en pense Berit. Elle n'a sans doute pas eu le temps de venir, avec tout le bordel d'Ulf à la maison, dit-elle tout bas.

Puis elle tendit la main, ce qui agita les tulipes sur sa tunique, et éleva la voix.

— Bon, ils sont partis. S'il y en a d'autres qui veulent les suivre, c'est le moment.

Elle marqua une pause, le regard fixé sur l'assemblée. Personne ne broncha, tous restèrent assis, muets. Moi y compris.

— Bien. Cet incident ne change rien pour nous. Maintenant, il faut qu'on avance. Quelqu'un a-t-il une proposition concrète ?

Elle ajouta qu'elle-même était prête à se plonger dans les démarches pour la demande de subvention à la préfecture. Elle avait aussi l'intention d'organiser un vide-grenier au mois d'octobre.

— Nous pourrions faire une soirée stand-up avec Berta Karlsson. Elle est justement en tournée en région et passe dans une centaine de foyers ruraux et salles associatives. Elle devrait attirer beaucoup de monde, avec son impertinence.

Kalle Sund avait l'air emballé. Déluge de commentaires approbateurs parmi les tables.

— Excellente idée, Kalle. Tu t'en occupes ?

Il acquiesça de la tête.

— Et une rencontre avec un auteur ? J'ai entendu dire que Lars Kjellvander était dans le coin. Cette semaine, il est intervenu à la bibliothèque de Järpen.

Cela m'avait tout simplement échappé. Je me mordis la langue. Katta me regarda, étonnée, et sourit.

— Pourquoi pas, absolument. Beaucoup de gens aiment les livres. Il y a peut-être moyen d'obtenir une subvention culturelle de la région Jämtland Härjedalen. À toi de tâter le terrain, Vera. On se revoit d'ici deux ou trois semaines.

Les gens applaudirent. Je jetai un regard à la ronde en essayant de sourire. Ma bouche de travers finit par céder, rictus d'idiote de service. Sans m'en rendre compte, j'avais fait une promesse à Katta, malgré ma décision de ne plus rien promettre à personne de ma vie.

Après la réunion, Thomas me rattrapa sur le perron.

— Tu veux que je te ramène ?

Il était là, dans ses vêtements de travail jaune fluorescent, avec sa coupe au bol. D'un mouvement de tête, il désigna le camion.

— Non, je suis à vélo, répondis-je avec un geste analogue. Vous avez prélevé votre quota de gibier ?

— Pas encore. Rejoins-nous !

— Je vais voir.

— Ce matin, la mousse était arrachée près du chablis.

— Tu te mets à parler comme mon père.

Il rit, passa la main dans sa barbe.

— Oui, mais on doit respecter l'ours.

— Ce n'était sans doute qu'un blaireau qui a tapissé sa tanière, cette fois-ci.

— Peut-être. Espérons-le.

À l'intérieur, Katta appela. Nous rentrâmes.

— Vous voulez emporter un peu de gâteau à la carotte ? Il en reste beaucoup.

Thomas ne se fit pas prier. Katta sortit deux boîtes de glace propres et fourra dans chacune deux gros morceaux de gâteau avant de retourner vers le lave-vaisselle. Un chariot entier de tasses et de soucoupes sales attendait. Thomas partit. Je bâillai.

— Tu es fatiguée, Vera ? demanda Katta. J'ai vu que tu continuais à travailler pour le Parasite. Krister Arvidsson a-t-il reconnu les faits, maintenant ?

— Non, pas encore. Mais ça ne saurait tarder. Si c'est lui, évidemment.

Je rajustai mon bonnet.

— Tu crois que ça peut être quelqu'un d'autre ?

— Je ne crois rien, à part qu'il n'a pas encore été jugé.

— Non, bien sûr.

Katta racla le contenu d'une assiette dans le seau à compost.

— Pauvre femme. Elle qui avait l'air si… pieuse.

J'éclatai de rire.

— Quel mot à la con. Comment ça, pieuse ?

Katta rit, elle aussi.

— Oui, oui, appelle ça comme tu voudras, mais apparemment, Isabella Sandgren allait souvent à l'église, de son vivant.

— Quoi ? Où est-ce que tu as entendu ça ?

— À la salle paroissiale de Kall. J'ai pris le café là-bas hier, en allant déposer une toile pour l'exposition à l'église. Ils font leur possible pour attirer du monde. C'est Julia Evertsson qui a parlé de ça.

— Julia Evertsson ?

— Cheffe de chœur et peintre paysagiste de talent. Elle fera partie de l'exposition, elle aussi. Nous serons douze artistes, au total. C'est chouette que Reidar Lind, leur prêtre, mise sur la culture. Ils sont peu nombreux à oser le faire de nos jours.

Katta fouilla dans un sac sous l'évier et en sortit une pastille pour le lave-vaisselle. Elle referma la porte. La machine se mit à ronronner.

— Ah bon. Et que faisait Isabella dans cette église ?

— Ce qu'on fait dans une église, je suppose. Assister aux offices et tout ça. Julia disait qu'elle avait aussi de longues conversations avec le prêtre.

Katta essora la lavette.

— De quoi parlaient-ils ?

— Qu'est-ce que j'en sais ? dit Katta en haussant les épaules.

Je pensai à Sonja, au camping. Son silence et son regard noir, quand je l'avais interrogée sur la nuit précédant la disparition de Maria. Tout à coup j'eus peur d'avoir insisté trop lourdement et de ne pas avoir saisi les nuances dans le passé de Maria. La vulnérabilité.

— Le vernissage a lieu quand ?

— Samedi. Le thème est « Cueillir le jour ». Il y a une page Facebook.

— D'accord, j'essayerai d'y faire un saut.

Je soufflai sur une mèche de cheveux collée à ma bouche.

— À propos, Isabella s'appelait Maria, en réalité. C'était son premier prénom.

— Oui, j'ai appris ça hier, aussi. Mais je me suis habituée à dire Isabella.

Je souris. Plus personne ne lisait le journal, mais le téléphone arabe ne cesserait jamais de fonctionner.

Je ressortis, suspendis au guidon de mon vélo le sac en plastique contenant le gâteau à la carotte, et allumai une cigarette que je fumai en pédalant dans la première côte. La route était parsemée de méchantes plaques de verglas, mon pneu arrière chassait dans l'obscurité. Au niveau de la vieille bicoque de Rådström, là où habitait maintenant Sissel Loe, je croisai Eskil Eriksson vêtu de son gilet fluorescent. Une meute de huskys sibériens nous aboya dessus.

— Tu n'as pas de gilet fluo, Vera ? Ou bien tu as l'intention de devenir donneuse d'organes ?

Il partit d'un tel rire que tout son corps tremblait. Son dentier claquait.

Avant de dormir, je me documentai sur Lars Kjellvander. Il semblait avoir vécu dans toutes les villes du monde et en avoir absorbé la pulsation avec avidité. Un écrivain prolifique, qui faisait abondamment profiter de sa vie passionnante. J'adressai une demande de rencontre littéraire au contact indiqué sur son site, et par sécurité aussi à son éditeur. Les réponses automatiques au ton rassurant affirmaient qu'on reviendrait vers moi le plus vite possible.

Je continuai à cliquer. Un jour – l'histoire ne disait pas en quelle année – Lars Kjellvander avait quitté la capitale et posé ses valises dans le Norrbotten. Il se sentait chez lui dans ce paysage austère. Oui, à présent il considérait le silence et cette terre peu peuplée comme son foyer, disait-il dans une interview. Cela piqua ma curiosité, je lus plus attentivement. Bien sûr, il avait aussi conservé un appartement à Gamla Stan[1]. Au cas où.

Je poussai un soupir en regardant la route, dehors. Tout était calme. Qui était l'homme qui avait demandé à me voir, tout à l'heure ? Le conducteur de la Toyota ? Quelqu'un d'autre ? Un mouvement furtif me fit sursauter. Une pie s'était envolée du toit de La Maison jusqu'au réverbère sous ma fenêtre. Ce n'était qu'une pie, mais je sentis mes genoux se dérober. Avoir peur vous rendait faible, vous diminuait. J'ouvris l'armoire à fusils. Ce n'était pas en restant rangée qu'une arme me serait utile. Je chargeai le fusil de chasse à la hâte. Ouvrir la culasse, mettre cinq cartouches, fermer la culasse. Cinq secondes top chrono.

1. La vieille ville à Stockholm.

C'est ce soir qu'on boit la gnôle volée dans la cabane de Persa. Jörgen a transvasé le contenu des bidons dans des bouteilles en plastique, des grandes et des petites. Toute la soirée, il reste assis sur une chaise dans la cuisine, comme un propriétaire. La plupart des gens achètent un demi-litre. La liasse de billets grossit sous le menton de Jörgen, qui avale verre sur verre.

— Hé ho, c'est la fête, maintenant !

Nina se laisse tomber à côté de Maria sur le canapé. Ses petits seins sont moulés dans un soutien-gorge push-up noir, sous un pull blanc décolleté, lacé en haut. Elle s'appuie en arrière tout en tournant un piercing qui brille dans son nombril. Elle a encore un ventre de bébé, avec une petite bosse. Maria tire sur son grand sweat-shirt à capuche et pose un des coussins du canapé sur ses genoux. Parfois, elle emprunte à Elisabeth des vêtements pour sortir, mais là, ce n'est pas possible. Elisabeth et Johanna sont au cinéma. Elles ne lui ont pas demandé si elle voulait venir, même pas pour la forme, alors qu'elles en avaient parlé ensemble, toutes les trois. Maria l'a appris par la mère d'Elisabeth, quand elle a téléphoné pour savoir si Elisabeth allait à la soirée.

« Non, elle et Johanna sont parties au cinéma. Elles vont voir le nouveau film avec Jack Nicholson… comment ça s'appelle, déjà… ?

— Wolf.

— Ah oui, c'est ça. Tu peux les rattraper, si tu cours. »

La mère d'Elisabeth avait une voix très gaie. Pas du tout comme si quelque chose de grave était en train de se produire.

Mais Maria n'a pas besoin d'elles. Qu'elles aillent au cinéma, qu'elles remuent leurs corps minces et leurs pots de popcorn sur leurs sièges. Avec leurs blousons identiques en fausse fourrure. Aucune imagination. Plus jeune, Maria enviait souvent Elisabeth quand celle-ci allait faire du shopping avec sa famille à Östersund. Mais sa jalousie était vite passée parce que Elisabeth savait partager. Maria se souvient d'une époque, en CM1, où elle s'arrêtait chez Elisabeth tous les matins pour se parfumer avec elle. La mère d'Elisabeth disait qu'il suffisait de vaporiser un peu du coûteux liquide sur les poignets, mais elles s'en pulvérisaient sur tout le corps. Pschitt, pschitt. Elles partaient à l'école dans un grand nuage parfumé.

— Qu'est-ce que tu as ? Si c'est pour faire la gueule, autant rester chez toi.

Nina se rapproche. Elle tient un grand verre rempli d'une boisson de couleur orangée, Maria suppose qu'il s'agit d'alcool maison coupé de jus d'orange. La musique est tellement forte qu'elles sont presque obligées de crier pour s'entendre.

— Je fais pas la gueule, je suis juste fatiguée.

Maria garde les yeux fixés sur la télévision. Il y a un vieux film avec Bruce Willis, dont elle a oublié le titre.

— Allez, secoue-toi, merde. Tu veux que je te fasse un cocktail ?

Maria hésite. Elle pourra peut-être plus facilement rester tranquille dans le canapé si elle a un verre à la main.

— D'accord pour un cocktail, alors.

Mais Nina est interrompue par Klara, qui fait son entrée telle une prima donna.

— Ouaah !

Il se dégage d'elle une odeur douce et aigre à la fois, de parfum et de chien mouillé. Son visage juvénile aux joues rouges et sa haute queue-de-cheval tranchent avec son regard trouble et le mascara qui a coulé sous ses yeux. Nina bondit du canapé, elles s'embrassent en poussant des petits cris aigus. Nina retourne vers le canapé.

— Non, ne te rassieds pas ! Le Norvégien, le gars de Meråker, tu vois qui, il arrive avec de la gnôle. Viens, on va le voir.

Klara relève son jean moulant sur sa taille.

— Mais laisse tomber, il y a de l'alcool plein la cuisine ici.

— Oui, mais pas du quatre-vingt-seize pour cent. Je t'ai dit : Meråååååker.

Elle pose le majeur sur ses lèvres pointées en avant. Une Marilyn Monroe bouffie.

Les filles se remettent à piailler, comme si elles venaient d'apercevoir leur plus grande idole par la fenêtre. Klara pose son bras sur l'épaule de Nina.

— Et puis Maria est tellement ennuyeuse. Allez, on se tire au Lägdan.

Elles disent cela pour rigoler, tout en lançant à Maria de faux regards assassins par-dessous leurs cils poisseux.

Avec un sourire un peu forcé, Maria les regarde s'éloigner précipitamment. Elle ne les supporte pas, mais c'est bien de les avoir, ces jours-ci. Vu que les messages de haine continuent d'arriver. Elles n'auraient jamais cru ça de la part d'Elisabeth, disent-elles.

La porte d'entrée s'ouvre et se referme dans un claquement. Elle coupe la musique. Bruce Willis continue de parler. Du canapé, elle voit les toilettes et tous les rouleaux de papier vides sur le sol. Elle balaye du regard la salle de séjour. Il y a peu de meubles. Tim a juste eu le temps de déballer quelques affaires personnelles, deux ou trois VHS dans une bibliothèque vide et, sur les murs d'un vilain ton jaune d'œuf, une affiche de motoneige. Le reste attend dans les cartons de déménagement dans l'entrée.

Elle se lève, va à la cuisine. La hotte aspirante est réglée au maximum afin d'éliminer le plus possible de fumée. Jörgen est attablé, torse nu, une cigarette entre les doigts. Avec lenteur, sa main la porte à sa bouche, puis l'en éloigne, une succession d'allers-retours. Tim est assis à côté de lui. Ils sont déjà ivres morts, elle le remarque tout de suite.

— Ça va ?

Jörgen lève vers elle des yeux brillants. Il est désarmé à présent, il ne boit jamais pour s'amuser avec les autres, seulement pour s'échapper dans son propre monde.

— Tu rentres chez toi ? bredouille-t-il en repoussant une mèche derrière son oreille.

Ses cheveux sont tellement gras et sales qu'ils collent en raies à son crâne. Ses abdominaux tressaillent sous sa peau. Elle voudrait l'habiller. Le laver. Le protéger.

— Oui, j'y vais.

Jörgen opine. Il a l'air presque étonné de trouver son verre sur la table. Il le porte à ses lèvres fendues et avale d'une traite quelques grosses goulées. Elle s'arme de courage.

— Tu viens avec moi ?

— Pourquoi faudrait que je vienne avec toi ?

La voix de Jörgen est soudain tranchante. Tim agite le bras comme pour tourner une manivelle, mimant une caisse enregistreuse. Cha-ching !

— Je ne sais pas. Je pensais que…

— Tu penses trop, bordel.

L'alcool fait briller les dents de Jörgen.

Le visage de Maria s'enflamme. Elle est rouge comme une pivoine. Qu'est-ce qu'elle s'imaginait ? Ça fait longtemps qu'ils ne vont plus nulle part ensemble. C'est fini, il n'y a jamais rien eu.

Elle a l'impression que ses pieds sont entraînés jusqu'aux toilettes par quelqu'un d'autre. Ils n'ont plus aucune force. Tout en elle est fatigué. Tellement fatigué. Elle reste un bon moment assise sur les W.-C. avant de pouvoir uriner. À croire qu'elle veut aussi retenir ça. Après, elle se rince le visage à l'eau froide. Elle ne se sèche pas, se regarde dans la glace. Les gouttes d'eau sur sa peau ressemblent à des larmes.

Elle retrouve ses tennis jetés dans un coin de l'entrée. Au moment où elle va partir, elle entend la voix de Jörgen :

— Y a une gonzesse, ça fait plusieurs semaines que j'essaye de la baiser…

— Qui ça ? Laisse-moi deviner !

— T'as pas besoin de deviner, Tim.

— Alors, c'est qui ?

— Elisabeth. Mais elle veut pas, elle doit avoir la chatte de travers, ou un truc de ce genre.

Rires gras.

Maria a le cœur retourné. Une boule grossit dans sa gorge. Tout tourne. Elle ne respire plus qu'à travers une paille, l'air passe difficilement. Elle ne peut pas rester toute seule.

La boule dans sa gorge la pousse jusqu'au Lägdan. C'est la dernière soirée de la saison avec piste de danse en plein air. Ensuite on se rabattra dans le foyer rural, pour danser. Les feuilles de tremble près de l'entrée craquent légèrement. Bientôt la vie les aura quittées. Après cet été pluvieux, les traces de pneus dans la boue ont enfin séché. Comme d'habitude, c'est Sune qui est à la caisse, mais Maria n'a pas l'intention de payer. Il n'y a déjà plus beaucoup de place sur le parking obscur. Les gens sont là surtout pour picoler, certains viennent de loin. Quelqu'un a mis Judas Priest à plein volume sur son autoradio. Les conversations éméchées tentent de couvrir la voix du hard rocker Halford.

Klara et Nina sont déjà assises dans un coffre, chacune sa bouteille à la main. Klara grelotte, malgré l'alcool. Sa veste est bien trop fine. Personne ne trouve bizarre que Maria soit là, personne ne fait attention à elle non plus. Une bouteille en plastique circule de main en main. Elle boit au goulot. Ça lui brûle l'estomac. Peu à peu, la boule cède. Maria se retrouve bientôt à l'intérieur d'un cocon doux et lumineux.

Elle se réveille car elle a les pieds gelés. Il lui manque une chaussure et elle a un goût de vomi dans la bouche. Où est-elle ? De l'eau coule, tout près. Elle aperçoit la passerelle qui mène à la petite cascade. Elle est couchée dans la boue durcie, sur la berge de l'Indalsälven. Péniblement, elle se redresse, regarde autour d'elle. Elle a dû perdre sa chaussure et sa chaussette quelque part. L'été est encore là, sous la forme de petits restes de vernis écaillé sur ses ongles de pied. Elle remue les orteils, les serre dans sa main pour les réchauffer.

De la musique lui parvient de loin. Donc ce n'est pas encore le matin, la fête continue. Elle considère les genoux de son pantalon, imbibés d'une bouillie gluante. Tout comme ses cheveux. Personne ne les a retenus en arrière quand elle a vomi.

Elles s'étaient promis de le faire, elle et Elisabeth.

Une ombre passe soudain au bord de son champ de vision et, sans qu'elle puisse parer au danger, une pie fond droit sur sa tête, les ailes déployées. Maria ferme les yeux et crie, sent l'air chassé par les ailes de l'oiseau, mais rien ne se produit. C'est seulement un avertissement. Elle se lève, les jambes tremblantes. Tout tourne. Elle se met à pleurer. Des sanglots douloureux.

D'abord elle se dit qu'elle n'y arrivera pas, mais elle réussit à se mettre en chemin pour rentrer. Les voitures la dépassent les unes après les autres, cris et hurlements. Aucune ne s'arrête. Elle approche de la zone industrielle éteinte. Là, tout est calme. Elle est tellement fatiguée qu'elle gravit les marches du perron presque en rampant. Et pourtant, impossible de s'endormir, elle ne parvient pas à chasser ses pensées, il y a tout un chœur dans sa tête. Tantôt il chante à l'unisson, tantôt les voix émergent l'une après l'autre de différents coins de son cerveau. Elle ne parvient pas à s'en détacher, à se laisser sombrer dans le sommeil. Les voix s'amplifient, et quand l'angoisse qui suit l'ivresse s'installe à son tour, c'est encore pire. La nuit, tout devient plus grand. Plus malcommode, monstrueux.

Dans un état second, entre le rêve et la réalité, elle revoit le profond fossé sur le chemin de la ferme abandonnée. Elle se bat pour le franchir, mais la main de Jörgen n'est soudain plus là. Son soulagement, lorsqu'elle réussit enfin à sauter par-dessus l'eau sale, est immense. Elle considère triomphalement la large faille derrière elle. Puis elle entend glousser de rire, se retourne vers la lisière de la forêt. Elisabeth et Jörgen sont là, en train de piqueter un cadavre. En s'approchant, Maria découvre que le cadavre, c'est elle.

Elle se redresse dans son lit et allume la lumière. La sueur coule sous ses seins lourds. Aucun bruit ne lui parvient encore d'en haut. Même masquée par le tissu de velours rouge, l'obscurité entre les marches est là, Maria le sait. Elle pense à sa mère, seule dans son lit, à sa mauvaise odeur et à ses bras enflés. À son chagrin, au psoriasis et à la solitude, et à tout le reste, qui grandit dans l'ombre. Rien ne sera plus jamais comme cet été. Elle l'a compris maintenant. Mais elle et Jörgen ont toujours été amis, et ils continueront à l'être. Ça ne sera pas comme avec Elisabeth.

— Rakel, la mère de Maria, est morte cette nuit.

À l'autre bout du fil, la voix de Strömmen était un lointain grondement. J'eus du mal à contrôler toutes les réactions de mon corps. Sous le choc, mon cœur se mit à battre la chamade en même temps que je haletais comme un soufflet de cheminée. Papa était recroquevillé dans son fauteuil roulant, une bougie funéraire sur les genoux. À contrevent, j'avais l'impression qu'il pesait des tonnes.

— Quoi ? C'est vrai ?! m'écriai-je.

— Oui, malheureusement.

— Qu'est-ce qui lui est arrivé ?

— Elle est passée sous un train.

— Comment ça ? Qu'est-ce qu'elle fabriquait sur les rails, d'abord ? Cette femme était à peine capable de descendre l'escalier dans sa propre maison, crois-moi.

— Je te crois. Mais la police ne soupçonne pas un crime. Elle était complètement confuse, errait avec son déambulateur, sans manteau. Sûrement déprimée aussi. On va très probablement qualifier ça de suicide ou d'accident de la circulation.

— Pas un crime ? C'est quand même une drôle de coïncidence, je trouve. D'abord c'est la fille qui meurt, et puis la mère meurt aussi. N'est-ce pas Leif G.W. Persson qui affirme qu'il faut haïr le hasard ?

— Si, mais ce bon vieux G.W. dit tout et n'importe quoi, ou presque.

— C'est sûr. Enfin, tout de même… Tu sais ce que je pense ?

— Aucune idée, mais je crains le pire.

— Je pense que la police est un ramassis de poulets sans cervelle qui caquètent en bande et racontent n'importe quoi. Est-ce que vous avez contacté l'aide à domicile de Rakel, par exemple ? Cette personne doit bien avoir un avis sur la question, ou une explication.

— On y a songé également. Jönsson était chargé de faire un article sur une éventuelle défaillance des services sociaux concernant Rakel, mais il s'est avéré que celle-ci n'avait droit à aucune aide, parce qu'elle se débrouillait assez bien par elle-même.

— Pourtant on m'a clairement dit qu'elle avait obtenu une aide à domicile.

— T'as des bouchons dans les oreilles, Bergström, c'est la municipalité qui l'a dit.

Je m'arrêtai pour reprendre mon souffle, me mouchai dans le fossé.

— Dis, je te rappelle un peu plus tard, papa et moi allons au cimetière. J'ai besoin de mes deux mains pour pousser le fauteuil.

Je m'échinais, les roues s'embourbaient dans la neige mouillée.

— G.W. est fort, dit papa, soudain guilleret. Alors tu as recommencé à écrire ?

Je baissai les yeux sur son crâne chauve.

— Oui, je te l'ai déjà dit. Mais c'est seulement temporaire.

— Pfff, autant que ce soit définitif, par égard pour les élèves. Tu es bien trop agitée pour être enseignante.

— Hum, tu as peut-être raison.

La tombe de maman était simple et claire, ornée de ramilles de genévrier et de bruyère. J'y déposai la bougie. La flamme luttait contre le vent. *Ici repose Paula Bergström*, était-il inscrit. Je passai la main sur le nom. Une brume flottait dans les allées de gravier. J'avais toujours aimé venir au cimetière, je n'y avais jamais ressenti un quelconque malaise. Uniquement du calme et de la mélancolie. Mais j'avais le sentiment que les choses étaient en train de changer. Qui savait combien de violence était enfouie ici ? Réduite au silence et desséchée pour l'éternité. Je frissonnai. Il ne fallait pas que cela arrive à Maria, j'exhumerais sa voix et l'écouterais chuchoter. Je craignais qu'elle me dise que Rakel avait été tuée elle aussi, auquel cas Krister Arvidsson était détenu à tort.

Et si l'assassin était toujours là, quelque part, loin d'ici ou tout près ? Jusqu'à présent, seule une poignée de personnes semblaient avoir eu des liens avec Maria et Rakel ces dernières années : la fille de Maria, Liv, bien sûr, son père, dont on ignorait encore l'identité, Esther et… ce nom que Rakel avait confusément rabâché lors de ma visite. Jörgen. Qui était-ce ? Son aide à domicile, peut-être ? Ou le père de Liv ? Non, je doutais que Maria ait présenté un éventuel nouveau compagnon à Rakel.

— C'était sûrement pour voler de l'argent et des choses de valeur, dit papa tout à trac.

— Quoi donc ?

— L'aide à domicile. Les voleurs se font passer pour des policiers, des gens de la banque ou autres, puis ils dévalisent les vieillards et les personnes vulnérables. C'est terrible. Quand je vivais seul, les employés des services sociaux me répétaient sans arrêt de ne laisser entrer aucun inconnu.

— Tout à fait, je m'en souviens.

Nous restâmes un instant silencieux, chacun dans ses pensées. Quelle que fût sa manière de se présenter, la mort nous paraissait toujours inconcevable.

Maman qui venait de se mettre à la natation et commençait à lire mes chroniques sur Internet bien qu'on ne puisse pas les découper ensuite, maman n'était plus. Tout était allé si vite. Je n'avais jamais vu ma mère alitée avant la fin de son existence. Il fallait trimer dur et tout ça. Elle ne s'était jamais écoutée. La tumeur fut découverte trop tard. Je ne pleurais pas seulement de l'avoir perdue, je pleurais aussi de ne pas avoir fait assez d'efforts pour apprendre à la connaître tant qu'elle était en vie. Cette prise de conscience était arrivée trop tard, elle aussi.

Nous avions eu les mots en commun. Les histoires. Moi je les écrivais, elle traduisait celles des autres. Mais encore ? Je n'étais pas comme elle, je ne possédais pas ces qualités de dévouement et d'abnégation. Elle ne me l'avait jamais reproché, mais cela avait créé une distance entre nous. Papa et moi avions toujours partagé le même goût pour les occupations pratiques. Tirer sur les campagnols, écouter les chiens aboyer pendant la chasse. C'était plus facile ainsi.

— D'où vient le vent ? Ça souffle sûrement du nord-ouest aujourd'hui, constata papa, surtout pour lui-même.

Aujourd'hui encore, il voulait toujours connaître la direction du vent, bien que cela ne soit plus nécessaire en réalité, maintenant qu'il habitait à Clairsoleil. C'était différent autrefois, lorsque le vent soufflait violemment sur les murs de la maison à Ånn. Nous nous réveillions souvent la nuit, redoutant qu'il enfonce les carreaux. Les élans venaient chercher refuge sur notre terrasse. À travers le mur de ma chambre, je les entendais piétiner puis tomber lourdement sur les lattes de bois que papa huilait tous les étés. Nos respirations, la mienne et celle des élans, se rejoignaient en un seul chœur.

— Tu as froid ? demandai-je.

— Non, non, c'est bon de sentir l'air sur son visage.

Je resserrai quand même la couverture autour de ses jambes dans le fauteuil.

— Et toi ? Tu dois être gelée, dit papa en considérant mon mince coupe-vent.

— Oui, mais moi, je peux bouger.

Je battis ostensiblement des bras en sautillant sur place.

— Tu n'as pas de manteau plus chaud ?

— Il est emballé quelque part dans la salle d'attente. C'est tellement encombré que je ne sais pas par où commencer à chercher.

— Tu as gardé toutes les affaires de la maison aussi ?

— Oui.

— Balance tout ça !

— Tu plaisantes ?

— Pourquoi faudrait-il tout conserver ? Puisque ça finira quand même par disparaître, un jour ou l'autre. Organise donc un vide-grenier sur le parking de la gare !

— Et les souvenirs, alors ?

— Oui, c'est bien de les avoir, tant qu'ils ne nous encombrent pas. Je crois que le meilleur reste de toute façon.

J'opinai.

— Je vais commencer à trier et à jeter. Ça fait longtemps que j'y pense. Mais je n'en ai pas eu la force, depuis que Levan…

Papa planta ses yeux dans les miens.

— C'est Levan qui avait besoin de toi. Tu le sais bien, non ? Tu as toujours été la plus forte, depuis votre enfance. Ta mère le savait elle aussi.

— Elle le savait ?

— Elle l'a toujours su.

Ce fut comme un écho du passé. Une lointaine réminiscence. Je m'attendais presque à voir des fantômes se mettre à danser dans les allées de gravier. La brume s'enroula autour de mes Dr. Martens.

Nous reprîmes l'ascenseur. La mécanique gémissait tristement. En haut nous attendait la solitude en collectivité, une forme de respiration artificielle qui avait la même odeur que les couloirs de l'école. C'était peut-être l'odeur de tous les lieux de regroupement. Le miroir renvoyait l'image d'une fille d'âge mûr et de son vieux père. Sous la lumière forte, nous étions tous les deux blafards, taches de vieillesse sur les joues et nez strié de vaisseaux sanguins. Mais papa me fit un clin d'œil.

— Roy Andersson peut se mettre la main où je pense, dit-il. Ce n'est pas lui qui crée ses films, c'est la vie.

Cela nous fit rire. Oui, un rire sonore, libérateur.

Qu'avait ressenti Rakel en voyant la locomotive déferler vers elle dans la nuit ? Y avait-il encore des souvenirs dans son cerveau malade ou était-elle juste une coquille vide ? Comment aurais-je réagi moi-même en pareil instant ? Alors que j'aurais dû rentrer directement chez moi pour déblayer la neige du parking, je me rendis à Järpen. Il régnait dans la ville un silence de cathédrale. La neige étouffait tous les bruits et continuait de tomber. Bientôt tout le monde répéterait inlassablement que c'était bon qu'il fasse clair.

Les sauveteurs avaient évacué le corps fracassé de Rakel et son déambulateur, mais il restait encore des traces rouges sur la neige, entre les rails. Du sang, et autre chose aussi. Je me penchai et ramassai une ceinture de velours rouge.

— Le train l'a emportée dans sa robe de chambre.

L'a emportée dans s'rob' de chamb'.

Je levai les yeux. Un ouvrier des voies muni d'une barre de fer.

— Oui. C'est ce qu'on m'a dit.

Il retourna à son travail. Tenant la barre à deux mains, il donnait de grands coups dans les rails. La glace volait autour de lui. Je rappelai Strömmen, qui ne décrocha qu'au bout de huit longues sonneries et déclara qu'il était allé pisser dans les toilettes des invités, en bas.

— Mes petits-enfants font le siège de la salle de bains. Il y a de la mousse et des crayons pour le bain partout. À voir l'état des murs, on se croirait dans le Bronx. Mais quand ils dorment, ils sont très mignons.

J'eus envie d'enfouir mon visage dans un coussin et de pleurer comme un veau. Espèce de sale veinard ! J'aimerais bien être à ta place.

— Strömmen, c'est presque une famille entière qui a été tuée. Il n'y a plus que Liv, la fille de Maria, maintenant.

Il soupira. Son souffle grésillait.

— Je sais. Espérons que quelqu'un aura pitié d'elle. Il y a forcément quelqu'un, je veux dire.

C'était pourtant loin d'être une évidence, je le savais. Parfois il n'y avait personne. Surtout quand tout le monde mourait autour de vous. Pour le moment, Liv était encore trop petite pour se rendre compte que deux générations avaient été rayées de sa lignée, que celle-ci avait été brisée bien trop tôt. Quel effet cela aurait-il sur sa vie ? Chez qui allait-elle grandir ? Qui essuierait ses larmes, soufflerait sur ses écorchures et lui mettrait des pansements nounours ? Si la fillette se trouvait toujours entre les mains des services sociaux, c'est que le père n'avait pas voulu se faire connaître. Je lui souhaitais d'avoir une excuse en béton.

— Strömmen, supposons que les flics aient misé sur le mauvais cheval et qu'ils doivent relâcher Krister Arvidsson dans la nature…

— Vera…

— Je te demande seulement de supposer, de laisser quelques secondes libre cours à ton imagination de journaleux.

J'avais élevé la voix plus que de raison, mais parfois, c'était bel et bien nécessaire. Peut-être Strömmen avait-il éloigné le téléphone de son oreille en grimaçant, comme il le faisait lorsqu'un journaliste amateur appelait la rédaction pour tenter de refiler au journal une contribution douteuse, sur l'immigration ou sur la gestion par les hommes politiques de la question des loups – mais je m'en fichais.

— C'est important, sinon il y aura peut-être bientôt un meurtre de plus, lançai-je.

Strömmen se tut un instant. Je savais qu'il adorait qu'on aille chercher le poisson dans des endroits inattendus. Bien vu.

— Bon sang, tu crois que quelqu'un en veut à cette famille ? Qu'un fou est en train de les éliminer un par un ? Si c'est le cas, Liv est en danger.

Je coinçai mon portable entre mon oreille et mon épaule et frottai mes mains engourdies l'une contre l'autre, puis je les mis en coupe et soufflai de l'air chaud à l'intérieur.

— C'est tout à fait ça, Strömmen. Il y a encore trop de points d'interrogation dans cette affaire.

Nous raccrochâmes, mais je n'avais pas l'intention de déclarer forfait en ce qui concernait l'aide à domicile. Qu'avait dit le voisin au teckel, au juste, quand nous nous étions croisés devant le garage de Rakel ? Il fallait que je trouve son numéro de téléphone. Sa femme tenait le salon de coiffure Maintenant c'est rasé en bas de chez eux… En cherchant sur Internet, je tombai sur une adresse qui m'orienta vers un Åke et une Eva-Britt Nilsson. Je regardai ma montre : il devait être l'heure du café pour eux. Åke était sans doute allé promener Svante. Il avait épié chez les voisins pendant que le chien levait la patte sur un tronc d'arbre ou un réverbère. Il répondit à la deuxième sonnerie.

— Åke ?

— Oui, oui, tout à fait, c'est bien moi.

Au risque de le décevoir, je décidai de lui dire d'emblée que j'étais allée voir Rakel en tant que journaliste et non en tant qu'amie. Il avait eu l'air sincèrement heureux qu'elle ait de la visite, pour une fois. Mais il ne parut pas m'en tenir rigueur. Soulagée, je lui expliquai que le *Jämtlandsposten* avait l'intention de poursuivre la municipalité en justice pour la mort de Rakel.

— Je suis prêt à vous aider si vous avez des questions, dit-il.

Monsieur et Madame Tout-le-monde. Voilà comment étaient les gens, pour la plupart : serviables. En tant que journaliste, je les avais souvent admirés pour cette qualité. Ils prenaient le temps, parlaient et expliquaient. Or le journal n'avait pas cultivé cette relation et à présent, nous avions celle que nous méritions, trop éloignée de la population.

Je déglutis.

— L'autre fois, vous m'avez dit que Rakel avait une aide à domicile.

— C'est vrai.

— Comment l'avez-vous appris ?

— Par la dame elle-même. Une femme sympathique. Nous avons engagé la conversation un matin tôt où j'étais passé par là avec Svante. J'ai bien vu qu'elle aimait les chiens, mais elle était pressée, évidemment. Le stress au sein des services à la personne causera notre mort à tous. Je me suis fait la réflexion que Rakel était peut-être sortie de chez elle dans un état confus suite à une erreur de médication.

Une femme, donc. Alors je pouvais au moins éliminer Jörgen de l'équation.

— L'aide-ménagère vous a-t-elle donné son nom ?

— Elle l'a certainement fait, mais vous savez, ma mémoire n'est plus aussi bonne, maintenant. Appelez la municipalité et demandez-leur, j'imagine qu'ils doivent avoir un planning. Du reste, je crains fort d'être un mauvais témoin oculaire également. Mon épouse dit toujours qu'une femme nue pourrait passer devant moi sans que je m'en aperçoive.

Je ris par politesse.

— Mais vous êtes sûr que cette personne vous a dit qu'elle était aide-ménagère ?

— Ça j'en suis parfaitement sûr. Elle m'a expliqué qu'elle était là pour nettoyer la maison, s'assurer que Rakel n'oubliait pas ses médicaments et qu'elle prenait l'air un peu plus souvent. Elle ne sortait pas beaucoup, il est vrai.

— Avez-vous vu ce que cette femme avait comme voiture ?

— Oh, je ne m'y connais pas en voitures, mais celle-là était noire, en tout cas, et ce n'était pas un break. On la voyait assez souvent ici, à une époque. Enfin, pas si régulièrement, quand j'y repense. C'était important, la régularité, pour Rakel. Peut-être que vous pourriez en toucher un mot aux responsables ?

— Absolument, c'est ce que je vais faire. Merci, Åke.

J'avais le sentiment étrange de ne pas comprendre ce qui se passait. La neige tombait et moi avec elle. Soit la municipalité contrôlait mal la situation, soit la femme avait menti dans le but de mettre la main sur l'argent de Rakel, comme papa le supposait. Mais la voiture était restée garée là plusieurs jours, d'après Åke. Les escrocs osaient-ils réellement travailler à ce point-là à découvert ?

La berline noire pouvait très bien être celle qui m'avait suivie, mais comment procéder pour m'en assurer ? D'autre part, qui avait un intérêt quelconque à jouer un rôle afin de pénétrer dans la maison d'une femme schizophrène ? Je ne trouvais pas les réponses. Pas étonnant. Elles s'échappaient en volutes, comme du sang dans l'eau.

J'avais besoin d'écrire pour clarifier tout cela, de commencer mon article sur Maria. J'ignorais pourquoi je ne l'avais pas encore fait.

Dès mon retour à la maison, je m'assis à l'ordinateur, mais mes mains restèrent en suspens au-dessus du clavier. Je ne parvins pas à produire une seule ligne. J'errais dans un labyrinthe sans trouver la bonne entrée en matière. Finalement j'abandonnai.

P4 Jämtland rapportait qu'il était tombé quinze centimètres de neige. La pelle m'attendait dans la cage d'escalier, ignorant qu'entre-temps le printemps et l'été étaient passés par là. La température était remontée, la neige adhérait lourdement à l'aluminium. Je chargeais chaque fois la pelle au maximum avant de la vider sur le côté. Il y eut bientôt des petits remparts tout autour du parking. En versant la dernière pelletée, je sentis que l'intérieur de mon coupe-vent était trempé de sueur, bien que le vendeur m'ait vanté ses excellentes qualités respirantes. En tout cas, il n'avait pas résisté à deux heures de déneigement. Saleté. Je commençais à avoir des frissons.

Je remontai enfiler des vêtements secs. Il ne me manquait plus qu'une tasse de thé chaud et une quelconque série télé avec d'agaçants rires enregistrés pour retrouver du tonus. Or, lorsque je voulus remplir la bouilloire, il ne sortit qu'un mince filet du robinet. Puis l'eau goutta plus lentement avant de s'arrêter tout à fait. Merde alors, ça avait encore gelé. J'ouvris le placard sous l'évier et examinai les tuyaux de cuivre de la même manière que la gynécologue avait examiné mon appareil génital dans lequel aucun enfant ne voulait prendre vie. À savoir : superficiellement. Je ne le lui pardonnerais jamais. Les bouchons de glace se formaient à l'intérieur. Toujours à l'intérieur.

Le pistolet à air chaud était à sa place habituelle, dans la corbeille à pain. Je le branchai, réglai la température. Puis je soufflai la chaleur sur les tuyaux, imaginant les bouchons en train de fondre à l'intérieur et le liquide circuler librement. Au bout d'une demi-heure, le robinet toussa et évacua tout ce qui voulait sortir.

C'est en me relevant péniblement que je vis l'homme en bas, dans la rue. Je reculai, les battements de mon cœur s'accélérèrent. Rester planté au pied d'un immeuble qui n'est pas le vôtre, sous les fenêtres de gens qu'on ne connaît pas, que ce soit pour réfléchir ou parce qu'on attend quelqu'un, cela ne se faisait que dans les grandes villes, pas à Ånn. Ici, ce genre de choses ne passait pas inaperçu. Ensuite je vis la voiture. Une Volvo 242 blanche. La sueur perla au-dessus de ma bouche.

Je me faufilai jusqu'à la porte d'entrée, m'assurai qu'elle était bien fermée à clé. J'éteignis le plafonnier et allai chercher ma sacoche photo dans la penderie. Plus un grain de poussière sur le rabat. Je remplaçai l'objectif habituel par un téléobjectif et me postai derrière le rideau. En zoomant sur le visage de l'homme, je vis clairement qu'il regardait la fenêtre de ma chambre. Pas rasé, les joues creuses. Ses cheveux longs pendaient en mèches raides et ternes. Son aspect correspondait au portrait que Björn m'avait brossé de l'homme qui voulait me voir à La Maison, l'autre jour, ainsi qu'à la description par Esther du conducteur de la Volvo qui avait rendu visite à Maria un an auparavant. Cela pouvait être l'homme du *tote bag* à l'inscription *Situation Stockholm*.

Que me voulait-il ? J'abaissai mon objectif et tentai de comprendre, tandis qu'un trou noir s'élargissait en moi, aspirant tout. La question était de savoir si ce type-là conduisait aussi la Toyota, ou si j'avais deux personnes différentes aux trousses. Mes forces s'évanouirent, je faillis faire tomber mon appareil photo par terre, m'effondrai sur le lit.

Au bout d'un moment, j'entendis un moteur chauffer puis s'éloigner avec un grognement de prédateur qui a manqué sa proie. Je tapotai les oreillers pour leur redonner du volume et m'installai plus confortablement dans mon lit. Derrière moi, un grand pan de papier peint bombé avait l'air de dissimuler un corps humain.

Après une nouvelle nuit d'insomnie, des points noirs me dansaient devant les yeux. Un saignement intempestif refroidissait dans ma culotte, je titubais dans les couloirs et me sentais bonne à jeter. Le lycée avait convié les élèves de troisième du canton à des journées d'information. L'affiche parlait de journées portes ouvertes. Les élèves faisaient visiter l'établissement à d'autres élèves, ils s'occupaient pratiquement de tout eux-mêmes. Je n'aimais pas les changements de planning, ignorant ce que j'étais censée faire dans ces cas-là. Si je devais seulement bavarder un peu avec les gens ou bien les aider d'une manière ou d'une autre. On ne m'avait chargée d'aucune tâche et personne ne semblait rien attendre de particulier de ma part non plus. Ulla avait disparu. Je la trouvai finalement dans la salle des profs avec les autres. L'ambiance était gaie, animée, ça changeait. Installés dans les canapés bas, ils prenaient le café et parlaient tous en même temps. Lars Hernander racontait qu'une pauvre élève avait perdu ses faux cils dans le bassin pendant le cours de sport, mardi.

— Elle était démoralisée, ses faux cils ballottaient dans l'eau, vous imaginez. Mais je les ai repêchés avec l'épuisette et elle les a remis en place comme si de rien n'était.

L'anecdote déclencha un grand éclat de rire.

Les plaisanteries désopilantes continuèrent. Ils avaient l'air de vouloir rivaliser les uns avec les autres, aux dépens des élèves. Eh oui, le clan des élitistes montrait son vrai visage.

Je feignis de regarder quelques documents sur mon bureau puis fourrai dans mon sac à dos un paquet d'essais argumentatifs à corriger, dont le sujet était : faut-il ou non autoriser la peine de mort ? J'avais une bonne excuse pour partir. À ce moment-là, on frappa un grand coup à la porte. Les collègues dans les canapés tournèrent les yeux vers moi qui étais déjà debout et sur le départ.

Je le reconnus, ou plutôt, tout le monde le reconnut. Mats Sjölund. Cela ne pouvait pas faire tant d'années qu'il avait passé son bac. Par périodes, il restait des heures dans la salle d'attente de la gare de Järpen, sans pour autant attendre aucun train. Je l'avais interviewé, un jour que l'abri chauffé était fermé par moins vingt-cinq degrés. Aujourd'hui, il sentait l'alcool et la colère. Il avait une tache d'urine sur son jean et quelque chose de sauvage dans le regard.

Il m'adressa un bref salut avant de balayer la pièce d'un regard de cinglé. Dès qu'il aperçut la petite assemblée, il posa le sac en plastique qu'il tenait à la main et se dirigea vers le groupe en balançant les bras, renversant une chaise contre le mur au passage. La salle des profs se métamorphosa. L'élément étranger qui s'y était introduit devait en sortir.

— Kurt, espèce de salaud ! Je viens pour Hanna, cria-t-il, la gueule écumante dans son visage couperosé et avachi.

Kurt se leva et recula, la peur dans les yeux. Tous les autres autour de la table se levèrent à leur tour.

— Mats, qu'est-ce que… Ta sœur se débrouille très bien toute seule, tu sais.

Avant que Kurt puisse dire un mot de plus, Mats le saisit par le cou et le plaqua contre le mur. Ulla et Märit poussèrent un cri, s'agrippèrent et enfouirent leur visage dans les épaules l'une de l'autre.

— Je veux qu'elle ait un A, pas un D. Hanna est bonne en biologie. T'as compris ? Ça suffit le favoritisme, en ce qui te concerne. Sinon…

Tous attendaient la suite, mais elle ne vint pas. Mats ne fit que serrer plus fort la gorge de Kurt qui était sur le point de tourner de l'œil.

— Mats ! Mats, lâche-le maintenant. C'est Kurt, le professeur de biologie, il connaît son métier. Ça fait quarante ans qu'il met des notes, tu le sais bien.

La voix posée de Lars venait de quelque part près de la photocopieuse. Il brandit une feuille :

— Tiens, voilà les résultats de son examen, regarde, c'est là, Hanna Sjölund.

J'entendais presque les pouillots fitis d'Ånn gazouiller un chant funèbre pour tous les cours de biologie, de l'endroit où ils se trouvaient, au sud du Sahara. Puis tout alla très vite. Je me jetai sur Mats, son nez grumeleux heurta un tiroir de cuisine ouvert, puis je l'envoyai au sol sur le linoléum. Étendu sur le dos, il gigotait comme un scarabée. Du sang coulait de son nez dans le sillon au-dessus de sa bouche. Il le lécha tout en basculant en position fœtale. Comme s'il se rendait.

— Ma frangine mérite mieux, marmonna-t-il.

Sa voix se brisa. On aurait dit qu'il allait se mettre à chialer.

— Oui, certainement, mais pas en biologie, dis-je, encore essoufflée.

Il me considéra, cracha en me menaçant du poing.

— Et toi, j'ai bien envie de te buter.

— Vraiment ?

— Oui, tu vas arrêter d'interroger les gens, bordel.

Était-il question de Maria, maintenant ? Ça en avait tout l'air.

— Le paternel s'est senti visé comme un salaud d'assassin, alors qu'il a seulement déblayé le chemin jusque chez elle, c'est tout.

Je fis le lien : Mats était sûrement le fils perdu de Sixten, le survivaliste.

— J'écrirai avec respect envers les gens. Je n'ai aucun intérêt à stigmatiser qui que ce soit. Je protégerai Maria aussi, lui assurai-je.

Il grogna et se redressa non sans mal. Il n'y avait rien de digne dans ses gestes.

— Alors, à mon avis…, dit-il en se remettant sur ses pieds avec un gémissement, tu devrais te demander qui tu protèges en réalité. La victime ou son agresseur ?

— Qu'est-ce que tu veux dire ?

— Si tu ne comprends pas, c'est que tu n'as peut-être pas creusé assez profond, pauvre tache.

Il se dirigea vers la porte avec des mouvements heurtés, reprit son sac en plastique et ressortit par où il était entré.

Je regardai autour de moi.

— Qu'est-ce qu'il a voulu dire ?

Personne n'avait de réponse, visiblement. Ulla secoua la tête. Son cou était constellé de taches rouges dues au stress.

— Je ne suis pas sûre que tu aies bien agi, Vera. Dans ce genre de cas, une approche à faible stimulus émotionnel est souvent plus appropriée.

Märit approuva d'un air grave.

Kurt enfonça son visage dans ses mains et dit qu'il songeait à retourner aux ateliers Åkesson où il avait travaillé au début des années 1980. Il ne voulait plus penser au manque de professeurs de sciences, dit-il.

— Je comprends, dit Lars Hernander. On est mieux traité par la ventilation de l'usine, c'est un fait.

Il était temps, selon lui, que les responsables politiques prennent des mesures énergiques. Il fallait aussi qu'il y ait plus de gymnastique dans les emplois du temps.

Märit et Ulla maîtrisaient l'art de calmer l'atmosphère d'un coup de baguette magique. Märit remplit le filtre de café moulu, sept tasses, et redonna du gonflant aux coussins des canapés. Ulla découpa un gâteau à la cannelle, puis pinça quelques feuilles jaunies du pélargonium Mårbacka à la fenêtre. Elle avait réussi à le maintenir en vie alors qu'à cette époque de l'année, les autres géraniums finissaient de dépérir quelque part dans une cave.

Tout cela me plongea dans la perplexité. J'étais une assistante pédagogique capable de se jeter sur des alcoolos pisseux, mais pas de réconforter, de passer la main sur des fronts ou de badigeonner des blessures. Un cas probablement pathologique. Le médecin chinois avait certainement eu raison en évaluant mon état : un utérus froid, avait-il affirmé.

Levan et moi avions fait une excursion en bus avec d'autres touristes, dans un quartier antique de Pékin, pour voir les hutong qui étaient sur le point de disparaître. Dans l'embrasure de la porte, à côté du comptoir où nous avions acheté une soupe à la viande, une officine de médecin accueillait sans rendez-vous. Nous y étions entrés par jeu, mais le souvenir resterait à jamais planté dans ma chair telle une écharde.

Le remède contre les utérus froids consistait en de petits comprimés qui ressemblaient à des crottes de lapin. Il fallait en avaler plusieurs par jour. Levan rigolait ; pour lui la médecine chinoise était du pur charlatanisme, personne n'aurait pu lui faire admettre qu'il fût possible de traiter la stérilité avec une merde à base de plantes. Il me trouvait ridicule de prendre cela autant au sérieux, de tout prendre autant au sérieux. Il acheta quand même deux boîtes de ces comprimés pour me faire plaisir. Ce soir-là, je pleurai sous la douche et m'endormis rapidement.

Les mugs s'entrechoquaient dans les mains de Märit. Je marmonnai que j'avais un coup de fil à passer, sentis leurs regards dans mon dos. Tout le monde aimait le gâteau à la cannelle, normalement. Moi pas. Moi, j'aimais me balader une baguette de sourcier à la main et rechercher la veine d'eau souterraine. Elle existait quelque part. *Maria, il y a des choses auxquelles on n'échappe pas.*

Cette nuit-là, je fus réveillée pour la première fois depuis longtemps par le passage du train. Les murs tremblaient, les fenêtres craquaient. Je me levai, bus un verre d'eau et ouvris la fenêtre. J'observai les wagons qui jaillissaient dans l'obscurité, attelés les uns aux autres selon un système spécifique. Un instant de vie dans un village en train de s'éteindre. L'ancienne épicerie d'Ånn, l'école et la station-service n'étaient plus que des squelettes vides.

Au lieu de me recoucher, j'allai chercher mon manteau vert en laine mérinos dans la salle d'attente. Il avait bien une dizaine d'années au compteur déjà, mais je l'adorais. Pas fermé, il flottait autour de mes jambes, évoquant un vêtement de marque coûteux, alors que je l'avais acheté chez Kappahl, et l'effet me plaisait.

Il était dans le premier carton que j'ouvris. Incroyable. Il fallait peut-être que j'aille tout de suite chez Björn acheter un ticket de loto à gratter. Autant en profiter pour déballer ma valise aussi. Ce gros bloc sombre toujours sur mon chemin dans le couloir. J'aurais voulu une valise à motifs, facile à reconnaître sur le tapis à bagages des aéroports, mais Levan avait insisté pour que j'en prenne une noire, comme tout le monde. Maintenant cela m'agaçait.

Sans enthousiasme, je couchai la valise sur le sol et ouvris la fermeture éclair. La robe bleu pétrole que j'avais héritée de ma mère pointa son nez, me saluant un peu tristement. Je la mettrais à la fête de Katta, si j'en avais la force. Elle était toujours imprégnée de l'odeur de maman.

Je me servis un verre de vin rouge. Debout au centre, j'avais une meilleure vue d'ensemble. On aurait dit qu'un grand incendie avait tout ravagé. Rien n'évoquait plus la personne que j'avais été ni celle que j'étais devenue. Mon appartement rappelait la maison de Maria, mais chez elle, le temps s'était plutôt arrêté à *Gulla, fille de la colline*, aux *Enfants de la Terre* et à Nirvana, ce qui remontait à… disons vingt-sept ans. J'avais beau faire toutes les contorsions possibles, j'en revenais toujours là, tel un boomerang moqueur. Je me demandais parfois si c'était moi qui étais devenue incapable de changer de voie, d'adopter de nouveaux points de vue. Une pauvre tache incapable de creuser suffisamment, comme Mats Sjölund l'avait souligné.

Je fis tourner le verre dans ma main et avalai une grande gorgée de vin. Le papier peint du séjour avait commencé à se décoller des murs. Il fallait que je fasse quelque chose. L'arracher, enduire, poncer et repeindre. Prendre les choses en main. Acheter cette peinture bleue dont je rêvais depuis si longtemps. Pas un bleu layette, non, un bleu brouillard, cette nuance-là exactement. Frotter à la brosse les vieilles taches de béarnaise sur le mur. Qu'est-ce que j'attendais pour le faire ? Moi qui avais un jour été si équilibrée, si dynamique. Quand je repensais au nombre de personnes que j'avais interviewées à ce sujet, justement. Des gens qui ne se reconnaissaient pas eux-mêmes, qui pour une raison ou une autre s'étaient retrouvés hors de leur cadre, malades, seuls, démunis et par conséquent affaiblis. Transformés en individus méprisés par le groupe.

Je vidai le contenu de la valise sur le sol. Bien sûr, le sable avait réussi à s'infiltrer dans les moindres recoins, les moindres interstices. J'emportai la valise jusqu'à l'évier et la secouai. Le tas de vêtements avait une odeur acidulée d'océan, de livres gondolés, imprégnés de sel, et de vieille crème solaire. Il fallait tout laver. N'ayant pas le courage de trier le linge avec soin, je me contentai de faire deux tas, un clair et un sombre. Je chargeai le sombre dans la machine à laver et la lançai à soixante degrés.

Je rangeai la valise au-dessus de la penderie dans la chambre.

Malgré le réel soulagement que j'éprouvais, j'avais des crampes dans les mains. Je constatai que mes poings étaient serrés. Tout doucement, j'éloignai les doigts de mes paumes, mais la nervosité ne quitta pas mon corps pour autant. Je ne pouvais pas rester dans l'appartement, j'avais l'impression que le sol penchait. Dehors, allez ouste !

N'était-ce pas aujourd'hui qu'avait lieu le vernissage dans la salle paroissiale de Kall ? Katta avait bien dit samedi, non ? D'après Facebook, l'exposition « Cueillir le jour » débutait dans quelques heures.

J'y apprendrais pourquoi Maria allait si souvent à l'église.

Parfums de bonne femme et hochements de tête obligés. Il y avait déjà plusieurs visiteurs dans la salle paroissiale, pour la plupart sans doute des proches des artistes. Même les expositions phare à la maison de la culture de Järpen n'attiraient pas non plus un public extérieur important. Katta n'était pas encore arrivée. Si nous nous manquions, elle serait déçue.

Je fis un tour pour regarder les œuvres inspirées par le thème « Cueillir le jour ». Nappes et gâteaux à la crème sous la tonnelle, avec jeux d'enfants. Un pêcheur à la ligne. Katta, elle, avait peint une femme qui dansait parmi des pinceaux. Sûrement un autoportrait. Des souvenirs lumineux. Nulle obscure forêt de sapins traversée par une route interminable qui vous laisse toute la journée pour penser. Voilà le genre de toile que j'aurais aimé voir.

Devant l'une des aquarelles, un homme en col romain bavardait avec une vieille dame en doudoune rose. En attendant qu'ils aient terminé leur conversation, je me dirigeai vers la table où l'on vendait du café. Il y avait du fondant au chocolat et des petits pains au fromage et au jambon, m'informa la jeune fille qui tenait le stand. Pour ma part, un café suffisait.

— C'est le prêtre Reidar Lind ? lui demandai-je tout bas en désignant le dos du col romain.

Elle acquiesça de la tête. Pouffa de rire. Reidar se retourna. Visiblement, rien n'échappait à ses saintes petites oreilles. Ou alors il avait des yeux derrière la tête. Quand il aperçut mon appareil photo, il frétilla.

— Oh, mais la presse est là, quel plaisir ! Bienvenue.

Il lissa le pli de son pantalon avant de me serrer la main un peu trop longtemps, habitué qu'il était à posséder le monde. Je me demandais comment les prêtres étaient, au lit. Sûrement les plus cochons de tous.

— Je crois bien que je vais vous décevoir. Je ne suis pas là pour écrire sur l'art, malheureusement.

Quand je lui fis part du motif de ma présence, son visage s'éteignit. Il rajusta son col et tempéra toute son apparence. Au nom de Maria Sandgren, ses épaules s'avachirent et il baissa le menton.

— J'ai eu des entretiens pastoraux avec Maria, en effet, je vous le confirme. Mais comme vous le savez, je suis tenu au secret professionnel.

— Oui, je sais bien, mais je…

Il secoua la tête.

— Quand bien même Maria aurait voulu que je rapporte ce dont nous avons parlé, je ne pourrais rien vous dire. C'est un devoir absolu qui ne souffre aucune exception. Nous ne pouvons même pas témoigner devant un tribunal de ce que nous avons entendu en confession ou pendant les entretiens pastoraux particuliers.

Il tendit la main et éleva de nouveau la voix afin que tous puissent l'entendre, habité par son rôle de prêtre. Celui d'un homme intègre que tous admiraient. Le public était suspendu à ses lèvres, moi aussi.

— Vous devriez parler de ces magnifiques artistes plutôt que de toutes ces choses négatives. On ne lit jamais rien de positif dans le journal. Il n'y a que la misère.

— Oui, je comprends votre point de vue.

Je jetai un coup d'œil autour de moi, répondis par un sourire figé aux regards pleins d'attente, en même temps qu'une bouffée de chaleur déferlait en moi de la tête jusqu'aux pieds. Sous ma polaire, mes sous-vêtements de laine me démangeaient, ma culotte me serrait, j'avais envie de tirer dessus, ou encore de hurler, mais je me maîtrisai.

De toute façon, je les décevrais tous. Les articles sur l'art ne faisaient pas augmenter les ventes ni les clics sur la Toile, les ICP de Strömmen s'endormiraient, mais ça, les gens ne pouvaient pas le savoir, évidemment. Les professionnels de la culture étaient à plaindre, en permanence victimes de quelque théorie du complot.

— La dernière fois que je suis allée à un match de basket, ça grouillait de journalistes. J'en ai compté trois, je crois. Ça fait une différence. Tout l'argent va au sport, naturellement.

La dame à la doudoune rose rejeta la tête en arrière.

Demain, le *Jämtlandsposten* pouvait s'attendre à un déchaînement de réclamations, je le savais. « De nos jours les journalistes ne viennent plus aux événements, de nos jours les journaux publient toujours les mêmes articles, de nos jours le journal ne reflète plus la société, de nos jours il ne prend plus la culture au sérieux. »

Je connaissais la chanson. L'envie ne me manquait pas de leur clouer le bec, mais je sortis et crachai mes réflexions cinglantes dans la neige. Le soleil avait été recouvert d'une couche de nuages sombres, si bas qu'on ne voyait plus le clocher de l'église. Il y aurait sans doute de l'orage, peut-être même de la tempête.

— Hé, la journaliste !

La jeune fille qui vendait le café et les gâteaux me rattrapa près de ma voiture. Son souffle telle une ondée blanche autour d'elle. Les gens de Stockholm appelleraient probablement ça un pic de froid.

— Mégachiant point com, pas vrai ?

— C'est bon, dis-je en riant, j'ai l'habitude.

— Dites, j'ai vu qu'elle avait écrit sur la page Facebook de l'Église suédoise. Des choses assez profondes.

— Maria ?

— Oui, sauf que là elle signait Isabella, bien sûr. Si ça peut vous être utile.

J'approuvai de la tête.

— Est-ce que tu l'avais rencontrée, ici à l'église ?

— Oui, souvent. Je dirige la chorale des enfants, alors…

— Comment était-elle ?

— Étrange. Farouche. Beaucoup de gens essayaient de lui parler, mais ce n'était pas vraiment possible. Enfin, d'autres vous l'ont déjà dit, j'imagine.

Son regard fut attiré vers le mur de pierre et la borne du chauffe-moteur surmontée d'une pancarte *Réservé au personnel*.

— Ouais, j'ai emprunté un peu de chaleur au bon Dieu, fis-je.

À nouveau, elle pouffa de rire. Un rire dont le timbre carillonnant traversa le jour couleur de plomb. Au même instant, des élèves du conservatoire commencèrent à jouer du violon et du piano dans la salle paroissiale. La culture était toujours là, on pouvait compter sur elle.

Je retirai le câble électrique et remerciai la jeune fille pour le tuyau, ça valait le coup d'aller voir, absolument.

La honte et le sentiment d'insuffisance imprégnaient réellement la vie des femmes. Ce n'était pas nouveau, mais je n'en eus pas moins une boule dans la gorge en le constatant noir sur blanc. La page Facebook de l'Église suédoise m'apparut comme un monde nouveau, une débauche de questions graves en même temps qu'une assistance psychologique gratuite. Je ne me doutais absolument pas que l'Église était aussi active dans les réseaux sociaux. La page était animée par un rédacteur, souvent un prêtre, qui postait un sujet du jour. Il pouvait s'agir de l'angoisse, des bonnes âmes, de la solitude, de trouver la paix ou l'amour. Ensuite, le champ des commentaires regorgeait de messages, principalement de femmes, qui avaient une expérience personnelle en lien avec le sujet ou bien avaient besoin d'être guidées d'une manière ou d'une autre. Le thème le plus fréquent, découvris-je après avoir fait défiler les commentaires plusieurs fois dans un sens puis dans l'autre, était le pardon.

Je ne tardai pas à voir le nom d'Isabella Sandgren apparaître dans le flux. Mon pouls s'accéléra. Je tenais quelque chose. Le sujet du jour était la possibilité de se libérer de la culpabilité. L'illustration représentait une jeune plante verte émergeant d'une masse rocheuse dure et grise.

Isabella Sandgren avait écrit : « J'ai commis une terrible erreur et la honte est si lourde à porter. J'ai toujours eu le sentiment que tout se voit sur mon visage. Peut-on être pardonné, trouver la réconciliation ? »

Une femme pasteur nommée Amina avait répondu : « Tous ceux qui se repentent et cherchent le pardon peuvent l'obtenir. Dieu est TOUJOURS prêt à pardonner, mais tu dois aussi te pardonner à toi-même. Je te conseille de contacter ton église, tu y trouveras de l'aide et pourras parler à quelqu'un. »

Isabella Sandgren : « Merci, je vais le faire. Je ne souhaite qu'une chose, laisser cela derrière moi. »

Peut-être s'était-elle adressée au prêtre Reidar Lind à ce moment-là, me dis-je. Six mois plus tard, quelqu'un lui ôtait la vie.

Amina : « Tu pourras laisser cela derrière toi. Souviens-toi également que tu peux toujours obtenir l'absolution à l'office, chaque dimanche. »

Quelque chose, dans le ton de la pasteure, me gênait. Obtenir le pardon semblait à peu près aussi simple que de trouver des lardons en réclame le week-end. Mais après tout, qui étais-je donc pour juger ? Les femmes souffraient déjà bien assez. Il fallait bien qu'il y ait des choses simples aussi. Je me demandais si le succès des religions ne résidait pas précisément là : Dieu comme solution miracle.

Maria avait-elle commis sa « terrible erreur » quand elle était enfant ou adulte ? Elle écrivait avoir toujours eu le sentiment que la honte se voyait sur son visage. Cela laissait supposer que les choses remontaient assez loin. Sa vie était un rébus que j'essayais de déchiffrer, mais il ne me facilitait pas la tâche, en changeant constamment de forme et de couleur.

J'ouvris l'application du bloc-notes dans mon portable. Il me serait peut-être plus facile d'écrire si je commençais juste par quelques mots clés. Je fixai la surface blanche. Toutes ces années passées au *Jämtlandsposten* m'avaient appris que l'inspiration n'existait pas, que la seule chose qui existait, c'était le travail acharné, frapper les touches du clavier et tenir les délais. Pourtant, s'agissant du récit sur Maria, j'étais comme paralysée.

Ou alors, je n'arrivais pas à commencer pour la simple et bonne raison qu'il me manquait le commencement ?

J'ouvris la fenêtre qui donnait sur la voie ferrée et allumai une cigarette. Tirai de longues et profondes bouffées et fis de petits ronds de fumée qui restèrent suspendus près de la ligne à haute tension avant de se dissoudre dans le néant. Dehors, tout était calme. Les limiers d'Ågren n'aboyaient même pas. Juste en bas démarrait le sentier de randonnée qui menait aux tourbières et au lac. « Altitude 537 mètres » indiquait un panneau sur le mur de la gare. C'était là que je me trouvais.

Je songeai à quel point j'avais toujours tiré Levan vers le haut, alors que lui m'avait toujours tirée vers le bas. Certainement pas par malveillance, mais par réflexe. Ma faute était d'avoir un emploi plus intellectuel et mieux payé que lui, et cette faute avait toujours pris le dessus sur ses échecs. Ses mains épaisses, son origine d'immigré. C'est toujours moi qui allais le plus mal, alors que cela aurait dû être l'inverse.

Les femmes se jugeaient elles-mêmes toujours si sévèrement. Maria avait-elle pu, quelle que fût sa faute, se pardonner à elle-même avant sa mort ?

Le brouillard ne veut pas se dissiper. Il glisse sur une eau noire, toile impénétrable entre la terre et le ciel, à cette heure de la journée. Maria a décidé d'aller parler à Jörgen. Il est sûrement en train de dormir, mais elle va le réveiller. La gueule de bois se fait sentir, ça cogne dans son front, pourtant elle a les idées claires. Claires comme de l'eau de roche.

À son grand étonnement, il y a de la lumière dans l'atelier. Elle ouvre la porte, inspire l'odeur familière de gaz d'échappement, d'essence et d'Arbre Magique parfum citron. La pendule murale indique 5 h 16. Un chat au pelage brun moucheté s'approche d'elle, se faufile vers la porte.

— Ne le laisse pas sortir. On l'a en garde, il est à ma frangine.

Jörgen est penché sur l'EPA, il remplit le réservoir d'huile. Ses cheveux tel un rideau de pluie au-dessus du moteur. Le pantalon treillis sale pend mollement sur son corps maigre.

— Comment ça va ? demande-t-elle.

Le chat se frotte avec insistance contre ses jambes en poussant un miaulement plaintif. Il a l'air nerveux et inquiet.

— J'arrive pas à dormir, répond Jörgen en levant les yeux. Mais qu'est-ce que tu fais là, à cette heure-ci ? T'as une sale gueule.

— Oui, je sais.

Elle songe aux stries rouges sur son visage. Pas ragoûtant dans la glace, tout à l'heure.

— J'ai super mal dormi moi aussi. Alors, quelles sont les nouvelles ici ? demande-t-elle en essayant de prendre un ton léger.

— Pas grand-chose. Faut que je range, mon père va être furieux. Il rentre bientôt.

Maria remarque tout à coup le désordre et la saleté. Les outils ne sont pas accrochés à leurs clous, les bidons d'essence pas sur les étagères. Des tas de papier absorbant sale traînent partout.

— Il a été malade. Cancer.

Il s'essuie les mains sur son pantalon, va chercher un chiffon sur l'évier et se met à nettoyer les essuie-glaces. Maria ne sait pas quoi dire.

— Oh, je n'étais pas au courant. Je suis désolée.

Ça sonne creux, mais c'est mieux que rien.

— Oui, mais tu sais ce qu'on dit. La merde attire la merde.

Bien que Maria ne croie pas que Jörgen pense toujours ce qu'il dit, elle se demande quand même s'il va cesser un jour avec ce genre d'attitude. Il est comme ça depuis qu'il a trois ans.

Un grand bruit éclate. Le chat a sauté sur une étagère et il a fait tomber par terre un des phares additionnels tout neufs de Jörgen. Le phare est cassé. Quelques débris ont atterri un peu plus loin.

— Putaiiin !

Un éclair fuse dans le regard de Jörgen. La veine qui court verticalement de son sourcil gauche à la racine de ses cheveux se tend et palpite. Un signe qui ne trompe pas. Maria déglutit. Recule vers la porte.

— Putain, toi, je vais te tuer.

Calmement, Jörgen pose le chiffon, sans quitter le chat des yeux.

Il prend une couverture dans le coffre de l'EPA. C'est la couverture à carreaux de la cabane, constate Maria, celle dans laquelle ils ont fauché le lecteur VHS. Jörgen la tient devant lui, avance doucement vers l'animal. Quand il arrive tout près, le chat détale. Il sent peut-être la menace.

— Allez, Jörgen, il ne l'a pas fait exprès, tente Maria.

Jörgen ne l'écoute pas. Il prend l'animal en chasse à travers l'atelier. Il réussit finalement à jeter la couverture sur lui et à la resserrer comme un sac autour de son corps affolé. Maria entend la panique du chat à l'intérieur. Il se débat, donne des coups de griffes et crie. Oui, c'est vraiment un cri.

Au moment où Jörgen projette violemment le ballot contre le mur, elle ferme les yeux. Comme elle le faisait, enfant, devant un film d'horreur, quand elle ne voulait pas montrer à ses copines qu'elle avait peur. Elle ferme les yeux, garde la tête immobile. Entend le paquet cogner contre le béton, encore et encore. Bam, bam. Au bout d'un certain temps, le bruit change, faiblit, comme si ce qui se trouvait à l'intérieur était maintenant encapsulé dans un dur noyau de silence.

Jörgen se tient au milieu de la pièce. Il tremble. Maria ne tarde pas à comprendre qu'il est en train de pleurer. Elle s'approche doucement. D'abord elle pose une main sur son épaule. Puis, comme il la laisse faire, elle tend les deux bras et l'enlace. Elle l'enlace comme une amie, pas comme une petite copine. Elle sait qu'il le sait. Tout retourne à sa forme initiale. Debout tels deux arbres aux racines entremêlées, ils puisent leur nourriture l'un dans l'autre car ici la terre ne suffit pas. Non, ce sol maigre n'a jamais suffi. Ils continueront à se tenir l'un l'autre quand les autres auront disparu. Elle veut tout lui donner. C'est là qu'elle lui dit :

— Je sais comment tu peux coucher avec Elisabeth.

Le bruit envahit la pièce, déchira l'obscurité. L'alarme du téléphone ? Non, un appel. Écran allumé, l'appareil vibrait dans le noir. J'étendis le bras vers la table de chevet, répondis en laissant ma tête posée sur l'oreiller, pas le courage de la lever.

— Allô ? dis-je d'une voix presque imperceptible.

J'étais oppressée, je me raclai la gorge avant de répéter, un peu plus fort cette fois :

— Allô ?

— C'est Vera ?

Une voix renfrognée, pâteuse. Pas un jeune gars, pas un vieux non plus. Il était 2 heures du matin.

— Elle-même.

Je m'assis sur le bord du lit et allumai la lampe. Le flacon de gouttes nasales, le polar des vacances sorti de la valise et un verre d'eau de plusieurs jours apparurent dans un îlot de lumière sur la table de nuit. Je me penchai en avant et tâtonnai sous le lit, sentis l'objet dur sous mes doigts. Le fusil de chasse. Je voulais l'avoir constamment à portée de main, au cas où. Cinq secondes top chrono.

— Il est arrivé quelque chose à papa ?

— Papa ?

L'homme parut confus.

— Non, non. Je veux vous parler du meurtre de Maria.

Je fus d'un seul coup parfaitement réveillée.

— Oui ?

J'écartai une mèche de cheveux de mes yeux. Était-ce un lecteur du journal qui m'appelait ? Un gars d'une autre époque, qui ne se défoulait pas sur Facebook comme tout le monde le fait de nos jours. Un solitaire, sans connexion Internet, qui avait descendu quelques verres et cherchait quelqu'un sur qui décharger son agressivité. Je connaissais ce genre de types, il y en avait beaucoup avant, quand la presse locale faisait fonction de réseau social.

— Qu'est-ce que vous voulez ?

Sa respiration était saccadée.

— J'ai peur.

Je soupirai intérieurement. Cet homme était peut-être un vrai cinglé, pas seulement un gars du coin un peu bourré. J'observai un nouveau renflement apparu la veille sur le mur. Ça me rappela soudain un article que j'avais lu sur le blob, un organisme vieux de plusieurs millions d'années, exposé au Muséum national d'histoire naturelle de Paris. Personne ne savait vraiment ce qu'était un blob, peut-être un animal, ou bien un champignon, cogitait le directeur du muséum. L'envie me prit de faire un trou dans la bulle de la tapisserie pour voir si ça grouillait de blobs là-dessous.

— Pourquoi avez-vous peur ? demandai-je, ne sachant même pas si je serais capable de supporter la réponse.

— Je crois que quelqu'un a poussé la mère de Maria sur les rails, que Rakel a été assassinée, tout comme sa fille, et que je pourrais être le prochain sur la liste.

Mes mains devinrent subitement moites. Il était là, le fameux hasard qu'il fallait haïr. Et si mon intuition avait été la bonne, finalement, lorsque j'étais allée voir près des rails à Järpen… Enfin, pour l'heure ? je devais rester objective, affirmer mon professionnalisme.

— Comme vous le savez peut-être, un homme est déjà placé en détention provisoire pour le meurtre de Maria.

Le type eut un rire sec.

— Ce minable de Krister Arvidsson. Mauvaise pioche.

Il semblait tout à coup sûr de lui.

— Qu'est-ce qui vous fait croire ça ?

— C'est une longue histoire. Une histoire de vengeance. Tout ce que je peux dire, c'est que Maria et moi, on a expié nos fautes.

— Vengeance ? Vos fautes ? Qu'est-ce que vous voulez dire ?

Les mots se bousculaient dans ma bouche.

— Mais qui est à l'appareil ? repris-je avec une pointe d'irritation.

— Je suis un vieil ami de Maria. J'étais un vieil ami de Maria, rectifia-t-il faiblement. Je m'appelle Jörgen.

Jörgen ! Le nom se reliait enfin à une personne réelle.

— Vous êtes allé chez Rakel, après la mort de Maria ! m'écriai-je.

— Oui, et alors ? C'est pas interdit ! Je voulais juste voir comment ça allait, mais c'était plus possible de causer avec elle. Visiblement, elle avait pas pigé ce qui s'était passé.

Il déglutit. J'avais l'impression qu'il tenait le téléphone tout près de sa bouche.

— Et puis, je… je suis le père de Liv.

Sa voix faiblit lorsqu'il prononça le mot père. Il avait du mal à le dire.

— Vous êtes le père de Liv ? Pourquoi ne vous êtes-vous pas manifesté ? La police cherche ses proches, vous avez bien vu !

Jörgen soupira.

— Pas la peine de m'engueuler. J'étais en cure de désintoxication. Je n'étais pas vraiment en mesure de m'occuper d'un gosse. D'ailleurs, je sais pas si j'y arriverai un jour. Mais à partir de maintenant, je vais au moins essayer d'avoir une vie plus rangée. Il y a eu d'autres conneries, aussi.

— Pourquoi n'appelez-vous pas plutôt la police ?

Le téléphone me glissait des mains.

— Les flics ? Pas question. Zéro confiance. Vous le feriez pas non plus, si vous aviez eu la même vie que moi.

Je m'enroulai dans la couverture et me levai. Me dirigeai vers la fenêtre, remontai les persiennes. Les flocons de neige virevoltaient dans la lumière du réverbère.

— C'est vous qui êtes resté planté en bas de chez moi, cette semaine, dans la 242 ?

— Oui, mais je voulais pas vous effrayer. Pendant un moment, j'ai pensé que, ouais, ça serait aussi bien de régler ça les yeux dans les yeux, mais je me suis dégonflé. Je me suis dit que vous ne laisseriez jamais entrer un type comme moi, de toute façon. J'ai besoin de votre aide.

— Vous avez une autre voiture ?

— Non, pourquoi ?

— Pour rien. Oubliez ça.

Ensuite, les mots jaillirent de la bouche de Jörgen. Il voulait que j'appelle le tribunal d'Östersund et que je demande à consulter les actes d'un ancien jugement. Comme ça je comprendrais pourquoi il avait peur et verrais que le meurtre de Maria prenait sa source loin dans le passé. Il m'indiqua la date de la condamnation et un numéro d'affaire.

— Ce qu'on a fait, Maria et moi, j'en suis pas fier, loin de là. Mais à présent, je veux avancer, je dois ça à ma fille. Pour la première fois, j'ai une raison de vivre, alors je ne veux pas mourir. Ça suffit, maintenant. Il faut que cette histoire se termine.

Il répéta :

— Ça suffit, maintenant.

— Avez-vous envoyé un SMS à Maria, le jour de sa mort ?

— Oui, mais elle n'a pas répondu. Et là, c'est trop tard. Trop tard pour tout.

— Non, il n'est jamais trop tard.

Je ne savais pas pourquoi je disais ça, probablement par pur égoïsme. Mon papier sur Maria marquerait peut-être mon vrai retour dans le métier, un nouveau départ. Après tout, Strömmen avait promis d'acheter mon reportage.

J'entrouvris la fenêtre. Un filet d'air frais, neuf, pénétra dans la pièce. J'imaginais qu'en même temps, quelque chose d'usé en sortait. Il existait donc un jugement quelque part, une sanction, ce qui signifiait qu'il y avait également eu une grave infraction. Jörgen venait de me fournir une clé.

Je réussis finalement à me rendormir. Dans un sommeil profond, je vis une femme morte, allongée nue dans une forêt sombre. Elle baignait dans une mare de sang. Son agresseur était penché sur elle. Ou bien était-ce elle-même ? Les personnages, la victime et l'auteur du crime se confondaient, je n'arrivais pas à les différencier.

Je me fis porter pâle sans le moindre scrupule. Le lycée vous rendait différent, vous incitait à croire que certaines choses vous étaient dues. Une semaine sur deux, Kurt et Ulla restaient au moins une journée à la maison. Kurt invoquait des douleurs de dos, Ulla des migraines. Mais leurs absences étaient sûrement dues aux aléas de la vie. Personnellement, je redoutais surtout ce qui pourrait se passer si je ne sortais pas de chez moi tous les jours pour m'occuper.

J'arrivai à Östersund à 10 heures. Un souffle de la débauche du week-end parcourait encore les ruelles. Vieilles boîtes de repas à emporter et sacs en plastique vides. Bouteilles de bière à moitié bues et ruisseaux de pisse dévalaient les pentes.

Au-dessus d'une bijouterie, sous les toits, était perché l'appartement où Levan et moi habitions en sous location vingt ans plus tôt. J'étais jeune et j'en voulais ; désireuse de montrer de quoi j'étais capable au journal, je travaillais trop. Levan était au chômage, il passait le plus clair de son temps à la maison, le nez dans ses bouquins. Tous les soirs, je rentrais épuisée et vidée, mais Levan, qui ne savait pas quoi faire de sa peau, voulait sentir palpiter mes artères, battre mon cœur. Il ne me séduisait pas du tout, à cette époque-là. Je le regardais avec les yeux des autres. Il y avait trop de gens qui se croyaient intelligents autour de nous. Tous ces connards qui savent tout mieux que tout le monde ! Ils ne pouvaient pas le laisser briller un peu avec son Ingmar Bergman ? Mon désir de partir grandissait. Je savais que la vie hors de la ville lui conviendrait mieux.

En revoyant la poignée en bronze de la porte, j'eus un douloureux élancement dans la hanche. Elle me faisait tellement souffrir que parfois, je boitais. Il faudrait que j'appelle le centre de santé dès le lendemain matin.

Mon téléphone vibra dans la poche de ma veste. Katta voulait savoir combien de personnes participeraient au vide-grenier à la fin du mois. Je lui répondis par SMS que je m'inscrivais. Je faisais sans arrêt des choses qui me surprenaient et qui surprenaient les autres. Elle m'appela seulement quelques secondes après avoir reçu mon message.

— Comment vas-tu ? demanda-t-elle.

— Je suis en ville, mais à part ça, ça va.

— Ouh là, alors c'est cohue et conneries, je suppose. Avec des imbéciles comme moi qui restent plantés au milieu des allées dans les boutiques, et énervent tout le monde.

Je souris.

— À peu près, oui.

Elle rit de son rire rauque, mais ne me demanda pas ce que je faisais à Östersund. Elle m'avait sûrement mise sur haut-parleur et peignait en même temps. Elle profitait souvent de l'occasion pour appeler les gens. Je l'imaginais devant son chevalet, en train de parler à la toile. Son « thérapeute ». Nous discutâmes un petit moment des objets que je voulais vendre à la braderie. Katta avait envie de déballer quelques vieilleries aussi.

— Et la vieille machine à écrire de Paula ? Je connais un artiste qui en cherche une comme ça.

— Oui, pourquoi pas, répondis-je.

Mais je n'étais pas sûre d'arriver à m'en séparer. Le souvenir de maman, de ses mains.

Un camion poubelle approchait, fourrageant le long des trottoirs. Devant une boutique, une livraison de marchandises faisait beaucoup de bruit.

— Pardon, tu disais ? demandai-je.

— Je te disais que je suis contente quand tu vas bien, Vera.

J'entendis couler l'eau d'un robinet. Peut-être rinçait-elle ses pinceaux. J'aurais aimé répondre quelque chose de gentil, mais comme d'habitude, les phrases s'emmêlaient dans ma bouche. Tant pis. Je me lançai sans trop réfléchir.

— Je sais. Je t'aime bien moi aussi, dis-je.

Quand je pense que j'avais réellement dit ça. On avait parfois besoin que le bruit de la ville enrobe les mots pour oser les prononcer.

Nous avons raccroché, coupant chacune la voix de l'autre, et pourtant, Katta me semblait plus proche que jamais. Papa disait toujours qu'il ne fallait pas faire toute une histoire de l'amour, que les gens savent si on les apprécie ou non. Mais je n'étais plus tout à fait sûre que ce soit vrai.

La femme derrière le guichet vitré chaussa ses lunettes, qui pendillaient à un cordon rose vif sur sa poitrine, et se mit à pianoter sur le clavier de son ordinateur.

— Ah oui, c'est vous. Pour la copie du jugement de Järpen.

Sans se lever de sa chaise à roulettes, elle recula jusqu'à un casier sur lequel était posée une enveloppe A4.

De l'endroit où s'élevait le tribunal d'Östersund, au centre-ville, on entendait la circulation à l'entrée du pont de Frösön et on sentait les effluves d'égouts provenant de la station d'épuration de Lugnvik. Bien qu'agrémenté d'un tonique toit vert pistache, le bâtiment en brique abritait des bureaux on ne peut plus conventionnels. Silence larmoyant et meubles en hêtre rouge. Une combinaison indépassable pour qui aspirait à la déprime.

— Vous avez de la chance, normalement les actes des jugements très anciens sont conservés aux archives nationales, mais il se trouve que ce dossier-là était encore chez nous, au sous-sol, m'annonça la femme avec un sourire.

— Oui, c'est ce que votre collègue m'a dit lorsqu'elle m'a rappelée, après notre première conversation téléphonique.

La femme me tendit d'abord l'enveloppe, puis un porte-bloc sur lequel était fixée une feuille de papier.

— Un petit gribouillis ici, merci.

Je quittai le bâtiment deux minutes plus tard et mis à peine cinq minutes pour arriver au Wayne's Coffee. J'entrai et commandai un expresso. Je m'installai à une table pour deux et ouvris l'enveloppe. Le dossier consignant le jugement de Maria et Jörgen faisait plus de quarante pages.

Je commençai à lire. À mesure que je remontais dans le temps, le malaise m'envahit. Flaques de sang, était-il écrit dans la description des faits, et dans le sang, des dents cassées, des sous-vêtements déchirés et une touffe de cheveux arrachés. J'imaginais Maria et Jörgen adolescents, leur brutalité achevée dans deux corps à peine terminés. Ils avaient agressé quelqu'un de la manière la plus répugnante qui soit. Et ils n'avaient pas choisi leur victime au hasard. Bien au contraire. La limite qu'ils avaient franchie ensemble les liait à jamais.

Mais lors des interrogatoires, ils n'avaient pas pleuré. D'après l'un des témoins, un des policiers qui les avaient arrêtés la nuit des faits, Maria et Jörgen, durant leur première audition, étaient restés assis, imperturbables.

Pourquoi n'avaient-ils pas pleuré ? Pour la police, c'était le signe d'une insensibilité particulière chez ces accusés. Une incapacité à l'empathie.

J'avais la désagréable impression de m'être fait avoir. Devais-je plaindre Maria ou bien la détester ? Qu'avais-je appris, finalement ? Rien. Si, une chose. Je venais peut-être de découvrir à quel moment tout avait commencé.

— Excusez-moi.

La voix me fit lever les yeux. Une femme. Grande, cheveux bruns relevés en queue-de-cheval. Elle me regardait d'un air déterminé, comme si nous nous connaissions. L'avais-je interviewée par le passé ? Il m'arrivait d'oublier les visages, les voix, parfois même les articles que j'avais écrits.

— Oui ?

Je perçus le trouble dans ma voix, rassemblai les feuilles et les serrai contre ma poitrine, comme si je protégeais un nouveau-né.

La femme avança d'un pas et pointa le doigt. Elle s'imposait de toute sa personne.

— Le sel. Je peux vous l'emprunter ?

— Ah, oui, bien sûr.

J'agitai la main au-dessus de la table… Le sel, ah, il était là. Je lui tendis la salière et lui souris.

— Merci, dit-elle en me rendant mon sourire.

Une fossette se dessina au coin de sa bouche. Je la suivis du regard tandis qu'elle retournait à sa table. Ses boucles brunes lui descendaient jusqu'à la taille. Elle avait un corps sec, musclé, sans graisse.

La liasse de papiers tremblait dans mes mains lorsque j'appelai Strömmen. Avec un peu de chance, il serait à la rédaction. Les locaux du journal se trouvaient à deux minutes du Wayne's Coffee. À Östersund, tout était à deux pas. Il répondit aussitôt.

— Il faut que je te voie, annonçai-je.

— Tu as le jugement ?

— Oui. Je suis à Östersund.

— Pas moi. Je suis en route pour Trondheim, j'ai une réunion avec tous les autres rédacteurs en chef de chez Bonnier, nous allons étudier le marché de la presse norvégienne. Mais j'ai pris ma propre voiture. J'arrive au rond-point de Krokom. Est-ce que tu retournes à Ånn ?

— Oui. Merde, il faut que je récupère ma voiture, elle est garée près du lac, à proximité du Badhusparken.

— On peut se retrouver à Storlien dans… disons deux heures ?

— D'accord, je me dépêche. On pourra déjeuner au restaurant Le Ski.

Jusqu'à Krokom, ça irait vite, cent kilomètres-heure et double voie. Ensuite la vitesse autorisée était plus limitée, il n'y avait plus de clôture anti-gibier.

Un véhicule de livraison passa devant le café. Je le suivis du regard et avalai mon expresso d'un trait.

— C'est toi qui l'as dit. Tu as dit…

— La ferme, je sais ce que j'ai dit. C'est notre faute à tous les deux.

Maria écume de rage. De la buée sort de sa bouche. La chaleur humide des douches, qui imprègne encore son corps dessus et dedans, rencontre maintenant le froid de l'extérieur. Le soleil est bas, leurs ombres s'étirent sur le mur. Si tout avait été comme d'habitude, ils auraient joué à faire des ombres chinoises avec leurs doigts, se seraient marrés. Mais rien n'est comme d'habitude. Elle ne se rappelle pas ce qu'elle s'était figuré, quand ils se sont introduits dans le vestiaire. Pas ça, en tout cas.

Jörgen opine de la tête.

— On va chacun de son côté. Il va se passer un moment avant que quelqu'un la trouve. Après, la police débarquera, c'est sûr.

Elle serre les poings, n'ose pas tourner les yeux vers Jörgen. Quand elle le regarde, tout devient plus réel, ses canines pointues et son jean plein de sang. Sa ceinture est ouverte, pend devant sa braguette. La boucle tinte dès que son bassin bouge. Il est très sale. Comme s'il avait tout entier trempé dans une chatte mouillée. Ils sont debout sous les arbres nus, pataugent dans une bouillie de feuilles brunes. Elle ne sait plus comment elle a réussi à mettre ses chaussures. Tout à l'heure, ses pieds nus étaient dans un enchevêtrement d'autres pieds nus et de papier toilette souillé et visqueux. Et tout ce rouge qui s'y mêlait. Les matières sanguinolentes avaient coulé vers la bonde d'évacuation. Oui, coulé. Le soutien-gorge d'Elisabeth était déchiré, les bonnets flasques et vides sans leur rembourrage.

Ces mamelons pitoyables. Qui en voudrait, putain ? Ils pourraient peut-être vendre les photos aux plus offrants, ou à ceux qui auront le plus bavé devant. Ils verraient bien, ouais. Un monstre.

Lorsque Maria avait maintenu Elisabeth, celle-ci avait réagi comme les cochons du grand-père de Jörgen. Elle avait d'abord crié quand Jörgen l'avait pénétrée, ensuite ça avait plutôt ressemblé à un gémissement. À la fin, elle avait chuchoté :

« Arrête.

— Quoi ? »

Elisabeth avait répété, un peu plus fort :

« Arrête.

— Ouais, on va arrêter. Mais c'est toi qui as commencé. On arrêtera quand toi t'arrêteras de te croire au-dessus des autres. »

À ce moment-là, Maria n'avait rien ressenti, à part une dureté capable de tout transpercer. Son cœur cognait si fort qu'il couvrait le bruit de tous les autres cœurs. Elle n'était plus en mesure de réfléchir. C'est seulement maintenant qu'elle commence à prendre la mesure de ce qu'ils ont fait. Ce que ça pourrait impliquer. Elisabeth était tellement silencieuse quand ils l'ont quittée. Comme si…

— Tu comprends ? On va aller en taule !

Elle tape du pied. Cela ne produit qu'un bruit sourd, absorbé par la couche de feuilles. Jörgen émerge soudain de sa torpeur, il lui prend les mains et les secoue. Ça lui fait mal aux poignets.

— Calme-toi !

Le limier en lui ressort, tel un personnage jaillissant d'une carte d'anniversaire pop-up :

— Elle était carrément pénible, putain. À griffer et à mordre. J'aurai un bol d'enfer si je me chope pas une septicémie.

Il lâche les mains de Maria et lui attrape les bras. Ils sont couverts de plaies.

— Faut que tu laves tes fringues, dit-elle. On doit laver nos fringues. Et nos mains. Les frotter à la brosse, Jörgen.

Ça fait du bien, quelque chose de concret. Sa mère n'a pas mis les pieds dans la buanderie depuis trois ans, Maria pourra y vaquer tranquille. Pour la première fois, c'est presque aussi bien que son père soit mort, disparu dans un trou sous la glace. Jörgen agite sa main.

— Les preuves, on s'en fout. On est protégés, n'oublie pas. T'as quinze ans et moi seize. On est des gamins, Maria.

— Qu'est-ce qui va se passer pour nous ?

— C'est probablement les services sociaux qui vont décider.

— La vache, qu'est-ce que t'es malin, toi.

L'image d'Elisabeth s'est gravée sur sa rétine. Telle que les autres vont la trouver. Ils vont d'abord voir sa veste de fourrure, soigneusement suspendue à un crochet dans le vestiaire. Ensuite, ils vont la découvrir, elle. Une masse rose informe sur le carrelage blanc. Maria ne collera plus jamais son propre corps contre la poitrine plate d'Elisabeth.

Ils se séparent. Maria s'attarde encore un instant. Elle regarde la silhouette de Jörgen disparaître dans la direction opposée. Son corps dégingandé passe devant les locaux du Jämtlandsposten, *puis tourne à l'angle de la boutique du fleuriste. Ensuite, c'est le silence. Pas une seule voiture sur la nationale. Lorsqu'elle reprend le chemin de la maison, les rues grisâtres de Järpen autour d'elle sont comme paralysées. Les réverbères se sont allumés, leur lumière baigne dans une lourde brume. Maria sent déjà l'odeur de la neige qui ne va pas tarder à tomber. Les touristes vont bientôt débarquer, avec tout leur attirail de ski. Ils ne s'arrêtent à Järpen que pour faire le plein, mais réussissent quand même à faire tellement de boucan avec leurs coffres de toit et leurs demandes tonitruantes d'expresso, de lungo et de ristretto, tous ces trucs avec des noms à la con, qu'on en devient sourd.*

Le vieux complexe sportif est bientôt derrière elle : moisissures noires entre les carreaux de faïence, cheveux dans les coins et pistes abîmées sur lesquelles plus personne ne court. Elle longe la zone industrielle, essaye de prendre une profonde inspiration. Elle voudrait que les cendres de pyrite de la vieille usine de sulfite l'empoisonnent, comme elles ont empoisonné la terre et la rivière à Järpen. Mais même ça, elle n'y parvient pas. L'air reste coincé dans sa gorge, sa respiration s'accélère et devient irrégulière.

Une odeur de sexe pas lavé suinte de la chambre de sa mère. La télé est allumée, comme toujours. Contrairement à son habitude, Maria n'annonce pas qu'elle est rentrée, mais descend tout de suite, dans un état second. Murmures et souffles dans les interstices de l'escalier. Elle se débarrasse de ses vêtements humides, mais n'a pas la force de les porter jusqu'à la buanderie, même si elle sait que c'est urgent. Son jean et sa chemise en flanelle restent en tas par terre, elle attrape un sweat-shirt gris et un pantalon de pyjama à carreaux. Pas la force de se laver les mains non plus. Elle s'assoit sur le lit et attend, adossée contre le mur. Elle sent encore l'odeur. L'odeur d'Elisabeth. Son estomac se retourne. Elle veut juste oublier, maintenant.

Des pas lourds sur le perron. Des gens gravissent les marches que le soleil n'atteint jamais. Tapent des pieds. La neige est enfin arrivée. Comme ça, y a plus d'moustiques. Elle ne veut pas entendre la voix de son père.

Les chiffres rouges du radioréveil indiquent 2 h 12. Ils veulent entrer, sonnent, cognent à la porte, sonnent encore.

— Ouvrez, c'est la police.

Elle se demande s'ils sont déjà passés chez Jörgen ou si elle est la première.

À l'étage, sa mère commence à s'agiter. Le lit craque. Suit un bruit sourd au moment où elle pose les talons sur le linoléum. Ses talons jaunes et crevassés sur le linoléum. Elle enfile probablement sa robe de chambre rouge. Ses pas lents dans l'entrée ensuite, apparemment elle n'a pas pris son déambulateur. En traînant les pieds, la mère dépasse l'endroit où ça craque, avance encore un peu et arrive à la porte d'entrée. Les voix sont calmes, mais graves. L'une sombre, l'autre un peu plus claire. Deux hommes. Elle n'entend que des bribes.

Voix sombre : « Ce sont des joueurs qui l'ont trouvée. »

Voix claire : « Un froid de canard là-bas quand le chauffage est éteint... en dessous de zéro cette nuit... Dernier entraînement de l'équipe de foot avant la fermeture des installations pour rénovation. »

La mère marmonne quelque chose qu'elle ne saisit pas. Peut-être une question.

— Oui, elle était allée danser.

Dans la voix de la mère, l'indignation monte. Cette voix d'ordinaire un peu groggy à cause des médicaments est maintenant tout à fait claire, claire comme le gazouillis d'un ruisseau de montagne, quand elle dit :

— Maria doit payer pour ce qu'elle a fait. Évidemment.

Maria sort dans le froid. Elle court.

— 27 septembre 1994, 18 heures.

Je toussai. Strömmen attendait avec impatience. Je repris en m'efforçant de restituer le contenu du jugement de façon claire et intelligible.

— 27 septembre 1994, 18 heures. Elisabeth Lundholm, la meilleure amie de Maria Sandgren, commence sa répétition de danse au gymnase de Järpen. Elle a un solo dans le spectacle de Noël, raison pour laquelle elle a obtenu l'autorisation de s'entraîner trois fois seule dans la salle. L'agression a eu lieu après son entraînement.

Elisabeth entre dans le vestiaire à 19 h 7. C'est à ce moment que Maria et Jörgen Elofsson surprennent Elisabeth et la traînent dans les douches. Jörgen la viole, Maria la brutalise physiquement jusqu'à la perte de connaissance. Les deux agresseurs humilient la jeune fille, notamment en prenant des photos de ses petits seins. Visiblement, Elisabeth a l'habitude de remplir les bonnets de son soutien-gorge de papier toilette, ce dont Maria a connaissance. Après l'agression, ils laissent leur victime sur place, nue, en sang et seule, bien qu'ils ignorent si quelqu'un la trouvera. Le gymnase doit être fermé le lendemain pour nettoyage et travaux. Le chauffage est éteint depuis une semaine et la première neige de l'année tombe dans la soirée. Dans les douches entièrement carrelées, il fait très froid.

Mais Elisabeth a un ange gardien. Ce soir-là, l'équipe de football a son dernier entraînement. L'un des joueurs a promis à sa petite amie d'aller chercher le pull qu'elle pense avoir oublié dans le vestiaire des femmes. En entrant, il voit du sang sur le sol et s'inquiète. Il suit les traces et trouve Elisabeth dans les douches, il appelle les secours et la police. À son arrivée à l'hôpital, elle est en hypothermie et trempée jusqu'aux os ; on la plonge en coma artificiel. Elle a frôlé la mort.

Je m'arrêtai là. Strömmen baissa les yeux vers la table, passa la main dans ses cheveux poivre et sel déjà en bataille. Nous étions assis dans la salle rouge du restaurant Le Ski, dans le centre de Storlien. De grosses poutres au plafond et des affiches de ski des années 1950 aux murs. À la fois hôtel, restaurant et boîte de nuit, l'établissement qui jouxtait la gare avait été inauguré en 1882 et avait vu sa clientèle se transformer : les adeptes d'une vie saine au grand air avaient été remplacés par des Norvégiens bedonnants qui portaient sur le dos la marque Yamaha. J'avais ma place dans l'histoire, quelque part entre les deux. À l'époque où les touristes des stations de ski voulaient manger des gaufres maison avec de la confiture de mûres boréales. Le buffet du déjeuner était dressé au centre de la pièce. Nous avions déjà payé, mais ne nous étions pas encore servis. Strömmen se frotta le visage puis étendit ses jambes. Ses bottes en cuir pointaient chacune de leur côté. Il croisa les mains derrière la tête. Hors de la salle de rédaction, il n'avait jamais l'air tout à fait à sa place.

— Mais Elisabeth a survécu ?

— Oui.

— Et la police a arrêté Maria et Jörgen ?

— Oui, la nuit même. Des gens les avaient vus le soir discuter devant le gymnase avant de se séparer. La police a rapidement fait le rapprochement.

— Nom de Dieu.

Strömmen souffla par le coin de la bouche.

— Mais pourquoi ? Pourquoi ont-ils fait ça ? s'exclama-t-il.

— D'après les interrogatoires, Jörgen voulait coucher avec Elisabeth, et Maria voulait l'aider à parvenir à ses fins. Elisabeth l'avait apparemment déjà envoyé promener. Et puis il semblerait que Maria ait eu du mal à accepter qu'Elisabeth passe pas mal de temps avec une autre fille qui venait d'emménager dans le coin. Une certaine Johanna.

— C'est pas simple quand il n'y a que trois nanas dans un village, et que deux d'entre elles sont les meilleures amies du monde. Autrement dit, un trou paumé idyllique. Maria et Jörgen étaient perdants tous les deux. On a l'impression qu'ils voulaient rabaisser Elisabeth, lui montrer leur pouvoir. Quelle a été la décision ?

— Comme ils étaient mineurs – Maria avait quinze ans et Jörgen seize – ils ont été confiés aux services sociaux au lieu d'être envoyés en prison. Ils ont tous les deux été placés en foyer d'éducation, mais il n'est pas précisé lequel, et Maria n'est revenue que vingt-sept ans plus tard. Les traces s'arrêtent là.

— Et reprennent ailleurs.

Strömmen sortit un stylo de la poche de sa chemise à carreaux et le fit tourner lentement entre ses doigts.

— Peut-on penser, poursuivit-il, que cet événement l'a poussée à changer de nom, adulte, et à devenir solitaire ?

— Oui, tout le porte à croire. Chez elle, j'ai été frappée de voir qu'elle avait cessé d'évoluer, cessé de vivre. J'ai eu la même impression en parlant avec Jörgen, je me suis dit qu'il avait fui dans l'addiction et, oui, cessé de vivre.

— Ça arrive sûrement. Certaines choses continuent de nous accompagner toute notre vie et chez eux, cela a pris le dessus sur tout le reste, bien qu'ils aient purgé leur peine.

Voilà. La sanction et la culpabilité étaient deux choses bien différentes. Pendant combien de temps une personne devait-elle purger une faute ? Vingt-sept années suffisaient-elles ? Certains pensaient peut-être que la mort était le seul moyen de s'acquitter de sa dette, que Maria méritait son sort. J'étais moi-même obligée d'admettre que je voyais ce meurtre différemment maintenant que je savais pourquoi Maria avait cherché le pardon et la grâce à l'église.

Strömmen remonta la manche de sa chemise pour consulter sa montre et recracha son snus dans une serviette en papier.

— On mange un morceau ? Il faut que je sois à Trondheim avant que Bonnier ferme la presse locale.

— Tu as arrêté ton régime au quinoa ?

— Évidemment, quelle question !

Le buffet proposait des lasagnes avec une salade de tomates mozzarella, plusieurs sortes de pains et de tartinades. Nos assiettes étaient remplies à ras bord. L'écorce de bouleau crépitait dans la cheminée, une chaleur sèche se diffusait dans la pièce. J'enlevai ma polaire. Strömmen engouffra une tranche de pain au levain couverte de tapenade et me laissa attendre pendant qu'il mâchait.

— Donc maintenant, Jörgen a peur d'être le suivant sur la liste ? Peur que quelqu'un ait décidé de venger Elisabeth ? Que ce soit même elle, peut-être ? Alors une question se pose : pourquoi ceci advient-il aujourd'hui, si longtemps après l'agression dans le gymnase ? Une blessure s'est forcément rouverte quelque part.

— Oui, mais dans ce cas je ne comprends pas ce qui amène Jörgen à penser que Rakel a été assassinée, elle aussi. D'ailleurs je commence à en douter. Elle n'y est absolument pour rien dans cette histoire.

— Non, c'est vrai, ce n'est pas vraiment logique. Bon sang, cette affaire pourrait être bien plus compliquée qu'on le croit.

Je tressaillis en me souvenant que j'avais, moi aussi, une raison de craindre pour ma vie. Moi qui m'acharnais à fouiller dans le passé. La Toyota noire ne s'était pas montrée depuis un moment, mais cela signifiait peut-être seulement qu'on m'observait d'ailleurs. Je balayai la pièce du regard. Les autres clients semblaient occupés par leurs propres affaires.

— D'un autre côté, n'oublions pas que Krister Arvidsson est détenu pour raisons plausibles, avec un fort degré de suspicion. La mort de Rakel est peut-être un accident. La police en sait plus que ce qu'elle veut bien nous dire, poursuivit Strömmen en se grattant le menton.

J'acquiesçai.

— Oui, quelles informations la police nous a-t-elle fournies, en fait ?

— Pas grand-chose de plus que ce que toi et Jönsson avez écrit dans vos articles. On a retrouvé l'ADN de Krister Arvidsson sur le cadavre de Maria et un témoin l'a vu revenir en voiture de vers chez elle aux alentours de minuit, alors que sa femme Ubolratana affirme qu'à cette heure-là, il dormait. Avant de partir tout à l'heure, j'ai appris par Jönsson que la police intensifiait les recherches pour trouver l'arme du crime.

— Le couteau… Ah, s'ils pouvaient mettre la main dessus.

Je me penchai par-dessus la table.

— Tu veux que j'essaye de soutirer des infos à l'un de mes anciens contacts flic ?

Strömmen secoua la tête.

— Pas encore. Mieux vaut attendre et voir ce qui va se passer, maintenant.

Pendant quelques minutes nous mangeâmes en silence, puis Strömmen demanda :

— Tu sais où vit Elisabeth, à présent ?

— Aucune idée. Mais je vais me renseigner dès que possible.

— Il n'y a pas urgence. Est-ce que tu as commencé à écrire ?

— Non, je tourne en rond.

Strömmen nous resservit de l'eau et inclina la tête de côté.

— Prends quelques jours de congé.

— Un congé ?

— Oui, tu vois, tu ne fais rien de spécial. Tu te reposes. Et là, les choses finissent en général par s'éclaircir d'elles-mêmes.

Strömmen affichait un sourire un peu niais. Le fait est qu'il n'avait pas l'air malin sans sa boule de snus sous la lèvre supérieure.

— Tu as le teint pâle ces derniers temps, ajouta-t-il.

Je regardai dehors. L'ancienne supérette Konsum de Storlien avait été remplacée par un magasin qui vendait en détaxe des bonbons au poids et des boissons énergisantes. Tout ce qu'ils aimaient, ces Norvégiens totalement dénués de goût.

— Je suis toujours pâle. Et puis, je déteste me reposer. Quand je dois me reposer, ça se termine le plus souvent par une cuite.

— Oui, ce n'est pas exactement ce qu'on appelle du repos.

— Non.

Rien ne s'éclaircissait de soi-même. Rien. J'avais plutôt besoin de travailler encore plus, de réfléchir davantage, pour trouver des liens.

Des relents de vieille bière émanaient de la moquette rouge. L'Indien en bois était posté dans l'ombre à côté du bar depuis la nuit des temps. Les selles de cheval en fer forgé, près du comptoir, me rappelaient des nuits d'insouciance. Il était tellement facile de faire un saut pour prendre une bière, à cette époque. Se mettre en selle. Tendre l'autre joue. Rien ne m'aurait atteint, alors. Rien.

Elle court pieds nus, tel un animal aux coussinets endurcis. Ses pieds vont s'engourdir, ne seront plus jamais les mêmes, elle le sent bien. Voilà ce qui l'attend. Ils vont fouiller, tirailler, arracher. S'emparer de tout ce qui lui appartient.

Mais elle n'a que quinze ans, ils comprendront, bien sûr, non ? C'est ce que Jörgen a dit. On est des gamins, Maria. On est protégés. *Elle est dans la forêt. Celle-ci l'a toujours portée, même dans les moments où personne d'autre ne voulait le faire. Détends-toi, bon Dieu. Elle pense à l'autocollant que son père avait mis sur la lunette arrière de la voiture, quand tout était encore normal : un bonhomme avec un petit sourire gêné, des yeux plissés et des joues légèrement rouges. Ses épaules retombent.*

Elle voit quand même partout les signes de la fureur qui se déchaîne ici, parfois. Les sapins jetés à terre. La boue qui veut tout engloutir, simplement parce qu'elle le peut. Pour l'instant, les féroces pinces articulées des engins forestiers sont abaissées. Mais sinon.

La mort est présente ici aussi. Les mottes difformes dans les buissons de myrtilles. La première neige a emporté ce qu'il en restait. Elle a vu les restes d'animaux abattus, sur le parking, et les corneilles qui piquent dans la pourriture. La chasse continue demain, elle n'a peut-être jamais cessé.

Elle court jusqu'au camping. Ils sont chez eux, il y a de la lumière à la fenêtre, un phare dans la nuit. Elle cogne comme une folle à la porte. D'abord avec ses poings, ensuite du plat de la main. Sonja la fait entrer. Maria s'effondre dans ses bras. L'étreinte est si chaude, si douce, et Maria est tellement fatiguée. Elle se cramponne, mains plantées dans le corps de Sonja, et elle pleure. Sonja pleure elle aussi. Elle serre fort, comme si elle non plus ne voulait pas la lâcher. Elle murmure « Voilà, voilà » dans ses cheveux. Puis Maria les voit. La police. Ils sont là aussi. Elle n'y échappera pas.

Lars siffla entre ses doigts et mit les mains sur ses hanches, tel un militaire.

— Bon. Maintenant on va faire trois kilomètres de marche. On prend le sentier d'été, il est bien balisé, et on reste groupés. Vous êtes vingt-deux, je vous recompterai plusieurs fois. Interdiction d'emprunter un autre chemin. Compris ?

Hochements de têtes ici et là. Viktor dissimula un ricanement narquois tout en raclant du bout de sa chaussure une racine de bouleau qui dépassait sur le chemin. J'eus envie de l'imiter.

— Le dénivelé est de trois cent quarante-cinq mètres, mais vous serez récompensés de vos efforts. La vue du sommet du Suljätten est magnifique, poursuivit Lars.

— Moi je trouve que c'est plutôt embrumé, observa quelqu'un.

— Seulement ici, dans la vallée. Manne, toi qui es de Baksjönäset, tu sais ce qu'il en est dans la montagne, n'est-ce pas ?

— Ça fait trois kilomètres aller, ou bien aller-retour ? demanda quelqu'un d'autre.

— Aller.

Lars ignora le soupir unanime suscité par sa réponse et préféra passer sa troupe en revue.

— Tilda, tu n'as rien à te mettre sur la tête ? J'ai des bonnets en réserve dans le bus, sinon.

Tilda eut un sourire fuyant et sortit un bonnet pointu rose de sa poche intérieure. Avant de le mettre, elle arrangea ses cheveux du bout des doigts, tira une mèche de chaque côté de son visage, mais un coup de vent ébouriffa aussitôt sa coiffure.

Les dames de la cantine avaient accepté de préparer des hamburgers et des accompagnements pour les randonneurs. Je regrettais de ne pas avoir écouté Ulla et commandé de la salade de pâtes, ça m'aurait simplifié la vie. On allait bien s'amuser pour allumer un feu avec ce vent. Ulla et Kurt s'étaient évidemment fait porter pâles le jour de la sortie. Heureusement, Kalle Sund avait pu les remplacer au pied levé. Nous échangeâmes un salut de connivence.

— Est-ce que tu as des nouvelles du toit, depuis la réunion au foyer rural ? me demanda-t-il.

— Non, je pense que Katta et Björn ont trop de réservations à La Maison en ce moment pour s'en occuper. Mais le vide-grenier de Katta aura quand même lieu, semble-t-il.

Des tas de neige mouillée étaient dispersés entre les touffes d'herbe. Je sautais par-dessus les racines et les pierres, essayais de contourner la bouillasse. Ça sentait la terre et les aiguilles de pin humides. Je haletais et glissais sans arrêt.

Loin devant, Lars gambadait comme un bouquetin. Je me surpris à serrer les dents à la vue de ses mollets musclés. De temps en temps, le vent portait jusqu'à moi la voix de Kalle depuis le milieu de la file. En bon prof de sciences naturelles à la retraite, il parlait de la flore environnante et donnait le nom des montagnes. Cela me rappelait toutes les randonnées que j'avais faites avec mon père. Mon corps se détendit.

Au sommet nous attendait le panorama promis, caché comme un raisin sec dans une bouillie épaisse. Debout sur le nez du géant, comme on l'appelait, nous regardions autour de nous, tentant d'apercevoir le lac Kallsjön, l'Åreskutan et les Skäckerfjällen, en vain. Les nuages et la brume emplissaient tout l'espace alentour.

— On n'a pas de chance avec le temps, mais on ne peut rien y faire, constata Kalle. Essayons de trouver un coin pour manger à l'abri du vent et espérons que ça va se dégager.

Lars répondit par un grognement, incapable, de toute évidence, de concevoir que le temps ait le culot de ne pas être de son côté.

Nous partîmes à la recherche d'un endroit abrité. Lars trouva une saillie dans la roche, qui formait une sorte de toit au-dessus d'un tapis de bruyère et de camarine noire. Nous y serions tranquilles. Måns et moi déroulâmes les tapis de sol.

— Tilda et William, allez donc ramasser quelques pierres et posez-les sur les coins, pour que les tapis ne s'envolent pas.

Nous rassemblâmes le bois d'allumage que nous avions apporté. Dans son sac à dos, Kalle avait des allume-feux, du journal et des morceaux d'écorce de bouleau. Il creusa un trou autour duquel il disposa des pierres. Avec mon couteau Mora, je taillai des petits bâtonnets dans les bûches et déposai les copeaux dans le foyer. Le vent nous mugissait aux oreilles. Kalle essaya d'enflammer un peu de papier journal. Lars soupira.

— Il y a un abri à Lillvallen. On ferait peut-être aussi bien de redescendre.

— Mais non, on va y arriver. Il faut que les jeunes mangent quelque chose avant de repartir pour trois kilomètres, dit Kalle.

— Les steaks hachés sont déjà cuits, il faut juste les réchauffer sur le gril. Attends, j'ai un tampon dans ma poche, dis-je.

Lars fit mine de ne pas avoir entendu et regarda ailleurs.

— Les tampons, c'est un truc du tonnerre pour démarrer un feu, insistai-je.

C'était vrai. Le tampon s'enflamma et le tas de bois avec. Sauvés par la ménopause, qui l'aurait cru ?

Après le repas, Lars eut même l'air un peu plus joyeux. Nous regardions les flammes, hypnotisés. Crépitements et étincelles. Le brouillard se retira lentement. Loin en contrebas, la cime des sapins surgit de la grisaille. Un beau moment de la journée.

Lorsque les élèves ne tinrent plus en place, le caporal Lars refit surface. Debout, jambes écartées, il reprit le commandement et donna ses instructions d'une voix claire.

— Prenez les mêmes sentiers qu'à l'aller. N'essayez pas de descendre par le versant sud, c'est trop escarpé. Suivez-moi, Kalle et Vera nous rejoindront après avoir remballé ce qui reste et s'être assurés que le feu est bien éteint.

Les élèves se rangèrent en file indienne. Nous vîmes les derniers disparaître derrière le mamelon rocheux. Ils emportèrent les bruits avec eux. Kalle et moi jetâmes de la neige sur les braises incandescentes. Plusieurs brassées furent nécessaires pour venir à bout des lueurs orangées. Puis tout devint noir, gris et morne. L'enchantement du feu était rompu.

Nous prîmes le chemin du retour. Les sacs à dos paraissaient moins lourds maintenant que leur contenu avait été mangé et brûlé, mais la descente était presque plus difficile que la montée. Mes genoux tremblaient. Une de mes chaussures s'enfonça dans un tas de crottes de renne. Devant moi, le dos de Kalle. Celui-ci se retourna.

— Alors, Vera, ça te plaît d'être assistante pédagogique ?

— Tu veux dire : ça fait combien de temps que l'agence pour l'emploi m'a obligée à prendre ce job pour conserver mes droits au chômage ?

Kalle rit.

— Si tu le vois comme ça.

— Presque un an. À la base je suis journaliste, mais comme tu le sais sans doute, c'est une existence plutôt incertaine.

Il acquiesça d'un signe de tête.

— On est en train de tout démanteler, dans tous les domaines. C'est terrible.

— J'avoue que je fais encore quelques piges de temps en temps. En ce moment j'écris sur le meurtre qui a eu lieu près de Kall. Je travaille sur un portrait de la victime.

Kalle s'arrêta pour resserrer la ceinture de son sac à dos.

— Ah bon. Je l'ai eue comme élève, en fait. Mais à cette époque, elle s'appelait Maria.

Mon cœur se mit à battre plus vite. J'avais envie de bombarder Kalle de questions, mais je me retins. Les gens se méfiaient toujours quand on s'emballait trop.

— Oui, j'ai compris qu'elle avait changé de nom.

— Quelle histoire tragique. Krister Arvidsson a dû disjoncter. Je m'en souviens comme d'un gamin tranquille. Mais il avait du mal avec les filles, ça c'est sûr.

— Tu avais Elisabeth aussi, en cours ?

— J'avais toute la bande en maths. D'abord Maria et Elisabeth, et puis Johanna a emménagé dans le nouveau pavillon en bas d'Olérsbacken. Ça ne s'est pas bien passé, les filles n'ont jamais vraiment réussi à s'entendre à trois, ce que tu sais sûrement déjà. Je trouvais Elisabeth très égocentrique. Maria s'est retrouvée exclue.

— D'accord. Mais elle avait Jörgen, non ?

— Pour autant qu'on ait pu avoir Jörgen. Un petit délinquant un peu idiot, mais le préféré de toutes ces demoiselles. Il a vraiment fait ressortir le pire chez Maria. Une vraie tornade, si tu veux mon avis.

— Oui, je sais ce qui s'est passé dans le gymnase.

— Ça me fait de la peine rien que d'y penser. Ils ont tous été perdants dans l'histoire. Tous perdants.

Kalle secoua la tête.

— Maria n'est jamais revenue à l'école après ce qui s'était passé, poursuivit-il. Tout le monde s'est demandé ce qu'elle était devenue ensuite, après son séjour au foyer. La rumeur a couru qu'elle était tombée enceinte et avait eu un enfant.

Ma bouche s'ouvrit et se referma plusieurs fois avant que je puisse articuler un mot.

— Un enfant ? Tu ne serais pas en train de tout confondre ? Tu sais qu'elle a eu une fille, l'année dernière ?

— Oui, oui. Non, ce dont je te parle, c'était il y a vingt-six ans. On ne se trompe pas sur ce genre de chose.

— Et qui aurait été le père alors ?

— Jörgen, cette fois-là aussi.

— Tu plaisantes ? Ça voudrait dire que Maria et Jörgen avaient déjà des relations sexuelles à l'époque ? Je croyais qu'ils étaient juste amis.

Kalle leva les mains en l'air comme pour se dégager de toute responsabilité.

— Encore aujourd'hui, personne ne sait si c'est vrai ou pas. Sans doute seulement une rumeur. Les gens n'avaient pas d'autres sujets de conversation au village, alors avec le bouche à oreille, les mots ont été déformés, transformés. Tu sais comment ça se passe.

Il prononça la dernière phrase avec aigreur. La torsion de son dos était inconfortable.

— Oui, je sais. Les ragots.

Mais je connaissais aussi le proverbe. Il n'y a pas de fumée sans feu.

S'il y avait eu un enfant, Liv, la fille de Maria et de Jörgen, avait donc un frère ou une sœur adulte, quelque part. Ce serait complètement dingue, mais somme toute assez peu probable. Sinon, Jörgen en aurait parlé, j'imagine ? D'un autre côté, il n'était pas certain qu'il l'ait jamais appris. Maria avait pu faire adopter l'enfant en cachette et emporter son secret dans la tombe.

Mais si cela s'avérait vrai, quelle savoureuse histoire pour un journal ! Ce serait l'occasion de mettre un pied dans plusieurs rédactions autres que le *Jämtlandsposten*. Tout à coup, j'étais agacée de me trouver en pleine montagne. Je voulais contacter les services de l'état civil pour tirer ça au clair sur-le-champ.

Un renne vint nous tenir compagnie. Il trottina près de nous un moment avant de disparaître dans la brume.

— Sais-tu ce qu'est devenue Elisabeth ? demandai-je en ajustant la bretelle de mon sac à dos.

— Toute la famille a déménagé. Ils ont vendu la scierie et la maison, ce truc rose bonbon avec une grande véranda, près de l'ancienne salle des fêtes, tu l'as sûrement vue, et ils sont partis s'installer à Stockholm. Elisabeth s'en est plutôt bien sortie, du moins en apparence. Elle travaille comme médecin quelque part à Danderyd. Mais à l'intérieur, elle est certainement en miettes. J'ai entendu dire qu'elle souffrait de stress post-traumatique.

— Ça ne m'étonne pas. Et Johanna ?

— Les Beckman ? Ils ne sont pas restés longtemps. Apparemment, ils étaient juste de passage. Ils n'ont jamais été que des visiteurs, en réalité. Il me semble qu'après, ils sont partis à Bali. La mère de Johanna a ouvert un studio de yoga et son père a continué avec son agence de pub. La dernière fois que j'ai entendu parler de Johanna, elle vivait aux États-Unis et était femme au foyer.

Il fit une grimace.

— On dit souvent qu'on ne peut pas savoir ce que l'avenir nous réserve, et parfois c'est bien vrai, conclut-il.

Si l'on cherchait l'antonyme de Maria Sandgren dans un dictionnaire, on tomberait sur Elisabeth Lundholm. Oui, impossible de voir ça autrement. *No more fucks to give*, plus rien à donner, mais les gens continuaient à juger sans pitié. Sur la page du site Internet de l'hôpital de Danderyd dédiée au personnel, la photo d'Elisabeth montrait une femme blonde comme les blés, souriante, de celles qu'on voit seulement dans les publicités américaines. Teint rayonnant, on aurait dit qu'elle rentrait d'une promenade revigorante, la bouche aussi brillante qu'une cerise. Sous la photo, il était indiqué : endocrinologue.

Elle ne m'inspira d'emblée aucune sympathie.

En allant au centre médical, j'étais passée devant l'ancien pavillon rose de sa famille. Les fenêtres à croisillons blancs étaient éclairées et sur le perron pourvu d'une rampe d'accès se trouvait un déambulateur. Ici habitaient sûrement des personnes âgées, à présent.

Je pris place dans la salle d'attente. La chaise venait d'être occupée et était encore chaude, mais cette chaleur devint mienne. Mal aux fesses, à force d'attendre. Je me tortillais, croisais les jambes, les décroisais. Le médecin avait visiblement pris du retard. Le temps passait. Un vieux monsieur, assis sur le canapé en face de moi, avait lu les dernières nouvelles avant de reposer le *Jämtlandsposten*. Maintenant il parlait de sa prostate à un autre vieillard qui monologuait lui-même sur sa tension artérielle. Leurs voix se mélangeaient.

Une blouse blanche apparut dans l'entrebâillement de la porte.

— Dagny Svensson !

Les petits vieux se turent.

— Dagny Svensson ?

Ce n'était aucun des deux. Les douleurs persistaient.

Je ne pouvais pas rester assise ici, n'avais pas le temps pour ça. Il fallait que je parte, que je continue à chercher. À écrire, un mot à la fois. Échafauder quelque chose en noir sur blanc. En attendant, j'envoyai un mail à l'administration des impôts, pour qu'ils me transmettent les informations disponibles sur Maria dans les registres d'état civil. Je voulais savoir si elle avait eu un enfant vingt-six ans plus tôt et si cet enfant avait été adopté.

J'avais des fourmillements dans tout le corps. Je me levai, fis quelque pas d'un côté de la pièce. Fixai d'un œil vide les corbeilles remplies de surchaussures en plastique bleu, usagées et neuves. Me dirigeai ensuite de l'autre côté et observai la plante grimpante qui s'accrochait aux espaliers masquant l'entrée du service de psychologie d'Åre. C'était ça, le comble de l'ennui, exactement.

Il me serra la main et se présenta : Johan Erlandsson. L'horloge sur le mur indiquait quarante-cinq minutes de plus que l'heure de mon rendez-vous. Il ne s'excusa pas, me pria d'enlever le bas et de m'allonger sur la table d'examen. Je dégrafai mon jean pendant qu'il se lavait les mains dans le lavabo près de la porte. Comme tous les médecins, il se frotta avec du savon jusqu'au coude. Puis il ausculta ma hanche avec des mains douces et froides. Je me demandais s'il avait remarqué ma culotte de grand-mère. Elle me remontait presque jusqu'au nombril.

— Est-ce que ça vous fait mal, là ?

Il appuya un peu plus fort d'un côté. Je grimaçai.

— Oui, aïe.

Il s'assit devant son ordinateur, fit défiler les pages sur l'écran.

— Je vois dans votre dossier médical que vous avez glissé et vous êtes fracturé le bassin il y a cinq ans. Il est possible que vous ayez encore des séquelles. Je vais vous faire une ordonnance pour un orthopédiste.

Il me regarda d'un air soucieux.

— Avez-vous été aidée pour le reste ? demanda-t-il d'une voix douce.

— Le reste ?

Je baissai le nez vers ma polaire. Elle peluchait, avait largement fait son temps.

— La crise existentielle. Le divorce, le mal d'enfant, le travail. Il est indiqué ici qu'on a cherché à vous joindre à plusieurs reprises pour un suivi. Vous aviez un rendez-vous avec Eva Persson, mais vous ne vous êtes jamais présentée.

— Je n'ai pas besoin d'un psy.

Johan Erlandsson croisa les jambes et sortit un stylobille de la poche poitrine de sa blouse blanche. Il me considéra tout en faisant cliquer son stylo.

— C'est vous qui le dites.

Salaud de remueur de couteau dans la plaie.

— Oui.

— Donc vous n'avez plus d'idées suicidaires ?

Je secouai la tête.

— Il n'y a aucune honte à cela, ajouta-t-il.

Était-il absolument obligé de me scruter de cette manière ?

— Non, je sais. Mais je vais mieux, maintenant.

Je me grattai le nez, les yeux rivés sur l'écran allumé de l'ordinateur.

Il se leva.

— Tenez, voici ma carte. Au cas où vous changeriez d'avis. J'interviens ici parce qu'il n'y a pas assez de médecins, mais j'ai mon propre cabinet. Beaucoup de gens attendent trop longtemps avant de demander de l'aide quand ils sont déprimés.

Johan Erlandsson me laissa partir. Johan Erlandsson, psychiatre. Ben tiens ! La carte de visite me brûlait les doigts. Je la rangeai dans la poche de ma veste.

La E14 était un miroir noir. À la radio, P3 annonçait que les directeurs de banque avaient augmenté leurs bonus. Je passai sur P4 Jämtland. Les éleveurs sames de Tåssåsen avaient perdu sept rennes domestiques, déchiquetés par les loups. Le bulletin fut interrompu par une information routière. À Östersund, les bus étaient bloqués dans Kyrkgatan, un camion semi-remorque était arrêté dans la montée de Rännbergsbacken, et à l'embranchement d'Ås trois voitures avaient versé dans le fossé. Les accidents mortels attendaient leur heure. Alerte, risque important de verglas.

Alerte, risque important de tristesse. Je me réfugiai sous la douche, bien que personne ne puisse me voir pleurer, dans mon appartement à cinq cent trente-sept mètres au-dessus du niveau de la mer. Peut-être voulais-je simplement pleurer sans m'en apercevoir moi-même. Mes larmes se mêlaient à l'eau de la douche. Elles coulaient à flots. La boule dans ma gorge explosa. Que pouvait faire quelqu'un qui avait été abandonné ? On ne pouvait forcer personne à nous aimer. Une âme en peine n'avait rien à attendre. Elle était rejetée et livrée à son désespoir, où seule la haine pouvait croître.

Je m'assis dans la baignoire et pleurai. Je pleurai à m'en défigurer, je pleurai à en avoir le visage boursouflé, je pleurai à en être plus moche et plus seule que jamais.

Le gâteau aux carottes que Katta m'avait donné après la réunion au foyer rural avait moisi dans le réfrigérateur. J'enlevai les taches vertes et le mangeai quand même. Son goût me rappela l'odeur des crottes de chien qui dégelaient au début du printemps. L'association avec le vieux whisky de Levan serait parfaite. J'ouvris la bouteille avec une telle véhémence que le bouchon vola droit dans le mur. Pang ! Je la renversai au-dessus de mon gosier. Il en resta ensuite à peine un fond. Personne n'avait à me dicter comment faire face à mon chagrin.

Je sortis. Marchai sur la E14, marchai le long des jardins infertiles que certains voulaient corriger au Tipp-Ex, marchai dans ces paysages austères où j'étais chez moi. Je n'avais pas d'appartement à Gamla Stan au cas où, et de toute façon je n'en voulais pas. J'avais cinquante-six ans, j'étais une grande fille qui se débrouillait très bien dans la plupart des situations. Aussi coriace qu'un bouleau de la taïga.

J'aperçus une silhouette venant à ma rencontre sur la route. Après, ce fut le trou noir.

La femme qui conduit a un visage cireux. Elle dit qu'elles vont dans un foyer pour les filles comme Maria. Toutes les méchantes filles qui trahissent leurs meilleurs amis n'obtiennent pas une place en urgence dans un foyer éducatif, mais les filles comme elle, si. Simple comme bonjour.

Mais elle ne pleure pas. Elle est asséchée depuis longtemps. Pas besoin de l'arroser, elle pousse quand même.

Les nuages déferlent dans le ciel, ensuite il fait complètement noir. Maria ne le sait pas encore, mais c'est la dernière nuit noire qu'elle verra avant longtemps. Les lumières de la ville ne s'éteignent jamais et elle n'apprendra jamais à aimer cela. Les lumières sont artificielles, insomniaques, et elle, elle est abandonnée, impossible à éduquer.

Deux heures. Huit heures. Les distances se mesurent en heures, toujours en heures.

Un jour, elle reviendra.

Quelqu'un avait posé un seau à côté de moi, de crainte que je ne vomisse. J'étais étendue sur une banquette, dans une cuisine jaune que je reconnaissais, sans savoir pour autant chez qui je me trouvais. Mes souvenirs s'étaient envolés, ma vessie allait exploser.

— Ça y est, tu es réveillée.

Je levai les yeux. Thomas, jean bleu et T-shirt blanc, pour ainsi dire nu, sans sa tenue de travail.

— Oui, je crois.

Bruits de portes de placards et de tiroirs. Grille-pain et machine à café en route. Je me redressai. Sur la table étaient posés une assiette avec deux biscuits Mariekex beurrés, un verre de jus de fruit et un autre rempli d'un liquide blanc et trouble.

— Aspirine. Je me suis dit que tu devais avoir mal au crâne.

Un petit sourire au milieu d'une barbe sombre.

J'acquiesçai, avalai d'abord l'antalgique, puis le jus de fruit. Rhubarbe.

Je me glissai hors de la couverture qui crépita sous l'effet de l'électricité statique. La lumière éclaira mes jambes nues et s'infiltra plus haut entre elles. Je tirai sur le seul vêtement que j'avais sur le dos : un large T-shirt portant l'inscription *Routiers Martinsson* sur la poitrine. Thomas m'avait déshabillée puis rhabillée ? Merde, j'étais donc dans un si piètre état, hier ? Alors maintenant, il avait un avantage sur moi. Mais pourquoi fallait-il toujours que je pense ça ? Que les gens avaient un avantage sur moi si je me mettais à nu, si je montrais mon corps ou mes émotions. Il fallait que ça cesse.

Ma vessie pleine était douloureuse. Je posai les pieds sur le parquet. Le chien prit visiblement cela pour un signal car il se précipita vers moi en remuant la queue. Je relevai les pieds.

— Au panier, Argos. Vera ne veut pas de toi.

L'animal repartit tout penaud, tête et queue basses.

Un grand jet d'urine arrosa la porcelaine des toilettes. Cela s'entendit sûrement jusque dans la cuisine. Je m'essuyai et jetai un œil dans la cuvette : teinte orange foncé et odeur de whisky. J'avais mariné.

Il n'y avait pas de tapis de bain. Un seau et une serpillière mouillée traînaient dans un coin. Mes vêtements séchaient sur la paroi de la cabine de douche. J'observai mon visage boursouflé dans le miroir. Une lueur étrange était apparue dans mes yeux.

J'étais en train de perdre du temps. Chaque jour comptait. Il fallait que j'arrive à contacter Elisabeth d'une manière ou d'une autre. En même temps, j'avais le sentiment que je devais rattraper certaines choses avant. Mais j'étais fatiguée, terriblement fatiguée.

Je pinçai mes lèvres pâles. Deux méduses translucides collées l'une à l'autre. Qu'est-ce que je fabriquais ? Ce n'était que Thomas. On avait grandi ensemble. N'était-ce pas lui qui avait tenu mes cheveux pendant que je vomissais derrière l'école, lors de la fête des quatrièmes ? Si, c'était lui. N'était-ce pas lui qui m'avait prêté son pull quand le sang avait taché mon pantalon, pendant une sortie à Duved ? À vingt kilomètres de la maison et pas de serviette hygiénique. « Mets-le autour de ta taille, personne ne verra rien », avait-il dit. Si, c'était lui.

Je retournai à la cuisine, tirai sur sa manche, mais il ne sembla pas le remarquer. Il n'avait pas l'air de considérer mes jambes nues comme un élément étranger à son environnement. Ce dont je lui savais gré. Mais cela allait de pair avec mon invisibilité de femme périmée. Désolante dans son insignifiance. Je me rallongeai sur la banquette en frottant mon sexe parfumé au whisky sur le matelas, puis je rabattis la couverture.

— Mes fringues… ?

— Elles seront bientôt sèches. Ah oui, j'allais oublier. Prends ça, en attendant.

Il me tendit un caleçon long bleu, pour homme. Je le posai à côté de moi sur la banquette.

Baignant dans la lumière du soleil, la cuisine paraissait encore plus jaune. Le visage de Thomas était éclairé lui aussi. Ce fut comme si je le voyais pour la première fois. Ses traits familiers prirent soudain un aspect plus énigmatique. Aucun visage n'était simple à déchiffrer. Au premier abord, celui de Thomas pouvait sembler rustique, mais si l'on regardait de plus près, on y découvrait autre chose. Les marques de vulnérabilité qui s'étaient gravées sur sa lèvre inférieure, ses yeux tombants qui avaient toujours l'air un peu tristes. Il n'avait jamais exigé qu'on fasse attention à lui. Était-ce ce calme qui l'avait toujours privé du rôle d'amoureux ? Non, ce n'était probablement pas ça. Parfois, il n'y avait tout simplement pas d'explication.

Il se rendit compte que je l'observais.

— Qu'est-ce qu'il y a ?

— Non, rien. J'ai été pénible, hier ?

Thomas nous servit du café.

— Pas trop, non. Je passais avec mon camion et je t'ai récupérée devant le supermarché. Tu t'étais couchée sur le conteneur à sable et tu disais que tu voulais dormir là. J'ai pensé qu'il valait mieux que tu dormes chez moi. J'ai vérifié toutes les heures que tu allais bien.

— C'est gentil. Tu dois être fatigué, non ?

— Non, de toute façon, je voulais regarder un film. Il y en a un nouveau avec Robert de Niro, sur Netflix.

— J'ai vomi ?

— Oui, tu as été un peu malade, c'est vrai. Mais tu étais surtout triste, et je le comprends.

Nos regards se croisèrent. Le sien signifiait que je pouvais continuer à parler si j'en avais envie, mais que lui pouvait passer à autre chose. Il connaissait Levan, il me connaissait, nous avait connus comme un couple. Je n'avais pas besoin d'expliquer quoi que ce soit.

— Tu fais quoi aujourd'hui ? demandai-je.

Il passa sa main dans ses cheveux rebelles.

— C'est Albin Sundin, le gars de Handöl, qui est de permanence. Mais je n'irai pas à la chasse, de toute façon. Un jour par mois, je fais de l'espagnol. À distance, sur Internet.

Je ne pus m'empêcher de rire.

— De l'espagnol ?

Parmi toutes les activités auxquelles Thomas Martinsson était susceptible de consacrer un jour de congé, les cours d'espagnol étaient la plus inattendue.

— Oui, de l'espagnol. Pas mal pour un vieux tromblon comme moi, hein ?

Il sourit et poursuivit :

— J'ai l'intention d'aller à Buenos Aires danser le tango. J'ai suivi un cours de danse à l'université populaire, cet automne, et je pourrai bientôt me débrouiller en espagnol. Donc je pars, j'ai toujours rêvé d'aller en Argentine. Je serai absent un moment.

— Comment ça, un moment ?

Je mordis dans ma tartine.

— Six mois ou un an.

Il avala bruyamment une gorgée de café.

— Eh ben. Tu m'en diras tant.

Qu'il ait envie d'autre chose n'avait rien d'étonnant, mais j'étais surprise, voilà tout. Enfin, on n'aurait bientôt plus beaucoup de temps pour réaliser nos rêves. Lorsque je fis le lien entre l'espagnol et la danse, tout devint logique. Thomas avait toujours adoré danser. Les filles faisaient la queue pour l'avoir comme cavalier lors des soirées dansantes au foyer rural. De mon côté, je restais le plus souvent à la cafétéria ou sur le parking avec Levan, à me balancer sur la musique. Je n'avais jamais compris l'intérêt de me coller à un homme avec lequel je n'allais pas coucher. Je ne voulais pas offrir mon corps ni laisser quiconque sentir les bretelles de mon soutien-gorge sous ses doigts et la chaleur de mon sexe sur son genou. Je n'avais pas non plus envie de sentir quoi que ce soit durcir ou mollir contre moi.

Nous continuâmes à manger en silence, comme quand nous étions enfants. Je me souvenais des moments où, assis côte à côte sur le perron, nous grignotions des pommes jusqu'au trognon sans dire un mot. Je lui rappelai ce souvenir. Il sourit.

— Au fait, tu as eu des nouvelles d'Åsa ou de Linda dernièrement ? demanda-t-il.

— Non. Nous n'avons plus rien en commun. Plus rien à nous dire.

Je lui racontai le voyage à Majorque, les exercices de yoga que je n'arrivais pas à faire correctement parce que j'étais trop raide, et tous ces restaurants branchés, avec leur nourriture saine, leurs plats à base de dattes et de chou frisé, qui me donnaient l'impression d'être une Bridget Jones en plein reniement. J'avais fini par laisser tomber l'idée de vivre sainement. Pendant qu'elles couraient dans tous les sens à la recherche de cadeaux pour leurs gosses et leurs maris, moi je buvais des bières dans les bars et mangeais des hamburgers. La solitude me paraissait plus légère à Ånn que dans la « vibrante capitale » de Majorque, comme disaient les guides touristiques. À Palma, la solitude était le bruissement continu d'une convivialité à laquelle je ne pouvais pas participer. Bribes de rires et de conversations, bruits de pas, verres qui s'entrechoquaient. Les autres semblaient si nombreux, une multitude de voix, alors que je me trouvais moi-même à l'intérieur d'une grande bulle. À Ånn, la solitude était silencieuse et elle était souvent un but en soi. Vastes étendues désertes, repos de mon âme.

— Depuis le voyage, on n'a pour ainsi dire pas eu de contact.

Thomas me regarda.

— Alors ?

— Alors quoi ?

— D'abord, vous avez beaucoup en commun, vous avez une histoire. Vous savez ce qui s'est passé ou pas. Peu importe qu'il vous reste peu de choses à vous dire. Le simple fait de ne pas avoir à expliquer qui l'on a été un jour est très précieux. C'est ce qu'il y a de plus précieux, en fait. On a tous besoin de quelqu'un qui comprenne nos souvenirs, qui les comprenne vraiment. Toutes les relations ne doivent pas forcément être toujours super épanouissantes. On peut se contenter d'entretenir ce qui existe, non ?

Je méditai cette pensée. Je n'avais jamais vu les choses de cette façon.

— Oui, c'est possible, répondis-je.

J'enfilai le caleçon long et allai m'allonger sur le canapé dans le séjour. L'ouverture de la braguette bâillait entre mes jambes. De temps en temps, des mots isolés ou des phrases entières en espagnol me parvenaient de la pièce voisine. Je ne les comprenais pas, mais j'aimais entendre la voix de Thomas par-dessus la télé. Je l'imaginais bronzé, guidant une femme à la peau mate et aux hanches galbées sur une piste de danse en Argentine. Lui murmurant à l'oreille les mots qu'il avait appris tandis que le soleil déclinait. Il s'était bien sûr longtemps entraîné à dire je t'aime. Je t'aime, bonjour et à la tienne. L'essentiel, quand on apprenait une nouvelle langue. Le célibataire endurci avait gagné le gros lot.

Chez lui, presque tout venait de la maison de son enfance et m'était familier. Les meubles en teck, les tapis à poils longs et les bougeoirs en étain. Nous l'avions aidé à emménager, toute la bande, Levan, Åsa, Simon, Linda, Nicklas et moi. Les meubles avaient beau être massifs, il fallait les porter et non les traîner sur le sol. Mais j'aimais leur poids. De nos jours, tout devait être léger et ça créait un déséquilibre. L'âme aime ce qui est robuste, ce qui enlace et tient le coup. Je surfai paresseusement sur Internet, consultai Facebook et mes mails. Les services de l'état civil m'avaient répondu. Ils avaient vérifié la confidentialité des informations sur Maria et décidé de ne pas me les communiquer. Tant pis.

Je calai un coussin brodé sous ma tête, mis mon téléphone en mode silencieux et tirai la couverture jusqu'à mon menton. Je m'endormis, laissant le soleil danser le tango devant la télé. Pour la première fois depuis longtemps, mon sommeil fut calme et sans cauchemar. Mâchoires relâchées, salive au coin des lèvres.

Argos gémissait. Thomas lui attacha sa laisse. Gelée, la E14 avait un petit air d'océan. Le vent avait charrié aiguilles de pin, brindilles et autres saletés. L'Argentine, ce n'était peut-être pas une si mauvaise idée, après tout.

Björn était debout près du gril, dos aux fenêtres de La Maison. Il me sembla apercevoir Sissel Loe et Ulf Oskarsson sous l'une des appliques murales. Visiblement, ils avaient trouvé plus de points communs que leur seul refus de donner un coup de main à l'association locale.

Thomas haussa les épaules.

— Ils ont du culot de se montrer aussi ouvertement.

— Comment ça ?

— Ulf et Sissel.

— Quoi ? Ulf trompe sa femme ?

Était-ce la raison pour laquelle j'avais vu la moto dans la forêt ? Parce que Sissel et lui partaient faire un tour et baisaient ici ou là, excités par le fruit défendu ? Sales dégonflés. Je savais ce que ça faisait.

— Berit devrait se réjouir d'être débarrassée de lui, tiens. J'espère qu'elle va le quitter maintenant, dit Thomas.

— Oui, elle mérite mieux.

Je baissai les yeux. J'aurais dû en parler à Berit à la station essence, intervenir, poser des questions. Au lieu de ça, j'avais débité des fadaises. J'étais une sale dégonflée, moi aussi.

Nous atteignîmes la gare. Le parking verglacé brillait.

— Attends-moi ici, dit Thomas.

Il se mit à courir vers l'ancien supermarché Konsum devant lequel trônait tel un autel le conteneur de sable en plastique vert. Je détournai le regard. La honte que mon père éprouverait, s'il savait que sa fille se baladait dans le village en titubant comme une vraie pocharde…

Thomas revint bientôt avec un seau rempli de sable. Il en parsema le sol jusqu'au bâtiment en marchant à reculons, prenant garde aux dangereuses irrégularités de la glace. Ce chemin sablé fut ma bouée de sauvetage. Thomas atteignit la porte d'entrée, moi derrière lui.

— Putain !

— Qu'est-ce qu'il y a ?

— Je crois que tu as eu de la visite. Bordel, ils ont fait sauter la serrure, dit-il en ouvrant la porte et en passant la main sur le chambranle.

— Quoi ?

Le sang fusa dans mes tempes. Je bousculai Thomas pour regarder. Exact. La serrure portait les traces évidentes d'un outil, peut-être un pied-de-biche. Quelqu'un l'avait forcée et s'était introduit chez moi.

Nous entrâmes. Je me dirigeai vers la salle d'attente comme si j'avais peur de marcher sur une mine.

— Et s'ils sont encore là ? murmurai-je en regardant Thomas.

Il ne répondit pas, mais attrapa la pelle à neige et la brandit comme une kalachnikov, lame vers le haut, devant sa poitrine. Mes yeux s'asséchèrent. Au bout d'un moment, je me forçai à cligner des paupières plusieurs fois.

La salle d'attente avait été épargnée. Les cartons de bananes étaient intacts. Nous montâmes l'escalier quatre à quatre. La porte de l'appartement était grande ouverte et, à l'intérieur, tout était sens dessus dessous. Tiroirs et placards ouverts dans l'entrée, la cuisine et la chambre.

J'étais pétrifiée. Thomas me laissa un instant et commença à raccrocher les manteaux sur leurs cintres, dans la penderie. Combien de temps restai-je plantée là ? À peine quelques minutes, sans doute. Je donnai un coup de pied dans un tas de vêtements. Et là je vis le coupe-vent, celui que je portais lorsque Matti Myllämäki m'avait montré l'endroit où le corps de Maria avait été découvert. Je fus prise de nausées, mon cœur se souleva à plusieurs reprises. Mes nerfs étaient prêts à craquer, je les sentais fléchir. Depuis un moment, mon moral était stable, mais il n'y avait pas moyen de guérir, dans la maison de fous où j'avais atterri. Je vomis au-dessus de l'évier de la cuisine et m'essuyai la bouche avec un torchon. Il puait le lait rance.

Je m'assis dans le fauteuil, mis ma tête entre mes mains. Thomas s'accroupit à côté de moi et posa une main sur mon épaule. La chaleur de ses doigts se diffusa jusqu'à mon coude.

— Je suis désolé, Vera. Est-ce que tu peux voir s'ils ont pris quelque chose ?

Je secouai la tête.

— Rien n'a disparu.

— Il faut quand même appeler la police.

— Non.

Sur la table basse, le chandelier était renversé, la cire des bougies était couverte de poussière. Je relevai le chandelier, remis maladroitement les télécommandes de la télévision à leur place et pris appui sur mes genoux pour me relever. Thomas me regardait, étonné. Il se leva à son tour.

— Pourquoi ?

— Je ne veux pas les mêler à ça. Viens voir.

Je l'emmenai dans l'entrée et désignai le coupe-vent. Thomas le saisit. Le devant du vêtement en tissu rouge était entièrement troué et déchiré, comme s'il avait été sauvagement poignardé.

Thomas déglutit.

— Mais qu'est-ce que c'est que ça ?

Il haletait comme s'il devait faire un effort pour garder son calme. C'était affreux. J'étais paralysée. Argos me poussait, il voulait me réconforter.

— Maintenant, il faut que tu me dises, Vera, qu'est-ce qui se passe, au juste ?

— Ne t'énerve pas, je n'ai pas la force.

J'étais un brin d'herbe gelé qu'on venait de briser. Une pauvre gourde fragile. J'entendis un gémissement. Le mien ?

— M'énerver ? Pourquoi veux-tu que je m'énerve ? Je suis inquiet, tu comprends ? Allez, viens.

Il me prit par la main et me conduisit jusqu'au canapé. Mon canapé hideux, négligé, sans coussins brodés. Je me mis à pleurer. Et Thomas m'écouta.

— Donc les entailles dans ta veste, c'est une menace. Visiblement, quelqu'un n'apprécie pas que tu fourres ton nez partout et, qui plus est, te surveille depuis un moment.

Thomas avait mis le coupe-vent ruiné dans un sac-poubelle, pour que je ne l'aie pas sous les yeux. À présent je m'imaginais moi-même à l'intérieur du sac, morte. Un sac mortuaire.

— On dirait bien, oui.

— Je comprends que tu aies un bon article en route, Vera, mais à mon avis, il serait quand même plus prudent d'appeler la police. Ça ne vaut pas le coup de…

— Si, ça vaut le coup.

J'écartai les doigts et commençai à repousser les cuticules de mes ongles avec mon pouce.

Il se tut. Je savais qu'il n'allait pas insister ni me demander plus d'explications. Devais-je avoir peur de moi-même ? Peut-être mon comportement avait-il quelque chose d'autodestructeur, en effet ? Thomas réfléchissait intensément. Son regard errait à travers la pièce. Le réfrigérateur bourdonnait. Argos allait et venait, inquiet.

— Avec un peu de chance, l'intrus est venu avant qu'il gèle. Est-ce que tu as vu des traces de pas dans la glace ? demanda Thomas.

— Non, je n'ai pas pensé à regarder.

Nous ressortîmes. Près de la porte d'entrée, le sol était piétiné sans être complètement tassé. Je repérai une empreinte et y posai le pied. Elle correspondait à ma taille. À ma connaissance, j'étais la seule personne à avoir circulé ici. Thomas et Argos n'étaient arrivés qu'après que tout avait durci, ils ne pouvaient donc pas avoir laissé de traces derrière eux. En revanche, un ou plusieurs animaux à sabots avaient rôdé près de la maison pendant la nuit. Une empreinte courte et pointue.

— Un chevreuil, dit Thomas.

Il regarda autour de lui.

— Et puis tu as aussi eu la visite d'un renard. Oui, là, regarde, il a écarté les doigts, on voit bien la marque des griffes.

— Hum.

J'avais aperçu autre chose. L'empreinte d'un pied, plus petit que les miens.

— Thomas, regarde, là !

Je lui indiquai l'endroit. Il s'approcha, se pencha.

— Mets ton pied à côté, pour voir.

Je m'exécutai. Il hocha la tête.

— Oui, quelqu'un qui a des plus petits pieds que toi est bien passé par ici. Tu chausses du combien ?

— 39.

— Là, c'est plutôt du 38. Vraisemblablement une femme, ou un homme avec de très petits pieds. La vache, si je m'attendais à ça, les choses prennent une tout autre tournure. Moi qui croyais que c'était à mettre sur le compte d'un gang des pays de l'Est, comme d'habitude, dit Thomas.

Mes pensées n'arrêtaient pas de tourner dans ma tête, un vrai manège. Je savais désormais avec certitude que quelqu'un me voulait du mal. Je me rendis, j'abandonnai mon obsession. J'enterrerais la hache du journalisme, accepterais de travailler comme assistante pédagogique et rien d'autre.

Le visage d'Elisabeth, frais comme la rosée, me revint en mémoire. L'image que l'on se faisait d'un assassin était rarement ressemblante, mais Elisabeth semblait tellement… parfaite. Pourquoi voudrait-elle soudain s'en prendre à Maria, après tant d'années ? La vieille blessure qui se serait rouverte, selon Strömmen. Mais alors, pour quel motif serait-elle revenue dans la région ? Pour le travail, sans doute. Ou plus exactement parce qu'elle avait des congés ou des heures à récupérer, ce qui lui permettait d'aller travailler un moment à la montagne. Les médecins bougeaient beaucoup, ils gagnaient un fric fou pendant leur temps libre pour ensuite se plaindre qu'ils étaient surchargés de travail. C'était bien connu. Pourquoi pas un petit boulot d'appoint comme aide à domicile, par exemple ?

Je me laissai dériver dans l'océan glacial de ce grand espace conçu pour une foule de passagers voyageant à bord d'un train de plusieurs voitures. Pas pour une personne seule qui ne véhiculait qu'elle-même. Je ne voulais pas nager, je ne voulais pas saisir de bouée de sauvetage, j'avais seulement envie de couler.

— Mais Vera, tu trembles.

Thomas me saisit par les épaules, mais ne m'attira pas contre lui. Je n'étais pas sûre, d'ailleurs, d'avoir envie qu'il me prenne dans ses bras. Il chercha à capter mon regard, mais je l'évitai.

— Comment tu vas faire maintenant ?

— Quoi donc ? fis-je en regardant mes bottes.

— Avec tout ça.

— Rien, je laisse tomber, j'arrête de fouiner.

Je descendis la fermeture éclair de ma polaire, la remontai. Quelque part au loin, une niveleuse vrombissait. La nuit commençait à tomber, il flottait dans l'air une odeur de froid plus cru. J'avais envie de rentrer, de me coucher en position fœtale. J'avais soif. Je sentis soudain que ma gorge était en feu.

Thomas secoua la tête. Les muscles de son cou se tendirent.

— J'ai réfléchi. Si tu ne vas pas voir la police, il n'y a qu'une chose à faire.

— Laquelle ?

Je m'obligeai à soutenir son regard.

— Si la police a mis le mauvais gars sous les verrous, il faut que tu trouves le véritable assassin avant que lui ne te trouve. À mon avis, tu devrais remonter dans le temps.

— Comment ça ? murmurai-je en redoublant d'efforts pour que ma voix soit audible.

— Va voir Jörgen, c'est toujours mieux de discuter les yeux dans les yeux. Il pourra peut-être te dire ce qui est arrivé à Maria après le procès. Dans quelle famille elle a été placée à Stockholm. Il se peut que d'autres personnes qu'Elisabeth aient eu une raison de la tuer. De plus…

Il planta son regard dans le mien.

— Que sais-tu de la relation qu'entretenaient Jörgen et Maria, adultes ?

La question resta en suspens un instant, puis je poussai un bruyant soupir.

— Rien du tout. J'y ai réfléchi aussi, mais je n'ai pas…

Thomas recula d'un pas, scruta les fenêtres de mon appartement, exactement comme Jörgen l'avait fait l'autre soir. D'ici, on ne voyait que mes rideaux froissés et mes plantes en pot fatiguées, mais je savais que la vue sur l'intérieur était meilleure d'un peu plus haut dans l'allée. Il m'arrivait de recevoir un SMS de Björn qui disait « Arrête de fumer » alors que je venais à peine d'allumer une cigarette sous la hotte. Jusqu'ici, je ne m'en étais pas souciée, mais il était peut-être temps de m'habituer à fermer les rideaux.

— Exactement. C'est pour ça qu'il faut également considérer Jörgen comme suspect. Il n'est pas du tout sûr que Maria ait voulu de lui, et tu sais comment ça s'est terminé quand Elisabeth a refusé ses avances, à l'adolescence. Certains hommes ne supportent pas qu'on leur dise non, c'est comme ça.

— Tu joues les Sherlock Holmes toi aussi, maintenant ? marmonnai-je.

— Ha ha ha ! Je reconnais bien là ma vieille Vera.

Il quitta la maison des yeux et tourna son large torse vers moi. Une armoire à glace. Tout ce qu'il venait de dire avait du sens. D'ailleurs, Thomas avait toujours eu de bonnes capacités d'analyse. Enfants déjà, lorsque nous jouions à « Rose blanche Rose rouge », imitant l'As des détectives, dans la forêt d'Ånn, il décryptait les indices avant tout le monde et découvrait les objets cachés. Ni la peur ni la folie ne devaient prendre le dessus. Si je voulais trouver des pistes, il fallait que je comprenne toute l'histoire. Et aussi que je creuse pour mon reportage. Jörgen avait dit qu'il habitait chez sa sœur, quelque part dans la région. J'avais bien enregistré son numéro de téléphone quand il avait appelé, l'autre nuit, non ? Je cherchai dans mes contacts.

— Le voilà. Je lui envoie tout de suite un SMS.

L'atmosphère se détendit. Je me sentais reconnaissante envers Thomas. Il m'avait aidée à faire le tri, à trouver les extrémités du fil dans la pelote qu'était mon cerveau.

Or une fois la nuit tombée, je n'avais toujours pas de réponse. Pas davantage quand le matin débarqua à grand bruit, tel un pet sonore. J'avais le corps moulu ; mon sommeil trop léger n'avait pas permis à mes muscles de vraiment se détendre. Je rallumai mon téléphone pour vérifier, mais rien. Que Jörgen aille se faire voir. Que TOUT aille se faire voir !

La résidence Clairsoleil ne m'accueillit pas avec son habituelle somnolence quasi institutionnelle. Il y avait de l'animation dans le service. Les portes de l'ascenseur s'ouvrirent sur Maggan qui attendait, un carton de déménagement dans les bras. Elle me salua gaiement, comme à l'accoutumée, mais elle n'avait pas le temps de bavarder. Plusieurs personnes chargées de caisses la suivirent dans l'ascenseur. La porte palière était grande ouverte ; en bas, ça cognait dans les rampes. Des gars costauds portaient de lourds meubles. Dans l'agitation, le panneau d'affichage du couloir avait pris un air penché.

Je trouvai papa seul dans la cuisine. Il regardait avec envie un fraisier appétissant posé sur la table. Il leva les yeux vers moi. Ce simple geste sembla lui coûter un gros effort. À cet âge-là, tout l'organisme était rouillé et grinçait.

— Tiens, tu es là.

— Tu ne t'y attendais pas, hein ? Les profs sont en réunion de préparation aujourd'hui.

Je lui fis une petite caresse.

— Ah. Et qu'est-ce que vous préparez ?

— Pas grand-chose, on est surtout déchargés de cours.

Je fourrai mon bonnet dans la poche de ma veste et désignai le gâteau.

— Ça vient de qui, cette fois ?

— Egon, comme d'habitude.

Chaque fois que le nom d'Egon arrivait dans la conversation, mon père levait les yeux au ciel, mais je savais qu'en réalité il appréciait la compagnie de cet homme un peu plus jeune que lui. Ils aimaient les mêmes émissions de télé et Egon racontait volontiers des histoires grivoises. S'ils avaient été moins vieux, ils auraient sûrement levé le coude ensemble, mais désormais c'étaient surtout les gâteaux. En nombre.

— Encore ? Ce n'est pourtant pas son anniversaire tous les jours ?

— Sûrement sa fête, cette fois-ci, marmonna papa.

Je ne pus m'empêcher de rire, une pause bienvenue dans tout ce merdier.

— C'est la fiesta, la vie à Clairsoleil. Tu en veux un morceau ? demandai-je.

Il fit oui de la tête, l'air renfrogné, mais ses yeux brillaient.

— Maggan devait venir m'aider, mais elle a été appelée ailleurs. Il y a aussi du café dans la thermos.

— Qu'est-ce que tu as fait sinon, aujourd'hui ? demandai-je en prenant une assiette dans la pile sur la table. Je coupai une part de gâteau.

— Qu'est-ce que j'ai fait… Regardé le plafond. Maggan m'a lu les avis de décès. Tout le monde casse sa pipe.

— Tu ne serais pas un peu maso ?

— Au contraire. C'est réconfortant, tous ces jolis discours funèbres. Tant qu'on a toute sa tête…

— Oui.

J'avais rédigé celui de maman. Les mots les plus difficiles étaient ceux qui parlaient de la tristesse. Cela donna toutefois un beau texte, parce que son amour et son dévouement inconditionnels étaient beaux. Je n'avais pas évoqué le côté trompeur de ce dévouement. Elle nous avait tous abusés. Lorsqu'elle ramassait des baies, faisait de la confiture et congelait des fruits. Comme si elle allait les manger, comme si elle croyait en l'avenir. Il n'y avait pas d'avenir. C'était papa et moi qui mangerions cette putain de confiture. Les pots étaient encore dans un carton, dans l'ancienne salle d'attente.

Des voix s'élevèrent dans le couloir, suivies d'un léger bruit sourd, comme si quelque chose était tombé par terre. La porte claqua de nouveau, puis ce fut le silence.

— Quelqu'un emménage ? demandai-je en m'asseyant sur une chaise à côté du fauteuil roulant.

— Oui, c'est une autre petite vieille qui va prendre la chambre d'Elsa Rehnsbo, près des toilettes. Dernier arrêt avant saint Pierre, gloussa papa.

Des touffes de poils sortaient de ses oreilles. Comme s'il avait oublié un coton-tige.

— Elsa Rehnsbo ?

— Celle qui avait un caniche, tu sais bien… Elle était très malade. N'en mets pas trop dans la cuillère. Tu en mets toujours trop.

Il ouvrit la bouche.

— Arrête de râler. Oui, je vois très bien, la dame au caniche. Elle est morte ?!

Comme si le départ d'un pensionnaire d'une maison de retraite était un événement exceptionnel.

Papa acquiesça, il mâchait avec difficulté.

La porte de l'ancienne chambre d'Elsa était ouverte. Je me levai et j'allai regarder à la dérobée dans la pièce déserte. Les taches claires sur le papier peint, à la place des tableaux, marquaient le deuil d'un temps qui ne reviendrait jamais. Une photographie solitaire, dans un cadre doré, était encore accrochée au mur. Je la décrochai avec précaution.

— Qu'est-ce que tu fabriques ?

En me voyant revenir avec le cadre, mon père eut l'air terrifié.

— Pure curiosité, j'aime bien les vieilles photos. Les chambres noires du journal me manquent. Ne t'inquiète pas, je la rendrai à Maggan tout à l'heure, elle la mettra avec les autres affaires.

La photographie représentait une petite famille. La mère, le père, un enfant. Je reconnus Elsa, plus jeune, avec de longs cheveux permanentés. Les parents souriaient au photographe tandis que leur fille, qui devait avoir quatre ou cinq ans, regardait ailleurs.

— Qu'est-ce qu'elle a l'air renfrognée, dis-je en servant une tasse de café à papa.

Je tins la paille de manière à ce qu'il puisse boire.

— Ah là là, c'est pas simple d'être petit, pardi. D'être grand non plus, d'ailleurs.

Je plissai les paupières.

— Ils ont dû avoir leur enfant sur le tard. Le père est déjà sacrément desséché.

— Ture ? Oui. Il avait bien la cinquantaine là-dessus, à peu près l'âge que tu as maintenant.

Papa me fit un clin d'œil à peine perceptible et poursuivit :

— Il aura bientôt quatre-vingts ans et, de nous tous, c'est lui qui est le plus en forme. Il était là hier, pour un cours d'aquagym, je crois.

— Et leur fille ?

— Je ne l'ai jamais vue.

— Jamais ?

Mon père se passa la langue sur les lèvres. Il avait de la chantilly au coin de la bouche, et des miettes de meringue s'étaient répandues autour de l'assiette.

— Non, Elsa était souvent triste parce que sa fille ne venait jamais la voir.

— C'est malheureux, des choses pareilles.

— Oui, et par la suite, lorsque son état a empiré, il n'est plus resté grand-chose de l'Elsa d'avant. Elle s'était perdue dans une autre époque.

— Alzheimer ?

Mastication, toux. J'attendis en écoutant la grêle projetée par le vent claquer contre la vitre, puis je lui essuyai la bouche avec la serviette en papier. Il fit oui de la tête.

— À la fin, c'est allé très vite. Elle délirait à propos d'un fœtus mort et d'une gamine qu'elle devait aller chercher à Stockholm.

Je haussai les sourcils, attentive.

— Ah bon ?

— Oui, pendant un temps, elle ne parlait plus que de ça : il fallait qu'elle achète du lait de substitution pour la petite de Sandgren qui allait habiter chez eux à Hammarnäs.

Une bouffée de chaleur me monta à la tête. La petite de Sandgren. Stockholm. Hammarnäs.

Était-ce de Maria qu'Elsa avait parlé ? Était-ce son enfant qu'elle devait aller chercher ? Alors la rumeur disant qu'elle aurait mis un bébé au monde était fondée ?

Ma gorge se serra. La pièce se mit à tourner. La bouffée de chaleur se propagea dans tout mon corps.

— Comment s'appelait la petite fille ?

— Elsa l'a sûrement dit… mais je ne m'en souviens pas.

— Essaye, insistai-je.

Je ne pouvais pas m'empêcher de toujours pousser les gens.

— Rien, c'est la panne sèche.

Papa sourit. J'avais parfois l'impression qu'il prenait un malin plaisir à taquiner la journaliste que j'étais. Autrefois, lorsqu'il estimait que je posais trop de questions, il lui arrivait de s'écrier : « La curiosité est un vilain défaut ! » en me donnant une tape avec le journal.

À cet instant, l'horloge Mora égrena ses coups lents.

— Je me sens très fatigué, dit-il.

Ces mots me firent sortir de l'espèce d'état second où je me trouvais. La vision soudaine de mon père. Qui était devenu si maigre. Si frêle. Sa façon de bâiller, les tendons de son cou qui ressortaient.

— Je comprends. Va t'allonger et repose-toi un peu, lançai-je.

Je l'aidai à se mettre au lit, remontai la couverture sur son corps chenu et m'installai dans le fauteuil jaune d'or près de la fenêtre. Il s'endormit rapidement. Mon regard se porta au-dehors, vers le mont Totthummeln. Une brume humide et épaisse s'était installée. Mon téléphone vibra, le premier son qu'il émettait depuis le début de la journée. L'espoir que ce soit un SMS de Jörgen eut le temps de jaillir en moi avant que je découvre l'annonce publicitaire de Kappahl : nouvelle réduction de trente pour cent. Je ressentais parfois ces pressantes incitations à la consommation comme un son persistant qui rongeait sourdement l'inconscient de l'individu contemporain. Je soupirai. Jörgen n'avait probablement pas envie de me voir.

Je retournai à la cuisine. Rangeai un peu. La photo de famille était restée sur la table, retournée. J'aperçus alors l'écriture tremblante au dos. Je tins le carton sous la lampe pour mieux voir. Le sang afflua dans mes oreilles. Ture, Elsa et Kim, écrit d'un trait léger au crayon à papier.

Leur fille s'appelait Kim ! Avec un peu de chance, son nom de famille serait Rehnsbo.

Je fourrai la photo dans ma poche et sortis.

De retour chez moi, il me suffit d'une simple recherche pour la retrouver, domiciliée à Huså. L'âge mentionné concordait. La date de naissance, fin mars, indiquait que l'enfant avait été conçue durant l'été précédant l'agression. Si les ragots disaient vrai, Kim pouvait donc être le premier enfant de Maria et Jörgen, une fille aujourd'hui âgée de vingt-six ans. Les services sociaux avaient pris Liv en charge. Où était Kim et surtout : qui était-elle ?

La première fois qu'ils avaient tenu Kim dans leurs bras. Pour Ture Rehnsbo, ce fut le plus beau jour de leur vie, à Elsa et à lui. Lorsque je lui remis la vieille photographie, il l'observa longuement, les yeux humides.

— Merci, je suis heureux que vous l'ayez retrouvée. Nous n'avons pas beaucoup de photos de nous avec Kim petite. Tout était plus facile à cette époque.

L'accueil qu'il me réserva ne fut ni chaleureux ni froid. Quand je lui avais parlé de mon reportage, le presque octogénaire s'était d'abord montré perplexe. Puis, à l'évocation de Kim, il avait blêmi. Mais si, c'était exact, en effet. Ils étaient bien allés la chercher chez Maria Sandgren à Stockholm, par une chaude journée du mois de juillet. Pourquoi cela ?

Encore une vérité qui courait à perdre haleine derrière l'histoire et la rattrapait, exigeant pour ainsi dire d'être accolée aux autres fragments.

Je m'étais attendue à ce qu'il me claque la porte au nez, or ce fut comme si Ture avait plongé en quelques secondes seulement dans son propre monde. L'air absent, il m'invita à entrer et reprit ce qu'il était en train de faire avant d'être interrompu, à savoir s'occuper de son jardin d'hiver.

Je restai assise et le regardai voleter de-ci de-là, tel un papillon, parmi les pieds de vigne, les figuiers et les pêchers, les statues de bronze et les fontaines miniatures posées sur des cailloux de marbre blanc. Il y avait quelque chose d'aberrant à ne faire pousser que des espèces qui avaient très peu de chances de survivre naturellement dans cette zone climatique, une sorte de déni.

À environ cinquante kilomètres de Järpen, j'avais aperçu la maison de loin, nichée dans l'obscurité vespérale de l'orée de la forêt, à Hammarnäs. J'avais d'abord cru qu'il y avait le feu derrière les fenêtres, mais visiblement, les plantes étaient éclairées douze heures par jour. La vache.

La terrasse était située côté sud, surtout pas au nord, ils avaient demandé conseil à un architecte avant de faire construire, m'expliqua-t-il. Et la température ne devait pas excéder huit degrés, les plantes voulaient de la fraîcheur à cette époque de l'année.

Je me dis qu'il avait sûrement besoin d'une oreille attentive et lui prêtai volontiers la mienne. Pendant tout le temps que dura notre conversation, il ne s'assit pas une seule fois. Il faisait sans doute partie de ces natures infatigables que l'on croise été comme hiver sur des skis ou dans la forêt. Maigres comme des clous, la morve au nez, mais toujours de bonne humeur. Il sortit un sécateur et m'expliqua que toutes les vignes devaient être taillées avant l'hiver.

L'odeur de la végétation et le ruissellement sonore de l'eau me donnèrent le tournis. À moins que ce ne fût nerveux. J'aimais bien mettre les gens au pied du mur, mais pas ouvrir les portes fermées sur des secrets de famille. Ces pièces-là me fichaient vraiment la trouille.

Ture s'arrêta devant un treillage sur lequel grimpait une plante à fleurs rose sombre. Leurs corolles en forme de tulipe me firent penser à une vulve gonflée de sang.

— Regardez comme elles sont belles. C'étaient les préférées de Kim. Princess Diana, une clématite qui fleurit jusqu'à l'automne. Elsa préférait les plantes vertes. Les fleurs étaient parfois trop pompeuses, selon elle.

Il sourit à l'évocation de ce souvenir tout en rentrant sa chemise dans sa salopette verte. Maintenant, j'en avais assez entendu sur le jardinage.

— Comment était-elle, enfant ? demandai-je avec précaution.

— Kim ?

— Oui.

Je sentis quelque chose effleurer mon mollet. Un chat tigré roux. Il se frotta contre mes jambes puis disparut dans la végétation.

— Un caractère bien trempé. Une forte personnalité, et sensible aussi. Très sensible.

— Dans quel sens ?

— Elle nous réclamait toujours des preuves d'amour, mais ne nous croyait jamais vraiment.

Cette soudaine franchise me stupéfia. Pour Ture, le jardinage était peut-être un moyen de rassembler des forces, et depuis le début, il se préparait à vider son sac.

Il ramassa les sarments de vigne qu'il venait de couper et les jeta dans un grand panier en osier. Puis il fit un tour, muni de l'arrosoir.

— Elsa et moi ne pouvions jamais rien faire seuls tous les deux. Quand nous décidions exceptionnellement d'aller à une fête ou de dîner au restaurant, Kim avait toujours une grosse poussée de fièvre. Des années plus tard, nous avons compris qu'elle trempait le thermomètre dans de l'eau chaude. Elle voulait voir si nous l'aimions suffisamment pour annuler.

J'écartai les mains dans un geste de compréhension.

— La fausse fièvre, un classique.

Ture hocha la tête en souriant et se mit à tousser, comme si le sujet de notre conversation l'oppressait. Il s'excusa, posa l'arrosoir et saisit la carafe posée sur la table. Il se servit un petit verre d'eau citronnée et le but. Les secondes s'écoulaient.

— Quel effet cette… sensibilité a-t-elle eu sur vous ? demandai-je.

— Bizarrement, Elsa est devenue surprotectrice. Kim a été un peu trop gâtée.

— Comment ça, surprotectrice ?

Deux taches rouges bien nettes apparurent sur les joues de Ture.

— Elle considérait tout comme dangereux. Kim n'avait pas le droit de participer aux sorties scolaires sous prétexte qu'elle risquait de se noyer dans un bassin ou de se casser la jambe sur une piste de ski. Pendant son temps libre, elle ne devait pas être dehors après 10 heures du soir. Ça a été dur pour elle, surtout à l'adolescence.

Mon analyse de dilettante était faite. Une enfant qui voulait se retrouver dans le visage de ses parents sans y parvenir. Des parents pris de panique. La mère qui était trop dure et le père qui faisait l'autruche. Coché.

— Est-ce qu'elle sait qu'elle a été adoptée ?

— Pas du tout ! Elsa et moi avons vite pris la décision – en accord avec Maria, je précise – de ne jamais en parler, ni à Kim ni à personne d'autre, d'abord parce que sa mère biologique était du coin, mais aussi parce que nous ne voulions pas qu'elle se mette à imaginer des choses.

— Quoi donc ?

— Qu'elle avait la violence en elle, comme ses parents biologiques. Et surtout, Maria ne voulait pas que les gens jugent Kim.

Il reprit son souffle avant de poursuivre. Pendant dix ans, ils avaient essayé de devenir parents, mais Elsa avait fait des fausses couches à répétition. Les médecins étaient sans arrêt en train de palper le ventre de la pauvre femme. Battements de cœur qui s'éteignaient à chaque tentative. Sa dernière fausse couche, elle l'avait faite à la quinzième semaine. Ture avait déjà commencé à chercher une voiture plus grande, mais après cette fois-là, ils avaient abandonné. Le corps d'Elsa n'en pouvait plus. La tristesse s'était abattue sur la maison. C'est à ce moment-là qu'avait eu lieu la conversation avec Sonja Norlén : un cadeau du ciel.

— Vous savez, la femme qui tient le camping ?

J'acquiesçai de la tête. Tiens tiens, Mme Norlén était de retour dans l'histoire.

— À cette époque, Elsa faisait des ménages au camping et Sonja était au courant de notre désir d'enfant. Elle s'occupait un peu de Maria aussi. Bref… Quand Maria a accouché à Stockholm, il a fallu trouver quelqu'un pour prendre soin du bébé jusqu'à ce qu'elle rentre chez elle et qu'elle ait la force d'être mère. Elle ne pouvait pas vraiment compter sur la sienne. Nous avons tout de suite proposé de l'aider, nous avions hâte, même.

Par l'intermédiaire de Sonja, Kim était donc arrivée chez eux après une décennie d'espoirs et de désenchantements. Elle avait réussi à mettre la maison sens dessus dessous, comme il disait. J'aimais bien cette façon de décrire un enfant. La sensibilité autour de mes ovaires se réveilla.

— Et ensuite ?

— Eh bien, ensuite… Maria n'est jamais venue, dit-il en se grattant la nuque.

— Elle n'est jamais venue récupérer Kim ?

— Exactement. Alors nous avons pu l'adopter. C'est ce que nous espérions depuis le début, à vrai dire.

Il soupira, m'adressa un bref regard avant de poursuivre :

— Je me doutais bien que ça finirait par se savoir. Elsa était retournée dans le passé, vers la fin.

— Il paraît qu'elle se sentait seule aussi, dis-je.

Du coin de l'œil, je vis qu'une coupelle débordait sous un pot de fleurs. L'eau dégoulinait sur le carrelage.

Ture eut un sourire gêné, s'essuya les mains avec une lingette et enleva soigneusement les particules de terre noire qui s'étaient glissées sous ses ongles.

— Kim n'est sans doute jamais devenue la fille qu'Elsa espérait avoir. Mais adoptés ou non, on ne choisit pas ses enfants. Ils sont comme ils sont. On ne peut pas non plus les obliger à venir nous voir.

Je regardai par la fenêtre. Au-dessus du lac Storsjön, les montagnes de Bydalen se teintaient de bleu. Je ne pouvais pas croire que la vérité ait mis autant de temps à surgir. Bien que Ture et Elsa aient vécu isolés, sans aucun voisin, des rumeurs avaient certainement circulé à propos de cette enfant. Quand il y avait des secrets, les gens devenaient des limiers qui flairaient l'odeur de cadavre à plusieurs centaines de mètres. Mais ils se gardaient bien d'en parler aux personnes concernées.

— Le secret à propos de l'adoption, j'imagine que…

Le sang lui monta au cou.

— Quoi ? Nous voulions protéger l'enfant ! Ne me dites pas que ça vous étonne !

Je me tus, j'avais l'impression de me déplacer dans le noir. *Pas par là, Bergström. Pas sur ce terrain.*

Ture croisa les bras, mais son regard se fit plus conciliant.

— Notre choix de ne rien dire nous a donné du fil à retordre, c'est certain. Cela a été particulièrement difficile il y a trois ans, quand nous avons appris que Maria était revenue. Nous étions terrorisés à l'idée qu'elle pourrait se manifester subitement. Je ne sais pas si Kim aurait été capable de le supporter, en effet.

Quelle chance que Maria soit morte, alors, lui aurais-je volontiers craché à la figure. Certaines situations réveillaient mon syndrome de la Tourette, mais je réussis à me maîtriser. Cela dit, il était tout de même curieux que Maria ait été assassinée dès son retour sur le lieu de ses racines. À croire que quelqu'un l'avait patiemment attendue. Si Ture avait été plus jeune, je n'aurais pas hésité à suggérer à la police de lui passer quelques cotons-tiges à l'intérieur des joues. Je repartis à la charge.

— Où se trouve Kim aujourd'hui ?

— Elle habite à Huså. Qu'est-ce que vous voulez savoir de plus ? Elle vit seule, prend les petits boulots qu'elle trouve. On ne se voit pas souvent, elle est très occupée, comme la plupart des jeunes. La dernière fois, elle m'a dit qu'elle allait enfin partir pour Stockholm et qu'elle vendait la maison, oui, le vieux chalet de vacances que le père d'Elsa avait construit il y a longtemps.

Par les larges fenêtres je vis des lumières clignoter. Puis il y eut un bruit perçant de verre brisé. Le camion poubelle.

— Vera, il est très rare que je réclame quelque chose avec insistance. Les gens de ma génération ne le font pas, surtout pas avec les journalistes. Nous avons un profond respect pour votre corporation. Mais je vous prierais de ne pas parler de cette adoption dans votre papier. Je comprends que vous vouliez écrire l'histoire de Maria, mais ce détail-là pourrait avoir des conséquences désastreuses – et à quoi bon, finalement ? Ce meurtre est déjà une tragédie en soi. Creusez davantage dans le passé de Krister Arvidsson, mais épargnez-nous – sinon moi, au moins Kim.

— Je comprends, répondis-je en hochant la tête.

Strömmen m'avait certes traitée de pignouf à plusieurs occasions, mais je n'avais pas l'intention de passer pour un monstre. Dans ce cas précis, il s'agissait d'avancer prudemment. Bien entendu, je voulais inclure Kim dans mon récit, mais si elle ignorait tout de ses origines, autant faire marche arrière pour l'instant. Une autre raison me poussait à traiter cette information avec précaution. L'assassin de Maria connaissait-il l'existence de Kim ? Si oui, dans quelle famille rangeait-il la jeune femme ? Chez les Rehnsbo ? Ou chez les Sandgren, que quelqu'un était en train de faire disparaître un à un ? Je ne pouvais pas l'exposer à un tel danger.

À mon retour au centre-ville d'Åre, le funiculaire venait juste d'entamer sa montée vers Fjällgården. Chez Max, le rush de midi n'avait pas encore commencé. J'achetai un hamburger à emporter et je me posai sur un banc à l'extérieur pour regarder les gens un petit moment. La femme qui lisait, attablée à côté de moi, me disait quelque chose, mais je n'arrivais pas à la situer… Cette chevelure sombre et fournie. La fossette qui se creusait quand elle se mordillait la lèvre, l'air absent. Sûrement quelqu'un du lycée. Il y passait tellement de monde. Je lus le titre sur la couverture de son livre : *Comment surmonter un traumatisme*. Un frisson parcourut mon épiderme. Déformation professionnelle de journaliste, l'envie de toujours tout savoir.

Je continuai à regarder autour de moi. Plusieurs boutiques affichaient des soldes d'automne. Des femmes vêtues de blousons Peak Performance hors de prix en ressortaient, des sacs de marque en papier kraft à la main. J'imaginais qu'ils contenaient principalement des petites tuniques légères de chez Odd Molly et des sous-vêtements colorés de chez Kari Traa. Les uniformes de ceux qui avaient réussi. Des entrepreneurs et des utopistes. Au pouvoir considérable et à la conscience proportionnellement insignifiante de ce qu'était la vie des gens ordinaires.

Je trouvai un paquet de cigarettes souple dans ma poche. Sa puanteur m'arracha un réflexe de rejet. Bah, une clope à moitié fumée ferait l'affaire. Tout en agressant mes poumons de nicotine, je pensai à Kim et à ses fausses poussées de fièvre. Ture n'avait apparemment jamais compris les doutes de sa fille quant à l'amour de ses parents. Pourtant, s'il était facile de témoigner son amour à quelqu'un en le protégeant, il était d'autant plus difficile de lui donner le sentiment que cet amour était une évidence. Un souvenir me revint en mémoire.

Un jour, à l'époque où papa, maman et moi habitions dans notre maison d'Ånn, j'avais piqué une colère. C'était un vendredi soir, je venais d'avoir quinze ans et tous mes camarades avaient eu l'autorisation d'aller à la fête d'ouverture de la saison de ski à Storlien, mais moi non. En pleurs, j'avais couru me cacher derrière un sapin dans la forêt. J'étais restée là longtemps. J'avais vu ma mère ouvrir la porte de la terrasse et scruter l'obscurité. Au bout d'un moment, elle avait crié mon nom. D'une voix différente, plus stridente.

Je n'étais pas réapparue avant qu'il fasse nuit noire. J'avais éprouvé un certain réconfort à avoir pour ainsi dire infligé leur punition aux coupables, mais aussi parce que face à leur inquiétude, j'avais saisi combien ils tenaient à moi.

Pour se sentir aimés, les gens faisaient parfois des choses étranges. Il ne fallait pas l'oublier.

Je sortis mon téléphone. J'avais reçu un SMS sans l'entendre. Une réponse de Jörgen : il m'invitait à venir le voir chez sa sœur. Il pourrait peut-être même me donner l'adresse de la famille d'accueil de Maria à Stockholm, il allait chercher dans ses vieux papiers. Ceux qui l'avaient suivi durant son existence chaotique après leur crime, à Maria et à lui. Après cela, tout avait été dispersé, les choses et les gens. Dire que deux êtres humains pouvaient provoquer un tel éclatement.

Leurs victimes, Elisabeth et sa famille, avaient dû quitter leur région d'origine et tout ce qui leur était familier.

Leur première fille, Kim, avait été adoptée. Il n'était même pas certain que Jörgen la connaisse.

Mais il se passait enfin quelque chose. En même temps, j'en avais la nausée. Un épais liquide chaud me remonta dans la gorge. Je n'aimais pas ce trait de caractère chez moi. Toujours craindre le pire, et le désirer quand même.

La ferme était située sur la E45, entre Hammerdal et Strömsund. Comme Maria, Jörgen était revenu dans le Jämtland après avoir purgé sa peine, mais contrairement à elle, il avait choisi de s'installer dans une commune éloignée. Je pris vers le nord, par les petits villages. J'avais la clé de chez Thomas dans ma poche, au cas où je n'aurais pas envie de dormir seule chez moi en rentrant. Les fermes étaient tantôt à l'écart de la route, tantôt tellement proches que la carrosserie de la voiture en touchait presque les murs. Une épaisse fumée grise sortait des cheminées. Odeur de bois humide, de suie et de goudron. Comme si le bois avait été entreposé directement sur la terre et pris la neige avant d'être jeté dans le feu. Les gens se tenaient à l'intérieur. C'était comme ça. Dans les villages, on ne sortait pas inutilement. On allait voir ce qu'il y avait à faire, ensuite on se mettait à la tâche sans en informer tout le monde.

Il n'y avait pas d'adresse précise pour se repérer, avait dit Jörgen. Tournez à la boîte aux lettres jaune. S'il existait un obstacle auquel on pouvait se heurter dans cette région, c'était bien ce genre d'endroits. Des lieux flous, dissimulés, dont les accès le long de la route disparaissaient avec la lumière du jour. Pourtant les gens en savaient autant sur ceux qui vivaient là que sur les habitants de l'agglomération. On connaissait leur odeur quand ils venaient au village une fois par semaine, avec leurs jeans noirs de crasse, et on savait comment allaient leurs enfants. S'ils mangeaient à leur faim et s'ils recevaient de l'amour. Et si ce n'était pas le cas, on fermait quand même les yeux. On avait largement assez à faire avec ses propres secrets.

Au bout de presque trois heures de route, j'aperçus enfin la boîte aux lettres jaune. Une pente raide, un pont et une prairie. Puis une maison blanche et deux granges rouges.

Jörgen, dos voûté, était déjà dans la cour. Je descendis de voiture. Une forte odeur d'ammoniaque et d'urine me saisit. Je fis une grimace.

— C'est l'odeur des cochons. Ils sont dans leur puberté, expliqua-t-il.

— Ah bon, je pensais que c'était la fosse à purin.

— Oui, ça y fait aussi, probablement. Ça a été, la route ? demanda-t-il en regardant ma voiture.

— Très bien. Ils avaient salé.

— Cette saloperie de sel. Un vrai piège à rouille, dit-il en examinant le bas de la carrosserie. Vous pourrez mettre de la graisse antirouille pour l'enlever.

— D'accord, merci pour le tuyau.

Il hocha la tête.

— On peut discuter en marchant ? J'ai du mal à rester assis. J'ai toujours été comme ça.

Il jeta à coup d'œil vers la maison. J'entendis des coups de marteau provenant de l'intérieur. Ou bien était-ce un pic noir ? Non, quelqu'un bricolait.

Jörgen se gratta le visage, repoussant les maigres mèches sombres qui lui tombaient sur la bouche. Bien que presque chauve, il avait conservé les cheveux longs. Son corps décharné flottait dans un pantalon militaire.

— Pas de problème, faisons un petit tour. Je vais juste chercher mon bonnet.

Je retournai à la voiture. Mon bonnet était sur la banquette arrière, dans un sac IKEA bleu, avec un surpantalon et une couverture, au cas où je tomberais en panne sur la route. C'était ma hantise. Que la batterie rende l'âme, ou qu'il y ait un pépin quelconque. L'habitation la plus proche était souvent loin, à plusieurs kilomètres. On risquait d'attendre longtemps avant d'être secouru.

La cour ressemblait davantage à un cimetière de voitures qu'à une ancienne ferme. Je comptai les vieux tacots sur le terrain, une cinquantaine d'épaves rouillées, en piteux état. La mousse avait commencé à recouvrir certaines carrosseries, des portes béaient comme des bouches anesthésiées et partout où il y avait une ouverture, branches et taillis s'étaient frayé un chemin. Des racines avaient percé les planchers, les toiles d'araignée envahi les pédales d'accélérateur. On aurait dit une grève générale. Tout baignait dans une mélancolie qui révélait la misère humaine et le renoncement. La nature reprenait ce qui avait été abandonné à son sort. Il y avait pourtant quelque chose de réconfortant dans cette idée.

— Toutes ces voitures ! fis-je en regardant autour de moi.

— Oui, la frangine a des cochons et des chèvres, et moi j'ai mes vieux tacots, ça tue l'angoisse.

Jörgen sourit, un peu timidement. Il se déplaçait au milieu des carcasses de voitures à la manière d'un chat errant.

— Je suis devenu comme le paternel. J'adore bricoler, mais c'est possible seulement avec les vieilles bagnoles. Les neuves, c'est des ordinateurs, aucun intérêt. La municipalité voit pas ça d'un bon œil, ils menacent de me verbaliser si je m'en débarrasse pas. Je sais bien que l'essence et l'huile coulent directement dans l'eau…

Le ruisseau derrière la maison. On l'entendait bouillonner comme un ragoût de poisson mijotant à feu doux.

— Vous allez le faire ? Les enlever, je veux dire.

Un rétroviseur était recouvert d'une sorte de moisissure. Je ne pus m'empêcher de le toucher.

Jörgen haussa les épaules.

— Peut-être. Pas toutes. C'est ici que mon père a grandi, et les voitures sont les seuls souvenirs qui me restent de lui. On aimait bien faire de la mécanique ensemble. Il voulait quitter Järpen pour monter un garage par ici. Mais il a pas pu. Il est mort d'un cancer quand j'avais seize ans.

— Toutes mes condoléances.

Il hocha la tête et s'immobilisa.

— On n'était pas en très bons termes quand j'étais môme, mais j'aurais eu besoin de lui, après.

Il reprit son souffle puis se remit à marcher.

— Maria est venue avec moi ici, une fois. Elle a mal supporté quand le grand-père a tranché la jugulaire et vidé le sang.

— Des cochons ?

Ma bouche se remplit de salive. Je déglutis.

— Oui. C'est un bruit qu'on oublie pas. On n'endort pas les cochons avant.

Jörgen prenait visiblement plaisir à me raconter ça.

Nous longeâmes la grange et la porcherie. Jörgen ne jeta même pas un regard aux bêtes. Il les préférait peut-être en tranches dans son assiette. Une végétation sauvage de lilas et de groseilliers à maquereau aux troncs tordus entourait les bâtiments.

— Hier il y avait des grues cendrées ici. Je les ai entendues crier cette nuit, quand j'étais au plus fort du manque. Ma chambre donne sur la prairie.

Je levai les yeux vers un rideau de dentelle blanc et un abat-jour blanc de guingois sur un fin pied de lampe doré.

— Vous vous plaisez ici ?

J'avais maintenant l'occasion de l'observer de plus près. Taches sombres d'une barbe clairsemée sur un visage écorché, un œil tombant, l'autre fixé sur moi, dur et inexpressif. Bizarrement, on voyait encore qu'il avait été beau un jour. J'avais l'impression de me trouver sur un pont et de regarder la surface noire de l'eau, aussi attirante qu'effrayante.

— Oui, je m'y plais bien. Je suis reconnaissant envers ma sœur de m'avoir laissé m'installer ici alors que j'étais pas tout à fait clean. Vous savez, Maria voulait tirer un trait sur son passé. C'est pour ça qu'elle était retournée chez elle. Ça m'a fait réfléchir. Moi qui n'avais pas l'intention de revenir, je me suis mis à cogiter, j'avais peut-être besoin de revenir, moi aussi, pour trouver la paix de l'âme, recommencer à zéro. Ça vous paraît ridicule ?

Il croisa mon regard, serra les mâchoires. Il n'avait plus vraiment de quoi mordre. Ses dents n'étaient que des chicots.

— Pas du tout.

Je comprenais tout.

— Mais j'ai pas été aussi courageux que Maria, j'ai jamais été aussi courageux que Maria. J'ai pas osé retourner à Järpen, ni même passer dans le coin. Vous savez qu'on allait souvent dans la petite ferme abandonnée quand on était jeunes ? Celle qu'elle avait achetée.

— Ah bon ? Alors cette bicoque avait une certaine importance pour elle ?

— Oui, c'est là qu'elle a perdu sa virginité.

Jörgen ricana. Il eut soudain les traits d'un loup. Maria, avec son téléphone vert, se métamorphosa en gibier entre les troncs blancs des bouleaux qui luisaient devant la fenêtre. Je ne voulais pas la voir ainsi. Pourquoi avait-elle acheté cette maison ? Pourquoi avait-elle voulu conserver le souvenir d'une virginité perdue au milieu des crottes de souris et des odeurs d'étable ? Le souvenir d'une enfant perdue. Il n'y avait qu'une explication.

— Est-ce que vous l'aimiez, vous aussi ?

Il eut l'air surpris, comme s'il n'avait jamais compris qu'elle l'aimait et ne s'était lui-même jamais demandé s'il éprouvait de l'amour pour elle. Il réfléchit.

— Ben, on peut pas vraiment dire aimer. Je ne sais pas si j'ai jamais aimé quelqu'un. Mais je l'appréciais, oui. C'était une fille bien.

— Est-ce que vous connaissiez Krister Arvidsson déjà à l'époque ?

Jörgen secoua la tête.

— Non, il était beaucoup plus vieux que nous. À ce moment-là, la baraque appartenait à son père.

Nous longeâmes la prairie en marchant dans les traces du tracteur. Le bas de mon pantalon se couvrit de boue, il était trempé. Je voulais savoir ce qui leur était arrivé après leur arrestation par la police à Järpen, cette fameuse nuit d'automne. Jörgen me le raconta de bon gré ; il semblait avoir besoin d'en parler. Maria et lui avaient été placés dans des foyers différents. Lui à Göteborg et elle à Stockholm. On leur avait donné à tous les deux la possibilité de poursuivre leur scolarité s'ils le souhaitaient, mais seule Maria avait saisi sa chance. Au bout de quelques années, ils avaient été envoyés chacun dans une famille d'accueil, dans la région de Stockholm. L'un sur la ligne de métro verte, l'autre sur la rouge. Jörgen débita machinalement une longue série de noms de lieux. N'ayant pas en tête le réseau du métro, ces noms ne me disaient rien. Ils n'avaient eu aucun contact pendant vingt-trois ans. Lui s'était drogué et avait mené une vie de voyou dans les banlieues et les bas-fonds, s'introduisant dans les caves à la recherche d'objets susceptibles de lui rapporter de l'argent. Il y a trois ans, Maria s'était soudain manifestée. Elle avait acheté « leur » bicoque, un toit à elle, comme elle disait. Elle avait l'air plus heureuse. Enfin, un peu moins triste. Lorsqu'ils s'étaient revus, c'était comme s'ils n'avaient jamais été séparés.

— Vous connaissez la pub avec les asperges en train de parler dans un champ, qui se taisent quand on les met dans le congélateur et reprennent leur conversation comme si de rien n'était aussitôt ressorties ?

Je hochai la tête. Je l'avais vue à la télé.

— On a fait exactement la même chose.

Jörgen rigola et fut pris d'une toux de fumeur carabinée.

— Comment s'étaient passées toutes ces années, pour elle ?

— Ça a été dur. Elle a pas eu une vie facile, Maria. C'est tout le corps qui trinque, quand on va aussi mal. En tout cas elle avait réussi à garder la tête hors de l'eau grâce aux médicaments et elle assurait son boulot, dans une cantine de Sköndal, mais je crois pas qu'elle fréquentait beaucoup de gens.

— Vous avez l'adresse de sa famille d'accueil ?

— Non, désolé. Je l'ai pas retrouvée, j'ai dû la perdre. Je voulais faire des recherches moi aussi, et finalement j'ai laissé tomber. Mais j'ai une photo d'elle dans l'immeuble où elle vivait avec sa famille d'accueil. Vous voulez voir ?

Il fouilla dans sa poche intérieure, en retira un large portefeuille dont il sortit une photo.

— Là, regardez, dit-il avec un air de fierté. Je crois que c'était sa dernière année là-bas, je ne sais pas où elle est allée après.

J'observai attentivement la photographie. Maria toute jeune. Encore boutonneuse, brune et en surpoids. Des années plus tard, lorsqu'elle retournerait à ses racines, elle serait maigre et teinte en blonde. Mais ses joues porteraient encore les cicatrices d'acné. Et d'autres cicatrices aussi. Sur la photo, elle ne souriait pas. Elle était debout sur un balcon avec vue sur une autoroute très fréquentée. Des seins pareils à deux sacs lourds sous un pull à col grand-père beige.

— Est-ce que je peux prendre une photo ?

Il fit oui de la tête et tendit le cliché devant l'objectif de mon téléphone portable.

— Vous savez dans quel quartier sa famille d'accueil habitait ?

— Non, j'ai oublié. Ça fait tellement longtemps. Mais ils s'appelaient Soller, ça je m'en souviens, parce que c'était un nom vachement joli.

— Est-ce que vous avez reparlé de ce qui s'était passé, de ce que vous avez fait, avec Maria ?

Jörgen se frotta le visage.

— Non, on n'y arrivait pas. On a seulement parlé de ce qu'on avait vécu après et de comment faire pour continuer. Ensuite elle a eu Liv et s'en est occupée. Ça a été une belle année pour elle. La meilleure de sa vie, je peux le jurer. Jusqu'à ce que le couteau assassin la rattrape.

Il baissa la tête. Son dos se voûta davantage.

— Mais pourquoi avez-vous fait ça ? L'agression ?

Jörgen haussa les épaules. Ma question ne semblait pas le contrarier.

— D'une certaine façon, je continue de penser qu'Elisabeth le méritait. Elle nous avait trahis. Une sale narcissique, qui se croyait supérieure aux autres.

Je tentai de dissimuler ma stupéfaction. Tout ce qu'il m'avait raconté, qu'il fallait en finir avec cette histoire et qu'il avait expié son crime, n'avait donc absolument rien à voir avec le remords. Il s'agissait uniquement de sa trouille pour sa propre vie. Jörgen était resté un salaud d'égoïste.

— Est-ce que vous avez remarqué une Toyota Corolla noire dans le coin, ces derniers temps ?

Jörgen tiqua.

— Oui, j'en ai vu une. Deux matins où la frangine était partie, la semaine dernière, il y avait une vieille Toyota dans un taillis, là-haut près de la route. Les deux fois, c'est quand je suis allé voir les cochons et chercher le courrier. J'ai trouvé que c'était un drôle d'endroit pour se garer, mais je me suis dit que ça devait être un randonneur. J'ai pas vu de conducteur. Pourquoi vous me demandez ça ?

— Je crois que la personne qui roule dans cette voiture m'a menacée. Je crois aussi que vous avez raison, la police fait erreur en ce qui concerne Krister Arvidsson. Soyez prudent, tant qu'on n'en sait pas plus.

La pomme d'Adam de Jörgen montait et descendait.

— Putain, moi qui ai déjà la trouille. À coup sûr, c'est Elisabeth. Je sais que c'est elle.

Il lança autour de lui des regards inquiets pour vérifier qu'il n'y avait aucun rôdeur. Je plongeai la main dans ma poche et pressai le paquet de cigarettes comme une balle antistress.

— Qu'est-ce qui vous fait croire que c'est Elisabeth ? Excusez-moi, mais il me semble que dans le genre d'existence que vous avez menée, on se fait beaucoup d'ennemis. Le monde de la pègre… Est-ce que vous avez entraîné Maria dans un coup quelconque quand vous êtes rentrés au bercail tous les deux ? Drogue, ou… ?

— Non, non. Je ne dois d'argent à personne, si c'est à ça que vous pensez, dit-il en se frottant à nouveau le visage. Je… nous… on a reçu des SMS anonymes.

J'écarquillai les yeux.

— Des SMS ? Quand est-ce que ça a commencé ?

— Il y a quelques mois. Je ne voulais rien vous dire avant que vous sachiez tout ce… ce qu'on a fait. Mais Maria et moi, on a reçu des messages de menace, oui.

— D'accord, c'est vraiment… Qu'est-ce qu'ils disaient ?

Il tripotait les boutons de sa chemise en flanelle. Les nuages couraient dans le ciel.

— Différentes choses. *Je sais ce que tu as fait*, *Tu vas payer*, *L'enfant va perdre sa mère et son père*. Ce genre de conneries.

— L'enfant, c'est Liv, vous croyez ?

— Qui d'autre ?

Les larmes lui montèrent aux yeux. L'espace d'un instant, il eut l'air complètement désarmé. Il s'essuya sur la manche de sa veste.

— Et maintenant Maria est morte, reprit-il. Je sais pas quoi faire.

Liv. Était-ce à cause d'elle qu'une plaie s'était rouverte ?

Je songeai aux messages dans le téléphone portable de Maria. La liste ne contenait qu'un SMS, celui de Jörgen. Elle avait dû supprimer les menaces. Pourquoi avait-elle fait cela ?

— Comment cette personne s'est-elle procuré le numéro de Maria ? Il ne figure pas dans les pages Eniro.

— Aucune idée, répondit-il en haussant les épaules. Mais je sais que les mauvaises personnes obtiennent toujours ce qu'elles veulent.

— Oui.

Et les mauvaises choses arrivent toujours là où traînent les mauvaises personnes.

— En tout cas, poursuivis-je, cela peut aussi vouloir dire qu'il s'agit de quelqu'un qu'elle connaissait. Un Krister Arvidsson jaloux, par exemple. Apparemment, il était très amoureux de Maria et pensait même être le père de Liv.

— Mouais, tu parles, dit Jörgen en levant les yeux au ciel. Vous allez pas me ressortir ce truc-là, le pauvre type n'a pas les couilles pour ça. Tuer quelqu'un.

Malaise dans mon estomac.

— Non, peut-être pas.

Il fallait que j'avance dans les pas de Maria pour parvenir à élucider sa mort. Jusqu'à présent, deux femmes étaient apparues. Elisabeth et Kim. C'était Elisabeth qui avait le plus souffert du crime de Maria et Jörgen vingt-sept ans plus tôt. Mais leur fille, Kim, n'avait pas pu grandir auprès de ses véritables parents et avait été par là même très lésée sans le savoir. J'avais promis à Ture de ne pas prendre contact avec Kim, en revanche rien ne m'empêchait de rencontrer Elisabeth. C'était peut-être le moment, maintenant.

— Vous avez signalé les SMS à la police ?

— Non, non. Que voulez-vous qu'ils fassent ?

Devais-je informer la police de l'existence de ces SMS ? Pourquoi me poser la question puisque je connaissais déjà la réponse ? Probablement quelques sentiments de culpabilité refoulés qui pointaient leur nez. Je savais bien que je ne le ferais pas. J'avais besoin de garder ce scoop pour moi. Et d'un verre de vin tant qu'on y était, ou même deux. Un pour chaque jambe. Ça aidait à réfléchir. Les joueurs de fléchettes visaient mieux avec un peu d'alcool dans le sang, c'était prouvé scientifiquement.

Jörgen remonta son pantalon sur sa taille ; la braguette était tombée bien en dessous de l'entrejambe. Le sol était dur sous mes semelles. Il commençait à cogner jusque dans ma hanche, réveillait les points sensibles, la douleur. Peut-être que je pourrais prendre un ou deux comprimés de paracétamol codéiné tout à l'heure.

— Donc ce n'est pas uniquement à cause de l'agression que vous n'avez pas voulu vous faire connaître comme étant le papa de Liv ?

Jörgen ne broncha pas. Il était pétrifié.

— J'ose pas. J'y arriverai pas. On n'a même pas eu le courage d'emménager ensemble.

— Vous y avez songé ? demandai-je.

— Moi j'y ai pensé, en tout cas.

— Et Maria, elle en avait envie, elle ?

— Je suppose.

Quel égoïste.

Des coups de marteau retentirent à nouveau de l'intérieur de la maison. Le son se propagea, passa à travers les trous des carcasses de voitures rouillées, faisant vibrer les tiges raides des hautes herbes. Jörgen parut soudain gêné.

— Vous vouliez peut-être boire quelque chose. Un café ? J'y ai pas pensé, je reçois rarement du monde.

— Ça va, répondis-je en souriant, j'ai pris un bon petit déjeuner avant de partir d'Ånn, alors…

Je ne savais pas pourquoi je mentais, pourquoi je souriais. J'avais beau connaître les détails du crime de Jörgen – le mal était consigné par le menu dans le jugement –, je ne pouvais pas m'empêcher d'avoir pitié de lui. C'était un homme vaincu. Ce sentiment m'assaillit avec la violence d'un coup dans le diaphragme. Puis il passa. Tous ces hommes avec leurs bonnes raisons, mais jamais une excuse.

Je ne pus me résoudre à lui demander s'il savait qu'il était le père de deux filles. Nous étions dans un endroit où les cochons grognaient le jour, les grues criaient la nuit et les voitures agonisaient vingt-quatre heures sur vingt-quatre. Un endroit qu'on ne pouvait imposer à aucun enfant, qu'il soit petit ou grand.

Même si son histoire de SMS était crédible, je commençais à me demander si la peur de Jörgen était authentique ou s'il essayait par ce manège de passer lui-même pour une victime. Peut-être une Toyota noire était-elle dissimulée dans l'une des granges dégoûtantes de sa sœur, qu'est-ce que j'en savais ? À cette pensée, je préférai amorcer un retour. Tout en marchant, j'observai les chaussures de Jörgen. Elles étaient grandes, nettement plus grandes qu'une taille 38, mais quand même.

J'avais envie de le frapper. Le frapper de toutes mes forces. Je n'avais jamais pensé à la signification de l'expression « de toutes mes forces » auparavant. Était-ce cette conscience de ma propre force, de ma propre valeur, qui m'avait sauvée ? Et le manque d'une telle conscience qui avait fait tomber Maria ? Contrairement à moi, elle n'avait pas eu la chance que ceux qui l'aimaient lui donnent des bases solides et gravent en elle cette conscience lorsqu'elle en avait eu le plus besoin.

Maria était revenue pour affronter son passé, mais ce passé ne voulait pas d'une réconciliation, il ne voulait pas oublier. Dans ce trou perdu, tout semblait relié en un maillage serré, alors que tous faisaient de leur mieux pour ne paraître liés à rien.

J'avais envisagé un moment d'appeler au travail pour prolonger mon arrêt maladie de quelques jours, mais quelque chose m'avait fait sortir de mon lit, probablement la conscience que rien ne s'arrangerait si je disparaissais de la circulation.

Je déjeunai assise à mon bureau, d'une salade flétrie de chez Ica, quand même meilleure que tout ce que j'avais avalé à la hâte ces derniers jours. Ulla me jetait des regards compatissants, se demandant sûrement quel guide d'auto-assistance elle allait pouvoir me refourguer. Je crispai mon majeur sur la fourchette. Elle finit par partir. Je me retrouvai seule dans la salle des profs et me mis au travail.

Je devais continuer à élaborer un schéma de la vie de Maria. Il était possible de repérer n'importe quel lieu dans le monde, il suffisait d'avoir une amorce, si mince fût-elle. Par exemple le balcon d'une famille, quelque part à Stockholm, chez qui Maria avait été accueillie immédiatement après son séjour en foyer éducatif.

La famille Soller. Soixante-dix personnes portaient ce patronyme dans l'agglomération de Stockholm. Fallait-il tous les appeler ? Solution tout à fait envisageable. Mais ce serait mon plan B, l'idéal étant de parvenir à localiser Maria d'après la photo de Jörgen. Bien sûr, la famille d'accueil pouvait avoir déménagé, mais ça valait la peine d'essayer. Ils avaient peut-être les réponses dont j'avais besoin pour poursuivre mes recherches.

J'ouvris la photo sur l'écran de mon ordinateur et je l'agrandis. Elle était d'assez bonne qualité. Maria dans les hauteurs. À quel étage se trouvait-elle ? Avec cette vue ? Au septième, huitième étage peut-être, même. Vêtue d'un sweat-shirt noir à capuche, elle avait un bras posé sur la balustrade en aluminium constellée de fientes d'oiseaux. Le balcon était en mauvais état, le béton montrait des fissures et des taches inquiétantes. La photographie semblait avoir été prise en été. Jardinières blanches garnies de pensées. Asphalte sec, tilleuls verdoyants. Soleil au sud, comme en plein milieu de la journée. L'autoroute en contrebas avait cinq voies. Serrées les unes derrière les autres, telles les perles d'un long collier, les voitures dépassaient à toute vitesse les grands panneaux publicitaires. Où pouvait-elle bien être ? Je zoomai à l'intérieur de l'image. Le seul nom que je parvins à déchiffrer était celui du supermarché Ica. Le reste était flou, les couleurs avaient pâli. Rien n'indiquait de quel quartier il s'agissait. Je remarquai soudain un autre panneau, plus petit, pas net, mais j'y devinai l'inscription « Eriksberg Zone industrielle ». Mon pouls s'accéléra. Je lançai une recherche. La zone industrielle d'Eriksberg existait bel et bien, au nord de la commune de Botkyrka. Y avait-il des Soller dans ce coin-là ? Je sifflai de satisfaction. Une certaine Birgitta Soller habitait au 1001 de la rue Domarebacken à Alby. Une certaine Maria de dix-huit ans avait-elle posé sur son balcon plus de vingt ans auparavant ?

J'allai sur Google Earth et arpentai les rues. Un peu maladroitement d'abord, puis avec de plus en plus d'aisance. L'autoroute menait à Södertälje. Asphalte de plusieurs couleurs, du gris, du rouge et du jaune. À part ça, la chaussée était la même que chez nous : nulle part neuve et noire.

Je bifurquai à droite vers le centre d'Alby, longeai un mur de pierre portant l'inscription *Svartlösa tingsplats*, sans doute un lieu historique. Puis je pris à gauche, remontai Domarebacken. Un caddie vide était abandonné à l'entrée de la rue. Celle-ci passait d'abord parmi des chênes, des rochers et des pelouses. Plus tard, je lirais quelque part qu'Alby était sortie des eaux. J'aimais cette description. La configuration du quartier était marquée par un ancien archipel. J'arrivai au bout d'un cul-de-sac où se trouvaient les containers verts d'une station de recyclage. Il fallait continuer à pied pour rejoindre les immeubles aux différentes nuances de jaune, rose, blanc, violet et bleu. Le numéro 1001 était jaune. Un endroit plutôt sympathique. Loin de l'image que véhiculaient souvent les journaux, d'une zone sensible où régnait la criminalité. Je m'arrêtai devant la porte, Google n'allait pas plus loin.

Je saisis ma tasse et cherchai des yeux la cafetière. Le voyant rouge était allumé, il restait un fond de liquide noir. Je remplis ma tasse. Le breuvage était fort et amer. Ça me rappela le bon vieux temps du *Jämtlandsposten*.

J'ouvris une fenêtre de nouveau message et adressai un mail à la principale de l'établissement, Inga Strandhäll. Dans le champ objet, j'écrivis « Démission ». Il était temps que je sorte de ce clapier. Quelques lignes, un clic rapide avec la souris, et voilà. Après quoi je me sentis complètement planante.

Mon téléphone sonna. L'écran afficha le nom de Thomas.

— Qu'est-ce que tu apportes à la fête, ce soir ? Comme cadeau, je veux dire.

Il avait l'air presque trop gai. Derrière lui, des bruits de voix et des cliquettements.

— À la fête ? demandai-je sur un ton de velours.

— Ne me dis pas que tu as oublié les soixante-dix ans de Katta ?

— Bien sûr que non, répondis-je alors qu'évidemment, j'avais oublié. Euh, je ne sais pas. Et toi, tu apportes quoi ?

— Je suis en train de regarder les alcools. Je crois qu'elle aime le champagne.

— Très juste. Prends-en deux bouteilles, une de ma part aussi. Je te rembourse par Swish.

Je rassemblai mes affaires en vitesse et gagnai la sortie sous la lumière jaune pisseux des couloirs de l'école. Au revoir, pays du minestrone. Personne ne m'imposerait plus jamais mes horaires de travail.

— D'accord. Au fait, elle m'a chargé de te dire de laisser tomber ta polaire, de te maquiller et de faire comme tout le monde, pour une fois.

— Oh, Katta.

Mince. Est-ce que j'avais du mascara, au moins ? Il devait me rester celui qui avait séché à Palma.

J'avais oublié ce que c'était que d'aller à une fête. Les préparatifs, la joie anticipée. Sans doute une question d'âge aussi – du moins, j'espérais que je n'en étais pas tout bonnement devenue incapable. Je me servis un verre de vin et l'avalai d'un trait. Sensation de chaleur dans mon estomac. Le verre suivant, il fallait le siroter, je ne pouvais pas être ivre avant même que la soirée ait commencé.

Je pris une longue douche. Le miroir de la salle de bains se couvrit de buée. Mon corps portait les signes de l'automne. Ma peau pelait de nouveau par plaques sur mes fesses. Je me séchai scrupuleusement. Puis je fouillai dans le placard à la recherche d'une lotion hydratante. Tout au fond, derrière le désinfectant et le papier toilette, j'en dénichai une de chez Boss, au parfum intense. J'ouvris le flacon, reniflai. Elle semblait encore utilisable. Je m'en enduisis le ventre. Ma petite boule de graisse ressortait de nouveau comme un bouton. J'avais sûrement maigri. Comme je n'avais pas de pèse-personne, la boule de graisse me servait de repère. Lorsqu'elle ressortait, autrefois, qu'elle ne végétait plus dans mon tissu adipeux, ma mère s'inquiétait. Il faudrait que je me remette à boire de la crème, je n'avais pas le courage de préparer des sauces, ces temps-ci. Pas le courage de faire la cuisine d'une manière générale.

Je me séchai les cheveux. Le sèche-cheveux grondait jusque dans l'entrée. N'ayant pas de voisins, je m'étais habituée au silence. Aucun murmure de voix, aucun bruit de chasse d'eau ni de piétinements sur le plancher. Pas de cris de disputes ni de gémissements de fornication. Pas de pleurs d'enfants. L'année où Levan et moi avions habité en sous-location à Östersund, j'étais réveillée tous les matins par le voisin du dessus qui pissait au milieu de la cuvette. Une vraie cascade. Suivie des chuintements dans les tuyaux quand il tirait la chasse et se lavait les mains. Fini tout ça, maintenant.

Ma robe bleu pétrole, celle de maman, était encore sur l'étendoir dans le séjour, avec les autres lessives du voyage à Majorque. Je laissai tout en place, mais pris la robe dans mes bras comme si je soulevais un enfant. Je sortis la planche à repasser du placard et la dépliai dans la cuisine. Comme la table me gênait, je la poussai sur le côté pour avoir plus de place. Pas étonnant que je fasse aussi rarement des efforts d'élégance.

Je passai le fer sur le tissu viscose chiffonné. Il se détendit aussitôt, s'assouplit. Après quoi j'enfilai la robe devant le miroir. Elle m'allait vraiment bien. Pas parfaitement, je ne serais jamais parfaite. Elle avait beau être repassée de frais, son aspect donnait encore l'impression que j'avais dormi dedans. Mon corps portait l'inexorable sceau du doute. Il y avait toujours sur moi une tache, un détail de travers ou à l'envers.

Depuis mon retour de Majorque, c'était la première fois que je me maquillais. Mon unique bâton de rouge à lèvres était sec, il s'émiettait, mais en le mélangeant avec un peu de baume, sa consistance s'améliorait. J'examinai le résultat. J'avais l'air en pleine forme et heureuse avec cette bouche rouge, tordue. Une commissure de maman, une commissure de papa. L'une vers le haut, l'autre vers le bas. Je ne pus m'empêcher de sourire au miroir.

Fenêtres embuées de l'autre côté de la route. La plupart des convives étaient sans doute déjà arrivés. J'avais à la fois hâte et pas hâte de les rejoindre à l'intérieur, au chaud. Mes talons s'enfonçaient dans la neige. Aller de mon appartement à La Maison prenait à peu près trente secondes, mais mes bottes me faisaient déjà mal aux pieds. Un bruit à peine audible derrière moi. Des gonds qui crissaient. Une porte ? Je m'arrêtai, me retournai. Rien. Sans doute un pic de glace qui s'était détaché du toit de l'ancien supermarché Konsum et avait atterri sur une des lettres de l'enseigne murale. Le S pendait, mal fixé. Pas étonnant qu'il grince.

Ce soir tout le monde va s'amuser, Vera. Essaye, toi aussi. Essaye donc, pour une fois !

Katta, vêtue pour l'occasion d'une splendide robe caftan rouge, trônait au milieu d'une mer de cadeaux emballés et de fleurs, surtout des orchidées. Le fleuriste de Järpen avait dû recommander cette variété à tout le monde. Les invités se pressaient autour d'elle. Presque tout le village était là. Je serrai la reine de la soirée longtemps dans mes bras. Peu d'étreintes étaient aussi douces que celles de Katta.

— Joyeux anniversaire, ma belle ! Tu es rayonnante. Soixante-dix ans, dis donc, tu ne les fais vraiment pas.

— Si, si, c'est que tu ne m'as pas vue à 5 heures du matin quand je sors promener le chien.

— Erreur, je t'ai vue. Tu as oublié où tu habites ? À Ånn, il suffit que tu charges un pack de papier toilette dans le coffre de ta voiture pour que dans les cinq minutes tout le monde soit au courant que tu as la diarrhée.

Katta éclata de rire. Je lui tendis la pochette dorée qui contenait le champagne rosé.

— Merci Vera, je suis contente que tu sois là, dit-elle avec une gaieté sincère. Prends donc un verre de bulles, et bienvenue !

Björn avait décoré la pièce de ballons dorés et de guirlandes lumineuses. Le plafond et les lambris en pin scintillaient. Les tables, en pin elles aussi, avaient été mises bout à bout, recouvertes de nappes blanches et agrémentées de bougies. Pour une fois, on ne voyait pas le mobilier fatigué des années 1970. Les appliques murales en bois se fondaient dans le décor. Le buffet était déjà dressé. Les membres de l'association locale avaient dû passer des heures aux fourneaux.

— Comme ils ont joliment fait les choses, dis-je.

La communauté villageoise avait beau me taper sur les nerfs, parfois, c'est aussi elle qui m'avait sauvé la vie. J'en étais persuadée.

— N'est-ce pas ? Je suis vraiment gâtée, répondit Katta en me caressant la joue. Et toi, tu es belle. Tu devrais prendre soin de toi plus souvent. Il n'y a rien de futile à se mettre du rouge à lèvres de temps en temps.

— Non, ça fait du bien.

Je considérai la file devant le buffet. Åsa faisait déjà la queue, une assiette à la main, entre Arne et Thomas. Celui-ci croisa mon regard. Je levai mon verre. Il me sourit.

Åsa ne parlait à personne et Simon n'était nulle part. Je la voyais seulement de profil, mais quelque chose en elle avait changé. Elle s'était fait faire une permanente, ses cheveux avaient un beau volume, mais son corps s'était affaissé, il avait perdu ses jolies courbes, sa cage thoracique plate était posée sans transition sur ses jambes minces. Elle balaya la pièce du regard sans s'attarder sur moi, comme si elle m'avait déjà repérée et voulait éviter de croiser mon regard. Je sentis que ce n'était pas le moment de m'approcher du buffet. Elle m'avait sûrement percée à jour depuis Majorque. Deviné que j'avais rompu avec mes amies d'enfance sans une explication.

— Vera ! C'est bien toi ?

Je tournai la tête. Linda s'avançait vers moi, bras ouverts. Son corps d'athlète aux cheveux coupés courts se jeta à mon cou. Visiblement, elle ne me gardait pas rancune. Je fis moi aussi semblant de rien. Elle croyait probablement que j'avais négligé de donner des nouvelles, comme d'habitude. Je cherchai quelque chose à dire, mais ce fut Linda qui poursuivit.

— Ça fait longtemps, trop longtemps. Quel plaisir de te voir ! Je pense beaucoup à toi. On pourrait dîner ensemble, un de ces jours, entre filles, ajouta-t-elle avant de s'emparer d'un verre de champagne.

À côté de sa femme débordante d'énergie, Nicklas marmonnait.

— Tout à fait d'accord pour un dîner, répondis-je. On aura plus de temps pour bavarder, on a beaucoup de choses à se raconter.

— Mais il faut prévoir ça avant le premier dimanche de l'Avent. Après, on est pris tous les week-ends, oui, presque tous les soirs. Les enfants ont leur programme, j'ai le mien, Nicklas a le sien. Enfin, tu sais ce que c'est. Il y a trop de choses, tout simplement.

Je répondis que je savais, mais je ne savais pas. Je ne m'étais jamais effondrée à cause du stress et d'un sentiment d'insuffisance. L'épuisement, c'était le talon d'Achille de ceux qui avaient une ambition démesurée, la désintégration des mères d'enfants en bas âge. Celles qui, le front posé sur le hublot du lave-linge, sentaient leur cœur s'emballer. Et nous autres alors ? Nous qui n'avions ni enfant ni ambition démesurée. Nous qui avions trop peu. Le trop peu était-il aussi une raison acceptable pour être sur les rotules ?

Linda poursuivit son tour dans la salle. Championne de la socialisation. À la réflexion, ma relation avec Linda avait toujours été plus décontractée que celle que j'avais avec Åsa. Peut-être cela tenait-il au fait que Linda ne se laissait perturber par rien ou presque, alors qu'Åsa absorbait tout et analysait tout. D'un autre côté, on ne pouvait jamais être sûr que Linda pensait vraiment ce qu'elle disait, mais les amabilités convenues étaient exactement ce dont j'avais besoin ce soir.

Il se faisait tard. Le dîner avait été expédié depuis longtemps et les tables poussées de côté pour laisser la place au groupe Darlingz, qui venait de Brunflo. Ils jouaient des reprises de vieux tubes d'orchestre de danse, de ceux qui entraînaient tout le monde sur la piste. La chemise bleue de Kalle avait déjà des auréoles sous les bras, et son dos serait bientôt orné d'une tache évoquant le continent africain sur un planisphère. Linda et Ulf dansaient le rock, évidemment. J'aurais pu parier un an de salaire qu'il avait d'abord essayé de lui apprendre le swing norvégien avant de devoir se rabattre sur sa variante classique, le bugg suédois. Linda buvait toujours trop pour avoir la moindre chance d'assimiler de nouvelles figures. Nicklas dansait le foxtrot avec Katta, dans une concentration intense. Les yeux fermés, comme toujours, et le bras gauche tendu, il bousculait les autres couples. J'avais déjà vu tout ça.

Quelqu'un me tapota l'épaule.

— Tu veux danser ?

Thomas se tenait derrière moi. Mon plan de me rendre invisible en restant collée aux murs avait manifestement échoué.

— Oui, bien sûr, ce serait…

Je jetai de nouveau un œil vers la piste de danse bourrée. Bourrée dans les deux sens du terme. Le caftan rouge de Katta voletait dans le souffle des haleines chargées d'alcool.

Un sourire amusé apparut sur les lèvres de Thomas.

— Il suffit de dire non, Vera.

Je croisai son regard.

— Bon. Alors non.

Il éclata de rire.

— Je n'avais pas l'intention de te forcer, si c'est ce que tu croyais. À plus tard.

— Oui, à plus tard.

Je me réfugiai dans les toilettes et laissai passer un peu de temps. En entendant « Deux yeux noirs » de Sven-Ingvars, je pensai à Esther. Que faisait-elle en ce moment ? Peut-être était-elle occupée à broder dans son canapé, ou à manger des wraps dans sa cuisine. C'étaient les seules images que je pouvais me faire d'elle à la suite de notre brève rencontre. Je me lavai longtemps les mains et les essuyai ensuite méticuleusement avec une profusion de serviettes en papier.

Quand je ressortis, plusieurs groupes s'étaient formés près des tables. Je pris place en face de Kalle Sund. Je voulais depuis un bon moment lui confirmer que la rumeur selon laquelle Maria avait eu un enfant était vraie, mais n'en avais pas encore eu l'occasion. Nous trinquâmes.

— Ça avance, ton reportage ? demanda-t-il avec son enthousiasme habituel.

Je lui racontai ce que j'avais appris. Malgré la chaleur étouffante dans la salle, je vis son visage pâlir.

— Donc Kim Rehnsbo serait la fille biologique de Maria ? Tu plaisantes ?

— Tu la connais ?

— Bien sûr que je la connais, tiens.

Il passa la main sur son crâne chauve puis saisit une bouteille de bière. Remplit son verre à ras bord avant de poursuivre :

— Je ne sais pas par où commencer, en fait. Tu dis que Ture, son père adoptif, l'a qualifiée de sensible, et qu'elle aurait constamment douté de l'amour de ses parents ?

— C'est comme ça qu'il l'a formulé, oui, répondis-je en souriant.

Kalle se pencha un peu plus vers moi par-dessus la table.

— En tant que prof, j'étais surtout en contact avec Elsa, mais je dirais plutôt que cette sensibilité et ce manque d'assurance étaient pour Kim une façon d'avoir le contrôle sur ses parents et de les culpabiliser.

Le sol tangua sous mes pieds. Un instant furtif seulement.

— Qu'est-ce que tu veux dire ? demandai-je, mon regard planté dans celui de Kalle.

— Je veux dire que cette jeune fille était imbue d'elle-même et exigeait que tout le monde l'adore, ajouta-t-il en secouant la tête. Elsa se donnait un mal de chien. Pour protéger Kim. Une enfant qui se retrouve toujours mêlée à des querelles et qui fait des conneries a peut-être besoin de la protection de sa mère, quand les autres en ont vraiment marre. Elsa est devenue une mère surprotectrice. Mais elle s'est surtout démenée pour protéger le monde contre Kim.

— Ouh là là, ça a l'air sérieux.

Kalle me regarda.

— Je n'oublierai jamais un incident qui a eu lieu après une boum à l'école. Kim était rentrée en pleurs chez Ture et Elsa le soir, couverte de sang et de marques de brûlures de cigarettes, criant qu'elle avait été agressée par son petit copain.

Il marqua une pause pour prendre une gorgée de bière.

— C'est horrible ! Est-ce qu'ils ont porté plainte ? demandai-je.

— Bien sûr. Seulement il s'est avéré que Kim s'était elle-même infligé ses blessures. Une fille l'avait vue ramper sur les genoux sur un chemin de terre jusqu'à ce que le sang dégouline le long de ses jambes. Une autre l'avait vue se brûler avec des cigarettes.

Je déglutis. Repoussai la coupe de coquilles de noix posée sur la table devant moi.

— Kim a-t-elle expliqué pourquoi elle avait fait ça ? Le garçon s'était-il mal comporté avec elle ?

— Pas du tout. Il voulait rompre, ce qu'elle était visiblement incapable d'accepter. Et ça ne s'est pas arrêté là. À l'école, deux camps se sont formés. L'un qui se rangeait du côté de Kim et l'autre du côté du garçon.

— Donc elle avait encore des amis, après ça ?

— Oh que oui. Kim était dynamique, effrontée et drôle, en tous points une vraie star. Ne sommes-nous pas toujours attirés par ce qui nous met en valeur ? Je crois que dans la tête des gens, le garçon n'a jamais été tout à fait lavé de tout soupçon, bien qu'il ait été acquitté par le tribunal d'Östersund.

Nous restâmes silencieux un instant. J'essayai en vain de chasser les images qui affluaient dans ma tête, de petits cailloux et de cigarettes incandescentes s'enfonçant dans la peau saine de Kim. L'odeur du sang et des poils brûlés. Devait-on considérer cela comme de l'automutilation, un besoin d'attention, ou encore une manière de punir quelqu'un d'autre ? Seul un psychologue était à même de répondre à cette question. Cette gamine devait avoir de sérieux problèmes. En même temps, comment ne pas se demander si ce comportement ne résultait pas de l'environnement dans lequel elle avait grandi ? Que savait-on d'autre sur cette famille ? Quelle frustration de ne pas pouvoir écrire là-dessus, mais Ture avait ma parole.

— Qui était le garçon ? demandai-je.

— Il s'appelle Mats Sjölund.

— Mats, l'alcoolo ?

Kalle approuva de la tête.

— Il avait déjà un penchant pour l'alcool au collège. Je pense qu'il a commencé à boire avec Sixten, son père, dès l'âge de onze ans.

— As-tu rencontré Kim adulte ?

— Non, je ne l'ai pas revue. Mince, dit-il en jetant un œil à sa montre, j'ai promis à Björn de l'aider en cuisine pour le dessert. On reparlera de ça une autre fois.

— D'accord, fis-je avec un sourire crispé. On ne va pas rester assis là toute la soirée, c'est la fête, quand même.

Je frappai dans mes mains. Moins par enthousiasme que pour m'éviter la socialisation attendue en ces circonstances. Pas mon truc, je dois bien l'avouer.

Comme d'habitude, je me réfugiai au bar. Il était trop tard quand j'aperçus Åsa, de dos, perchée sur un tabouret, devant un whisky. Impossible de l'éviter, cette fois. Elle croisa mon regard dans le miroir derrière les bouteilles d'alcool au moment où je me faufilais jusqu'au comptoir avec mon verre. Björn me resservit le même vin blanc sans dire un mot.

— Comment ça va ? demandai-je, avec de la gaieté en guise de bouclier.

— Ça va, merci, ça va.

Les muscles de ma mâchoire se tendirent.

— Simon est là ?

Elle rit, mais sur son visage diaphane, le rire n'atteignit pas les yeux.

— Ne viens pas me dire que tu es la seule à ne pas être au courant.

Contraction dans mon estomac.

— Qu'est-ce que tu veux dire ?

— Sérieusement ? Tout le village cancane sur nous. On divorce. J'ai trouvé un appartement à Östersund pour moi et les enfants.

— Vous déménagez ?

Elle acquiesça.

— Et Simon ?

— Oui, ben, Simon reste ici et il se bourre la gueule. Vu qu'à Ånn c'est le mec le plus marrant avec lequel on puisse picoler. Toujours disponible, en plus. Mais ce soir, pour une fois, c'est mon tour. Vie de merde, hein ?

Elle dégagea une mèche blonde de ses cils.

— Je suis désolée, Åsa.

— Vraiment ? Je ne t'ai pas vue depuis cet été, et à ce moment-là tu faisais tellement la gueule qu'il était impossible de te parler.

— Non, je… J'ai…

Åsa m'interrompit.

— Je sais, tu penses que Linda et moi ne t'avons pas suffisamment soutenue quand ta vie s'est écroulée. Mais réveille-toi un peu, il n'y a pas que toi qui traverses des moments difficiles, Vera. J'aimerais bien être comme Linda, foncer et me moquer du reste, mais j'ai beaucoup réfléchi, à Majorque. Ce voyage n'a pas été agréable, mais c'était loin d'être seulement notre faute. Toi aussi, tu peux être sacrément égoïste, parfois.

Elle hocha de la tête d'un air entendu. Je me tus et plongeai le regard dans mon verre. Il sentait la drêche et le bouillon aux champignons. Il n'y avait rien à ajouter. Je me retirai. Pris la fuite. J'entendis la voix d'Åsa derrière moi.

— Vera, ça suffit maintenant. Il va bien falloir qu'on en parle.

La lumière de la nuit étoilée s'insinua en moi, fit lentement passer ce qui me restait en travers de la gorge. Je me dirigeai vers l'angle de la maison, allumai une cigarette et m'adossai contre le mur. J'étais bien, ici, à l'écart de la fête, le regard posé sur les sapins déformés, au bord de la route. La porte s'ouvrit, quelqu'un sortit, accompagné par les rires et la rumeur de la soirée. J'avançai la tête pour voir. Åsa, et juste derrière elle, Linda. La porte se referma, étouffant tous les bruits, deux doigts autour d'une flamme. Elles s'approchèrent de moi.

— On peut t'en taxer une ? demanda Åsa.

Je fis signe que oui et ressortis le paquet de cigarettes de mon sac à main.

Elle prit une grande bouffée. En recrachant la fumée, elle se mit à glousser.

— Ça me rappelle quand on avait quatorze ans et qu'on fumait en cachette.

Linda rit, elle aussi.

— Oui, c'est un peu ça, dis-je.

— En fait, j'ai arrêté, poursuivit Åsa. Depuis que j'ai terminé ma formation d'infirmière, je me dis que c'est vraiment stupide de remplir mon corps de poison.

— Donc tu as fini ? Félicitations. J'imagine que tu n'as pas eu de mal à trouver du boulot à Östersund, dis-je.

— Non, ils se sont jetés sur moi.

Un avion gronda dans le ciel. Il allait sûrement à Værnes. Åsa mit la main sur mon épaule.

— Dis, excuse-moi.

Je baissai les yeux.

— C'est bon. Je te demande pardon, moi aussi.

Linda fit semblant de ne pas remarquer notre poussée de sentimentalité.

— Moi aussi, je devrais faire quelque chose de nouveau, s'exclama-t-elle. Il paraît qu'il faut bouger tous les trois ans, mais le truc, c'est que je me plais bien à l'agence immobilière d'Åre.

— Quand on se sent bien dans son boulot, il n'y a aucune raison d'en changer. Et n'oubliez pas non plus qu'on a dépassé la cinquantaine, observa Åsa.

Linda se mit à rigoler.

— Toi et ta parano de l'âge, Åsa. C'est maintenant que la vie commence ! Allez, tout est redevenu comme avant, pas vrai, Vera ? Et si on retournait un peu à l'intérieur ?

Je sentais que j'étais soûle. Si je buvais davantage, je risquais de me mettre à tituber. De plus, j'avais eu ma dose de conversation et de socialisation.

— Je suis fatiguée. Allez-y, vous, moi je rentre.

— Tu es sûre ?

— Tout à fait certaine, fis-je en bâillant.

— Oh là, en plus il commence à neiger, dit Linda.

Åsa leva son visage vers le ciel. D'énormes flocons tombaient sur ses joues.

— De vraies pelotes de laine. Il paraît que les flocons de neige se forment dans les nuages à deux mille mètres d'altitude et qu'ils mettent presque une demi-heure à descendre jusqu'au sol. C'est fou, hein ? dit-elle.

— Incroyable, répondis-je.

Elles rentrèrent. Je les suivis du regard. Par terre, nos mégots rougeoyaient encore. Les maisons autour de l'auberge étaient plongées dans le noir. Les touristes, ou les nostalgiques qui voulaient conserver leurs foyers d'enfance, s'étaient approprié la chaleur du village mais avaient ensuite laissé celui-ci refroidir. Ånn était loin d'être un cas isolé.

Vue du ciel, la fête de Katta ou toute autre vie sociale du coin apparaîtrait comme une luciole solitaire dans la forêt. C'étaient les forêts qui étaient reliées les unes aux autres, pas les êtres humains. Les rares habitants de la région s'échinaient et, doigts tendus, parvenaient s'ils le voulaient à s'effleurer les uns les autres. Seulement s'ils le voulaient. Mais si tel était leur désir, alors ils se rapprochaient autant que possible. Le voulais-je ?

La musique résonnait dans mon dos. Je me décollai du mur, avançai un peu sur l'herbe et tournai mon regard vers les fenêtres. Ils dansaient encore. Nicklas avait le visage rouge et congestionné. Je savais que l'accordéon de Björn, l'ivresse et les sanglots prendraient le relais dès que les Darlingz partiraient. Les Zamours.

Soudain une lampe s'alluma dans l'une des deux chambres de l'auberge, au premier étage. Un pauvre visiteur essayait-il de dormir ? J'espérais que Björn avait prévenu son hôte. La fête de Katta était prévue depuis des mois. Je levai les yeux. Un homme d'un certain âge était debout à la fenêtre, nu comme un ver, sa bite en main. Son poignet et son avant-bras s'agitaient. Ses couilles flasques et fripées tremblaient en rythme. Il était là en train de se branler, se donnait du plaisir dans la pénombre sans se douter que quelqu'un l'observait. Ou bien le savait-il ? Je vacillai, à la fois dégoûtée et excitée.

Je portai mon regard vers la fenêtre éteinte, à côté. Cette chambre-là semblait inoccupée. J'allais partir quand je remarquai une faible lueur intermittente provenant de l'intérieur. Tels les rais de lumière filtrant d'une porte qu'on ouvre et qu'on referme. Puis j'aperçus une ombre blanche, diaphane. Il y avait quelqu'un dans la pièce. Nous n'étions séparés que par une vitre. J'essayai de percer l'obscurité du regard. Nous restâmes quelques secondes immobiles face à face avant que la silhouette se mette à bouger. Où se dirigeait-elle ? Allait-elle descendre ? Je tendis l'oreille. Oui, la porte d'entrée de l'hôtel, à l'arrière, venait de se refermer.

Je me mis à courir et trébuchai. Mes talons étaient trop hauts. Bordel. J'arrachai mes bottes, les pris à la main. La neige fondue traversa mes collants en nylon. Des pas rapides derrière moi, de plus en plus proches. Les gravillons et le froid me tailladaient la plante des pieds, ma main fouillait nerveusement la poche de mon manteau pour trouver la clé de l'immeuble. Trente secondes jusque chez moi. Je fis le décompte, peut-être même à haute voix. Je tournai la clé dans la serrure, renversai la pelle à neige posée contre le mur, montai l'escalier quatre à quatre jusqu'à mon appartement, ne m'arrêtai qu'une fois à l'intérieur. Là, je m'écroulai sur le sol et hurlai comme une possédée.

À mon réveil, j'eus d'abord la sensation d'être allongée dans une salle d'opération, encore sous l'effet de l'anesthésie. J'avais des sueurs froides, j'essayai de fixer mon regard sur un point pour ne pas vomir. Puis j'aperçus le blob sur le papier peint. J'étais en sécurité. J'avais échappé aux ombres, dehors, mais je n'avais pas osé éteindre les lumières chez moi. Le ventilateur des années 1980 tournait de manière saccadée au-dessus de l'éclairage cru. Je tâtonnai sur l'autre moitié du lit jusqu'à ce que je le sente : le fusil de chasse était bien à côté de moi, tel un amant, raide mais rassurant. J'avais dormi par courtes périodes. Ma robe bleu pétrole me collait au corps. Le tissu bâilla entre les boutons quand je m'assis. Je la déboutonnai et la laissai s'affaler sur mes pieds, dégrafai mon soutien-gorge. Ma poitrine s'affaissa. Les seins à l'air, je chancelai vers la cuisine. Avec le froid, mes mamelons se durcirent. La planche à repasser trônait toujours au milieu de la cuisine, empêchant la table et les chaises de respirer.

Pour la première fois depuis la veille au soir, j'ouvris mon portable. Un appel manqué de Thomas à 2 heures. N'ayant pas eu de réponse, il avait envoyé un texto :

Où es-tu ?

J'étais partie sans dire au revoir à personne, comme d'habitude.

Un bruit. Je me figeai, écoutai à travers les murs. Ce n'était que le tintamarre provenant de l'auberge. Björn et ceux de l'association nettoyaient les restes de la nuit. Il fallait vider les fonds de bouteille, récurer les toilettes. Faire ce qu'il restait de vaisselle, remettre tous les meubles en place, essuyer, passer l'aspirateur et la serpillière. J'avais vu quelqu'un vomir dans un lavabo, et la piste de danse, avant de redevenir ce matin un plancher ordinaire, avait collé sous les semelles des chaussures.

Les images de la nuit dansaient devant mes yeux. Je composai le numéro de La Maison tout en me servant un verre de jus d'orange, relevé de vodka Renat. Björn décrocha.

— Qui occupait les chambres d'hôtel cette nuit ?

— Bonjour Vera. Tout va bien ?

— Réponds-moi ! Qui ?

J'avalai la boisson d'une lampée, m'ébrouai. Absolument dégueulasse. La gnôle et les agrumes me crispèrent les mâchoires, me brûlèrent les entrailles, un vrai tord-boyaux. Fallait que je mange quelque chose.

— Attends, je regarde.

Froissements de papiers. Björn fredonnait.

— Un Norvégien qui va visiter la maison de campagne d'Ulf aujourd'hui, près du lac Harsjön. Il s'appelle Amund, il vient juste de passer prendre un panier petit déjeuner. Un type sympa. L'autre chambre, celle avec le papier peint jaune à fleurs, était vide.

— Quoi ?!

Un hurlement avorté sortit de ma gorge.

— Mais j'ai vu quelqu'un de mes propres yeux. J'ai entendu quelqu'un…

— Calme-toi, Vera. Tu étais beurrée et un peu parano.

Des mots rudes, de la part de Björn. Quelque chose se retourna dans mon estomac, que je fis taire en écrasant mon corps nu sur la planche à repasser, m'étalant comme un rideau ayant besoin d'un coup de fer. Donc Björn affirmait que je m'étais fait des idées. Ni plus ni moins. Il sous-entendait que je commençais à perdre les pédales.

— Ton boulot sur cette affaire est en train de capoter et tu ne le vois pas toi-même, poursuivit-il. Tu aurais bien besoin de…

— Je n'ai besoin de rien sauf de la résoudre, dis-je en me relevant.

Je me sentais tout à coup terriblement déterminée. J'ouvris le réfrigérateur, surtout par automatisme, car ma faim avait disparu. Toujours vide, à part une vieille sauce aigre-douce qui survivrait même sans doute à une guerre nucléaire. Je claquai la porte.

Björn soupira.

— Alors fais-le. Fais ce que tu dois faire. Pour que la vie puisse reprendre un cours normal.

Je tirai les rideaux de la cuisine. Pas besoin qu'on voie mon cul blanc, même pas les oiseaux. Le geste faillit me faire perdre l'équilibre. Il fallait que je dorme, que je mange. Et surtout que je me mette à écrire.

— Et c'est quoi, une vie normale, putain ? sifflai-je.

— Viens, on pourra en parler, dit Björn d'un ton insistant.

— Je vais raccrocher.

— Non, ne raccroche pas.

Ses mots résonnaient encore dans mes oreilles une fois la communication coupée. Mais il avait raison : si je ne voulais pas devenir dingue, il fallait que je résolve cette affaire. Je sentais ma raison s'écouler lentement hors de moi. Et mon bon sens. Je pouvais commencer par suivre les pistes que j'avais. D'abord Elisabeth. Ensuite, revenir éventuellement à Jörgen et à Krister Arvidsson. Je voulais aussi rencontrer Kim, mais pour lui dire quoi ?

Essayer de trouver la logique des événements. Repérer les incohérences. Être rationnelle. Réfléchir.

Ce que je faisais somme toute assez bien.

Dans une sorte de frénésie, je rouvris mon téléphone et cherchai l'hôpital de Danderyd, service d'endocrinologie et de diabétologie. Je fus mise en attente, j'étais onzième dans la file, alors je patientai en griffonnant dans un vieux cahier. Enfin un crépitement.

— Bonjour, je cherche à joindre Elisabeth Lundholm.

— Elle est occupée avec un patient. Ce numéro est réservé à la prise de rendez-vous et aux conseils par téléphone.

Voix impatiente.

— D'accord.

J'avais obtenu l'information que je voulais avoir. Elisabeth Lundholm se trouvait actuellement à Stockholm.

— Alors comme ça, tu pars à Stockholm ?

Thomas fit une incision dans l'élan écorché. La masse de muscles se balançait au bout du crochet. J'étais debout à l'entrée de l'abattoir de l'équipe de chasse et maintenais la porte entrouverte sur la cour. Une drisse claquait contre le mât de drapeau, dans la pénombre. Je venais ici chaque année depuis ma plus tendre enfance. Avant que Thomas ne prenne la responsabilité de la découpe de détail, c'était toujours mon père ou mon grand-père qui s'en chargeaient.

— Oui, je pars demain. Je n'emporte que le strict nécessaire, mon sac a été vite fait. Mais je n'ai pas encore acheté mon billet retour, je pense que j'en aurai pour quelques jours.

Craquements sous le couteau qui suivait les puissantes membranes de la viande.

— Quelques jours pour quoi faire ?

— Eh bien, trouver ceux avec qui je voudrais parler. La famille d'accueil, Elisabeth… Je n'arriverai sans doute pas à obtenir d'informations de la part du foyer.

Le couteau s'immobilisa, Thomas me regarda. Éclairé par le spot de travail, son visage avait un aspect plat, peu naturel, et la nuit, dehors, était d'une profondeur inhabituelle. Il retira l'os de l'épaule avec ses doigts, souffla un peu car le morceau lui résistait, puis le jeta dans un casier de boucher.

— Tu veux vraiment rencontrer Elisabeth ? Ce n'est pas rassurant, tout ça. Je devrais peut-être venir avec toi, on peut y aller en voiture.

— Je sais ce que je risque. Je ne veux pas que tu prennes sur tes congés, ne t'inquiète pas pour moi.

Thomas aiguisa son couteau sur le fusil avant de continuer. Crissements de son tablier en plastique.

— Demain, je vais à Järpen. Si tu as besoin de faire des courses avant de partir, je t'emmène, tu pourras prendre le train de là-bas, si tu veux.

— Avec plaisir. Comme ça, j'achèterai une salade et quelque chose à boire chez Ica. Peut-être un journal aussi. Ça va me faire du bien de partir un moment. Changer de décor, me balader dans Stockholm.

Il sourit.

— Je comprends, dit-il, mais tu n'es peut-être pas obligée d'aller toute seule voir Elisabeth chez elle. Il vaut mieux lui fixer un rendez-vous dans un lieu public.

— Oui, c'est ce que m'a dit Strömmen.

Strömmen m'avait dit bien d'autres choses encore. Il m'avait notamment parlé de ce qu'il appelait « le salmigondis corrompu du journalisme de Södermalm », quartier où habitait un tiers des journalistes du pays.

— Ces espèces de crétins, à part eux-mêmes ils ne voient rien, dans leur putain de salmigondis.

C'était son éternel commentaire au *Jämtlandsposten*, après sa lecture quotidienne des canards des grandes villes sur Internet. Mais je lui donnais volontiers raison. La Suède comptait onze circonscriptions importantes dans lesquelles ne résidait aucun journaliste.

— De quoi vas-tu vivre, maintenant ? demanda Thomas.

— Aucune idée. Ça s'arrangera. Il n'y a pas d'enjeu, c'est ce que je me dis. Cela ne concerne que moi.

— Oui.

Un camion semi-remorque passa, au loin. Je tournai la tête face au vent un instant, m'en imprégnai. L'odeur d'humus de l'automne avait complètement disparu. La météo prévoyait de la neige mouillée et des vents violents pour le lendemain.

— Est-ce que tu as encore le tracteur neuf d'Algot ? demanda Thomas.

— Oui, il est toujours garé chez Katta et Björn, mais ils en ont sans doute assez de l'avoir sous une bâche. Pourquoi ?

— Je propose de te le racheter. Pour que tu aies de quoi survivre, le mois prochain.

Je ris.

— Thomas, j'aurai de quoi survivre, le mois prochain…

Il était déçu. Sa cage thoracique se souleva.

— … mais si tu veux l'acheter, j'en serais ravie. Papa ne s'en sert plus, de toute façon.

Les rides d'expression égayèrent à nouveau son visage.

— Tu m'inviteras à dîner quand je rentrerai ? demandai-je.

— Évidemment. Je te ferai même ma fameuse sauce aux chanterelles.

Je souris, mais en moi grandit un certain malaise. J'en avais mal au ventre. Étais-je vraiment sûre de pouvoir survivre jusqu'au mois prochain ? En l'occurrence, il ne s'agissait pas d'argent.

Le lendemain, Thomas me déposa à Järpen, devant chez Ica. Je m'apprêtais à gagner la gare quand la tempête de neige se leva. Elle me fouettait le visage, s'infiltrait sous les vêtements, balayait la neige, faisant apparaître ce qui traînait par terre. Quelques brins d'herbe sèche dépassaient du fossé, ne pliaient pas. Au bout d'une minute à peine, mes doigts furent douloureux, ils seraient bientôt blancs et engourdis. Quand j'étais enfant, j'avais eu si souvent les mains gelées qu'il ne fallait pas grand-chose pour raviver la douleur des engelures. Ma valise à roulettes dérapait, telle une voiture face à un élan surgissant sur la chaussée. Les gens croyaient pouvoir imposer leurs conditions à la montagne. Peu d'entre eux se rendaient compte qu'ils frôlaient la mort, tous les jours.

Je m'abritai dans la salle d'attente, posai le sachet de chez Ica contenant mon pique-nique sur le banc à côté de moi et tentai de me réchauffer les mains en soufflant dans mes gants. Quand le bout de mes doigts se mit à picoter, je constatai que la plupart des voyageurs attendaient dehors, malgré le mauvais temps. Je compris pourquoi après avoir jeté un rapide coup d'œil autour de moi : l'endroit était devenu un abri chauffé pour une tout autre clientèle. Je ramenai mon sac à dos avec l'ordinateur plus près de moi.

Je reconnus quelques garçons de la classe d'adaptation du collège, adossés au mur des toilettes. Les yeux rivés à leurs téléphones, ils semblaient indifférents à leur entourage, mais une tension était perceptible autour d'eux. À un moment, la porte des toilettes s'ouvrit et quelqu'un tendit un bras de l'intérieur. Une fille, sans doute, car le bras était très mince et orné d'un tatouage décalcomanie de Hello Kitty. L'un des garçons sortit quelque chose de la poche de son jogging Adidas, le mit dans la paume de la fille, et la main se retira aussitôt dans l'obscurité.

Sur un banc dans le coin, une femme plus âgée était enveloppée d'une couette informe, sans housse. Elle avait enlevé ses chaussettes et semblait chercher quelque chose dans son sac à dos.

— T'as froid ?

La voix provenait du distributeur de bonbons en face de moi. Un homme affublé d'un bonnet pointu et d'une doudoune verte bien trop grande pour lui sortit en titubant de derrière la machine. Je dus avoir l'air étonné car il se mit à rire, découvrant une dentition pleine de plombages.

— Je m'assois toujours derrière le distributeur. Il fait plus chaud ici, y a pas le courant d'air de la porte. Surtout par un temps pareil, bredouilla-t-il.

— C'est bien, marmonnai-je en ouvrant mon sachet plastique.

La salade au thon était toute givrée. Je regrettai de ne pas m'être empiffrée de hot-dogs au kiosque de la gare. Le pique-nique à emporter, ça coulait partout, et en plus je détestais manger à côté d'inconnus.

— J'sais pas si c'est bien, mais qu'est-ce qu'on peut faire, bordel…

Le type se dirigea d'un pas chancelant vers la poubelle un peu plus loin, la fixa, l'air hébété, puis farfouilla dedans. Il y dénicha une bouteille en plastique contenant un vieux fond de boisson énergétique verte.

— Dire qu'ils boivent cette merde. Enfin, encore heureux que ce truc soit consigné, au moins. Ah oui, alors comme ça, le journal du Jämtland part en vadrouille ?

Là, je le reconnus. Cet homme était Mats Sjölund. À nouveau en pleine crise, visiblement, mais à en juger par le nombre de taches de pisse sur son jean, il était encore loin d'avoir touché le fond pour cette fois. Sa démarche, aussi. Jambes écartées, mais hanche saillante. Je savais ce qu'il allait devenir, un misérable débris puant que quelqu'un serait obligé de ramasser par terre à mains nues.

— Eh oui, pardi, et c'est même la pauvre tache en personne, dis-je en lui adressant un clin d'œil.

Mats haussa les sourcils et se tourna vers son sac à dos d'où il extirpa une cannette de bière intacte qu'il ouvrit énergiquement. La mousse du liquide ambré déborda telle la lave lors d'une éruption volcanique.

— Tu ne te souviens pas que tu m'as appelée pauvre tache, dans la salle des profs ?

— Euh… Ouh là, non. Mais je l'pensais sûrement pas. *Sorry.*

Il fit tourner son doigt sur l'ouverture de la cannette.

— Ce n'est pas grave. Comment va ton père ?

— J'en sais rien. Il attend sûrement la guerre, comme d'habitude. Par chance, c'est devenu branché, finalement, d'être survivaliste.

Il sortit un mouchoir de sa poche et se moucha bruyamment. De la morve coula sur son menton.

J'avais envie de lui poser des questions sur Kim, mais c'était peut-être déplacé. Maman avait parfois eu honte de moi, pas de moi en tant que personne, non, mais dans mon rôle de journaliste, affirmait-elle, même s'il était quasi impossible de dissocier les deux facettes de mon caractère. Lors d'occasions conviviales à Ånn, il lui arrivait de m'attirer à l'écart pour me glisser : « Ce que tu viens de dire était complètement déplacé, Vera. »

Le pire était peut-être que j'aimais être inconvenante. Les gens très posés n'allaient jamais bien loin. Voilà pourquoi je décidai de raconter à Mats ce que j'avais appris à propos de lui et de Kim. Par égard pour Ture, je ne mentionnai pas l'adoption, naturellement, mais je prétendis faire un reportage sur la violence, le harcèlement moral et sexuel à l'école aujourd'hui, comparés à il y a dix ans.

Mats ne broncha pas.

— Ah oui, cette histoire d'agression. L'eau a coulé sous les ponts, depuis. Tous ces articles qu'ont été écrits dans les journaux… Les gens ont emballé leur poisson avec, hein ? dit-il avant de roter.

— Oui, sûrement. Mais est-ce que ça a eu des conséquences pour toi ? Kim avait porté des accusations très graves contre toi, et tu as dû te battre pour qu'on te croie.

— Des conséquences ? Bof. J'en sais trop rien. Qui sait d'où ça vient, tout ce qui nous tombe dessus ?

J'entendis la sonnerie du passage à niveau, au loin.

Mats préférait évoquer les souvenirs plus heureux de ses années de collège, comme la pièce de théâtre dans laquelle il avait tenu le rôle de Gustave II Adolphe, ou le ragoût de foie que personne à part lui n'avait le bon goût d'apprécier.

— Les autres avaient tous envie de vomir quand les dames de la cantine versaient le ragoût dans les assiettes, elles en mettaient toujours trop, ça faisait ploutch, dit-il en rigolant. À quoi elle ressemble maintenant, Kim, au fait ? Toujours mignonne, j'imagine, mais le genre de fille avec qui c'est impossible d'être en couple.

Je souris.

— Aucune idée. La photo sur son profil Facebook est un chat.

— Un chat ? Oui, ça lui va bien, forcément.

Nouvel éclat de rire. Le haut-parleur crépita. « Le train 832 à destination de Stockholm va entrer en gare, voie une. » Dans la salle d'attente, je fus la seule à réagir. La femme dans le coin s'était endormie assise, pieds nus.

Mats était abattu.

— Désolée d'avoir parlé de Kim, c'était peut-être malvenu, dis-je.

— Bah, ça fait longtemps maintenant, te bile pas. Kim était folle, aussi bien quand elle était contente que quand elle était en pétard, mais qu'est-ce qu'on se marrait avec elle. Y en avait pas deux comme elle.

Il articulait avec difficulté.

— C'est bien que tu puisses voir les choses sous cet angle.

— Toujours positif, j'suis comme ça, moi. Aujourd'hui j'ai appris que la Sécu me retire mon indemnité maladie. Comme si je pouvais bosser, avec mon dos mal fichu, tordu comme un œil de Chinois. Mais ça s'arrangera. À la tienne, bordel.

— Oh là là, c'est rude, répondis-je en me dirigeant vers la sortie.

Je jetai la salade au thon dans la poubelle au passage. J'eus le sentiment que les portes automatiques s'ouvraient soudain sur un autre monde, plus sain.

— Et puis tu sais…, poursuivit-il d'une voix plus forte, j'ai pas été le seul à subir Kim. Je me souviens d'une sortie scolaire au lac de Storsjön, elle avait fait semblant de noyer une fille. Tu te rends compte, noyer une fille qui avait peur de l'eau. Faut être complètement taré.

— Quoi ?

Je m'arrêtai net, serrai la poignée de ma valise.

— La fille criait et gerbait, mais elle, elle continuait. Les profs ont dû lui arracher les bras du cou de l'autre.

— Mon Dieu, mais pourquoi ? Je veux dire, il avait dû se passer quelque chose, quand même ?

Mats secoua la tête et se laissa choir lourdement sur le banc. Il eut du mal à croiser les jambes sans perdre l'équilibre.

— Non, je crois pas. Kim m'a dit plus tard qu'elle avait fait ça parce qu'elle aimait voir la peur dans les yeux de la fille. C'est ça qui l'excitait. La terreur.

J'écoutais la violence, les sirènes de police et les cris au loin. Sons inconnus et familiers à la fois. Les bruits de Stockholm se faisaient très durs quand le jour fraîchissait. J'étais emplie d'une conscience aiguisée. Peut-être était-ce le changement d'environnement. Mes idées fusaient, devenaient des images jetées devant moi comme la neige virevoltante sur un pare-brise dans la nuit.

Kim bébé, que Maria avait choisi d'abandonner. La violence qui s'était insinuée en elle malgré tous les efforts déployés par ses parents adoptifs, Ture et Elsa, pour l'en préserver. Qu'est-ce qui avait amené la jeune Kim à franchir la limite entre le bien et le mal ? Avait-elle été attirée par cette limite ? Ou bien l'y avait-on poussée ?

Jörgen, toxico à la rue, pendant que Maria devait décider de la vie qu'elle allait donner à leur fille. À cette époque en tout cas, Jörgen ne savait pas qu'il était papa. Maria et lui n'auraient plus aucun contact pendant plus de vingt ans. Se serait-il ressaisi plus tôt s'il avait su ? Lui aurait-il été épargné de glisser encore plus profondément dans l'abîme ?

Toutes ces décisions que des gens étaient contraints de prendre apparaissaient parfois aux autres comme des trahisons.

Elisabeth, après l'agression et le viol. Psychologues, cauchemars et perte du sentiment de sécurité. Toujours regarder autour de soi désormais, le long des chemins bordés de buissons. La haine et l'amertume qui avaient lesté le corps. Telle une maladie chronique. Était-ce pour cette raison qu'elle était devenue médecin ? Pour se guérir elle-même ?

Les difficultés de Krister Arvidsson avec les filles, les femmes. Ses accès de colère et la gnôle. Le sentiment de ne pas être aimé. Et tout à coup quelqu'un arrivait, qui lui donnait un peu de chaleur un bref instant…

Mon estomac gémissait de ne pas avoir été rempli depuis le petit déjeuner. Il fallait que je mange quelque chose de consistant, un vrai repas cuisiné, et que je me détende. En suivant la rue Drottninggatan, qui devenait ensuite Riksgatan, je rejoignis Götgatan. J'arrivai à Södermalm, le quartier où le guide touristique recommandait d'aller dîner, pour ses bonnes vibrations. Sans prendre le temps de choisir, j'entrai au hasard dans un restaurant et demandai s'ils avaient une table pour une personne.

Le serveur hocha la tête et posa ostensiblement une main sur la pancarte où était écrit : *Please wait to be seated*. La décoration semblait directement inspirée d'un de ces magazines sur papier glacé que je voyais dans les présentoirs mais que je n'achetais jamais. Mobilier noir et brun foncé, murs de briques apparentes et ampoules nues. J'aurais aussi bien pu me trouver à New York qu'à Stockholm. Tous les restaurants branchés se ressemblaient. J'enviais les gens qui rêvaient encore de découvrir de nouveaux endroits dans le monde.

— Comment ça, complet ? demandai-je.

— C'est exact. Nous n'avons malheureusement plus aucune table libre ce soir, madame… C'est difficile, sans réservation.

Le ton n'était pas désagréable. Mais le *madame*, franchement !

Je perdis l'équilibre. Pas à cause de l'alcool, à cause du voyage, simplement. Le sol avait déjà tangué sous mes pieds quand j'étais descendue du train à la gare centrale. Malgré cela, j'étais ressortie de l'hôtel tout de suite après y avoir déposé ma valise.

— Mais on est mercredi, un jour de semaine ordinaire.

Le serveur au visage bronzé au solarium écarta les bras et haussa les sourcils.

— Je suis navré, chère madame, vous allez devoir chercher ailleurs.

Une file d'attente s'était formée derrière moi. Un groupe d'hommes, copies conformes les uns des autres, attendaient leur tour. Sûrement des commerciaux. Le genre de types qui m'intéressaient autant qu'un verre d'eau. Le serveur ajusta sa cravate et leur souhaita la bienvenue. Ils entrèrent en vainqueurs, avec leurs chemises et leurs montres de luxe. Connards.

Dans l'heure qui suivit, j'essayai de trouver de la place dans trois autres restaurants, mais obtins partout la même réponse. Désolé, complet, voulez-vous attendre au bar, si jamais quelqu'un annule ?

Et puis quoi encore.

Je déambulai à travers ces rues de Monopoly, songeant que le vieux jeu de société aurait bien besoin d'une mise à jour, entre les Airbnb, le trafic d'êtres humains et les contrats de location au noir. J'ignorais peut-être les règles du jeu pour dîner à Stockholm, mais je savais d'autres choses, beaucoup trop, en comparaison du peu que les Stockholmois connaissaient de mes endroits à moi. J'avais l'avantage, en quelque sorte.

Il tombait une pluie fine, une brume épaisse flottait dans l'air. C'est là que planait la menace par SMS, me disais-je. *Je sais ce que tu as fait*, *Tu vas payer*, *L'enfant va perdre sa mère et son père*.

Et après, le corps tailladé sur la coupe à blanc. Qui avait tué Maria ?

Je resserrai mon manteau sur ma poitrine. Le froid humide vous paralysait, il traversait les os et pénétrait jusqu'à la moelle, là où la tristesse avait déjà trouvé sa place. Je croisai peu de monde. Une silhouette informe déguisée en animal me tendit un prospectus vantant les kebabs de chez Mehmet. Je suivis les indications jusqu'à la ruelle. Rien à faire, ce soir encore ce serait du fast-food.

— Bienvenue, jeune fille, quoi je peux faire pour toi ?

De sa cuisine, l'homme vêtu d'un T-shirt au logo *Alanya sunset*, sans doute Mehmet lui-même, me fit un large sourire. La broche à kebab tournait, encourageante elle aussi. Des lampes en mosaïque colorées étaient suspendues au plafond. Je commandai un kebab dans du pain pita et m'installai le plus près possible de la porte d'entrée, alors que j'aurais pu m'asseoir n'importe où. Toutes les tables étaient libres. J'appuyai ma tête sur le lambris en pin, le même que chez nous, à La Maison. Je fermai les yeux.

— Hé ho, jeune fille !

J'ouvris les yeux, Mehmet riait.

— Tu réveilles maintenant, tu dois manger. Sauce douce ou épicée ?

— Épicée, merci.

— Voilà, voilà.

Il apporta le kebab à ma table. Je me redressai et réussis à décrocher un sourire de remerciement, qui n'atteignit toutefois pas mes yeux, je le sentis.

— Pourquoi si triste, jeune fille ?

— Je ne sais pas.

— Sais pas ? On sait toujours pourquoi on est triste, jeune fille. J'apporte café, offert par la maison.

Avec une habileté digne d'un magicien, il fit apparaître devant moi une tasse à motif de fleurs remplie de café brûlant et une brioche à la cannelle sur une serviette en papier. Des enceintes, dans les coins, sortit une musique d'instruments à cordes. Saz turc, m'annonça-t-il avec fierté.

— D'où tu viens ?

— D'Ånn.

— Ånn ! Là où habite le roi ! fit-il en passant l'éponge autour de la friteuse.

— C'est à trente kilomètres de leur résidence.

— Je sais, je sais, j'ai travaille à Storlien. Fait pizzas. J'ai habite partout. Demande où, j'ai habite.

— Je peux citer n'importe quel endroit ?

— Oui, oui, demande.

Mehmet fit l'inventaire des récipients en plastique dans le réfrigérateur puis entreprit de couper une laitue iceberg.

— D'accord, alors je dis Haparanda.

— Oui, oui, j'ai conduire taxi là-bas. Tu vois, j'ai été partout en Suède. Partout. Suède, ma maison, pas Stockholm.

Je souris.

Une autre âme affamée franchit la porte. Mehmet porta son attention sur le nouveau venu.

— Bienvenue grand-père, quoi je peux faire pour toi ? Pizza kebab ? Voilà, voilà.

Je terminai mon kebab et entamai la brioche à la cannelle. L'apport de glucides apaisa mon organisme. J'avalai la dernière bouchée et je sentis la fatigue m'assommer, toute mon énergie étant partie dans la digestion. Je me levai.

— Bon, il est temps que j'aille dormir. Merci pour le repas, le dessert et la conversation. Je crois que j'en avais besoin.

— Prends soin de toi, jeune fille. Et bonjour au roi pour moi.

— Je n'y manquerai pas.

À mon retour à l'hôtel, de nouveaux clients arrivaient encore. Deux parents fatigués essayaient de s'organiser. Les enfants, un garçon et une fille, couraient devant eux. Le garçon avait en main une bouteille de limonade en verre. De temps en temps, il la portait à sa bouche et soufflait dedans. Cela produisait un son de bateau à vapeur. La mère et le père suivaient, les bras chargés de valises et de sacs. Ils disparurent dans l'escalier. Toute cette vie à laquelle je ne prendrais jamais part.

Ma chambre avait la taille d'une cabine téléphonique, les toilettes et la douche étaient au bout du couloir, mais le matin, on vous offrait le café à la réception. Ça me suffisait largement.

Je consultai le plan du métro, repérai la ligne rouge vers Norsborg et mis le réveil à sonner à 6 heures. En étant synchrone avec la cohue matinale, je passerais plus inaperçue à Alby le lendemain.

J'arrivai là-bas presque trois décennies après Maria. Le foyer éducatif l'avait alors soudain jugée prête à réintégrer une famille, une famille qu'elle ne connaissait pas et avec laquelle elle n'avait aucun lien de parenté. Avait-elle pleuré à ce moment-là ? Les larmes qui n'étaient pas venues lors des interrogatoires de police avaient-elles enfin jailli ? À Alby, il n'y avait pas eu les mains familières d'une maman pour essuyer ses larmes, lui caresser le dos.

Dans la cage d'escalier flottaient des odeurs de cuisine, des postes de télévision grondaient. Je cherchai le nom sur les portes. Voilà : *B. Soller*. Je posai le majeur sur la sonnette, appuyai. Un son discordant retentit. Je tendis l'oreille, aucun bruit à l'intérieur. J'attendis. Au bout d'un moment, je me penchai et j'entrouvris le clapet de boîte aux lettres. Le courant d'air apporta par la fente une odeur indéterminée de logement inconnu, mais il n'y avait pas de courrier sur le tapis de l'entrée.

J'avais une impression de déjà vu. Le 1001 de la rue Domarebacken à Alby était pareil à celui des images de Google Earth, bien que la saison fût différente. Le même immeuble jaune, les mêmes tilleuls devant l'entrée. J'avais eu le temps de documenter tout cela avec différents objectifs de mon appareil photo. Quand une jeune fille avec un landau était sortie, j'en avais profité pour me glisser à l'intérieur. Maintenant j'espérais que Birgitta Soller ne tarderait pas trop à rentrer. D'après sa date de naissance, elle avait pris sa retraite récemment, donc à cette heure de la journée elle n'était pas au travail, en tout cas. Enfin, elle pouvait aussi bien être en train de se prélasser au bord de la Méditerranée en buvant des cocktails.

Deux voix se disputaient derrière la porte voisine. Je m'assis.

Une demi-heure s'écoula avant que l'ascenseur s'anime. Il s'arrêta à un étage inférieur, puis continua. Oui, apparemment il montait, peut-être jusqu'ici. Je me relevai. La lourde porte grillagée s'ouvrit sous la poussée d'un dos, un blouson de daim sur un pantalon de jogging. Une femme, avec des sacs de provisions dans les deux mains et des pieds gonflés, enfoncés dans des baskets.

— Birgitta Soller ?

Elle me regarda, étonnée, approuva de la tête.

— La Birgitta qui s'est occupée de la jeune Maria Sandgren ?

— Qu'est-ce que vous voulez ?

La question ne pouvait signifier qu'une chose : j'étais au bon endroit.

Elle ouvrit la porte dans un cliquetis de clés. L'appartement ressemblait à une grotte, il était sombre, bas de plafond et sentait le renfermé. Un étroit couloir menait à la cuisine, le réfrigérateur était couvert d'aimants décoratifs aux couleurs vives, de ceux qu'on rapporte en souvenir d'un voyage à l'étranger. En les examinant de plus près, je remarquai qu'ils provenaient tous de Grande Canarie.

Birgitta Soller posa les sacs de courses en vrac sur la table et leva les mains devant elle pour vérifier que ses ongles longs, manucurés, étaient intacts. J'avais toujours été fascinée par les femmes qui dépensaient des milliers de couronnes pour leurs ongles, mais ne soignaient pas le moins du monde le reste de leur apparence. Ni leur intérieur, d'ailleurs. Elle ouvrit le frigo, en sortit une bouteille de Fanta. Claquements de portes de placards, puis elle finit par dénicher un grand verre à bière.

— Vous en voulez aussi ? demanda-t-elle. Qu'est-ce que j'ai soif, aujourd'hui !

— Non merci, ça va, répondis-je, alors que la transpiration collait sous mes aisselles.

Je ne m'étais plus risquée à boire de soda jaune depuis que j'avais eu une réaction allergique, étant adolescente. Due probablement à un quelconque colorant en E que je n'avais pas toléré.

Elle se versa un verre en haletant et s'assit, jambes écartées, sans ôter son blouson ni ses chaussures.

— Oui, elle a habité ici, chez Gunnar et moi, pendant deux ans, de ses seize ans à ses dix-huit ans. La première année, quand elle n'était pas à l'école, elle passait la plupart de son temps à dormir. Souvent, elle refusait même de manger avec nous. Ensuite, ça s'est amélioré, dit-elle en se massant le genou.

Maria avait commencé à regarder la télévision avec eux et les accompagnait lorsqu'ils allaient faire des courses ou partaient en balade. Elle s'était progressivement ouverte, raconta Birgitta. À ses dix-huit ans, ils l'avaient aidée à remplir un contrat de location à son nom pour un studio à Farsta, et elle était partie. Ils avaient perdu tout contact, alors que Birgitta croyait qu'ils étaient devenus plus proches. Maria n'avait plus donné de nouvelles, plus répondu au téléphone. Ses coordonnées ne furent bientôt plus disponibles nulle part. Ils avaient appris bien plus tard qu'elle avait changé de nom.

— Je ne sais pas pourquoi ça a évolué de cette manière. J'y pense encore parfois. Ça revient d'un seul coup. Qu'est-ce que nous avons fait qui n'allait pas ? Ou alors, avait-elle simplement besoin de prendre un nouveau départ ?

Elle avala son soda et se releva en s'appuyant d'une main sur la table.

— Venez, je vais vous montrer son ancienne chambre.

Nous gagnâmes le fond du logement, naviguant entre les grands vases de fleurs artificielles posés au sol et les miroirs muraux habillés de rideaux en dentelle roses. J'évitai autant que possible de me regarder dans les glaces, mais mes yeux étaient spontanément attirés par le reflet de nos ombres. Je ne pouvais me défaire du sentiment que nous n'étions pas seules dans cet appartement.

— Voilà, c'est là, poursuivit-elle en ouvrant la porte d'une pièce attenante à la salle de bains.

Les quelques mètres carrés étaient occupés par un lit et un bureau sur lesquels des sacs-poubelle pleins de bouteilles consignées, des vieux journaux et d'autres rebuts attendaient d'être évacués. Un yucca végétait dans cette atmosphère confinée. Les carreaux n'avaient pas été faits depuis longtemps. Je me demandais ce que Maria s'était dit en voyant les lumières inconnues de la ville, de son huitième étage. Peut-être avait-elle pensé que le ciel étoilé, celui sous lequel elle avait grandi, s'était effondré.

Je fis quelques photos.

— Du temps où Maria ou d'autres jeunes habitaient ici, c'était différent, bien sûr. Ils pouvaient afficher aux murs ce qu'ils voulaient.

— Vous vous souvenez de ce que Maria accrochait ?

Birgitta rit.

— Oui, elle aimait bien Patrick Swayze.

Je ris moi aussi. Puis elle eut subitement un air triste.

— Nous avons eu plusieurs enfants placés quand nous étions mariés, Gunnar et moi. J'ai encore des contacts avec la plupart d'entre eux. Cela nous a beaucoup apporté, on avait le sentiment de leur donner un avenir… Mais aujourd'hui, je me rends compte aussi que ça a détruit notre couple. Les jeunes avaient souvent des problèmes bien plus importants que ce que nous imaginions. Nous étions peut-être un peu naïfs de penser que vivre avec nous leur suffirait. Les jeunes ont besoin d'avoir leur propre vie aussi.

J'approuvai de la tête.

— Que faisait Maria pendant ses loisirs ?

Birgitta fronça les sourcils.

— Maintenant que vous me le demandez, je n'arrive pas à me souvenir qu'elle ait fait grand-chose pendant ses loisirs. Elle restait surtout dans sa chambre. Non, attendez, elle adorait les galets.

— Les galets ?

— Oui, elle avait une collection de galets, elle en ramassait de nouveaux chaque fois que nous allions au bord de l'eau. Elle faisait parfois des tableaux avec, mais elle aimait surtout les sentir dans ses mains. Pas ceux qui avaient des arêtes tranchantes, non, elle prenait seulement les doux, ceux qui avaient été polis par les intempéries. Elle voulait toujours aller à la mer.

— Elle avait des amis ?

— Non. Je me souviens avoir trouvé un test de personnalité dans un tiroir de son bureau, après son départ. Un test qu'elle avait fait lorsqu'elle était en foyer éducatif. À la question portant sur ce qu'elle désirait le plus dans la vie, elle avait répondu : « Des amis ». C'était tellement triste.

— Est-ce que sa mère ou son frère lui ont rendu visite ?

— Non, pas du temps où elle habitait ici. À ce moment-là, elle n'avait aucune envie de retourner chez elle non plus. C'était trop dur. Alors j'ai été très étonnée d'apprendre qu'elle s'était installée près de Järpen, finalement.

Birgitta fit une moue dubitative avant de poursuivre.

— À dire vrai, je n'ai jamais compris ce qu'elle était allée chercher dans le Jämtland. Elle avait tout ce qu'il lui fallait, ici. Et puis, pas besoin de s'appeler Einstein pour savoir qu'une femme qui vit seule dans la forêt risque de s'attirer des ennuis. Mais elle voulait retrouver ce Jörgen, évidemment. Elle était toujours sous son emprise, ça, c'est clair.

— Vous savez sans doute qu'un homme du coin est soupçonné de meurtre et incarcéré, mais il continue à nier.

— Oui, j'ai lu ça. Si ce n'est pas lui, c'est un autre cinglé incompris qui n'a pas été capable d'encaisser un refus. Ça manque de femmes, là-haut, alors les hommes se croient tout permis.

Je ravalai mon exaspération. Birgitta Soller n'avait probablement jamais mis les pieds au nord du Dalälven, mais je n'avais plus envie de perdre mon temps avec des gens comme elle. Plus jeune, je serais montée au créneau, mais à présent je choisissais mes luttes avec soin.

— Vous pensez que son assassin pourrait appartenir à son passé ?

Birgitta secoua la tête.

— À mon avis, non. D'après ce que Gunnar et moi avons compris, Elisabeth, la victime de Maria et Jörgen, a toujours été une gagnante. J'ai du mal à croire qu'elle ou quelqu'un de son entourage traîne sa rancœur.

Peut-être pas sa rancœur, mais sa haine.

— Donc à l'époque, personne ne l'a menacée, personne ne lui inspirait de la crainte ?

— Pas que je sache. Elle était surtout un danger pour elle-même, plutôt. Elle avait une sacrée tendance à l'autodestruction.

— Comment cela ?

Birgitta Soller me regarda d'un air grave.

— Depuis petite, elle était boulimique, ce qui a eu des conséquences sur sa taille et son poids. Son physique lui causait beaucoup d'angoisses, de honte et de sentiments de culpabilité. Elle se mutilait, aussi, mais à l'époque on n'en savait pas autant là-dessus qu'aujourd'hui. Elle portait toujours des pulls à manches longues, alors on ne s'en est rendu compte que tardivement.

Birgitta baissa la voix.

— D'ailleurs, poursuivit-elle, saviez-vous qu'à l'école, elle s'écrivait à elle-même des messages haineux ?

— Non, je l'ignorais. Comment l'avez-vous appris ?

— C'est elle qui nous l'a dit.

— Mais pourquoi ? Ces messages, je veux dire.

— Pour attirer l'attention. Grâce à ces messages quelqu'un l'a regardée. Au moins pendant un petit lap de temps. Elle aurait dû avoir de l'aide beaucoup plus tôt

Ces paroles s'embrasèrent en moi. Maria avait appelé au secours, et l'écho de son désespoir résonnait encore aujourd'hui. D'une certaine manière, les nouveaux messages de haine qu'elle et Jörgen avaient reçus n'étaient qu'un salut supplémentaire du passé.

— Pour l'école actuelle, reprit Birgitta, elle relève rait de toute évidence de la pédopsychiatrie. Mais moi je crois que sa mauvaise santé psychique n'était que le symptôme. Pas la maladie.

— Et quelle était la maladie, d'après vous ?

— La solitude.

J'acquiesçai. J'avais fait la même analyse. Cette foutue solitude. Et les disparitions.

— Maria a mis au monde un enfant qu'elle a abandonné. Comment a-t-elle vécu cela, à votre avis ?

Birgitta souffla sur une mèche de cheveux devant sa bouche.

— Difficile à dire. Elle a accouché de Kim quand elle vivait au foyer, et là ils ont trouvé une femme dans le Jämtland – une femme de ménage dans un camping que Maria connaissait, si je me souviens bien – qui désirait un enfant depuis longtemps. Elle et son mari pouvaient s'occuper de la petite en attendant. Oui, parce que dès le début, il avait été question que Maria revienne chercher Kim une fois qu'elle aurait mis de l'ordre dans sa vie Mais ça ne s'est pas passé comme ça.

— Et pourquoi ?

— Maria n'a pas voulu, elle n'en avait pas la force. Mon Dieu, elle était si jeune. Elle-même encore une enfant. Une véritable tragédie, cette histoire.

La nuit, ils me hantaient tous : Maria, Jörgen, Kim, Krister et Elisabeth. La Toyota noire et son conducteur, telle une ombre derrière le pare-soleil. Peu importe où je me trouvais, ils me poursuivaient.

Je retenais mon souffle quand j'entendais des pas dans le couloir de l'hôtel, ne respirais à nouveau que lorsqu'ils s'éloignaient. Allongée dans mon lit, raide comme un piquet, je fixais l'ordinateur ouvert depuis mon arrivée à Stockholm, sur la petite table devant la fenêtre. Un échec.

Mon portable se mit à vibrer à côté de l'oreiller. L'écran affichait le nom de Strömmen.

— Je sais, il est tard, mais il s'est passé des choses, Vera. Je peux te parler ?

— Absolument, je brûle de curiosité.

— Eh bien, tu peux, bon sang. La police a trouvé l'arme du crime, et sur le couteau, il n'y a aucune trace de l'ADN de Krister Arvidsson.

— Je le savais ! dis-je en donnant un grand coup de talon dans le matelas. Depuis le début, j'étais intimement convaincue que ce n'était pas lui.

Strömmen continua.

— Oui, mais écoute ! Krister a enfin reconnu qu'il avait été ce soir-là sur la coupe dans la forêt et qu'il avait trouvé Maria morte.

— Comment ça ? Qu'est-ce que tu veux dire ?

— Après la dispute avec Maria, Krister est rentré chez lui, ivre et fatigué, et il s'est effectivement endormi sur le canapé. Mais Ubolratana l'a sans doute cru bien plus soûl qu'il ne l'était vraiment, car au bout de quelques heures, il était à nouveau sur pied. Il a appelé Maria, lui a dit qu'il voulait la voir pour lui parler, plus calmement cette fois-ci. Elle a été compréhensive, lui a expliqué que comme elle n'arrivait pas à dormir, elle allait faire une grande promenade sur le chemin, qu'il pouvait l'y rejoindre s'il le voulait.

— Donc il a repris le volant avec un taux d'alcoolémie encore astronomique ?

— Gagné, mais il a mis près d'une heure à arriver. Et là, il ne l'a pas vue. Il faisait nuit noire dans la forêt. Il allait la rappeler quand il a aperçu une lueur sur la coupe – la lampe frontale accrochée à l'échelle d'affût. Il a pris sa propre lampe frontale, s'est dirigé vers la lumière, et elle était là.

— A-t-il essayé de lui porter secours ?

J'avais besoin d'une cigarette. Ou plutôt il fallait que je trouve quelque chose à faire pour garder mon calme. Seulement pour garder mon calme.

— Oui, dans son interrogatoire il raconte comment, pris de panique, il retire ses gants afin de pouvoir lui tâter le pouls. Ne le trouvant pas, il tente d'effectuer les gestes de premiers secours, mais une seule chose le préoccupe : elle saigne beaucoup et il n'arrive pas à stopper l'hémorragie. Il comprend rapidement que c'est inutile. Elle est morte.

— Pourquoi n'appelle-t-il pas la police ? Il dit quelque chose à ce propos ?

— Tu sais bien. Il commence à imaginer ce qui pourrait se passer, vu que Maria et lui ont eu une relation et qu'ils viennent de se disputer. Alors il rentre chez lui et se recouche. Ubolratana ne remarque pas qu'il s'est absenté.

— Et il oublie ses gants sur le lieu du crime, comme nous le savons.

— Ouais. Ce qui veut dire par ailleurs qu'Ubolratana et le témoin qui l'a vu sortir de la forêt au volant de sa voiture ont tous les deux raison. Ubolratana croyait réellement que Krister avait dormi toute la nuit sur le canapé. Je considère sa déposition comme crédible, la police aussi, certainement, d'autant plus que maintenant ils se retrouvent avec l'ADN d'une personne inconnue sur l'arme du crime.

L'ADN d'une personne inconnue. Je songeai à l'historique des appels dans le téléphone de Maria. Qui l'avait contactée dix minutes après Krister ? La police avait-elle élucidé cette question ? Durant une certaine phase de l'enquête, le coupable n'était souvent qu'une empreinte biologique. À part ça, invisible. Cette pensée m'effraya.

— Les vairons doivent repartir de zéro, à présent. C'est peut-être l'occasion pour eux de rouvrir aussi l'enquête préliminaire sur la mort de Rakel, observai-je.

— Sans aucun doute. L'affaire Maria est en train de prendre une nouvelle tournure, et je crois que tu es sur la bonne voie, Bergström. Mais cela signifie également que les choses peuvent devenir plus risquées pour toi, ne l'oublie pas.

— Je le sais.

Élancement de mauvaise conscience. Je n'avais toujours pas parlé à Strömmen de la menace qui planait sur moi.

— Et sinon, tu passes du bon temps, dans le salmigondis corrompu du journalisme ?

— Oui, c'est sympa, mais maintenant je comprends tous ces articles sur les trottinettes électriques.

Strömmen poussa un soupir.

— Oh non, ne deviens pas comme eux, s'il te plaît !

Je ris. Une petite flamme au milieu de la tristesse dans ma poitrine.

— Ça, je te le promets.

— Tu es allée à ce concert de country dont tu me parlais hier ?

— Non, on pense toujours qu'on va pouvoir faire un tas de choses.

— C'est ça. Et à la fin on se retrouve toujours dans sa chambre d'hôtel les pieds enflés, à vider le minibar. Quel est ton programme pour demain ?

— Je voulais essayer de voir Elisabeth.

— Je te l'ai dit, sois prudente. Tu aurais dû emporter ton fusil de chasse.

— J'aurais l'allure, tiens !

Strömmen eut un rire ronflant de Harley-Davidson tournant à bas régime.

Nous raccrochâmes. Je me levai. Arpentai la chambre, ouvris la porte de la salle de bains. La baignoire était très tentante. Un bon bain chaud pour garder mon calme ? Non, je ne ferais que compter les minutes jusqu'au moment où je pourrais me considérer comme détendue et ressortir de l'eau.

J'éprouvai soudain un ardent désir d'entendre la neige tomber des arbres, chez moi, ce discret craquement, et d'un seul coup je compris quelque chose de Maria.

J'écartai les lourds rideaux, je regardai les filles de l'ombre qui repoussaient l'obscurité, les michetons qui ouvraient leurs portières de voiture et les invitaient. Une bande de jeunes, capuches relevées, passa dans une grande agitation. Certaines personnes étaient modelées par le perpétuel mouvement, d'autres par les lieux qu'elles n'avaient jamais quittés. Maria n'était pas retournée chez elle uniquement pour faire la paix avec son destin. Elle était retournée chez elle parce qu'il lui était impossible de vivre ailleurs.

Je me mis à écrire.

Le lendemain matin, une seule question me taraudait : comment approcher Elisabeth ? Elle n'était pas sur Facebook et je n'avais pas non plus trouvé son numéro de téléphone personnel. Cela n'avait rien d'étonnant. En tant que médecin, elle serait envahie, si elle était aussi facilement joignable. Toutefois, je ne pouvais m'empêcher d'imaginer l'écran du portable de Maria s'allumant avec la mention « numéro caché », le soir du meurtre. Était-ce un appel d'Elisabeth ?

Debout à la réception, je bus une tasse de café et parvins même à adresser un sourire à l'hôtesse. J'avais écrit avec acharnement toute la nuit et dormi à peine quelques heures, mais je ne me sentais pas particulièrement fatiguée. Les mots s'étaient libérés, enfin.

Les voix d'Esther, de Sonja, de Jörgen et de Birgitta avaient empli la pièce. J'avais choisi des phrases dans leurs interviews, le puzzle prenait forme ; une jeune fille délaissée, une amitié qui finissait en tragédie et une vie qui n'avait pas été vécue. Or il me manquait toujours la pièce maîtresse : l'assassin de Maria. Étais-je encore loin du but ? La question resta coincée dans ma gorge tel un amas de mucus. Je crachai dans le lavabo, vomis un peu par la même occasion, mais cela ne servit à rien.

Je quittai l'hôtel sur des charbons ardents. C'était à 9 heures du matin que la laideur et la misère de la ville étaient les plus visibles. Déjections canines au pied des réverbères, crottes de pigeons sous les arbres et sans-abri se réveillant sur leurs cartons.

Je m'assis sur un banc et cherchai encore une fois le numéro de l'hôpital de Danderyd. J'avais beau savoir d'expérience qu'il était quasiment impossible de joindre le personnel médical durant les heures de travail, je tentai tout de même ma chance. J'attendis vingt minutes au bout du fil pour enfin m'entendre dire qu'Elisabeth Lundholm avait des consultations jusqu'à l'heure du déjeuner. Et non, on ne pouvait pas lui transmettre un message, les médecins étaient des gens très occupés. Ils ne communiquaient pas non plus par mail avec les journalistes. La standardiste me conseilla de contacter le service de presse si je souhaitais avoir un rendez-vous pour une interview. Quelque chose me disait néanmoins qu'il valait mieux que je prenne Elisabeth au dépourvu.

Un peu avant onze heures et demie, je me rendis en métro à l'hôpital de Danderyd, m'assis à l'entrée et attendis. Avec un peu de chance, après son service, Elisabeth sortirait par l'accès principal. Les portes à tambour entièrement vitrées tournaient sans interruption. Des gens arrivaient, d'autres repartaient. Les véhicules de transport pour personnes handicapées chargeaient et déchargeaient fauteuils roulants, déambulateurs et béquilles. Une odeur de chou farci me rappela que je n'avais pas déjeuné.

À 2 heures, je déclarai forfait. Elisabeth s'était sûrement changée et avait quitté le boulot en empruntant un accès réservé au personnel, qui devait exister quelque part. Je sortis sur des jambes tremblantes. Le vent s'engouffra dans mon manteau. J'avais besoin de reprendre des forces, d'avaler juste une bricole avant le dîner, pour apaiser mes jambes et lutter contre le froid. Je me dirigeai vers le kiosque qui se trouvait sur le côté de l'imposant bâtiment. J'étais à peine à quelques mètres de la porte quand une voiture arriva à ma hauteur. Le siège passager était occupé par une femme aux cheveux blonds comme les blés, à la bouche cerise. Aucun doute, c'était Elisabeth. Le conducteur, blond lui aussi, cheveux clairsemés, sauta avec souplesse hors de la voiture, son portefeuille à la main, et entra dans le kiosque. J'étais pétrifiée, incapable de faire un pas.

Au bout de quelques minutes, l'homme ressortit avec deux mugs de café dans un support en carton. Il les tendit à Elisabeth. Un crissement de pneus, et ils disparurent. Aucun des deux ne m'avait remarquée.

Les lumières, derrière les fenêtres où les citadins vivaient leur vie en boîte, commençaient à apparaître dans l'obscurité. Que faire, maintenant ? Je regardai quelques skateurs ravagés se glisser dans l'humidité du parking couvert, juste en face, chacun avec sa planche sous le bras et un sachet McDonald's à la main.

Pendant une heure, je déambulai dans le centre commercial de Mörby, tâtai des vêtements, les dépliai et les repliai, mais l'odeur de prêt-à-porter produit en série ne fit que me démoraliser. J'envisageai un instant de tout laisser tomber et de terminer la journée dans ma chambre, avec des bonbons et du vin. Mettre Willie Nelson sur Spotify, continuer à écrire et m'attaquer à tout le reste le lendemain. Mais, non, c'était une mauvaise idée.

Allez, Vera, il était presque toujours possible de trouver un numéro de téléphone personnel, même s'il n'était pas répertorié chez Eniro ou Hitta. Les coordonnées d'Elisabeth Lundholm figuraient peut-être dans un fichier PDF ou un communiqué de presse, et dans ce cas, elle ne m'échapperait pas.

Faute de disposer d'un bureau, j'entrai dans une cabine d'essayage chez Lindex et m'assis sur le tabouret devant le miroir. Je cherchai son nom en l'associant à la mention « filetype : pdf ». Un vieux truc de journaliste. Je parcourus les résultats. Le nom « Elisabeth Lundholm » apparaissait entre autres sur le planning de ménage d'une crèche et dans le compte-rendu d'activité d'une association artistique. Pas la bonne Elisabeth. Mais tiens, à la deuxième page, une étude scientifique sur les pathologies rares de la thyroïde. L'excitation faisait bourdonner mes oreilles. Je tapai le numéro les mains tremblantes.

À mon grand étonnement, elle décrocha à la première sonnerie. Je me présentai et exposai l'objet de mon appel. Il y eut un petit moment de silence à l'autre bout du fil. J'entendais presque son cerveau cogiter sous la cascade de ses cheveux blonds. Puis elle se racla la gorge.

— Quand j'ai appris la mort de Maria, assassinée de surcroît, j'ai craint que les gens ne m'appellent. En fait, je n'ai aucune envie de reparler de ce qu'elle et Jörgen m'ont infligé.

Voix à la fois soyeuse et autoritaire. La pire espèce. Le genre de voix qui vous rabaissait d'emblée. Une voix de cerise.

— Comment avez-vous été informée du meurtre ? demandai-je.

— Par ma mère. Une ancienne connaissance de Järpen lui a téléphoné. Les commères ne manquent pas. Tant parmi les femmes que parmi les hommes, d'ailleurs, ajouta-t-elle avec un petit rire. Alors vous disiez vouloir faire un reportage sur le passé d'une femme à la fois victime et auteure d'un crime ? C'est… Vous vous êtes engagée sur un terrain complexe, Vera. C'est bien Vera, votre nom, n'est-ce pas ?

— Oui, c'est ça. Naturellement, j'en suis consciente. Mais en même temps, c'est la complexité qui fait le bon journalisme, lorsque les lecteurs peuvent…

— Depuis combien de temps exercez-vous ce métier, Vera ?

— Depuis longtemps. Plus de trente ans.

Putain, je détestais qu'un adulte m'oblige à me sentir comme un enfant sommé de se justifier.

— Je refuse d'apparaître dans les titres de la presse à sensation.

— Ce n'est pas non plus mon intention.

Le silence revint. J'avais le sentiment qu'Elisabeth faisait volontiers attendre les autres.

— Je peux vous accorder une interview, bien sûr, mais il m'est impossible de vous rencontrer dans un café. Il faut que vous veniez chez moi, nous pourrons parler en toute tranquillité. J'habite à Axelsberg. On dit 4 heures ?

Question purement rhétorique. Elle se moquait royalement de savoir si l'horaire me convenait ou pas. Elle me donna une adresse.

Bien que Strömmen et Thomas m'aient tous les deux déconseillé d'aller chez elle, je savais que mon reportage serait meilleur si je la voyais à son domicile plutôt que dans un lieu impersonnel. Je commençais à avoir des sueurs froides.

Était-ce elle qui s'était introduite chez moi et avait lacéré mon coupe-vent ? Avait-elle l'intention de me taillader le corps, cette fois-ci ? Étais-je complètement folle d'aller spontanément là-bas ?

Une voix grincheuse m'arracha à mes pensées.

— Hé, là-dedans, vous essayez des vêtements ou quoi ? Il y a la queue, ici.

J'attrapai quelques fringues abandonnées sur les patères et ouvris la porte de la cabine d'essayage. Les femmes me dévisagèrent comme si elles attendaient une explication. Elles pouvaient toujours attendre.

— Elisabeth arrive tout de suite, elle voulait juste se rafraîchir un peu. Asseyez-vous.

L'homme de la voiture, qui s'appelait Otto, m'accueillit avec une cordialité débordante. Je reconnus le genre de type. Courtois, mais aussi superficiel qu'un homme politique. Il tendit la main vers le canapé. Lui-même se dirigea vers l'îlot de la cuisine en plan ouvert. Je pris place avec délicatesse sur le meuble au motif fleuri.

— Quel beau tissu, dis-je, avant tout pour être polie.

Otto leva les yeux du plateau sur lequel étaient déjà posées une thermos de café, une petite cruche à lait et une assiette vide. Il ouvrit un sachet de biscuits et versa le contenu dans l'assiette.

— Oui, n'est-ce pas. Du Stig Lindberg.

Je balayai du regard la salle de séjour qui sentait la lavande. Un mur occupé par une grande bibliothèque remplie de livres, partout des œuvres d'art et des meubles dont j'ignorais la provenance, mais que j'avais déjà vus dans des magazines. Un intérieur empreint de culture, sans être extravagant. Seuls les initiés savaient que chaque objet coûtait une fortune. Otto devait penser que je ne le savais pas.

Axelsberg. Architecture cubique des années 1960, bancs en béton et pavés gris sur la place centrale bordée de tours. Les villas plus chics se trouvaient de l'autre côté de la route ou au bord de l'eau. La maison des Lundholm comportait trois niveaux. Dans le jardin, cerisiers et rosiers en hivernage. J'avais été surprise que ce soit un homme qui m'ouvre la porte. Il eut grand soin de m'expliquer qu'il avait pris le nom de sa femme et non l'inverse, quand ils s'étaient mariés.

— Vous habitez ici depuis longtemps ?

Je me tortillai au milieu des fleurs du canapé.

Otto rajusta le col de sa chemise bleu clair, ton sur ton avec ses yeux pâles.

— Voyons… Le temps passe tellement vite. Nous nous sommes rencontrés il y a quinze ans, alors cela doit faire treize ans cet automne. Nous nous plaisons beaucoup ici.

— J'imagine.

Un fort bourdonnement de mécanique se fit soudain entendre. Je sursautai.

— L'ascenseur, m'éclaira Otto.

Trente secondes plus tard, Elisabeth roula dans la pièce. Oui, elle roula. Car Elisabeth se déplaçait en fauteuil roulant. Ma respiration s'accéléra malgré moi. Je toussai un peu pour dissimuler mon halètement. Nous nous serrâmes la main. Elle me souhaita la bienvenue, réussit même à avoir l'air sincère.

Elle était encore plus belle en réalité que sur la photo. Un genre de Gwyneth Paltrow, très élégante dans toutes les situations, même en fauteuil roulant. Ma lèvre supérieure se couvrit de sueur. Otto apporta des croissants et des tartelettes à la poire, disposa coupelles, tasses, petites assiettes et serviettes pliées sur la table basse. Prit le temps de tapoter le coussin dans le dos d'Elisabeth. Ils parlaient, mais je n'écoutais pas.

Mon cerveau se mit à tourner à plein régime, tout en se vidant complètement. Comme s'il devait redémarrer. Une femme paralysée n'aurait jamais pu terrasser Maria sur un chemin obscur et l'entraîner ensuite jusqu'à une échelle d'affût. Jamais. Elle n'aurait pas non plus été en mesure de taillader mon coupe-vent ni de venir à La Maison pour me menacer.

Si malgré cela elle était mêlée au meurtre, elle avait nécessairement un complice. Mais qui, dans ce cas ? Je réfléchis un instant. Otto n'avait pas l'air d'être un type violent. Je l'imaginais plutôt parmi le public d'une salle de concert, d'une exposition ou du Théâtre royal. Pas dans la forêt. Enfin, on n'était jamais sûr de rien.

Je regardai autour de moi. Aucun signe de la présence d'enfants. Mon cœur cognait dans ma poitrine telle une mouche hystérique contre un carreau. Puis je me rendis compte que la femme devant moi remuait les lèvres.

— Pardon ?

— Vous prenez du lait dans votre café ?

— Volontiers, merci.

Elisabeth tendit la main vers le plateau, fit rouler son fauteuil de quelques centimètres pour atteindre le cruchon de lait.

— Eh bien, comme vous le voyez, je ne danse plus, dit-elle d'un ton ironique, mais pas amer.

Elle avait compris que j'avais lu le jugement.

— Lésions de la moelle épinière. Fracture des cervicales lors de l'agression dans le gymnase. Autant dire que cela bouleverse complètement la vie d'une adolescente de quinze ans, ajouta-t-elle avec un rictus. Mais après une rééducation intensive et avec le constant soutien de ma famille, j'ai pu malgré tout entrevoir un avenir.

Je hochai la tête. Un fond sonore de musique de jazz sortit de quelque part derrière nous. Trompette et balais de batterie.

— Vous avez pu reprendre le lycée et suivre une formation ensuite ?

— Oui, j'ai fait médecine et commencé à travailler à l'hôpital de Danderyd. Voilà aussi pourquoi je souhaite contribuer à votre reportage. Pour moi, il est important de donner de l'espoir aux personnes qui subissent de lourdes épreuves.

— Vous avez une famille ? J'ai vu Otto, bien sûr.

— Pas d'enfant, si c'est ce que vous entendez par famille. Nous avions d'autres priorités, Otto et moi.

Un sourire. J'ignorais si je devais y déceler de la fermeté ou de la condescendance. Les points sensibles de ma hanche se réveillèrent.

Non, pas sur ce terrain. Si, juste un peu.

— Saviez-vous que Maria avait eu un enfant qu'elle a abandonné peu après l'agression ?

Le visage d'Elisabeth ne cilla pas lorsqu'une mèche blonde tomba sur sa joue.

— Non, je n'étais pas au courant. Donc Jörgen est le père, je suppose ? Tout le monde savait qu'ils étaient ensemble, bien qu'ils n'aient jamais voulu le reconnaître. Enfin, pour être sincère, que Maria ait un enfant ou cinquante, cela m'est indifférent. Chacun doit assumer les conséquences de ses actes et malheureusement, les conséquences sont parfois héréditaires.

— Vous voulez dire qu'en étant abandonnée, sa fille innocente a été punie ?

Bref haussement d'épaules.

— Oui, on peut le voir comme cela.

Je la considérai en plissant les yeux et m'engageai sur un terrain encore plus miné.

— Maria a eu un autre enfant qu'elle a décidé de garder, il y a seulement un an. Avec Jörgen également.

Elisabeth attrapa la thermos.

— Ah bon, alors ces deux imbéciles se sont retrouvés. Vous m'excuserez, mais comme je vous l'ai dit, l'arbre généalogique de Maria ne m'intéresse pas particulièrement. Vous reprendrez du café ?

La Vera inconvenante et atteinte du syndrome de la Tourette décida de monter en grade. Refusa poliment le supplément de café.

— Donc il n'y a aucune jalousie, aucun désir de vengeance ?

Maintenant elle va dégainer.

Elle me fixa du regard, puis explosa de rire.

— Jalouse, désir de vengeance ? Concernant le chapitre des enfants ? Cela faisait longtemps que je n'avais rien entendu d'aussi drôle. À croire que vous êtes policière et non journaliste. Eh bien non, il n'y a rien de tout cela. Je n'ai jamais désiré d'enfant, alors pourquoi devrais-je envier un couple de péquenots et leur progéniture ? Il ne manque plus que le banjo et on sera en plein dans ce film, là, comment s'appelait-il déjà ?

— *Délivrance.*

— C'est ça !

Elisabeth riait toujours, d'un petit rire perlé, évidemment. Accompagnée par la trompette de jazz. Je me sentis stupide, mais songeai ensuite que certaines personnes s'aiguillonnent elles-mêmes en rabaissant les autres. Il fallait que je me secoue.

La voix d'Elisabeth me parvenait de loin. Elle continuait à parler de sa rééducation à Stockholm, pendant toute une année. De son appétit de vivre qui était finalement revenu après plusieurs mois de découragement et de désespoir. Je considérai ses jambes, devant moi. Ses jambes qui avaient adoré danser. Qui en avaient certainement toujours très envie, en permanence. Paralyser un être humain était presque le tuer.

La conversation me fit penser à papa, à mon père adoré qui ne pourrait plus jamais retourner marcher dans la forêt. Dès mon retour, je l'emmènerais en sortie dans son fauteuil roulant. Peu importe qu'il neige ou qu'il vente. Papa aimait tous les temps.

— J'avais touché le fond de l'enfer, mais j'en suis revenue, dit Elisabeth en prenant une tartelette à la poire sur le plateau.

Elle en croqua une minuscule bouchée. Je me demandai si elle bridait tous ses désirs.

— Au même moment, papa et maman ont jugé que nous ne pouvions plus rester à Järpen. Nous nous sommes installés à Lidingö et avons commencé une nouvelle vie.

— Quel changement. Cela a dû être difficile pour vos parents aussi.

— Oui, bien sûr. Mais d'un autre côté, ils n'ont que moi. Et pour eux, le plus important a toujours été que j'aille bien. En ce sens, la décision n'a pas été si difficile à prendre, je crois. Il fallait que je m'éloigne de ces souvenirs. Järpen est tellement petit qu'on y est facilement ramené, partout et tout le temps. Depuis lors, je n'ai eu aucun contact avec qui que ce soit de cette époque-là.

— Vous avez réussi à oublier ?

La question relevait peut-être du cliché, mais la réponse intéressait beaucoup les lecteurs, je le savais. Je pris un croissant.

— Non, je n'oublierai jamais. Mais je crois que mes souvenirs ont pâli plus vite que si j'avais été obligée de continuer à vivre avec là-bas. Je ne peux pas pardonner non plus, mais à présent je comprends au moins sur quel terreau sa haine a grandi. La haine de Maria.

La voix d'Elisabeth avait perdu un peu de sa vigueur.

— Et quel était-il, à votre avis ?

Elle m'adressa un regard étonné.

— La jalousie, bien sûr. Maria avait toujours été envieuse, mais c'est devenu bien pire lorsqu'une nouvelle fille est arrivée…

— Johanna ?

— Exact. Vous connaissez l'histoire. Johanna. Elle et sa famille étaient une vraie bouffée d'air frais, comme venue d'un autre monde. Ils étaient décontractés, distingués et stimulants. Je désirais ardemment leur ressembler, dit Elisabeth et elle partit d'un rire presque ravi. Ils se demandaient comment je pouvais être aussi à l'aise dans le monde, bien qu'étant née à Järpen. Malheureusement, en même temps, j'ai un peu délaissé Maria, en effet.

Elle se tut un instant, me tendit une serviette en papier. Le croissant faisait des miettes sur ma chemise. Elle semblait méditer sur son propre récit. Je levai mon appareil photo et la pris dans cette attitude. Sa tasse de café posée sur ses jambes hors d'usage, le regard perdu dans le lointain.

À ce moment-là, Otto arriva sur la pointe des pieds. Dans ses cheveux blonds clairsemés, ses tempes dégarnies formaient deux petites criques luisantes.

— Désolé de vous interrompre, mais les Vents de l'Azur ont appelé. Ils ont une table près de la fenêtre pour 13 heures, demain. Je réserve ? chuchota-t-il, théâtral.

Elisabeth parut réfléchir puis répondit, de son ton autoritaire :

— Réserve. Vous devriez avoir fini de mettre le bateau hors d'eau à cette heure-là. Sinon, ils nous la garderont.

— Crabe ou hareng buckling ?

— Crabe… Non, prends plutôt du buckling, cette fois-ci. On pourra manger du crabe ce week-end, avec Gunilla et Stefan.

— Bonne idée. *I'll fix*, je m'en occupe.

Elisabeth suivit son époux des yeux.

— Otto, mon chéri, tu iras aussi chercher mon caban marin et ma robe rayée bleu et blanc au pressing, cet après-midi ?

— Oui, mon capitaine !

Elle rit puis secoua la tête.

— Il est trop drôle.

Crétins. Je me demandai à quel moment le stress post-traumatique de Mademoiselle la Bêcheuse daignerait se montrer. Il n'existait peut-être même pas. Elisabeth semblait avoir obtenu presque tout ce qu'elle avait souhaité, adolescente. La vie était parfois tracée d'avance. Cela me déprimait.

— Vous faites du bateau ? s'enquit-elle dès qu'Otto eut disparu de la circulation.

— Non, ça ne me tente pas vraiment, en fait. Je ne suis pas très l'aise dans le monde.

Je n'aurais pas su dire si elle comprit le sarcasme. En tout cas, il la remit sur les rails. Elle rejeta ses cheveux en arrière.

— Bien sûr, tout le monde pensait que Maria était à plaindre. Si vous voulez savoir, je ne suis ni heureuse ni triste qu'elle soit morte, mais je crois un peu au karma. Le karma et les pâtisseries françaises. Impossible d'y résister.

Elle fit un clin d'œil et mordit dans la tartelette aux poires.

— Et Jörgen ? demandai-je.

Elisabeth eut un rire sans joie.

— Jörgen. Je crois qu'il en profitait, c'est tout, inutile de chercher plus loin. Certaines personnes sont tout bonnement méchantes.

L'interview était terminée. Je m'en tirais manifestement avec la vie sauve. J'éteignis la fonction enregistrement sur mon portable et relevai le bas de ma chemise en corbeille pour recueillir les miettes de croissant. Avec un sourire, Elisabeth m'invita à m'épousseter dans la cuisine. Elle me précéda sur son fauteuil roulant. Sur le côté du réfrigérateur, près de l'évier, était accrochée une photo d'elle au bord de la mer. Le bleu turquoise de l'eau répondait à celui de ses yeux.

— Antibes, déclara-t-elle. Nous adorons la Côte d'Azur.

— Ça se comprend.

Moi, je n'avais jamais aimé la mer. À Majorque, j'étais restée au bord de l'eau à écouter le ressac uniquement pour ne pas entendre ma propre respiration corroder mon cerveau. Le bruit, la puissance des vagues se fracassant sur le bord du quai et le vent qui soufflait faisaient naître en moi une curieuse inquiétude.

Je quittai la villa au moment où les derniers rayons du soleil disparaissaient derrière l'horizon. En jetant un coup d'œil par-dessus mon épaule, je vis Elisabeth à la fenêtre, qui me regardait.

Le train partit comme prévu à 4 heures du matin. J'avais devant moi plus de dix heures de repos. Deux correspondances, une à Sundsvall et une à Duved. Un miracle, en tout cas, de pouvoir rentrer chez soi dans le Jämtland, le train n'existant plus désormais que pour les touristes. Je hissai ma valise sur le porte-bagage. J'avais une bonne place, à la fenêtre. Quelques minutes à surfer sur Internet, puis le train me bercerait vers le sommeil.

Les grands immeubles défilaient. J'avais reçu deux mails. Le premier était d'Ulla : elle m'écrivait que je devais remplir mon état de service si je voulais toucher le solde de mon salaire. Le second venait de l'agent de Lars Kjellvander. L'emploi du temps de l'écrivain était très serré, comme d'habitude, mais il avait la possibilité de venir au foyer rural d'Ånn pour une rencontre littéraire au mois de mars. Je répondis qu'il était le bienvenu, à la date de son choix. J'aurais aimé ajouter « avec les salutations dévouées de la campagne reconnaissante », mais je réussis à me retenir.

Crépitement des claviers d'ordinateurs et froissements de journaux des autres voyageurs. J'enfonçai mes écouteurs dans les oreilles et appuyai la tête en arrière. Emmylou Harris, « Red Dirt Girl ».

M'étais-je enlisée dans l'affaire Maria ? Avais-je abouti dans une impasse ? Strömmen avait paru déçu en entendant qu'Elisabeth était en fauteuil roulant mais pas pour autant assoiffée de vengeance. Ne jouait-elle pas habilement la comédie ? avait-il suggéré, comme s'il s'agrippait à un dernier espoir ; j'avais répondu que je ne le pensais pas, même si l'on ne pouvait jamais vraiment savoir. Mais une autre personne faisait partie de l'entourage de Maria, Elisabeth et Jörgen, quand ils étaient adolescents. Johanna. Je n'avais fait aucune recherche la concernant. Était-ce nécessaire, vu qu'elle vivait aux États-Unis ? Je soupirai. Pour l'instant, je n'avançais pas, mais il existait quasiment toujours une logique, il fallait juste que je découvre les liens. Patience. Mon point faible.

Les SMS de menace ne me sortaient pas de la tête. Peut-être n'étaient-ils en réalité que le fruit d'une sorte de paranoïa chez Jörgen ? J'avais lu quelque part que pendant les périodes d'abstinence, les drogués pouvaient être sujets à des délires de persécution et à des hallucinations. Peut-être ces SMS étaient-ils une pure affabulation ? Ceci expliquerait-il pourquoi je n'avais trouvé dans le téléphone de Maria aucun autre message que ceux de Jörgen ? Parce qu'il ne s'agissait que d'une chimère ? Et s'il avait tué Maria lors d'une crise psychotique ?

Il fallait que j'aille voir de ce côté-là.

Arrête de penser, maintenant.

Tu vas éclater si tu continues à penser.

Une odeur de café s'insinua entre les sièges. J'avais la nuque raide, l'épuisement vibrait sous mes paupières. J'avais besoin d'autre chose que de caféine.

Strömmen et moi décidâmes d'attendre avant de publier le reportage, afin de voir quelles cartes la police avait dans son jeu après Krister Arvidsson. En espérant qu'ils aient d'autres suspects. L'idéal serait que nous puissions, nous aussi, avancer le nom d'un meurtrier pour les lecteurs. J'avais l'impression d'être un cheval sur la ligne de départ, prêt à partir au galop, sans pouvoir s'élancer.

Subsistait bien sûr le risque que le meurtre ne soit jamais élucidé, qu'on en parle énormément au début, mais qu'avec le temps, on finisse par l'oublier. Il y avait pléthore d'affaires criminelles non résolues. Par-dessus le marché, Krister Arvidsson ne serait jamais vraiment lavé de tout soupçon. Je les entendais déjà, chez Ica : « Vous savez ce qu'on dit, il n'y a pas de fumée sans feu. »

Et en même temps, quelqu'un d'autre s'en tirerait à bon compte.

Le sommeil m'emporta. À Sundsvall, je changeai de train dans un état entre le rêve et la réalité. Un voyageur s'assit à côté de moi, mais je me rencognai dans mon siège et continuai à dormir.

Quand je rouvris les yeux, je ne vis que la forêt et l'obscurité au-dehors. Le contrôleur informait quelqu'un derrière moi qu'ils n'avaient pas réussi à rattraper le retard. Les freins avaient gelé pendant l'attente d'un train en sens inverse. Je regardai ma montre. Une heure de retard. Mais je me sentais de retour chez moi, je serais bientôt à la maison. Le siège voisin était à nouveau vide.

Le train s'arrêtait à Åre, où la majorité des voyageurs descendaient. Ils s'étaient pour la plupart déjà levés et avaient enfilé leurs manteaux. Maintenant ils occupaient le couloir central, avec leurs coudes, leurs bagages et leurs voix. Je les regardai descendre sur le quai. Deux touristes, la quarantaine en manteau de fourrure, passèrent en tirant chacune sa valise Louis Vuitton. Lèvres siliconées, rehaussées de gloss. Campagnols à bec de canard, une espèce qui avait réussi. Nous qui vivions ici appartenions plutôt à l'espèce qui, à court terme, succomberait aux bêtes de proie, aux parasites ou aux maladies.

Le silence retomba dans le wagon. Aucun nouveau voyageur n'était monté. Le train se remit en branle. C'est là que je le vis. Levan. Pour la première fois depuis plusieurs mois. Il se tenait sur le quai, bras ouverts, et il l'attira contre lui. Elle avait de longs cheveux qui lui descendaient dans le dos. Cela aurait pu être moi, mais c'était elle, l'autre. Il avait l'air heureux. Une poignée de secondes, puis il disparut de mon champ de vision. Ce fut tout.

Curieusement, mon cœur se tint très calme dans ma poitrine. Il battait doucement, en sûreté. Cela avait été trente-cinq ans d'amour, tout de même.

— Maintenant arrête, Vera. Oui, tout ce que tu as trouvé, c'est une paralytique narcissique, une fille adoptive folle à lier et un junkie fana d'épaves. Tu fais quoi avec ça ? Tu n'es pas une réalisatrice qui décide du scénario. Est-ce que tu ne peux pas tout simplement te réjouir de prendre le petit déjeuner avec moi ? J'ai fait des efforts et je t'ai apporté du pain frais.

Étendu sur le canapé, Thomas zappait d'une chaîne à l'autre. Chœur d'église, présentateur de journal télé, crissements de pneus, coups de revolver, musique de piano. Le bruit de la vie. Faisant soudain irruption dans mon appartement. Une réplique de film me revint à l'esprit : « Il n'y a que celui qui a aimé un jour qui sache combien il est seul. »

Thomas avait raison. Je ne pouvais pas faire grand-chose, mais cela ne rendait pas mon échec plus léger. Rien que des erreurs et des culs-de-sac, partout. Je voyais mon reflet sur l'écran de la télévision. Qui se cachait derrière moi ? Qu'avais-je manqué ? Ce qui me paraissait déjà difficile quand j'avais quitté Stockholm me semblait à présent carrément sans espoir. J'envisageai sérieusement d'allumer un feu – dans l'évier, par sécurité – et de brûler l'article inachevé. Je doutais fort que ce reportage fût un jour terminé. À cette pensée, je donnai un grand coup dans le blob sur le mur. Le renflement dans le papier peint éclata comme une pastèque pourrie.

— Oui, mais excuse-moi si je ne trouve pas que la vie soit drôle. Je vais certainement être obligée de retourner au lycée, maintenant. S'ils veulent bien me reprendre, d'ailleurs.

Une minute s'écoula. Silence. Je supposai que Thomas me donnait une chance de compter lentement jusqu'à trois.

— Écoute, tout va s'arranger, dit-il.

De petites taches de soleil bondissaient sur l'accoudoir du canapé quand il remuait le poignet, reflétées par sa montre-bracelet.

— L'argent du tracteur est-il arrivé sur ton compte ? demanda-t-il.

— Oui, merci.

Un soulagement. Si je faisais attention à mes dépenses, l'argent suffirait jusqu'à Noël, peut-être même jusqu'au mois de janvier. Je n'avais pas de gros besoins, et encore moins d'exigences. Mais après ?

— Le café doit être passé, dit-il, prêt à se lever.

— Attends, j'y vais. Il faut que je bouge un peu.

Thomas avait allumé des petites bougies chauffe-plat et apporté du pain, du fromage, du beurre et des rondelles de tomates sur la table du séjour. J'allai à la cuisine. La cafetière soufflait toujours. Le café soluble me sembla soudain une ineptie à côté du filet concentré qui traversait le filtre. Encore une ou deux minutes. En attendant, je mouillai une éponge et, perchée sur une chaise de cuisine, j'entrepris de nettoyer les taches de béarnaise au plafond. Mais la chaise ne tarda pas à céder. Cela m'étonna : je m'étais habituée à rencontrer de la résistance. À ce que tout, absolument tout me résiste.

Je tendis une tasse à Thomas et il se redressa. Je m'installai dans le fauteuil. Nous bûmes notre café en silence.

Mes pensées tournaient dans ma tête. Comment atteindre Jörgen, le Jörgen dont lui-même ne disait rien ? Il y avait là quelque chose. Dans ses veines malades qui réclamaient satisfaction à cor et à cri.

Peut-être par l'intermédiaire de sa sœur.

J'avais seulement besoin d'un rai de lumière, un petit rayon qui éclairerait une nouvelle petite piste, un infime indice. Juste de quoi pouvoir tirer sur un fil. Il y en avait bien un quelque part, pourquoi ne le voyais-je pas ? Étais-je vraiment si bête, bon sang ?

— Je ne veux pas sous-estimer tes problèmes, Vera, mais je tiens à toi et, depuis plusieurs semaines, tu es injoignable. Trop c'est trop. Il faut que je te le dise en norvégien aussi ? Ça fait un moment que tu es pâle.

Ce fut comme si je sortais d'un tunnel. Zip !

— Je suis toujours pâle, m'entendis-je répondre d'un air de défi.

La gamine Bergström.

— Excuse-moi, Thomas, repris-je, c'est juste que je…

— Taratata, ça y est, tu recommences. Laisse ça de côté, maintenant.

Il se coupa une tranche de pain et en mordit une grosse bouchée.

— Hmm, il est succulent, dit-il. J'ai fait un crochet par la nouvelle boulangerie-pâtisserie de Storlien, ce matin. Très sympa, comme endroit, il faudra qu'on y aille ensemble un de ces jours.

— Mm.

Je le regardai, réalisant tout à coup que cela me faisait plaisir qu'il soit là. Même à 8 heures du matin. Il m'avait réveillée. Quelle heure était-il en Argentine ? Est-ce qu'ils étaient encore en train de danser dans la nuit chaude et humide ? L'odeur de sueur et de sexe planait-elle toujours sur la piste ? Je ne voulais pas y penser. Le mois de novembre en Suède n'avait aucune odeur particulière.

Il avala son pain et balaya la pièce du regard.

— Tu as acheté la peinture bleue, à propos ?

Je fis signe que oui.

— Alors on va repeindre le séjour. J'ai quelques heures devant moi avant de repartir avec le chasse-neige. Comme ça tu pourras penser à autre chose pendant un moment.

Thomas tout craché : il avait toujours une solution pratique à tous les problèmes.

Nous commençâmes par étaler du papier par terre le long des plinthes et poncer l'enduit. Ensuite nous peignîmes. Plus patient, Thomas s'occupa des endroits délicats, glissa son pinceau derrière le radiateur. Je passai le rouleau sur les murs. En fond sonore, Gram Parsons chantait « Love is like a cloud, holds a lot of rain[1] ». Une couche de bleu brouillard, magnifique.

Je me forçai à chasser cette affaire de mes pensées, ainsi que tout ce qui avait voulu empiéter sur mon bonheur. D'ailleurs c'était quoi, le bonheur, finalement ? Avec l'âge, j'étais de plus en plus convaincue que le bonheur était une sorte de proximité évidente : c'était être attaché à une personne, à un paysage ou à un travail sans se poser trop de questions. L'ivresse du bonheur était donc imprévisible. Elle pouvait jaillir subitement, lorsque l'on s'y attendait le moins, comme si le cerveau en prenait soudain acte.

J'en savais davantage sur le malheur. Un certain type de malheur ne passait jamais inaperçu ; quand il était sur le point d'advenir, on le voyait d'abord vaciller dangereusement au bord de la table. Puis il tombait. Entraînant la nappe et la vaisselle, renversant les bougies. Ce qui ne se brisait pas brûlait.

Durant les années où j'avais le plus travaillé, je n'avais plus d'énergie que pour Levan et notre désir d'enfant. Chaque mois, l'espoir s'écoulait de mon corps. Après, je pleurais, assise sur l'abattant des toilettes, et Levan était de plus en plus renfrogné. Au bout d'un certain temps, il n'accourait même plus quand il entendait mes cris et mes sanglots.

— Il faut peut-être nous résoudre à rester tous les deux.

1. L'amour est comme un nuage, il est plein de pluie.

Je n'avais jamais pu accepter ces paroles. C'était comme penser à l'immensité infinie de l'univers. Sans enfant, je resterais une planète solitaire se mouvant à jamais hors du système. La tristesse demeurait seule dans une maison déserte autour de laquelle les lignes électriques avaient depuis longtemps été arrachées par le vent.

Thomas passa la main sur le mur.

— Ce n'est pas assez sec. On appliquera la deuxième couche plus tard, mais ça va être joli, hein ?

J'acquiesçai. Je ne me lassais pas de contempler mes murs bleus.

— Exactement ce que je souhaitais. Je vais remonter quelques affaires de la salle d'attente, pour que ce soit un peu plus chaleureux, ici.

— Bonne idée.

Thomas bâilla. La nuit au volant du chasse-neige commençait sans doute à se faire sentir, et l'heure de son prochain service approchait. Mais c'était moi qui me plaignais.

Je sortis la photo de mariage de mes parents et la posai sur l'appui de fenêtre. Une fois la peinture sèche, je lui trouverais une place dans la bibliothèque. Une affiche encadrée du festival de blues à Hell quitta son carton elle aussi, de même que le Långe Jan miniature. Si je n'avais jamais aimé la mer, j'avais en revanche toujours apprécié les phares. Peut-être à cause de cela, justement. Les phares étaient le réconfort des égarés. À bien des égards, les phares évoquaient les humains dans les régions faiblement peuplées. Opiniâtres, fiers et secourables. Les voyages n'étaient pas seulement des expériences que j'avais partagées avec Levan, ils étaient aussi mes expériences personnelles. Nous les délaissés devons être capables de conserver nos souvenirs, même si ceux avec qui nous les avons partagés ont choisi de ne pas nous garder.

Dans une caisse, je dénichai un vieux magnétophone et plusieurs cassettes. Il y en avait déjà une dans le lecteur. J'appuyai sur « play » et entendis ma propre voix. De quoi étais-je en train de parler ? Apparemment j'interrogeais un agriculteur. Oui, c'était une interview devant un pâturage communal. Je souris. Enclenchai une autre cassette. La pièce s'emplit d'un reportage sur un orchestre de danse qui fêtait ses quarante ans.

— Tu savais qu'à l'époque où tu travaillais à Östersund ta mère se passait en boucle tes interviews, rien que pour entendre ta voix ?

J'éclatai de rire.

— Arrête ! C'est vrai ?

— Oui, je trouve ça beau.

Mon rire s'éteignit. Pincement au cœur.

— Oui, c'est beau.

Au moins, je savais où j'avais ma place, je n'avais jamais été sans racines. Mon agitation était due à ma curiosité, pas au manque d'attaches.

Thomas leva un doigt en l'air.

— Chut, on dirait que ça sonne.

Nous tendîmes l'oreille.

— Oui, ça sonne ! dis-je. Mon téléphone est en train de se recharger.

Je me précipitai dans la chambre et répondis sans ôter le câble du chargeur.

— Bonjour, c'est Vera ?

Une voix familière.

— Elle-même.

Merde, j'étais complètement ankylosée après la séance de peinture. Pauvre corps négligé. J'étirai mon mollet sur le cadre du lit, tendis le muscle comme une corde de violon puis le relâchai.

— Birgitta Soller à l'appareil.

— Ah, bonjour, Birgitta.

— Vous êtes rentrée de Stockholm ?

— Oui, je suis rentrée hier, pourquoi ?

— Vous avez oublié vos gants en cuir ici. Désolée d'appeler seulement maintenant, mais ils étaient tombés de l'étagère à chapeaux derrière le porte-parapluie. Je les ai retrouvés en passant l'aspirateur.

Je me mis à rire, me frottai les yeux.

— Vous vous trompez de personne. Je n'oublierais jamais mes gants sur une étagère, vu que je mets tout dans mes poches. Mauvaise habitude, mais je n'ai pas de sac à main.

J'ai toujours l'air d'une vendeuse de montres sur la plage d'Alcudia, étais-je sur le point d'ajouter.

— Alors ça doit être ceux de Kim, dit Birgitta, réfléchissant tout haut. Il faut que je l'appelle. Vous avez son numéro ?

— Kim ? Que… Kim est venue chez vous, c'est bien ce que vous dites ?

J'essayai de me contrôler. Si Birgitta avait été face à moi, je l'aurais sans doute secouée comme un prunier.

— Oui, je pensais que vous le saviez, puisque vous m'avez posé des questions sur l'adoption et tout ça.

Mes jambes flanchèrent, le lit me recueillit. Boîte crânienne sous pression, prête à éclater comme une coquille d'œuf.

— Je l'ignorais totalement. Quand est-elle venue ?

— Il y a deux mois environ. Elle avait trouvé les papiers d'adoption dans un tiroir, chez ses parents, après le décès de sa mère. Elle était rudement abattue, je dois dire, en apprenant que Maria aurait dû venir la chercher chez Ture et Elsa, mais qu'elle n'était jamais venue. Oui, elle était inconsolable. Je ne comprends pas pourquoi les gens ont des secrets. Tout finit toujours par ressortir. Tout.

Après cette conversation, je restai immobile sur le lit, avec la sensation d'être dans un rêve. Bouillante, fiévreuse. C'était comme si je tombais dans le vide. En même temps, quelque chose se mit à bouger aux confins de mon cerveau, les flous se soudèrent, prirent une forme nette. Les fragments devinrent un tout.

— Qui était-ce ? cria Thomas depuis le couloir, tout en s'habillant.

— Juste Maggan de Clairsoleil. Papa a attrapé un rhume, rien de grave.

Ce n'était pas le moment de me lancer dans des explications.

— Bon, je file, je vais sabler. À plus tard.

— D'accord, répondis-je d'une voix absente.

J'essuyai la sueur au-dessus de ma lèvre supérieure. La peinture remplissait tout l'appartement d'une atmosphère humide et confinée.

La porte claqua.

Kim creusait dans son passé, découvrait ses origines. Elle avait emprunté les mêmes chemins que moi pour apprendre la vérité et avait une longueur d'avance sur moi. Tout se dessinait sur une trame en noir et blanc. Dans l'obscurité, l'assassin avait dû se sentir puissant. Mais à présent venait la lumière. Sa force allait voler en éclats.

J'appelai Strömmen.

— Donc tu crois que c'est Kim qui l'a tuée ? demanda Strömmen.

L'agitation le faisait presque haleter. Il avait déboulé à Ånn une heure et demie plus tard, avait dû pousser sa voiture à cent vingt tout le long du chemin. Nous étions à présent au bar de La Maison et mangions une saucisse-purée. Derrière la porte à battants, Björn s'affairait dans la cuisine. L'acide lactique déferlait dans mon corps alors que j'avais à peine bougé. Sans doute une illusion de mon cerveau qui, lui, avait bien couru plusieurs dizaines de kilomètres, en l'occurrence.

— Tout porte à le croire, absolument tout. Tu te souviens, je t'avais demandé qui avait quoi que ce soit à gagner à se faire passer pour une aide à domicile, hormis des malfaiteurs décidés à voler de l'argent ? dis-je en pressant davantage de moutarde sur ma saucisse déjà luisante de graisse.

— Je m'en souviens.

Strömmen retroussa les manches de sa chemise et enfourna une énorme fourchetée de purée. Ses gestes firent vaciller la flamme de la bougie sur le comptoir.

— Dans la quête de ses origines, Kim avait un tas de choses à y gagner. En tant que prétendue aide à domicile, elle avait tout loisir de fouiller dans les tiroirs et les placards pour trouver des papiers officiels, des numéros de téléphone et des photos. Elle a dû s'insinuer dans la vie de Rakel comme un serpent.

— Oui, bon sang de bonsoir, observa Strömmen en se grattant le cou. Mais ça ne fait pas d'elle un assassin. Pas plus que le fait qu'elle ait l'air cinglée. Est-ce que tu l'as vue au volant de la Toyota, par exemple ?

Le siège me faisait mal au coccyx. J'avais les fesses trop osseuses. Tout était trop fragile en moi. Mon appétit s'évanouit. Je coupai la saucisse en deux et abandonnai les deux bouts à leur sort sur l'assiette, m'attendant presque à les voir se tortiller tel un ver de terre sectionné.

— Non, je ne l'ai pas vue, c'est vrai. Mais je crois que c'était elle. Le voisin, Åke, m'a dit que l'aide à domicile avait une voiture noire de type berline.

Strömmen prit une inspiration. Je le coupai dans son élan et le devançai :

— Oui, je sais, croire, c'est ce qu'on fait à l'église, bla bla bla.

Il opina.

— C'est ça, malheureusement.

La porte tinta. Katta fit irruption, vêtue d'un grand poncho écarlate et de bottes Nokian. Les joues rouges, essoufflée, elle alla droit jusqu'aux portes western, ouvrit en grand l'un des battants et cria vers l'intérieur de la cuisine que le toit du foyer rural s'était effondré. Puis elle se glissa derrière le comptoir, se versa un whisky et l'avala d'un trait.

Björn sortit précipitamment, le regard affolé. Il s'essuya les mains sur son tablier.

— Tout le toit ?

— Non, une partie du plafond. Merde, j'aurais pu y passer. Heureusement que j'étais en train de m'activer dans la cuisine quand c'est arrivé. J'ai entendu un grand bruit… Si on veut que le vide-grenier ait lieu dimanche, il faut tout de suite faire une réparation provisoire. Il va beaucoup neiger, ce soir. Ça fait des années que je parle de ce problème, conclut-elle en grimaçant.

— D'accord, je ferme. Je vais juste me changer. Tu as appelé Thomas ?

— Oui, Ulf et lui vont arriver.

— Bien.

Björn retira son tablier en vitesse et me lança un trousseau de clés.

— Ferme la porte en partant, Vera, et laisse les clés à l'endroit habituel.

J'acquiesçai. C'était comme ça. Il y avait des meurtres, mais aussi des toits qui s'effondraient dans les villages. Katta trépignait d'impatience.

— Au fait, bonjour Strömmen, dit-elle.

Strömmen leva une main un peu hésitante, ouvrit la bouche pour dire quelque chose, se ravisa. La porte claqua. Le silence retomba dans le restaurant. La gueule de l'ours dont la dépouille était tendue sur le mur bâillait.

— C'est triste, dit Strömmen en repoussant son assiette devant lui.

— Oui. Lars Kjellvander est invité en mars. On verra si on peut le recevoir.

— Il y a le temps, d'ici le mois de mars.

— C'est vrai.

Je regardai les nuages qui commençaient à s'accumuler. Repensai au SMS de menace envoyé à Maria et Jörgen. Quelque chose me disait que Maria n'avait pas tout raconté à Jörgen. Elle avait peut-être compris que la menace venait de Kim, mais ne pouvait pas le lui dire, puisque Jörgen n'était pas au courant de sa paternité. Peut-être avait-elle supprimé le message afin de protéger Kim de la police. Elle avait fait beaucoup de choses dans sa vie pour protéger Kim, pour lui donner une vie meilleure. Ce qui avait également mené à sa mort.

Je me demandais ce que Kim Rehnsbo avait comme informations à mon sujet. Elle savait où j'habitais et que je travaillais pour le journal. Elle ignorait sûrement que je n'étais que pigiste et devait supposer que j'écrivais aussi sur d'autres questions d'actualité brûlantes. Le système de soins, les trains de nuit, l'action sociale en faveur de l'enfance, le tourisme ou encore le marché de l'immobilier. La maison de Kim était à vendre, avait dit Ture. Linda savait certainement de quelle maison il s'agissait, sinon elle pourrait toujours se renseigner auprès d'un collègue de l'agence.

— C'est très bien que tu sois venu avec ta propre voiture et pas avec celle du journal, dis-je.

Strömmen se gratta le cuir chevelu.

— Ah bon, pourquoi ?

— Parce que dans un village, il est quasiment impossible de garder l'anonymat avec un véhicule professionnel.

— Es-tu en train de me dire qu'on va aller chez Kim, à Huså ?

— Ouais. C'est exactement ce que je suis en train de te dire. Je vais lui faire croire que je souhaite l'interroger sur le marché de l'immobilier à Åre.

Il écarquilla les yeux.

— Bon sang, est-ce que c'est vraiment judicieux ?

— Peut-être pas, mais c'est le seul moyen d'apprendre quelque chose. Les dégonflés ne restent pas dans les annales.

*

Le jour commençait déjà à décliner. Le ciel rougit et enfla, un ciel de gorge enrhumée. Nous achetâmes des cafés et des beignets à la station essence d'Åre avant de bifurquer vers Huså. La route devint plus étroite. De chaque côté, les sapins se dressaient en blocs compacts qui se serreraient les coudes quoi qu'il arrive.

J'avais envie de pisser. Strömmen se gara sur une aire d'arrêt jonchée de bois fraîchement coupé. Je descendis de voiture et m'accroupis dans le fossé, inspirai l'odeur, la meilleure odeur qui soit. Je me sentais en sécurité derrière les épais rondins, mais le sol ne remplit pas son office. Le filet jaune ne pénétrait nulle part, il éclaboussa mes chaussures et le bas de mon pantalon. En essayant de m'égoutter le plus possible avant de remonter ma culotte, j'aperçus aussi du sang, quelques petites taches rouge clair sur les pierres. Une odeur aigre. Et merde, encore un saignement. Je m'accroupis de nouveau, cherchai du papier dans mes poches, mais ne trouvai que la carte de visite du psychiatre Johan Erlandsson. Je la fourrai entre mes jambes. Le carton était fin, mais c'était mieux que rien.

Il se pouvait que je sois en route pour rencontrer un assassin.

Cette pensée m'avait atteinte tel un coup de poing à l'estomac quand nous étions passés devant un abribus à Duved. À l'intérieur, un homme d'un certain âge essuyait la condensation sur la vitre avec la manche de son manteau, afin de voir le bus arriver. La vision de cet homme, son jean trop grand et ses efforts pour se préparer m'avaient noué la gorge.

Je n'étais pas prête.

L'air s'appauvrit, me manqua. Je regardai Strömmen du coin de l'œil. Entendait-il mes râles ? Il semblait pour sa part respirer normalement. Au même instant, je remarquai que je m'étais mordu l'index tout près de l'ongle. Je suçai mon doigt jusqu'à ce que le sang s'arrête de couler.

À partir de maintenant, tout pouvait arriver.

Je n'avais pas besoin d'un psychologue, je m'étais déjà analysée moi-même, et j'étais parvenue à la conclusion que je mettais ma vie en jeu dans le seul but d'être à nouveau visible. Je n'existais que lorsque j'écrivais, quand il y avait ma photo au bas d'un article. Les gens pouvaient bien penser que j'étais une vieille bique pathétique, excitée par le regard des autres, mais maintenant, je m'en foutais.

Il existait une honte plus pénible. Elle m'était également familière.

Personnellement, je n'avais pas mis très longtemps à devenir celle que je rêvais d'être, adolescente. Alors que la plupart de mes camarades étaient partis loin, juste après le bac, je n'avais moi-même éprouvé nul besoin de faire le tour du monde, d'être fille au pair ou d'habiter une chambre d'étudiante pour savoir ce qui me faisait envie. Je voulais être journaliste. Sans nécessairement suivre une formation, la pratique m'attirait plus que la théorie. J'adorais aller sur le terrain, parler avec les gens que j'avais vus toute ma vie par la fenêtre de la cuisine. Ils n'étaient pas de simples quidams que j'interrogeais, ils étaient étroitement liés à ma propre vie. J'ai découvert au fur et à mesure comment fonctionnait la société dans son ensemble.

Après mon licenciement, j'avais fait beaucoup d'efforts pour créer dans l'appartement un lieu propice à mon travail de journaliste indépendante, mais les missions brillaient par leur absence. Personne n'avait plus besoin de moi. Je n'appartenais à personne et personne ne m'appartenait. Je me suis vite rendu compte que je n'étais pas mon travail. Soudain je n'ai plus eu aucune idée de qui j'étais, *moi*.

Je ne le savais toujours pas.

La maison de Kim était enfouie sous les arbres et la neige à la lisière d'une forêt, un peu à l'écart de l'ancien village minier. Habituée aux constructions tape-à-l'œil d'Åre, j'avais oublié que les chalets de vacances ressemblaient plus souvent à ce genre de chose. Légèrement bancals, mais charmants. Des endroits liés à des souvenirs de lits superposés, de toilettes extérieures et de goulasch.

Apparemment, il n'y avait personne. Pas de lumière aux fenêtres et aucun véhicule devant le garage.

Je soupirai.

— C'est pas vrai. On a fait la route pour rien ?

— Elle va sûrement revenir. Regarde, il y a un carton ouvert sur le perron.

Dans le rétroviseur, je vis approcher un couple de marcheurs avec des gilets fluorescents. Mon cœur se mit à battre plus vite.

— Continue, on ne peut pas rester là.

En face du chalet, une plus petite route menait, d'après un panneau, à des pistes de ski. Strömmen rétrograda en première et s'y engagea. Les roues patinèrent dans la neige avant de se dégager.

— Bon sang, il faut avoir un véhicule tout-terrain, ici.

Une Jeep était déjà garée sur l'étroit parking, mais nous nous collâmes tout près d'elle. Entre les troncs des sapins, nous avions une assez bonne vue sur la maison de Kim et en même temps, les branches nous offraient un bon camouflage. Le couple passa en contrebas sans nous accorder un regard.

— Il n'y a plus qu'à attendre, maintenant. J'ai toujours rêvé d'être en planque comme les flics dans *L'Arme fatale*, dit Strömmen en ouvrant le paquet de beignets. Chocolat ou sucre ?

— Chocolat, s'il te plaît, fis-je en riant. Ça sent merveilleusement bon. Mel Gibson ou Danny Glover ?

— Faut-il vraiment le demander ? J'imagine que je suis Danny Glover.

— Parce que moi je suis une cinglée maniaque et suicidaire ?

— Non, parce que tu te relèves à la neuvième seconde.

Strömmen mit la radio et s'inclina en arrière. P3 crachotait, l'émission parlait des meilleurs restaurants pour petits budgets à Stockholm. Puis la réception disparut complètement.

Nous mangeâmes en silence. Le café était encore trop chaud. Je retirai le couvercle et coinçai le gobelet dans la porte tout en fixant la route. Pas âme qui vive. Une heure s'écoula, une heure et demie.

Je sursautai. Avais-je dormi ? Grelottant de froid, j'attrapai le gobelet de café mais le reposai aussitôt. Il était glacé. Je rabattis mon bonnet le plus bas possible sur mon front et considérai mon rédacteur en chef en train de ronfler bruyamment.

— Strömmen.

Je tapotai son épaule. Il tressaillit, ouvrit les yeux.

— Il s'est passé quelque chose ?

— Rien du tout, mais à mon avis, on devrait faire un peu tourner le moteur ou bien rentrer à la maison. Je suis en train de mourir de froid.

— D'accord, oui, je le sens. Je me demande combien de temps on a dormi.

Il tourna la clé de contact. Les chiffres anguleux de l'heure sur le tableau de bord se mirent à briller d'un rouge rageur.

— Oh, c'est déjà l'heure du dîner.

À cet instant précis, une voiture noire pourvue d'une remorque apparut dans la côte. Je poussai deux cris étouffés qui fendirent le silence tels deux signaux d'alarme solitaires. La voiture était une vieille Toyota Corolla.

— Bon sang, Bergström, bon sang. C'est Kim Rehnsbo, on la tient !

Strömmen triomphait, mais lorsqu'il se redressa sur son siège en s'agrippant au volant, ses articulations blanchirent. Dans une sorte de brouillard, j'attrapai mon appareil photo sur la banquette arrière. Le téléobjectif était toujours monté dessus. Je zoomai, attendis. Quand elle sortit de la voiture, je fus prise d'un haut-le-cœur. Des bribes de scènes vécues ces derniers temps tourbillonnèrent dans mon cerveau. Kim était la femme qui m'avait emprunté le sel au snack d'Östersund et la même que celle qui lisait, assise devant chez Max, à Åre. Elle avait dû me poursuivre avec plus d'acharnement que je ne le croyais. Et si c'était encore elle qui s'était installée à côté de moi dans le train, quand j'étais rentrée de Stockholm ? J'en eus froid dans le dos. Pas étonnant qu'elle me parût familière. Elle ne ressemblait pas à sa mère, mais était presque le sosie de son père – enfin, de Jörgen tel qu'il devait être avant que la drogue ne le détruise. D'un exotisme séduisant, avec cette chevelure bouclée, sombre, ce corps puissant surmonté d'un cou mince, ces poignets fins. Une espèce de fausse fragilité qui pouvait facilement serrer le cœur, si on ne se méfiait pas.

Kim entra dans le garage, en ressortit avec trois cartons de déménagement empilés dans les bras. Ni l'encombrement ni le poids ne semblaient la gêner. Elle chargea les cartons sur la remorque et retourna d'un pas rapide dans le garage. Je me rappelai le portrait que Mats Sjölund m'avait brossé d'elle : une personne qui aimait voir la peur dans le regard des gens. L'effroi.

Je frémis.

— Tu vois, j'ai parfois eu l'impression de courir après un fantôme, mais elle existe vraiment, observai-je sans quitter des yeux la scène qui se déroulait devant nous.

Strömmen opina.

— Tu crois qu'elle était allée demander des comptes à Maria sur sa maternité ?

Il avait chuchoté, bien qu'il n'y eût aucun risque que quelqu'un nous entende.

— C'est possible. On peut aussi se demander si Maria avait changé de nom à cause de Kim. Elle ne voulait pas qu'on la trouve, avait promis aux parents adoptifs de Kim de ne jamais se faire connaître, et en même temps, elle avait envie de revenir chez elle, dans le Jämtland.

Les pistes de ski étaient éclairées, une lumière froide, irréelle, qui faisait étinceler les sillons blancs. Les randonneurs pouvaient choisir de faire quinze kilomètres ou cinq. Que diraient-ils s'ils nous croisaient ici ? Le silence me sifflait aux oreilles. Strömmen le rompit.

— Kim a dû être mortifiée quand elle a découvert que Maria n'avait pas voulu d'elle, il y a vingt-six ans, mais qu'elle avait eu un autre enfant récemment avec le même père. Un enfant désiré et aimé, de surcroît. Vu ce que tu m'as raconté à son sujet, cela a dû être trop difficile à accepter pour elle. Mais de là à tuer sa propre mère… C'est complètement dingue, en effet. Les mots me manquent.

Je fis une grimace.

— Kim est une parfaite psychopathe. J'imagine tout à fait le plaisir qu'elle a eu à me menacer et à me ficher la trouille. Je me demande pourquoi elle n'a tué que Maria et pas Jörgen aussi.

— Hm, c'est curieux. Peut-être qu'elle n'a tout simplement pas encore trouvé l'occasion de le faire. Et puis, elle a dû assouvir sa soif de vengeance avec la mort de Rakel.

— Donc tu ne crois plus qu'il s'agissait d'un accident ?

Strömmen se tut un instant, tira sur le bas de sa veste.

— Non. Il est possible qu'elle ait été assassinée. Ta première intuition était sans doute la bonne, malgré tout.

Il eut un sourire moqueur et fourra un dernier morceau de beignet dans sa bouche.

— Malgré tout ? Parce que la seule intuition de tes nouveaux fers de lance, c'est de sentir qu'ils ont attrapé une gastro en revenant de la crèche à 3 heures de l'après-midi, c'est ça ?

Sourire narquois encore plus large.

— Tu manges avec ton snus dans la bouche, maintenant ? raillai-je.

— Ah, oui, merde.

Il glissa la langue sous sa lèvre supérieure, poussa la boule de snus tellement haut que son nez partit vers la gauche. Je soupirai.

— Maria a couru pour essayer d'échapper à Kim. Tu sais à quel point c'est difficile de courir sur une coupe dans l'obscurité avec une lampe frontale ?

— Non, c'est vraiment le genre de choses que j'évite de faire.

— Je l'ai fait une fois lors d'une course de nuit, je trébuchais sans arrêt. À la fin, mes mains et mes genoux n'étaient plus que quatre morceaux de chair ensanglantée. Mais mon père m'attendait sur la ligne d'arrivée avec une couverture. Comme ça, montrai-je en ouvrant grand les bras.

Strömmen marmonna en signe d'acquiescement. Maria, elle, avait comme toujours couru vers La Grande Solitude. Peut-être tournions-nous tous en rond. Inlassablement, nous courions vers l'avenir alors qu'il nous était impossible d'échapper à notre histoire.

— Bon, qu'est-ce que tu attends ? Il faut que tu appelles la police. Que tu leur livres toutes les preuves. Tu aurais dû le faire depuis longtemps, d'ailleurs. Si seulement j'avais appris plus tôt que tu avais subi des menaces…

— Hmm.

Strömmen planta son regard dans le mien.

— Il y a encore quelque chose que tu ne m'as pas dit ?

Je secouai la tête. Mes lèvres s'ouvrirent, mais rien n'en sortit. Ce n'était pas le moment de parler du téléphone de Maria trouvé sur la coupe. Ni des menaces par SMS. Ça tomberait mal, trop tard. Il fallait que j'aille jusqu'au bout, maintenant. Que je mette le point final à cette affaire. C'était le boulot des journalistes, non ? Je voulais faire le buzz. Être visible partout. À cette idée, un frémissement de satisfaction parcourut mon épiderme.

— Appelle ! Il n'est pas trop tôt pour l'arrêter, poursuivit Strömmen, les sourcils froncés.

— Pas tout de suite. Je veux d'abord la pousser à reconnaître les faits dans mon article. Lui faire avouer au moins un meurtre. Ensuite, la police pourra venir. Allez, j'y vais.

— Quoi ? Tu plaisantes ? C'est hors de question, bordel ! À partir de maintenant, c'est aux flics et au procureur de s'occuper de ça.

— Oui, mais en l'occurrence, c'est le *Jämtlandsposten* qui a résolu l'affaire, et non la police, n'est-ce pas ? Je t'appelle si je suis en danger. Regarde, j'affiche tout de suite ton numéro sur mon portable, une pression sur l'écran suffira.

Strömmen soupira.

— Ça ne fonctionne pas comme ça, Vera, tu le sais bien.

— Tu appelles la police si je ne suis pas ressortie au bout de dix minutes.

— Arrête tes conneries !

— S'il te plaît.

Je sortis de la voiture. Des paquets de neige dégringolèrent quand je claquai la porte. À l'intérieur, Strömmen continuait à faire de grands gestes et à secouer la tête.

Lorsque Kim ouvrit la porte du garage, rien sur son visage ne révéla qu'elle me reconnaissait, mais un infime tremblement passa dans son regard. J'eus le temps de l'analyser : de l'incertitude. Derrière elle, dans l'obscurité, je distinguai un tas de cartons. Celui du dessus n'était pas fermé. Quand je lui annonçai que je faisais un reportage sur le marché immobilier dans la commune d'Ånn, elle se détendit. Son hésitation fit place à un air triomphant. Elle se figurait avoir un avantage sur moi, savoir des choses que j'ignorais. C'était précisément ce que je voulais.

— L'agence immobilière d'Åre m'a indiqué que cette maison était en vente. C'est ravissant, dis-je en regardant les ornements sculptés sur l'auvent du perron en bois.

Un rictus sarcastique déforma le visage de Kim. Sa bouche était déjà marquée de rides d'amertume.

— Oui, quand on aime l'ébénisterie de grand-père.

Ses mâchoires mastiquaient dans le vide. La peau fine de ses pommettes se tendit.

— Vous pouvez entrer un moment, mais je suis un peu pressée.

Elle fit volte-face, retourna à ses piles de cartons. J'avançai un pied sur le sol de béton. Mon cœur s'emballa. Lentement, j'avançai l'autre pied.

Je n'osais même pas jeter un coup d'œil vers la route où Strömmen était tapi dans la voiture. Normalement, je pouvais compter sur lui pour appeler la police au bout de dix minutes. Nous savions tous les deux combien de temps ils mettaient, en général, pour arriver après une alerte. Je savais aussi qu'en réalité j'étais seule. Mais pas aussi seule que je l'avais été ces dernières années, loin de là.

Je laissai la porte ouverte derrière moi. Kim était en train d'emballer les dernières affaires, le garage serait bientôt vide. Il ne restait que des outils accrochés aux murs, quelques pots de fleurs sales dans un coin et une odeur d'eau croupie. La lumière s'infiltrant par les lucarnes éclairait les débris d'une assiette cassée, rassemblés au milieu de la pièce. J'essayai de me concentrer sur mon boulot. Au début, j'eus l'impression de l'interroger en dormant, étourdie par des somnifères.

— Les prix élevés de l'immobilier à Åre commencent à contaminer toute la région. Si la tendance se poursuit, les gens d'ici risquent d'être poussés hors du secteur, car ils n'auront plus les moyens d'habiter là où ils travaillent. Comment envisagez-vous la vente de votre maison et l'éventualité qu'un touriste fasse monter le prix de manière exagérée ? demandai-je en relevant ma sacoche photo sur mon épaule.

Puis je tendis vers elle mon portable qui enregistrait déjà. Une douleur se réveilla dans ma hanche.

Kim Rehnsbo s'éclaircit la gorge. Elle prenait son temps. Rangea dans un carton une pince et une clé à molette. Bing, bing, bing, la porte du garage cognait contre le mur. Elle la referma en la claquant violemment. Quand je vis la force qu'elle avait dans les mains, mon estomac se serra. La seule idée de ce dont ces mains étaient capables m'entama les entrailles.

— Eh bien, je ne sais pas quoi vous dire. Bien sûr, il serait dommage que la maison devienne une résidence secondaire occupée seulement quelques semaines par an, mais je pense surtout que c'est une question politique. À l'heure actuelle, il y a trop peu de logements dans presque toute la Suède. Et j'ai aussi besoin d'argent.

Elle se figea, leva les yeux vers le plafond.

— Ah, nom d'un chien, vous avez entendu ? demanda-t-elle.

— Quoi donc ?

Je tendis l'oreille. Faibles bruits de trottinements.

— Les rats se sont installés dans le grenier. Ils rongent tout, là-haut, les fils électriques, l'isolation et… Il faut que je m'occupe de ça avant les visites.

— Oui, il vaudrait mieux. Vous savez combien de personnes vont venir ?

Des frissons nerveux couraient sous ma peau fine, remontaient jusqu'à mon cou. Je commençai à avoir des sueurs froides.

Kim se tourna à nouveau vers son carton.

— Une vingtaine, m'a dit l'agent immobilier. Huså va devenir un endroit très prisé. À Åre, on ne peut presque plus bouger sur les pistes de ski avec le monde qu'il y a. Vous devriez écrire ça, tiens.

Elle sourit, laissant apparaître une petite fossette au coin de sa bouche, puis rejeta ses cheveux en arrière.

Je déglutis. Déglutis encore. Me souvins que Ture m'avait dit que Kim vivait de petits boulots.

— Oui, je comprends que vous vouliez obtenir le meilleur prix possible pour la maison. Vous avez trouvé un emploi fixe à Stockholm ? demandai-je avec un sourire.

Une lueur nouvelle, insaisissable, surgit dans son regard. Il y eut quelques secondes de silence. Dehors, les bouleaux tremblaient dans le vent. Et merde, merde, merde.

— Comment savez-vous que je vais m'installer à Stockholm ? Et que je n'ai pas d'emploi fixe ?

Ses pupilles rétrécirent. Les pièces du puzzle se mirent en place, une à une. Elle comprit que moi aussi, je jouais un rôle. Est-ce que je respirais ? Je ne savais pas.

Strömmen ! Il fallait que j'appelle Strömmen ! Mais tout alla trop vite. Kim m'empoigna par le bras, mon téléphone me vola des mains. Je sentis la manche de ma polaire remonter. La douleur fut soudaine et aiguë lorsqu'elle me serra le bras, le plia en arrière et enfonça ses ongles dans ma peau nue. Elle tenta d'attraper le tournevis sur le panneau à outils derrière moi, mais ne l'atteignit pas.

Tout se mit à tourner devant mes yeux. Étais-je en train de tomber ? Allais-je tomber maintenant, alors que personne n'était là pour me rattraper ? Si contre toute attente les policiers de service à Åre se trouvaient au commissariat, ils mettraient trente bonnes minutes avant d'arriver à mon secours, mais ils étaient sûrement en intervention quelque part. Dieu seul savait où. Peut-être à des heures d'ici.

— S'il vous plaît, chuchotai-je. Je ne vous veux pas de mal, je veux juste… comprendre.

Mes pieds cherchaient un appui.

Kim eut un rire caverneux. Un rire qui n'en était même pas un, sans doute. Plutôt l'écho de son vide intérieur. Elle entraîna mon bras encore plus en arrière, comme si elle repoussait un mur. Ce n'était plus qu'une question de secondes, elle allait atteindre le tournevis. Elle était forte, mais j'étais tenace. Je pouvais résister encore un moment.

— Qu'est-ce que tu veux comprendre, petite journaliste ? Ma vie durant, les psychologues se sont évertués à me comprendre. Ça m'étonnerait que tu y arrives. Un de ces ergoteurs a dit un jour à maman – enfin, appelle-la comme tu voudras – que j'avais une déficience d'empathie.

J'avais les yeux fermés, je sentais la chaleur de son souffle. Ses lèvres frôlaient ma joue. *Essaye de la calmer, d'avoir une conversation. Gagne du temps.*

— Et vous croyez que c'est vrai ? demandai-je en tentant de donner de la fermeté à ma voix.

— Je m'en fiche pas mal. Mais est-ce qu'il n'est pas parfaitement clair, maintenant, que tous ces problèmes viennent du fait que j'ai eu une enfance difficile ? Personne n'a tissé de lien avec moi quand j'étais bébé. Maria pensait qu'elle pourrait échapper à la chair de sa chair. J'estime que je mérite mieux que ça. Tu ne trouves pas ?

Elle resserra sa prise autour de mon poignet, avec un soupir de dégoût. Sentait-elle mon pouls sous ses doigts ?

— Mais vous avez été… vous êtes aimée, jappai-je.

Puis j'ouvris les yeux. Ses dents me firent reculer. Il y avait un peu de rouge à lèvres sur l'une de ses incisives. Comme une goutte de sang.

Elle se remit à rire.

— Oui, c'est ce que répétait Elsa à longueur de temps en pleurant. Je l'entendais de ma chambre, à l'étage, je t'aime, bouuuh. Pathétique. Tiens, tu me fais penser à elle, d'ailleurs.

— Ah bon ? Comment ça ?

Mes pieds s'agitaient toujours.

— Aussi faible qu'elle, et tellement seule que tu es obligée de te parler à toi-même dans ton appartement. « La tartine était bonne, Vera ? Oui, merci, Vera, elle était délicieuse. » Et d'ailleurs, pourquoi manges-tu toujours du pain de mie pas grillé ? C'est quoi l'intérêt ?

Je la fixai des yeux.

— Vous m'avez vue ?

— Un tas de fois. J'ai vu les génériques de fin qui défilent sur ton visage quand tu t'endors dans le canapé, je t'ai vue te frotter contre les coussins. Tu fais ça souvent, hein ? Des pauvres cloches comme toi et Elsa, ça ne vaut même pas le coup de vous tuer. Vous vous tuez vous-mêmes.

— Oui, c'est peut-être vrai, dis-je.

Puis je projetai mon genou vers le haut, l'atteignis au ventre avec une force énorme.

Au même instant, la porte s'ouvrit violemment. Strömmen se précipita, bras tendu, brandissant un objet noir. Avant que Kim ait le temps de réagir, il lui assena un coup à l'arrière du crâne. Elle vacilla, se plia en deux et s'écroula sur le sol. Le visage blême, elle essaya de se mettre à quatre pattes, mais je la repoussai.

— Assieds-toi sur sa poitrine ! hurla Strömmen.

Le corps de Kim se débattait sous moi, ses mains tiraient mes vêtements, les déchiraient. J'essayai de lui saisir les bras, mais je n'arrivais pas à venir à bout de la force générée par sa panique.

Strömmen fouillait dans les poches de sa veste.

— Qu'est-ce que tu fous, bordel, grouille-toi ! criai-je.

— Attends, je dois avoir un… lien de serrage.

Il se jeta à côté de moi.

— Là, fit-il.

Ensemble, nous parvînmes à immobiliser suffisamment les bras de Kim pour lui attacher les poignets. Après quoi je restai à genoux, probablement pendant une bonne minute. Je toussai et crachai, me massai le cou.

Ce n'est qu'en entendant Kim gémir près de moi que je me ressaisis. Sans rien dire, Strömmen et moi nous assîmes en face d'elle et attendîmes. Le froid du béton traversait mon jean, j'avais les fesses engourdies. Je claquais des dents, Strömmen reniflait. Un peu de sang avait coulé sur l'épaule de Kim. Elle devait avoir une blessure à la tête. Les minutes passaient, et pourtant on aurait dit que le temps était suspendu. Une éternité s'écoula avant que nous parvînt le hurlement lointain des sirènes de police. Le bruit se rapprochait.

Kim me regarda.

— Espèce de salope, éclata-t-elle.

La haine déformait son visage.

Je pris mon appareil photo. Mes mains tremblaient, mais je réussis finalement à l'utiliser. Les sirènes ululaient. Nous entendîmes des pas précipités dans l'allée. Bientôt, deux hommes furent sur elle. La toile bleue des uniformes se tendit sur leurs muscles. Pontus Selin – l'un des policiers – et moi nous étions suivis tout au long de notre vie professionnelle. Je l'avais interviewé de si nombreuses fois que nous étions presque de vieilles connaissances. La situation n'en paraissait soudain que plus étrange.

— Kim Rehnsbo ?

Les mots résonnèrent dans le garage vide. Kim était couchée, immobile.

— Vous êtes arrêtée pour violences sur la personne de Vera Bergström.

Ils relevèrent le corps avachi de Kim et, tenant leur fardeau sous les aisselles, l'informèrent d'un ton aimable mais ferme qu'ils l'emmenaient au commissariat. Les pieds de Kim traînaient sur le sol entre les leurs. Pontus Selin se tourna vers moi.

— Dans quoi t'es-tu fourrée, Vera ? Je te demande de venir au commissariat dès cet après-midi pour que nous démêlions tout ça. Strömmen a essayé de m'expliquer au téléphone, mais je crains qu'il nous faille plus de temps, dit-il.

— D'accord, fis-je.

Le vent sifflait à travers les interstices de la maison. Strömmen fit une grimace de connivence.

— Quoi ?! écumai-je.

Nous sortîmes juste derrière eux. La voiture de police avait attiré les curieux comme un aimant, les plus proches voisins tendaient le cou devant l'entrée du chalet. Je pris quelques clichés au moment où Kim fut poussée dans le véhicule. Elle regarda droit dans l'objectif et l'objectif la regarda. J'eus le sentiment qu'elle appréciait d'être au centre de l'attention. Trouvait un plaisir malsain dans la douleur. Ou était-ce du mépris que je voyais ? La vérité n'était jamais celle que l'on croyait.

Plantés au milieu de la route, Strömmen et moi suivîmes des yeux la voiture de police qui disparut dans le lointain. Nos regards se croisèrent. Je baissai la manche de ma polaire, sentis mon corps tituber.

— Ton bras te fait mal ? demanda Strömmen. Ta peau est toute rouge. Tu es légèrement blessée, on dirait.

— Non, non, ça va passer. Ça cicatrisera. J'ai juste la tête qui tourne.

J'avais un goût de sel au coin des lèvres, comme si je venais de pleurer. J'aurais voulu libérer mes larmes, mais je n'y arrivais pas. Elles n'avaient pas leur place ici, tout regorgeait déjà de chair, de sang et de tristesse. Strömmen avait toujours à la main l'arme qui avait fait tomber Kim. Un sabot noir.

Je souris.

— Ces sabots auront vraiment servi à tout, Strömmen.

— Ouais. La semelle est une vraie batte de base-ball.

Son rire guttural fut plus discret qu'à l'ordinaire.

— Mais où as-tu dégotté le lien de serrage ?

— J'en avais un dans ma poche, vu que je viens de sécuriser le placard à whisky. Mes petits-enfants ont failli saccager mes bouteilles d'Oban.

Strömmen adorait les whiskys aux notes douces et fumées à la fois. Peut-être parce qu'ils reflétaient sa personnalité.

— Allez, maintenant, on va se poser quelque part. Je crois qu'on a besoin de parler de tout ça. Et puis je n'ai plus de snus. J'ai passé l'âge de ces conneries, ajouta-t-il.

J'opinai. Merveilleux bonhomme.

Plusieurs heures de travail m'attendaient. Tant de mots à écrire, à tourner et retourner, pour qu'il en sorte quelque chose de compréhensible pour les lecteurs du journal. Mais reprendre quelques forces avant de m'installer devant l'ordinateur pouvait être sympathique, aussi. Voire nécessaire.

Nous quittâmes Huså dans le silence. Je vis seulement en repartant combien la couleur brune du chalet avait pâli. Devenue presque grise, au fil du temps. Je songeai à l'élan et à Maria. Aux trous brillants dans leurs corps et aux étoiles autour d'eux, dans la forêt. Je songeai à Rakel et à sa ceinture de velours rouge ondulant sur les rails. Et je savais que sur la coupe, quelque part, une souche déracinée venait de se redresser tel un ressort de souricière, refermant le sol, pour un nouveau commencement.

J'avais promis à Katta de venir deux jours plus tard au foyer rural déposer ma contribution au vide-grenier du week-end. Elle-même était au travail à Storlien, mais Thomas serait là pour réparer l'éclairage. Je n'avais donc pas besoin d'aller demander la clé à Björn à La Maison.

J'accrochai mes sacs aux poignées de mon *spark*. Ils ne contenaient pas la vieille machine à écrire de maman, mais les livres de Levan sur Ingmar Bergman, un pot en céramique de Rörstrand, la vieille veste en cuir de papa et tous les disques trente-trois tours de Kikki Danielsson, que j'écoutais étant jeune. Le matin, je m'étais amusée à étiqueter clairement le prix sur chaque objet, comme le voulait Katta.

Après toutes ces tensions – le stress au commissariat et la rédaction de mon article – j'étais molle comme une chiffe, mais je me sentais différente. Une fatigue agréable m'envahissait lentement, comme si un démon avait quitté mon corps. Kim avait été incarcérée, soupçonnée de meurtre avec raisons plausibles. Je ne m'étais pas sentie aussi libre depuis longtemps.

Je dévalai la dernière pente, entraînée par mon *spark* sans pouvoir freiner : la semelle de ma chaussure ne trouvait rien à quoi s'accrocher. Ma capuche flottait au vent, une girouette derrière mon manteau. Je passai sur une pierre, cela fit des étincelles. J'étais l'éclair, tout à coup c'était ça. Il arrivait parfois qu'on soit poussé en avant par une force énorme et incontrôlable, alors qu'on souhaitait avant tout rester sur place. Mais peut-être ne le voulais-je pas ?

L'obscurité était déjà tombée dans la grande salle. Les radiateurs électriques rattrapaient la situation en repoussant le froid cru qui régnait dans le bâtiment. La chaleur sèche laissait se déployer une odeur de brocante : vieille cave, fumée, sueur et parfum. Dix grandes tables débordaient d'un bric-à-brac que Katta avait trié en diverses catégories. Le long des murs étaient rassemblés les tableaux et les meubles. Un coquet désordre.

— Fatras, estime Björn, charme bohème, dit Katta. Tu les entends d'ici, hein ? demanda Thomas, les yeux rivés au plafond.

Debout sur une échelle au milieu de la pièce, il installait une nouvelle suspension. Je souris.

— Comme s'ils étaient là.

Thomas souffla un peu en resserrant une vis.

— J'ai lu ton article. Alors Kim a tout de suite reconnu le meurtre de Maria ?

— Oui, elle a bien dû sentir qu'elle n'avait pas le choix. De toute façon, les résultats des tests ADN sur le couteau du crime arriveront dans la semaine, et la maison de Rakel doit en être infestée elle aussi. Kim n'a aucune issue.

— C'était prémédité ?

— C'est le moins qu'on puisse dire. Elle a certainement épié Maria pendant des semaines, noté ses habitudes. Et avant de passer à l'acte, ce fameux soir, elle l'a menacée par SMS, dis-je tout en considérant un couvre-lit au crochet.

Soixante-quinze couronnes pour un ouvrage ayant demandé plusieurs semaines de travail.

— Quels jolis carrés de grand-mère !

Thomas regarda vers le bas.

— L'œuvre de ma mère, j'en ai plein les placards. Je me suis dit que je pourrais en vendre au moins un.

— J'ai bien envie de l'acheter.

— Je t'en prie, ça réjouira maman, là-haut. Et sinon, qu'a dit la police ?

— Sur quoi ?

Il eut un petit rire.

— Sur ton soutien dans cette affaire, comme ils disent.

Ce petit détail, oui. Je me tortillai un peu.

— Ils ont seulement pompé toutes les informations que je possédais et ensuite, plus rien. L'enquête est complexe, et ils n'avaient pas l'air d'avoir beaucoup avancé. Je crois qu'ils m'étaient surtout reconnaissants de les avoir… euh, de les avoir aidés.

Pas tout à fait vrai. Pontus Selin avait certes grommelé que la police avait de moins en moins de moyens et d'effectifs depuis ces dix dernières années, et qu'il pouvait tout à fait considérer le journalisme d'investigation comme un atout pour la société. Mais ils n'appréciaient pas pour autant que les journalistes prennent des risques inutiles. Or j'avais pris des risques inutiles, à plusieurs reprises même, essentiellement lorsque j'avais confronté Kim à ses actes, nous mettant tous les deux en danger, Strömmen et moi.

En d'autres termes : les vairons voulaient briller tout seuls.

La suspension s'alluma, les ombres s'enfuirent dans les coins. Thomas descendit de son échelle et partit avec sa caisse à outils vers l'une des nombreuses appliques murales. Je fis un pas de côté, plus près d'un coin sombre.

— En tout cas, poursuivis-je, je leur ai dit qu'à mon avis, il ne fallait pas envisager l'acte de Kim uniquement comme une vengeance contre sa mère biologique – parce que celle-ci l'avait abandonnée –, mais aussi comme une manière de punir Maria pour ce qu'elle avait fait à Elisabeth – ceci d'un point de vue égoïste, évidemment.

— Comment ça ? Parce que si Maria et Jörgen n'avaient pas commis leur crime, ils auraient gardé leur charmante petite Kim et coulé ensemble des jours heureux jusqu'à la fin de leur vie ? Permets-moi d'en douter.

— Oui, mais l'idée se défend quand même.

Thomas secoua la tête.

— Pourquoi ne pas essayer de discuter, plutôt ? Enfoncer un couteau dans le corps de quelqu'un… Il faut être vraiment malade pour faire une chose pareille.

— Oui. On n'a même pas envie de savoir à quel point Kim est malade, je crois. Elle m'a fichu une de ces trouilles. N'oublions pas qu'elle aime la violence aussi. C'est une raison en soi, je suppose. Enfin, elle va devoir subir un examen psychiatrique.

Encore que, la vérité sortait aussi de la bouche des enfants et des fous. J'étais moi-même une pathétique bouffeuse de glucides solitaire qui parlait souvent toute seule. Mais il fallait de tout pour faire un monde.

Deux tables étaient occupées par divers articles de vaisselle. Je me faufilai dans les étroits passages, rapprochai deux saladiers en verre l'un de l'autre et posai dans l'espace libéré mon pot en céramique de Rörstrand.

— Et la mort de Rakel ? demanda Thomas.

— Difficile à prouver, d'après la police. Son corps a été trop abîmé par le train. On ne saura peut-être jamais s'il s'agissait d'un meurtre. Ou si Kim avait l'intention de continuer sur sa lancée avec Jörgen. Elle avait peut-être seulement envie de l'effrayer. Tout compte fait, ce n'est pas lui qui a abandonné Kim. Pas lui qui a dû prendre la décision.

Je cherchai une table avec des disques et des livres, mais ne vis que des puzzles et des jeux de société. Sur la scène, je finis par repérer deux grands casiers en plastique, tout à fait appropriés pour Ingmar Bergman et Kikki Danielsson. J'y vidai mon sac.

— En tout cas, cette histoire est enfin terminée et c'est tant mieux, dit Thomas en dévissant une ampoule.

Il en mit une neuve. La lumière chaude se répandit partout.

Était-ce aussi simple ? L'histoire se terminait-elle ici ? Je bâillai, me massai les tempes. J'avais mal au crâne.

— J'ai écrit toute la nuit. Mon reportage intégral sera sur la Toile ce soir.

Thomas me dévisagea. Ses yeux s'emplirent de chaleur.

— J'ai hâte de le lire. J'aime bien lire ce que tu écris.

Je me détournai rapidement pour échapper à son regard bleu nuit, incapable de lui adresser un merci ou quelque autre mot gentil. Typique. Au lieu de ça, je sortis du sac la veste en cuir de papa et cherchai un portant où l'accrocher.

Thomas tendit la main.

— Donne-la-moi, tous les vêtements sont dans la cafétéria.

J'éclatai de rire. Un rire salvateur. Il commençait à y avoir trop de proximité entre nous. *Je veux, je ne veux pas, je veux, je ne veux pas... Sentir sa chaleur.*

— Mon Dieu, deux salles ! Katta s'est vraiment surpassée, cette fois. Espérons que les acheteurs vont venir eux aussi.

— Oui, ils seront au rendez-vous. Elle a tapissé la Coop d'affiches et, d'après la page événements de Facebook, il y a plus de cent personnes intéressées.

— Bon, ça s'annonce bien. Mais on va faire un tour de patin d'abord, dis-je.

— Oui, c'est ça, dit Thomas avec un sourire. On se voit demain, ma journaliste.

Il tenait la veste de papa dans ses bras. Elle ne pouvait pas être mieux gardée.

La glace était fine comme une feuille de gélatine. Katta et moi patinions côte à côte, vent dans le dos. Au retour, nous l'aurions en face. C'était comme ça. Nous vivions dans un lieu où le vent froid séparait le bon grain de l'ivraie. Ma salle de séjour rayonnait de bleu, et le cauchemar s'estompait lentement. Mon reportage avait décollé comme une fusée. Strömmen avait bien ri : « Bon sang, ce coup-ci, on est les premiers. Les autres l'ont dans le cul, qu'ils réécrivent autant qu'ils veulent. »

Et maintenant ? Je ne savais pas ce que j'allais faire.

Katta freina net en exécutant un dérapage contrôlé et un demi-tour sur elle-même. La glace voltigea. Katta se pencha sur ses bâtons. C'était le jeu, il fallait s'appuyer sur les bâtons et laisser la lame du patin plantée dans la glace un moment. Nous bavardâmes des choses habituelles. De ceux qui avaient emménagé dans la maison de retraite, de ceux qu'on n'aimait pas, de qui avait réservé le vieux fournil avant Noël.

Nous parlâmes aussi du toit du foyer rural. Au printemps, tout le monde viendrait donner un coup de main pour le réparer.

— Est-ce que maman avait réellement envie de faire autant de bénévolat ? Elle t'avait parlé de ça, peut-être ? demandai-je.

Katta me regarda d'un air étonné.

— Qu'est-ce qu'on ferait, sinon, à ton avis ? On resterait assis devant sa télé, chacun chez soi ? Le lien social, c'est dans le travail qu'on le trouve.

Elle mit sa main en visière.

— Mais dis-moi, ça ne serait pas l'heure de la pause-café ? Je vois la bouilloire fumer, chez Björn et Thomas.

Nous repartîmes. La glace m'apporta l'écho d'un souvenir. Åsa, Linda et Thomas m'avaient sauvé la vie, un jour, quand la glace s'était brisée comme un cœur sous mes chaussures d'enfant.

« Remue tes jambes dans l'eau, remue, remue, remue ! Bien, avance, remonte maintenant ! »

Oui, ils m'avaient sauvée, ils savaient à quoi ressemblait l'angoisse de mort sur mon visage. Ils savaient d'autres choses encore, des choses que je savais moi aussi.

Nous savions où les campanules poussaient le mieux dans le pré, ce que cela faisait de s'arrêter net sur les aiguilles de pin quand on avait farté ses skis de fond avec du klister rouge, et qu'il fallait tuer tous les moustiques un à un avant de se coucher dans une tente, pour éviter d'être réveillé par leur zonzonnement au bout d'une heure.

Nous savions tant d'autres choses encore. Ils m'avaient connue avant que je me brise.

Nos patins fendirent la glace d'une rive à l'autre, glissant au-dessus des pierres, des branches et des racines. On voyait le fond du lac. Cela donnait un sentiment de légèreté. Katta et moi étions deux astronautes, deux fusées dans la solitude, et la glace chantait. On m'avait un jour demandé de décrire le chant de la glace, mais je n'avais pas su. Tout ce que je pouvais dire, c'est qu'elle chantait pour ceux qui étaient là.

Note de l'autrice

Mauvaise graine est un roman. Ce qui veut dire que tous les personnages ont éclos dans ma tête. Toute éventuelle ressemblance avec des personnages existants serait purement fortuite. De nombreux lieux, rues et bâtiments, ainsi qu'une grande partie des infrastructures décrites dans ce livre existent bel et bien, mais d'autres ne sont que le produit de mon imagination. Par exemple, l'endroit où Maria est retrouvée morte ainsi que le chemin de terre pour y accéder à travers la forêt de Kall où niche sa petite ferme relèvent de mon invention. Le nom Silva veut tout simplement dire « forêt » en latin. Transformer l'hôtel de montagne de Storlien en bordel tient aussi à ma liberté créatrice d'écrivain. J'espère que tous auront de l'indulgence pour le monde que j'ai créé.

Quoi qu'il en soit, *Mauvaise graine* est une déclaration d'amour à une région et aux gens qui y habitent. Merci.

PRIX

HarperCollins POCHE

Le Parisien week-end

DÉCOUVREZ LA SÉLECTION VIA LE QR CODE

Édité par HarperCollins France.
Composition et mise en pages
Nord Compo à Villeneuve-d'Ascq

Imprimé en mars 2025
par CPI Black Print (Barcelone)
en utilisant 100 % d'électricité renouvelable.
Dépôt légal : avril 2025.

MIXTE
Papier issu de
sources responsables
FSC® C159065
FSC
www.fsc.org

Pour limiter l'empreinte environnementale de ses livres, HarperCollins France s'engage à n'utiliser que du papier fabriqué à partir de bois provenant de forêts gérées durablement et de manière responsable.

Imprimé en Espagne.